长篇接力小说

太空火锅城

重庆市新闻媒体作家协会
重庆文学院　编

中国言实出版社

图书在版编目（CIP）数据

太空火锅城 / 重庆文学院，重庆市新闻媒体作家协
会编. —— 北京：中国言实出版社，2024.4
ISBN 978-7-5171-4801-2

Ⅰ.①太… Ⅱ.①重… ②重… Ⅲ.①短篇小说 - 小
说集 - 中国 - 当代 Ⅳ.①I247.7

中国国家版本馆 CIP 数据核字（2024）第 075275 号

太空火锅城

责任编辑：薛　磊
责任校对：朱中原

出版发行：中国言实出版社
　　　　　地　　址：北京市朝阳区北苑路180号加利大厦5号楼105室
　　　　　邮　　编：100101
　　　　　编辑部：北京市海淀区花园路6号院B座6层
　　　　　邮　　编：100088
　　　　　电　　话：010-64924853（总编室）　　010-64924716（发行部）
　　　　　网　　址：www.zgyscbs.cn　　电子邮箱：zgyscbs@263.net

经　　销：新华书店
印　　刷：徐州绪权印刷有限公司
版　　次：2024年5月第1版　　2024年5月第1次印刷
规　　格：710毫米×1000毫米　　1/16　　25.5印张
字　　数：350千字

定　　价：88.00元
书　　号：ISBN 978-7-5171-4801-2

编　委　会

序

记载历史演变的文字之碑

许大立

38位重庆本土作者、三代文学人，从"30后"到"90后"，跨越漫长的31年时光，完成了这部脍炙人口的长篇接力小说《太空火锅城》。这不啻是文学史上的一个典型案例，也是报纸副刊史上的一个奇迹。

1992年，创刊7年的《重庆晚报》蒸蒸日上，社会效益和经济效益同步增长，我所在的晚报副刊背靠大树，蓬勃兴旺，也在中国报纸副刊界有了一定影响。为有所创新和发展，我和副刊部同仁受当时电视连续剧热的启发，脑洞大开，忽发奇想：何不搞一次长篇接力小说创作活动？以活跃重庆的文学尤其是小说创作气氛。经过多次研讨，我们将小说定名为《太空火锅城》，设定了主要人物和故事线。寓意非常明确，重庆是火锅发源地，也是享誉世界的火锅之都，我们把故事发生地设在这里，就是要彰显火锅的魅力，通过火锅业的发展趋势，凸显这个城市在改革开放进程中的巨大变化，等等。

此议一经提出，得到晚报编委会的大力支持。副刊部同仁立即行动，邀请了我市当年颇具实力的12位本土作家参加接力创作。这一批作家按写作顺序是：许大立、曾宪国、莫怀戚、罗学蓬、傅小渝、王群生、张世俊、王雨、刘彦、鄢光宗、王从学、黄济人。每人写一短篇，6000字，连

1

载四或五天。从社会反响看，他们接力完成的《太空火锅城》成为文学界和传媒界的一个经典。而赞助该项活动的江津"荷花牌"米花糖，当年"小荷才露尖尖角"，如今已是"接天莲叶无穷碧，映日荷花别样红"，成为文学和商业互相成就的一个传奇。

1996年，在第一次成功组织创作基础上，我们再次组织了接力小说《大码头朝天门》。题名虽改，但仍以1992版的《太空火锅城》为故事发生点，主要人物不变、主题不变，邀请了许大立、王从学、张卫、娓娓、余德庄、杨耀健、李毓瑜、舒德骑、张者、张世俊、胡伟清、谭竹、李元胜、莫怀戚、吴昊、李永英、王雨、曾宪国等作家进行了又一轮创作，同样获得了很好的社会反响。

时光流转，岁月星河，倏忽间31年过去，世界发生了太大的变化。重庆火锅业也一样，早已从历史的桎梏里挣脱出来，向绿色化、现代化发展，既继承传统，又发扬光大。今天的重庆火锅业五光十色，斑斓多彩，既有原汁原味的老火锅，又有时尚潮流引领下的五花八门。当下重庆火锅全产业链年收入已经超4000亿元，由此，更多的传奇故事从虚拟的"太空火锅城"中萌发，在现实中生根绽放。

在这种发展大势和良好氛围之下，《重庆晚报》副刊昔日同仁，有意将《太空火锅城》的故事续写下去，并得到了上游新闻和重庆市新闻媒体作协、重庆文学院的鼎力支持，特别受到中国言实出版社冯文礼社长、薛磊主任的鼓励和帮助。于是，文学中的"太空火锅城"再次返场。时隔多年后，公关经理薛米丽、总经理俞生、大堂经理卫鸣、调味师"野狼"、雅座领班古小琴、大堂领班素芳等等，虽韶华已逝，仍痴心不改；他们的"锅二代"又聚在了一起，在理念时尚焕然一新的"太空火锅城"内外展开了更为惊心动魄、绚丽多彩的故事。

这一次依次登场的老中青作家是陈泰湧、吴越、晏菁、舒舒、谭岷江、王雨、出智周、楠木匄、杨小霜、谭雪梅、傅小渝、范圣卿、周睿智、宋尾。读者可以看出，这14位作家大多是新人新面孔，与第一二梯队的作家相比，年轻人多了，女作家多了。无疑，我们作家队伍的新陈代谢已经获得成功，这是一桩好事，也是一件喜事。江山代有才人出，各领风骚数百年。此乃自然规律，生命必然，值得大贺特贺！

2024 版的《太空火锅城》，由重庆市新闻媒体作协秘书长、青年作家陈泰涌具体组织约稿，得到市作协和重庆文学院的悉心指导，感激之情，深藏于心。这一版作者多是重庆青年作家，他们的题材跨越了重庆直辖前后这两个时间段，更加贴近新时代的城市风貌与人文关怀。在这一代的写作者中，大重庆范围的作者都有参与，包括主城之外的秀山、石柱、江津、万州、开州。职业也更多样化，全职妈妈、置业顾问、法官、教师、护士、电力工人、职业经理人、民企老板，等等，他们有着更丰富的职业体验，文笔也相当不错。他们更时尚，也更热爱家乡，非常巧妙地将自己家乡的土特产品、山川景色都写入了文章中。

32 年过去，重庆巨变，成为一座经济发展神速，现代感爆棚的西南中心城市。1992 年参与撰文的作家，多已垂垂老矣。著名作家王群生、莫怀戚已经作古，斯人已云，佳作永存；许多人虽是耄耋或古稀之年，仍在各行各业里独领风骚。王雨、傅小渝两位资深作家，笔耕不辍，再次登场，不输后人。后起之秀李元胜、张者先后获得鲁迅文学奖，成为诗歌、小说界的佼佼者。回望历史，所有人都已经努力过辉煌过，这就足够了。

尤须一提的是，在这个大变革的时代，我们推出的这本书，选择了三个时间断面，对改革开放以来的社会百态进行了生动细致的描摹。我们的内心充满了对改革开放的崇敬，也充满了对火锅业前辈的感激，这本书是对重庆这座英雄城市改革开放以来发展进步的讴歌。因为，《太空火锅城》展示的时代与情怀，和我们每一个人息息相关。一个小小的火锅，映照的是我们的过去、现在与未来！

目录
CONTENTS

1996　第贰棒

2023　第叁棒

1992

第壹棒

重庆独特的地理气候条件，搭配上重庆人与生俱来的生活气息，使重庆的热辣发挥得淋漓尽致。

约上三五好友抑或生意伙伴一起，老火锅搭配老山城啤酒，重庆特有的人间烟火气。

楔 子
（1992）

许大立

　　人常说，当今重庆有两大奇观：一是姑娘漂亮；二是火锅吃得邪乎。外地人一上街，两只眼睛就没空，心里还直叽咕：这地无三尺平的巴国古城，怎么会生出这许多俏丽夺目的年轻女子，蜂腰削肩，肤白如雪，娉娉婷婷，招摇往复。据说每年往南方去的不少，被市内大小宾馆饭店延聘的也不少，可这些倩女靓妹，怎么依然层出不穷？

　　再说毛肚火锅，这十来年忽刺刺如雨后春笋般一下子冒出成千上万大大小小形形色色的火锅店，那吃法实在令人心惊肉跳。大油，大辣，再加上杂七杂八各类佐料，一把旺火烧得油汤窜起几寸高。一群人围坐四周，大吃大嚼，山呼海味，情绪比油汤中翻腾不息的毛肚、血片还躁。如今烫火锅的料，早不是清末民初的牛羊杂碎下脚料，大饭店里的山珍海味，小老百姓饭桌上的毛叶小菜，凡能下肚的都可往里边扔！有人开玩笑说，重庆人除了裤腰带，统统都可以烫来吃了！说归说，笑归笑，当今火锅店倒是越来越高雅，越搞越时髦，不管你三星级的重庆宾馆，四星级的扬子江饭店，没有火锅便不成龙配套。原来重庆人最佩服那些三伏天赤膊围炉而坐的饕餮者，据说大热天以毒攻毒才是真本事，才有真滋味；哪知今夏一阵 42℃ 的高温高热，使得饕客们也往冷气空调房里猛钻，让那些崇拜者们顿时缄口结舌。如今的火锅，早从清一色的红汤变成清、红、黑、白、海鲜、牛尾、鸳鸯锅……你人未入座，一位丽人便已含笑而来，端上一杯凉茶，递过一块毛巾，轻言软语，温情脉脉，于是你便在极度惬意中敞开了你的肚腹，也敞开了你的钱袋。

　　重庆解放碑方圆数里，火锅店、火锅楼、火锅城究竟有多少，笔者不曾留心过。那一日路过新辟的临江新街，忽见为迎接创建全国卫生城市大检查大评比而粉饰一新，显得格外清爽宜人的大道一侧，兀然冒出个"太空火锅城"。招牌上一枚巨型火箭正腾空而起，不由得好奇，走近一看，竟是长征二号捆绑火箭发射澳星的一帧剪影。正凝目注视，自动门蓦然洞开，一位着白衣白裙的年轻小姐眉目含笑，一声"请！"我便身不由己地进得门去。

　　时不过上午十时，"太空城"犹如火箭发射前一样井然有序。白裙小姐齿颊微龋，自报名曰薛米丽，公关经理。我说鄙人是晚报文艺副刊编辑，正组织作家深入生活，欲写一组反映改革大潮中众生相的纪实小说，恰路过此地。

　　薛小姐不愧久经商战，公关意识特强，一听说报社记者不请自到，忙不迭娇声叫道："贵客贵客，欢迎之至！"这一叫惊动了正在紧张工作准备迎接客人的管理服务人员。少顷，男男女女，白领蓝领，把我围了个水泄不通。总经理俞生中等个头，文质彬彬，书卷气十足；大堂经理卫鸣白白胖胖，平易近人；被众人喊作野狼的调味师干练精明，牛仔服透着强烈的现代气息（只可惜一时匆忙，竟然未记下他的真实姓名）。稍后一点挤上来的古小琴自唱姓名后，不冷不热地说了这么一句："你就是常在报上见的大记者嗦？"活脱脱一个见过世面的冷美人。而另一位看起来有点腼腆的姑娘走上来恭恭敬敬地说一声："请您多多关照！"便站到一边去了。

　　俞生介绍说，古小琴是雅座领班，城里人；后一位叫素芳，大堂领班，乡下来的。我不由得多看了她俩几眼，虽说一城一乡，却都是美人坯子，再看看那一群服务员，都像是从"大观园"里来的，绝了！

　　俞、薛二人带我在"太空城"里走了一圈。果然堂皇！大堂、雅座一律用进口柚木装修，四根钢柱鼎立其间，光可鉴人，餐桌间鲜花盆景点缀其中，错落有致，有如小小的街心花园。大堂西侧，一泓流泉自二楼石山上淅沥而下，叮咚入耳，几枝秀竹，几尾吊兰掩映其间。沿旋梯直上二楼，只见状如穹隆的楼厅里，金星、木星、水星、火星、土星五间雅座次第有序，熠熠生辉。门外，都亭亭立着一位身着银白色短裙的服务员小姐，叉手而站，齿颊全笑。

如此超一流的设备和服务令我惊讶！火锅是什么？几百年前下力人聊以果腹的猪杂碎、牛下水。如今是什么？儒者雅仕也乐此不疲的佳肴美味！薛小姐介绍说，俞生是重庆人，硕士生毕业，80年代去沿海闯荡，事业有成，发了财回家乡开了这家火锅城，也算报效故土故园！问及她自己，她却缄口不语。

俞、薛二人坚持要请我吃火锅，说"太空城"将现代科技用于火锅业，集东西南北中优势于一身，不吃是一憾事。我说有急事，隔日再去。

回报社与正聚集在一起绞尽脑汁编小说的各位作家一说，都说茅塞顿开，大家说何不以"太空火锅城"为场景，以俞生、薛米丽等人物为线索写一组小说？他们说二就干，调动了各自的悟性与全部的灵感，很快写成了一篇篇这种风格那种流派的小说，把重庆时下的世风民情栩栩如生地展现在我的眼前。

闲话休说，还是让读者诸君自己去欣赏品味吧！

开张大吉

曾宪国

1

太空火锅城建好后还没在大庭广众前亮相的老板俞生，这两天穿着笔挺的西装，每顿饭后，双手叉着腰，打着响亮的饱嗝，站在大门外的石坎上，一根牙签在嘴里从左到右不停地搅动，一副已将这条街的命运牢牢握在手心里的趾高气扬的神态。

最忙的大忙人还是要数火锅城的公关经理薛米丽小姐。这个妩媚的女人，是俞生用高薪将她从一家中外合资大宾馆里挖来的。为迎来太空火锅城的开业，她那荡人心魄的微笑，曾留在了本城的有关部门的有关人士的记忆里。其收获，就连俞生也承认，即使花大把的钞票也未见得能取得如此大的功效。

于是，当一辆黑色的奥迪牌小轿车将薛米丽送回来时，俞生迎上前去的那一瞬间，脸上挂着的是一种献殷勤的神态。吃饭时，俞生特意为薛米丽开了瓶长城白葡萄酒，亲自为她斟满杯，敬了她三次，夸赞的言辞中无不饱含感激和敬意。薛米丽并不客套谦让，端起酒杯就喝，粉红的脸上绽开迷人的微笑，放下杯子的那会儿还少不了将闪闪的眼波向俞生一撩。一瓶酒喝完，薛米丽毫无酒意，俞生的舌头却变粗了。

俞生紧盯住薛米丽问："明天他会来？"

薛米丽反问："哪个他？"

俞生一扭头说："那坐奥迪的。"

薛米丽别有情味地一笑，回答："这种场合他好来！他说那边的事他去搁平，人通通给我们喊来。"说罢，她抬眼望了一下窗外。

窗外是一溜不知哪个年代铺就的青石板路面，人踏在上面的杂乱的脚步还会应出阵阵咚咚声，这情景在这座兼具大工业和大商业的繁华的大都市里倒另有一番传统的风味。薛米丽不由心想，难怪人们都把火锅馆开在了这里，真是名副其实的"火锅街"了。

正是火锅馆开午堂的时候，老板们都派出嗓音清亮的丘二立于堂口，不歇气地吆喝着招徕顾客。

尽管太空火锅城的大门还没有为一个顾客打开过，但从修建起至今，在那些个磨煞人的日子里，除了为迟迟不能开业而焦虑外，最揪俞生心的莫过于那声声拉顾客的吆喝了。从那时起，他就清楚自己掉进了这条街所掀起的激烈竞争的漩涡中了，承受着那股力量的无情撕扯。

俞生将注意力从窗外收回来，有些担心地问："他们会来？"

薛米丽说："有坐奥迪的人做靠山，他们敢怎样！吃过饭，我再到劳协去会会他们的副主任。"

俞生说："你说的是胡胖子？他可是个老滑头哟！"

薛米丽指了指她那只做工精致的金利来坤包，说："我有手谕，还怕他不听命！"

俞生终于放心了，并有些兴奋起来，还要开一瓶酒，薛米丽制止了，说她下午要去办事。俞生本想一醉方休，也只好作罢，心中颇感遗憾。

薛米丽吃过饭稍作歇息，当她从洗手间出来，俞生的双眼顿时定住了，面前亭亭玉立着一位光彩照人的大美人。此情景叫薛米丽好笑，便讥讽俞总经理的酒还没醒，看人的眼睛是昏的。她一转身，留下一串悦耳舒心的哈哈声便出了太空火锅城。刚至大门外，她又回头说："俞总经理，明天的好戏还等你唱哟！"

望着她款款而云的背影，俞生嘴里发出丝丝的得意声，心想，握着这张王牌，没有赢不了的对手。

2

第二天一大早，大堂经理卫鸣就催着一帮子服务员将太空火锅城的里里外外收拾得干干净净。

卫鸣叫员工把 2000 响的电光火炮高挂在竹竿上，分排在紫红大门两边。进门的三级石坎上摆放着大大小小各色的志禧花篮，花篮彩带上的落款有私人姓名，也有一些是让人说不清到底是属于什么的某某公司的落款，大堂的 20 张特制的火锅圆桌上的杯盘碗筷都按宴席的规格摆放停当。唯那按金星、木星、水星、火星、土星命名的 5 间雅座，是以高规格宴席设计的。对这些雅座的摆设，卫鸣更是花费了不少精力。俞生向他作过交代，要让客人在这里洗掉火锅是下里巴人的吃食的成见，领会什么才是火锅的高档次。

卫鸣看着经自己指挥调度而布置就绪的太空火锅城的里外，心情就像他每天出门时用发胶为自己的发式定了形，欣赏之余，有说不出的喜悦。大堂领班素芳像只猫似的悄无声息地走过来，在卫鸣的身后柔声道："卫经理……"

卫鸣一怔，转过身，保持着应有的矜持，不冷不热地"嗯"了一声。

素芳脸上堆起讨好和献媚的笑，问："你还有什么吩咐？"她说的是已为人们耳熟的那种带广东味的普通话。太空火锅城大堂上的所有员工都必须说普通话，这是俞生的规定。

卫鸣说："堂面上的事情，基本可以了，对服务小姐们的装束，你再去检查一遍。特别是那些化妆不好的，你要指点她们重化，不要弄成血盆大口，骇跑客人。"

素芳说："有卫经理说的那样骇人？那你先检查我，合不合你的要求。"说着就嘟起两片鲜嫩的嘴唇，挺起丰满的胸脯往卫鸣跟前凑……

"素芳！"一个愤愤的声音突然喊道。

素芳的表情像摘下的一朵花，在烈日暴晒下顿时枯萎下来，再没有先前的鲜活。她乜着眼咕哝了两句，离开了卫鸣身边。

来人是俞生重金雇来的调味师野狼。他 30 多岁，长条脸，瘦高个，一撮鬈发耷在多皱的额头上，穿着套做工考究、样式别致的牛仔服，让人一眼就看出那是本城市面上很难买到的外来货。

"野狼，今天该显手艺了哟！"卫鸣说。

野狼不吃这一套，生硬地说："老子自己晓得。"他说的是地道的语气重的本地话。他是太空火锅城唯一可以不说普通话的人，这是俞生给予他的特权。

过了一会儿，野狼将素芳喊到了厨房里，铁青着脸说："你现在长出了人样子，就忘了以前的老板！"野狼前两年曾在嘉陵江边开过火锅馆，素芳从农村刚进城就在他馆子里当丘二。

素芳说："我怎么会，来这里还不是靠你介绍。"

野狼不耐烦地打断她的话："你格老子在我面前少讲那种'斤里杠啷'的话，老子听不懂！"

素芳闭口了，但肚里却憋着气。

野狼说："刚才你在姓卫的面前卖啥子风骚！"

素芳不敢说那种普通话了，答道："我跟他在谈正经事。卫经理也不是那种人。"说到此，她别有意味地瞥了他一眼。

野狼一绷脸，说："屁，他不是男人！"

素芳说："这10多天来，我没看过他跟这里哪个女孩亲近过。"

野狼鄙夷地说："这娃阳痿！"

这时，俞生来了，用手指在门框上笃笃地敲了两声，故意玩笑着说："在这里说情话不嫌人杂？"

素芳正好下台，红着脸，一勾头从俞生身边出去了。

俞生看着她的好身段，对野狼说："你艳福不浅啊！"他收回目光，又说："10点钟开张，客人陆陆续续就会到。作料的味道要拿准，不要砸了我的锅哟！"

野狼说："放心，对得起你的工钱。"

3

震耳欲聋的鞭炮声终于炸开了太空火锅城开张的大门。

鞭炮声刚歇，硝烟未尽，踏着满地红红绿绿的鞭炮纸屑而来的第一个顾客，便是个体协会副主任胡胖子。此人牛高马大，腆着啤酒肚，一脸宽厚仁慈的神态。他穿着深蓝哔叽对襟，里面衬着白绸衬衫，腋下夹着真皮公文包。他一踏上太空火锅城石阶，便双手拱拳对站在大门前迎宾的俞经理连声说："恭喜发财。"

胡胖子被接进了金星雅座间。雅座领班古小琴为胡胖子接过公文包，敬上盖碗茶，尔后站立在一旁。外面正在热闹地接待被邀请来的各方知名人士。过了一会儿，薛米丽又领进几位客人，指着一位皮肤白皙、戴金边眼镜的人向胡胖子介绍："这是《生活导报》的记者固金，是本城的名记者，去年发表的《火锅与鸦片》获过新闻大奖。"

胡胖子忙起身，说："久仰，久仰！"

又来了一些客人，薛米丽跑去接待，并根据客人的身份地位安排座位。

俞生像一条快乐的鱼，穿梭在火锅圆桌间，应酬着客人。

时间到了 11 点半，薛米丽巡视了一遍大堂和雅座间，觉得该来的客人都来了。她对俞生说可以开始了。

俞生便去到大堂的正墙前，清了清嗓子，用闪亮的目光扫视了一遍客人，然后大声道："各位来宾，各位先生，各位小姐：敝店开张，承蒙各位光临……"

这时，外面街上传来一阵骚动声，站在一旁的薛米丽赶忙去看究竟。

"敝人有志为发展火锅……"俞生不得不中止了讲话，因为薛米丽焦急万分地向他递眼色，有什么急事要向他讲。他向客人们说了声对不起，就去到薛米丽跟前。薛米丽把他拉到一边对他一阵耳语。

随后，俞生向客人们说请用餐，便去到门外。

在座的有敏感的人，已感受到了这里正潜伏着一股什么力量威胁着太空火锅城，大门外聚集着 10 来个衣衫不整且肮脏的人，明眼人一看就知道是一群扛"野扁担"的，他们吵吵嚷嚷着要进火锅城吃火锅。站在大门外的迎宾小姐对他们讲今天不对外营业，要吃火锅请明天来。那群人不听说，硬要往里闯。其中还有人拍着胸膛吼："嫌老子没得钱么？老子连你一起买。"口水四溅，闹得迎宾小姐直往后躲。

俞生一眼看出了名堂，这群"野扁担"是受人支使，专门来闹堂的。他顺势望了眼本街上的几家火锅馆，那里生意如旧，秩序井然，那几家老板的身影在看热闹的人群后面晃动。那群被人雇佣的"食客"尽管嘴上闹得凶，但脚却在原地踏步，不曾往火锅城的石坎挪动半步。

俞生却像无事一般，抄着双手在一旁欣赏这出闹剧，嘴角一直挂着冷蔑的笑。他觉得火候到了，该站出来说话了。他走到石阶中间，嗓音洪亮，毫不慌乱地说："诸位，我是太空火锅城的老板，是正儿八经的生意人。我这火锅城是有国家工商部门批准的营业执照，受法律保护的。今天我招待客人，不对外营业。如果诸位瞧得起我，硬要在我这里吃，本老板热忱欢迎，一律八折优惠。"说完，身子往旁一让，亮出大门，双目盯视着那些"食客"。

那些"食客"像被当头淋下一瓢冷水，无所适从地一脸窘相。

俞生便又说："如果诸位又不愿在这里吃了，那就请大家另找地方。社会治安还得靠大家共同维持。"俞生请来的客人中也有公安部门的，这时也站出来亮了相，那意味，要是谁还不识趣，就将采取特殊手段。

事态既然发展到了这种地步，再闹下去也不好收场了，人群后面的那几个熟悉的身影不知何时就不见了，"食客"们也开始渐渐散去。

4

俞生回到金星雅座间，坐在胡胖子身边。胡胖子今天食欲正旺，在这桌贵宾席上他亦显得踌躇满志。俞生向他敬酒时，也向他表示了一番恭维，当酒下肚后，说："在这条街上，我开办了太空火锅城，少不了跟本街上的同行展开竞争。尽管这竞争将是激烈的，但有一点却是共同都应该遵守的，那就是道德。本着这一点，我愿跟本街的同行交朋友。在这里，我想请胡主任为我牵线，我将在今天晚上宴请他们。希望胡主任光临作陪。"

胡胖子打完一个沉闷的饱嗝后，说："这好办，包在我身上。"

傍晚6点一过，这条让人们永远也摸不透脾性的临江新街又迎来了一天里最为繁华热闹的时刻。各大火锅馆门前丘二的吆喝又响起。霓虹灯、彩灯、满天星灯发出绚丽的光，将这条街的旺盛精力展示在这大都市的朦胧夜色中。

太空火锅城的大门洞开，迎宾小姐穿着玫瑰红的缎子旗袍，笑容可掬地站立在两边。里面灯火灿然，然而却一片寂静。

忽然，大门外传来一声呼喊："俞老板，来客了！"

俞生早已在大堂里等候，便迎上前去。见胡胖子走在头里，器宇轩昂，俨然一位权威者的姿态。他身后散乱地跟随着10来个人，这些人或瘦或胖，穿着或高档或一般，表情或火辣或冷淡，但个个都神气活现，仿佛脸上都挂着一副面具，竭力做出故意给人观看的某种神态。

俞生将客人接进大堂。大堂中央的几张桌子已摆设停当，其余的桌子全部封了炉。胡胖子将带来的人一一作了介绍。待客人陆续坐好，俞生对员工吩咐："今晚是专门宴请本街火锅业的老板，其他客人一律不接待。"接着他又说："这些客人是本街的体面人物，我的贵客。所有员工应尽其能力，好好侍候，不能怠慢。"

员工们个个脸上都带着热情的笑容。

客人面前的酒杯都斟满酒后，俞生举杯站起，说："各位老板赏脸，有幸在敝店相聚。我祝大家生意兴隆，干！"

在座的有几位站起应和，但见多数依然不动，便尴尬地坐下了。这场面使俞生很难堪！

席间顿时出现不耐烦的响动，有故意大声咳嗽的，有用筷子击杯敲碗的。

胡胖子说："俞老板有话要说，大家就听听嘛，事情总要说才能清楚。"

不耐烦的响动声才稍稍有了消沉。

俞生说："我虽是外来户，却是个重庆人，靠改革开放，这些年赚了些钱，来这里开了这家太空火锅城。开办这火锅城费了不少力，也花了不少钱，被人卡过脖子……这些都过去了，没必要再提了。我只想老老实实做生意，与各位老板搞好关系，进行公平的竞争。"

高而尖的声音又起："你高档、豪华，我们这些馆子与你哪有公平可言？"

"说的比唱的好听！"

"今后的生意只有他个人做！"

"有种的，把这房子推倒，开一样的馆子比！"

胡胖子摊开双手招呼道："有话慢慢讲嘛，何必斗气。"

薛米丽在一旁为大家不停地斟酒，随时也插上一句，说："生意大家做，规矩可以定嘛。"

俞生不慌不忙，等大家嚷过了后，说："请大家来就是商量一个对大家都有好处的规矩，我们今后都在这规矩里做自己的生意，互不干扰。"

胡胖子说："这主意倒不错，我看可以接受。"他拿眼盯了一下醉香火锅馆的老板，并不经意地点了一下头。

于是高而尖的声音又响起："那可以，规矩由我定。"

俞生说："听你一句话。"

这次，高而尖的声音变得平缓多了："我们的价格不变，你的价必须高出我们百分之三十。另外，不准你的人出门拉客。"

俞生问："就这两条？"

"就这两条！"

"好，成规矩，我接受！"

那一餐下来，俞生便醉得不省人事，整整睡了两天。

书生意气

莫怀戚

5

这天傍午，有一群儒雅的人谈笑风生，在临江新路上走，重庆仲秋金贵的阳光斜斜地照着。快到"太空火锅城"门口时，听到口令似的一齐噤了声，探头往里面窥视。

这几个人是本市某师范大学的中青年教师，刚才在朝天门码头送走了从北京大学来作学术交流的教授们（教授们其实是来看三峡的），突发奇想，说不妨在新辟的大道上走一走，将"太空火锅城"作为一景观望了一番。

这时，以"君子小人都能对付"而著称的冯老师很笃定地说："其实最好的一道景观还是看人。我知道这里有位公关，是文雅重庆姑娘；美丽大方自不必说，集热情与典雅于一身的独特风范，不能领略，实为文人憾事。"

众人立刻像服了兴奋剂。有人横了胆子便往里冲，给其他人扯住。一位叫南方的眉目清朗的年轻教师正色道："不可，不可。虽然师表之说有些酸腐，但昔日学生遍布全城，看见老师们有如市井无赖，到底……"大家称是。

于是，一个提案应运而生："进去当一回上帝。""名正言顺，敢不来接待！"一个说。

"如果拿大，"另一个说，"寻他们几处差池，过两天在晚报上来它一篇！"

第三个比较冷静与现实。他说："钱。"

因为是教书的，所以不可能有什么"业务聚餐"；公正地说，社会对教师还是尊敬的，但尊敬归尊敬、宴请归宴请；宴请的不一定尊敬，尊敬的不一定宴请。

所以，倘要进去，只有自己喝自己的血。

大家互相看看，都有点惭愧。说实话，现今大学教师收入还不及中小学教师，后者还可安排学生补课收一点加班费。

不过，说大学教师穷得连自己凑份子吃顿火锅也不行，未免欺人太甚。士可杀不可辱。所以，尽管有人阿Q地说穷就是穷，敢于认穷也是一种洒脱，大家还是呼啸地往里涌去。

进了大堂，领班素芳笑如一朵山茶花，火辣辣地迎上来，"各位请随便坐，随便坐。"

素芳说"随便坐"，是因为此刻大堂里已无空余的整桌。素芳想让他们先坐下来，自己再同先到的食客商量，调整桌位以均得其所。

一行人便有几分不情愿，而且抓紧时间四顾，也不见有如冯老师所说的文雅重庆美人。众人便踌躇，有人说算了吧，有人作撤退状。

冯老师觉察到大家的失望与不满，便问素芳："听说你们这里有位很出色的公关经理，是真还是假？"

素芳一笑说："哦！各位要见见薛小姐，这好办。"伸个手指于某处按了一下。

不一会儿，楼梯上轻盈敏捷地下来一位小姐，素朴淡雅，身着月色旗袍，如一枚刚刚上市的黄桷兰。虽不如冯老师吹嘘的档次，却也使离得最近的南方眼睛一亮。

素芳说："小琴，你带他们去见见薛小姐。"

一行人上了楼，刚坐定，南方便凑近被叫做小琴的，半开玩笑半认真地说："原来你还不是薛小姐？真如戏文里所说，皇帝总是最后出场？我看，薛小姐有你这个水平，也就不错了。"

南方说得诚恳，小琴虽是场面上应酬惯了，不知怎的此刻也亦喜亦羞，她一指说，看，那不是薛小姐来了！

南方抬头，定睛一看，大惊失色，略顿一顿，扭头便蹿下楼，心里说见鬼见鬼，原来她到这里来了。

先生们小姐们明白了：这薛米丽与南方，本是大学同学。论起来，两人还有一段半生半熟，所谓过渡阶段的爱情，在同学中，已不算秘密。但郎才女貌，为何突然分道扬镳，却谁也说不上来。

只知道，大学四年级时，薛米丽在餐馆打工，成为轰动一时的新闻。她对记者的解释是：从餐馆了解社会，从生活中学习工作。而南方对于这一切的一切，却做没事儿人，一个字不说。

南方的妻子陆平，也是同班同学，所以南方为息事宁人，对薛米丽毕业后的行踪，一概不闻不问，此刻算是狭路相逢。

这边，薛米丽也有所察觉。她温婉地招呼大家后，便叫小琴请客人落座，自己急步下楼，抬眼搜寻南方。

6

薛米丽下楼去了。雅座领班古小琴当然不明就里，便对这些局促四顾的大学教师们说："你们有个同志走错了地方，薛小姐招呼他去了，请各位先坐下。"一边叫招待奉上香茗。

教书先生们哪里敢坐！知道雅座不比大堂。光看看杯盘碗盏，都有贵金属的光芒炫人眼目。教现代文学的小邹笑嘻嘻地说："诸位，这里是长衫的地方，我们可是短衣帮噢！"（注：鲁迅先生《孔乙己》：穿短衣的穷人在门边站着喝酒，穿长衫的才在里面慢慢坐喝。）

众人暗暗叫苦，面面相觑，站也不是，坐也不是，走也不是。有人叫起来："南方到哪里去了嘛！"

南方溜到公路对面，在一株泡桐树后站定，有如刚刚进屋便撞见主人的小偷，心情复杂难以形容。

薛米丽却径直走了过来。荷叶色的旗袍使她的胴体更显修长，黑浸浸的瞳仁七分笑意三分春威。

"你跑什么？我是鬼吗？"

"我……心脏不太舒服……"

"什么心脏？是心情吧？你我雅俗难和，道不同不相为谋？"

"哪里哪里！"南方一脸尴尬，额上起了汗。

此刻，楼上那几位更是惶惶不安。欲睹芳容的薛小姐不见，宰人的头一刀——油碟却接二连三罢上来。终于稳不住，发一声喊，迤逦地下了楼。

突见南方与薛小姐对峙，众人一时惊讶，然而终是现代人，反应快，便一齐说南方我们先走了，你好自为之。

南方说："哎，等等，我们一起走。"却被薛小姐一把扯住："走什么？一句话，几年了，一直想问个明白。"

"什么话？"南方只好回转身，擦汗。

薛米丽却笑起来，半妖媚半狡黠："在这里站着像个什么？请到楼上坐下。今天老同学来我私人做东，请你的客。"

"噢，不不不！"南方连连摆手。

"怕什么！又不是我的卖身钱！"薛米丽杏眼圆睁。

"哎！米丽米丽，你不要难为我了。"薛米丽的话当然有所指，南方自己明白，"你知道我这个人，从来无功不受禄。"

薛米丽想这人也是这么个德性："那么，你请我好了，我没有那一套。"

南方张口结舌。说实话，这更不敢。妻子陆平产后体弱，孩子不足周岁，请有小保姆，一切可以想见。即使勉为其难，也觉得对不起妻儿。

江上传来汽笛声。有两辆双胞胎似的"奔驰"在门口停下。

薛米丽却并不理会"奔驰"们，突然问道："他们都是什么人？"她指指渐渐远去的教师们。

南方缓过劲来，讲了刚才的情形，"我听说这里有位不同凡响的公关小姐，没想到是你。"

薛米丽微微一笑，低声说："这里宰人，你们那几滴血当然不够流的。想当年，老师们都是善待我的呀！今天，我可以找人出血，款待你们全体。你快将他们叫回来。"

南方迟疑。薛米丽催他："撂晚了，雅座里恐没有空位！"

南方硬板板地说："是谁来出血？要说明白，我们不吃不明不白的东西。"

原来，同薛米丽相熟的大老板里有位经营家电的孙老板，孙老板却有一爱好：写作，尤其想将自己奋斗的轨迹写成若干小说发表。若能成为中国作协会员，商人作家两位一体，是为毕生最大愿望。只可惜素材虽然丰富，技巧尚欠火候，所以至今未变一个铅字。

"我的意思，今天介绍你们认识，你们可以给他上一堂写作课。他请你们吃顿火锅，九牛一毛，账都不用上的。"

南方想想有理，兴奋起来，拔腿就追。

一行人听说，有如天方夜谭，叹道世界真奇妙，立刻毫不犹豫往回赶："走，吃大户，不吃白不吃！"一个个摩拳擦掌，满脸放光。

薛米丽将大家安排在名为土星的雅座里，亲自为大家张罗。一时银光闪闪，美人鱼游，靡靡之音如云如雨。冯老师往后一仰，叹道："今天才算知道了什么叫落后知识分子政策。"

众人欢笑间，古小琴报告："薛小姐，孙老板来了。"

7

薛米丽迎过孙老板，一一介绍完毕，说："这些都是大学教师，人人都发表了丰富的文学作品，都是我替你精心选择作家学者两位一体的人物。你的追求，我已经告诉了他们，今天就让你来拜师了。"说得煞有介事，气氛庄严，教师们咬紧了牙关才没有笑出声来。

看这孙老板，三十五六岁，全无预想的那种暴发户式的粗鄙与傲慢。他身材修长，体态匀称，架一副单边眼镜，温文尔雅，笑容可掬，还略有一点憨态，瞳仁里满是真诚。冯老师暗暗喝彩，低低地对南方说道："这才是可以成大气候的人！"

孙老板碰杯后扫一眼桌面，说："太简单了。"一旁的小琴说系四百元席，饮料另算。老师们暗暗咋舌。火锅吃海鳗、海蟹、海虾，已系史无前例，还说太简单了！

又听见孙老师说上毒蛇和团鱼，一席人寂寂封音，一个字说不出。一会儿，一个年轻厨师来当众杀蛇。这是广州那一套，要客人眼见为真。厨子先活取了金环蛇蛇胆，放入一只高脚杯里，斟上白酒，说："请用牙签挑破了，胆汁化酒，一人一口，可以解毒，滋阴，明目。"这边年纪最大的眼镜秦老师便接过去，用牙签慢慢地戳。他又稀奇，又紧张，又热切，身体不好没有什么力气，蛇胆像粒玻璃弹子，滚来滚去就是不破，厨子又说："吃火锅饮蛇胆酒，可以退火。"众人便都急了，伸手向秦老师，齐说我来我来。秦老师却并不给，说："莫急嘛，莫急嘛。"

这边又在接蛇血了，众人的注意力便给吸引过去。蛇是冷血动物，其血竟也鲜红有如夕阳，众人都说没想到，又说血管里流出来的真还都是血，云云。蛇血也化了酒在高脚杯子里。小邹接过，抿了一口，大约其味不佳，便传给别人，问："蛇胆呢？"众人便一齐寻蛇胆酒。遍寻不见，再寻寻到一只空杯。秦老师始终不开腔，低了头颤巍巍地只剥他的虾。众人终于明白秦老师趁大家不留神时独吞了蛇胆酒，便一齐笑骂，声讨他。秦老师抵赖不了，便耍无赖，说："一人一口，对谁也起不了作用，徒具形式。还不如由一人服用，药效也可集中。"大家瞄瞄他瓶底似的近视镜，也就作了罢。

酒至半酣，冯老师悄声对南方说："哎，就这样光吃，吃完一拍屁股走了吗？"

南方说："我也在想这个问题。人家要请教文章写作，但是，哪有一伙人将一个人团团围住教文章的道理？岂不是笑话。"

冯老师笑起来，说："别忙，我有办法，让每一个人都心安理得，没有白吃。"

冯老师瞅个机会，叫大家静一静，一本正经地对孙老板说："孙先生作为商界巨子，却如此谦逊热忱向学术界求教，如此视文化为上品，实令我们腐儒欣慰……"一旁的小邹低低地说："认也不认得，就吃人家的火锅，还自称腐儒！腐个屁！"有人就吃吃地笑。冯老师假装没有听见，继续说："……在座各位都写文章，但各有所长。文章体裁繁多，侧重自然不同。诗词歌赋、现代散文、杂文、小品、纪实文学……"

薛米丽打断道："孙老板的意思是提高小说创作水准，因为这同他的生活实际最为接近。孙老板，对不对？"

孙老板说："对对对。请老师讲讲小说诀窍。"

"这个，"冯老师咽了口唾沫。他至今一篇小说没写过，说实话，他还不如孙老板读得多。但既为大学教师，就没有不会糊弄学生的。"仅就小说而言，也是各有所长。譬如我，长于选题，秦老师长于立意，小邹长于结构，南方工于行文……"言下之意，写一篇小说需要七八个专家。

薛米丽忍俊不禁，捂住嘴巴。教师们也各个再次咬紧牙关，以免笑出声。

于是，各位"专家"轮番上阵，正襟危坐，各讲自己所"擅长"的。明明是背烂了的"文章写作概要"，偏作经验之谈、切身体会的神秘状。而看孙老板饥不择食地记录，一个个又都泛起蒙了个体户的得意和一种说不清道不明的报复快感。

冯老师对南方附耳："都说生意人蒙我们，当官的蒙我们，其实我们只要有机会，照样会蒙别人的。"南方摇头苦笑。

秦老师素来不沾酒的，今天为了蛇胆喝下一杯，人就亢奋起来："立意的要诀何在？一要新颖，二要深刻。何为新颖？新颖就是不陈旧。何为深刻？深刻就是不肤浅……"他习惯性地站起要写板书，才发现指尖捏的是螃蟹腿儿，便扔进嘴里，嚷道："拿粉笔来，粉笔，粉笔！"

众人知他是醉了，七手八脚将他按下。

南方悄悄对孙老板说："你不要记了。这些道道，我可以送你一摞。还不如将你的手稿给我，我给你提点细细的修改意见为好。"

一旁薛米丽突然插上："我就是这个意思。一会儿席散你留一下。"

席散后，薛米丽对南方说："我已替你同孙老板签了合同，他的稿子经你修改后如能发表，他以稿酬的三倍付给你！"

南方大吃一惊："这怎么要得！"

8

南方说："给别人的文字提提意见，聊尽义务而已，还要收费，实在不习惯。"

薛米丽只在一旁冷笑。孙老板则说："任何劳动都是应该有报酬的。而且根据我的经验，凡是义务，都不会尽最大努力。"

南方不服气地说："是吗？"然而心里却暗暗认为有理。

孙老板说："如果南老师不肯收费，我就不敢麻烦你了。"

南方说，那么好吧。孙老板就将一摞稿子交给了他。

临走，南方忽然想起，就问薛米丽："你说要问我一句话，好几年了，是什么话？"

薛米丽说："不过是想多留一留你，没有什么话。"

南方虽然狐疑，也不好追问，遂告辞。

回到家里，对妻子陆平如实报告，然后拿过一本稿子来翻。这是个中篇小说稿，写作者某次南下深圳经商的传奇经历。南方一口气看完，闭目沉思，感慨良多。第一，原来发财也并不容易，饥渴寒暑、胯下之辱、风险决策、生命危险……什么都得受；第二，个体户也并非都是见利忘义的小人；第三，如果没有这些人，社会的变革就将缓慢得多；第四，孙老板的文学功底，比预想的厚实。亲身经历，有感而发，所以小说也颇为生动。

南方花了几个晚上，拟定了详细修改意见。说来奇怪，一想到这是在履行合同，还将领取高额报酬，立刻动力大增，文思泉涌，与改学生作文就是不一样。

孙老板遵嘱，三易其稿。南方拍手叫好，自动荐他推荐到《在人间》杂志社，有同学在那里任编辑。

南方松一口气，此事渐渐淡忘。九月中旬，孙老板突然造访，喜形于色，告诉南方，《在人间》杂志通知，对稿子很赞赏，拟发今年第6期头条。

孙老板笑着说："什么事，起了头就好了。打麻将不是说开和了吗？"两人大笑。

临走，孙老板认真地说："我看你们教师家里，还不如工人家里像样，你们就没法在这圈子外挣些钱吗？"

"不是不能，是不愿。一是面子。二嘛，虽是粗茶淡饭，但人格自由，性灵自在，也是一种生活。"

孙老板摇摇头："太保守了。说得不好听，是苟且偷安。粗茶淡饭倒是足，但是，万一有了意外，如何应付？"

"车到山前自有路。再说，我们生活在鸡圈一样的小天地里，与世无争，也难有什么意外。"

南方的话说早了。

几天以后，南方的女儿和小保姆被烫伤。孩子只烫伤了小腿和脚，可怜小保姆从小腹到双腿双脚都给烫坏，惨不忍睹。立刻送进医院。小保姆素来很尽职的，这次弄不好会残废，南方和妻子心情沉重。

小保姆需大面积植皮。医院吩咐预交一千五百元，否则不予接纳。虽说有革命的人道主义，但医院的现实处境也无可厚非。但是，到哪里去弄这一千五百元呢？

陆平说，与其这个两百那个一百，还不如找薛米丽一人借。

这明的是要她代向孙老板索"改稿费"预支，南方脸上很下不来，然而已无计可施。

电话、传呼机，不出两小时，孙老板携两千元现金飞速赶到。

秋风乍起之时，薛米丽来到。原来，孙老板沙坪坝分店的经理跳槽，他想聘南方接任。因为南方人品好，又有头脑，而且也不会耽误教学。

南方惊讶之余，一口答应下来。薛米丽很高兴，说："你还记得那年我生日，你送我的贺卡上写的什么吗？"

南方略一回忆，哈哈大笑。原来贺卡上写的："安能摧眉折腰事富豪，令我不得开心颜！"

薛米丽说："李白当然是说他自己。你这里的我，是指我呢？还是你？"原来她要问的是这个。

南方竟不能答。薛米丽说："若说我，我边读书边打工，并非不能开心颜。若说的你，大男子主义而已，有什么新鲜？"

南方说："不提了不提了。从改稿到此时，我不也在事富豪了吗？还不是一个御用文人！"

薛米丽说："不是御用是商用。"

南方说："我们文人，不种田不织布，既不御用又不商用，凭什么活在世上？"

薛米丽说："你的生日也快到了，我也送你一张贺卡吧！"边说边递给南方一张贺卡。

贺卡上写着："从来就没有救世主，也不能靠神仙皇帝，要创造书生的富足，全靠我们自己。"

乡下来的大堂领班

罗学蓬

9

几场秋雨过后，天气本已凉爽不少，不料"秋老虎"一露脸儿，叮肉咬背，热不可挡，重庆城仍像座熊熊燃烧的大火炉。

虽这般，重庆人吃火锅的兴头仍是不减。

且说这日傍晚时分，太空火锅城生意一如既往地兴隆，二楼雅座间已全部客满，楼下大堂也有了八九成顾客。大堂领班袁素芳指挥着十来个身穿银白色工作裙的服务员，游鱼般穿梭在人头攒动的顾客中间，精心地服侍着每一位顾客。

"素芳姐！"雅座的服务员小罗急急从不锈钢旋梯上下来，低声对素芳说道："古小姐叫我来请你上楼去帮忙应付一下，火星雅座厅的一班顾客想见见你。"

"哦，他们是干啥子的？"素芳问。

"作家、记者，唔，还有电视台的导演、编剧……素芳姐，你好了不起哟，刚才他们一进大厅，就全让你给镇住了！"

让人恭维，毕竟是桩愉快的事，素芳莞尔一笑，端上一小杯红葡萄酒，随着小罗款款上了旋梯。此类事情，素芳可以说是应付自如，她去广州跑过两年滩，见识过三教九流中的人物，和不少摇笔杆子的人也打过交道。这些文化人似乎都得了一种通病，见不得漂亮的姑娘，见了，连哑巴也突然变得口若悬河、妙语连珠，总让她情不自禁地想起笼子里向游客献媚开屏的孔雀。在店里，这也是一种必不可少而且丝毫不令她讨厌的生活。男人的眼睛犹如一杆秤，一个女人有几斤几两重，看看他们的眼珠子就全清楚了。

袁素芳弱人一头是个乡下女子，强人一头是个美人坯子，不论过去在乡下，还是如今在城里，众人都说她长得乖。她那脸蛋、肤色、眉眼、身段，让人怎么看怎么好。尤其是那一颗让姑娘们羡慕得不行的梅花痣，在两叶柳眉间黑黑亮亮灵灵秀秀地闪，就更给她添了妩媚，添了俊美，添了十分的秀丽与光影。再加上她待人和气又恭敬，一与人说话脸上两个酒窝里便先盛满了甜蜜蜜的笑，这就引得众人都宠着她。尤其是男人，见了她那笑的模样，就觉得这浮躁的世界亮堂温柔起来。于是，总想着应该给这姑娘做点什么，才对得起自己。

袁素芳这么一个乡下女子，经野狼引荐进店后不足一年，便扶摇直上成为领班，靠啥子？一靠脸蛋，那是爹妈给的；二靠本事，那是自己练的。

火星厅布置得豪华典雅，木砖镶嵌的地面打上蜡，光滑而且给人一种凉爽感。两盆叶片肥硕色泽碧翠的龟背竹，让人感到大自然的气息扑面而来。天花板上悬挂着一盏由繁多的小星型灯组合成的巨型顶灯，犹如一朵倒垂的芙蓉花，那无数盏小星型灯的光柱交错生辉，全部采用白色冷光源，使人感到舒适爽快。

"各位先生，"小罗毕恭毕敬、笑容可掬地向顾客们介绍，"这位，就是我们太空火锅城的大堂领班袁素芳小姐。"

顿时，一双双眼睛全凝在素芳脸上。

素芳嫣然一笑，落落大方地说道："能够在太空火锅城见到我市文化界的名人，我非常荣幸。"素芳将酒杯一举，"请，我先敬各位先生一杯。"

客人们全都举杯站了起来。

"袁小姐，"一位领头模样的人说道，"你的美貌和风度令我们大饱眼福，太空火锅城有你这样出色的小姐，一定会财源茂盛，生意兴隆。"

"谢谢，谢谢。"素芳以杯致礼，"我也希望今后能经常在我店看到各位先生潇洒的身影，听到各位先生高雅的谈笑声。"

觥筹交错，笑声四起……

素芳应酬完毕，正欲下楼，蓦然瞥见一个身影，她在旋梯上呆住了！

店堂门口，走进一个身着皱巴巴西装，光脚片上穿着双塑料凉鞋的农村壮汉。

素芳瞳孔发直、脸色发白……天呐，咋个会是他？他怎么会找到这里来了？

而那个汉子显然已经看见她了，喜滋滋地叫了起来："哎呀，袁素芳，你让我吴通海找得好苦哟！"

语出惊人，瞠目结舌！

10

卫鸣皱着眉头走过来，问素芳："他是你啥子人？"

"他是……"素芳支支吾吾地应道，"他是双江场来的，我的一个远房表哥。"

"素芳！"吴通海大惊。

"卫经理，我陪我表哥出去说几句话，马上就回来。"素芳赶紧打断吴通海的话，推着他往门口走去。

"出去做啥子？我不走……素芳，我是专门来接……哎哟！"

素芳急中生智，在他背上掐了一把，嘴上却软软地说："小心，地板滑得很。"

卫鸣分明看出了素芳的失态，他阴沉着脸，目光久久盯着这一男一女的背影。

一出大门，吴通海便火气冲天地吼开了："袁素芳，你搞啥子鬼名堂？我是你男人，你咋个跟那眼镜说我是你表哥？妈哟，表哥不算，还是个远房的！"

"通海，你是个跑滩匠，莫非还懂不起么？有些事，说不得的，像我们这种乡坝头出来的女人，本身就低人一头，要再让他们晓得是嫁过人的，身价儿就更低了。"

吴通海琢磨这话，着实有几分道理，更令他放心的是，这话里明摆着素芳并没有否认她是他吴通海的婆娘。一年没见面了，得着这句话，够了。于是，满天乌云吹散，吴通海以一种丈夫对妻子的口气说道："素芳，我今天来重庆找你，幸亏在菜园坝馆子头帮丘二的麦娃告诉我，说你在太空火锅城当上了大堂领班，我初时还不信哩，一见，信了！"

素芳此时哪有心思听他说这些，慌忙道："通海，你看见了，店里正忙，店规也严得很，耽搁久了，要扣钱的。这样好不好，等晚上打了烊，你再来找我？"

"哈……"吴通海一见她着急的样子，竟放声大笑起来，笑过，一把抓住素芳的手，得意洋洋地说道："素芳呀素芳，你以为站在你面前的吴通海还是以前那个一身臭汗的下力汉，乡巴佬么？你要晓得了我眼下的情况，保准你睡着了都会笑醒。你男人在外面拳打脚踢了这么多年，如今总算找到了一条挣大钱的路子了！"

这话，听得袁素芳一惊一怔。

"你究竟在干啥子？犯法的事，干不得哟！"

"笑话！血盆里捞钱，我还没那胆子。我干啥子？你一看，就晓得了。"说罢，吴通海像变戏法似地从挎包里掏出两张彩色大相片让素芳看。

一张相片上，一笼笼的豇豆架上挂满了无数根白生生长得令人难以置信的豇豆，吴通海笑容满面地站在旁边，手里举着那根豇豆，一头高过头顶，一头拖到地面，下面还有文字说明：看，豇豆比人高！另一张相片上，并排吊着两根豇豆，一根特长，一根特短，文字写着：美国科学院培育出的阿波罗豇豆比本地豇豆长七倍！

"美国豇豆！你去哪里弄的种子？"

"看看，连你也相信了么。这是啥子美国豇豆，把本地豇豆连起来，往架子上一挂，就成了'阿波罗'了。现在这世道，用洋花椒麻外国人，容易得很。我在云南、贵州乡下赶溜子场，才干了三个月，赚了多少？"吴通海拍拍挎包，"五千多呢。有了这宝贝，要不了一年，我们就大发了。"

吴通海正说得起劲，一辆黑色的摩托车在他身边戛然停下了。骑车的人腿一蹁，站到了地上。

素芳一见是野狼，顿时方寸大乱，心中暗叫："冤家咋个全都来齐了？"

来人揭掉头盔，吴通海见是一个三十六七岁，长着满头卷发，身材瘦削，显得精明干练的男人。他正讶然，不料这人也亲热地向着素芳说起话来。

"素芳，我正想到店里去找你哩。今晚上，菲律宾滚石乐队在扬子江饭店演出，演两场，我把第二场的票已经买好了，打烊后，我来接你。"

吴通海一听这话，陡然炸了，鼓眼喝道："嗨！你是她的啥子人？"

野狼被这貌不惊人的汉子猛一吼，惊奇地看着素芳："这是哪个？咋个说起话来像吃了炸药？"

素芳只好掩饰下去："他是我远房的表哥，来找我借点钱做生意。呃，表哥，这位，是我们店请的高级调味师。"

野狼暧昧地笑了："表哥，嘿嘿，在外人面前，你不也常常介绍我是你表哥么？"

这话，连傻子也听得出名堂，把吴通海，气得发蒙。

事已至此，素芳只好豁出去了，"他就是我跟你说过的吴通海。"

吴通海拉住素芳的手就往店里拖："走，收拾东西，马上跟我回双江场，这重庆城，不是你这种婆娘待的地方！"

11

素芳用力甩开吴通海的手，欲怒又止，咽下口气说道："我和老板签了合同的，又不是赶溜溜场，咋能说走就走！"

野狼掏出支"三五"叼在嘴上，傲然蔑视着吴通海，不置一词。

吴通海深怀敌意地瞥了一眼野狼，暴躁地说："不走，待在这城里，凶险！"

"你莫逼我，有啥话，晚上再说。"

"不行！我要你马上跟我回双江场！"

素芳看见卫鸣站在店门厅处，正向这儿张望，急了："吴通海，你今天硬要安起心来逼我，我袁素芳也就……认不得人了！"

这话，犹似一串惊雷实实地砸在吴通海脑壳上。

素芳撇下他，大步向店里走去。

野狼把手中的"三五"往地上一扔，跨上摩托，也潇潇洒洒地走了。

剩下个吴通海，脸儿一苦，双手抱着脑壳蹲到了地上……

这一晚，素芳强打精神，照料着大堂的生意，心里却烦躁得厉害。老话说，躲得过初一躲不过十五，针对这一天，素芳早已和野狼商量好了对策，可眼下吴通海突然而至，还是让她害怕得不行。

四年前，吴通海那在县城里当包工头的姨父组织一帮民工去广州，靠吴通海帮忙，她也去了，留在队里给民工们煮饭。她和吴通海是一个村的，两人的关系便比旁的人来得亲热些，加之吴通海人不丑，脑瓜子灵光，处处想着法儿讨她的好，日子久了，两人便住到了一起。两年后，他们这帮人全被当作盲流赶回了四川，两人正筹备着办喜事，吴通海的姨父又在云南"网"上了活路，让他也跟着去。临走前，两人匆匆办了酒，请了客，收了礼，拜了堂，在众人眼里，这就是铁打的婚姻了，唯独缺了一张结婚证。这种事，在乡下太普遍了，乡下人历来看重的是结婚酒，至于结婚证，如今办起来也太麻烦。先得写"计生"保证书，双方签字画押，再到卫生院脱了裤儿让人检查，末了，还得去乡公所大院里点头哈腰，撒糖敬烟，结个婚，像早些年领救济粮一样。再说，等吴通海挣了大钱回来，再去补办一张，不就了事了。

吴通海前脚一走，素芳就托人介绍，去成渝公路边卖酸菜鱼的个体饭馆里当上了女丘二。当上女丘二后她才知道，这些路边店的女丘二不仅卖酸菜鱼，还暗地里向过往的司机和客商推销自己。起初，她还抹不下脸，气得老板差点辞了她，可后来，一个骑着辆"野狼-125"摩托的重庆人却让她动了心。野狼进店过夜，三名女丘二争着邀宠，可野狼却偏偏看上了把他晾在一旁的素芳。他对素芳说，你这副模样，窝在这路边店里浪费了，只要你跟我好，我就带你去重庆大饭馆里挣大钱。一番话，说得素芳粉脸飞红，心神大乱，也就泼出胆来把"血本"赔了进去。次日清晨，她便抱着野狼的腰杆，让摩托把她带进了城。野狼确实是一个能人，他兼着好几家大火锅店的调味师，一句话，便让她进了"太空"，在她身上花起钱来像打水漂。野狼还对她发誓，要把老婆离了娶她，还要办一个比"太空"更大更豪华的火锅店，让素芳来当老板……如今展现在素芳面前的，是一条撒满金光的大道。她怎么舍得丢掉她用"血本"换来的这一切，跟着吴通海重回长江边上那又脏又破的双江场？可是，眼下她该怎么办？吴通海就在门外，当面撕破脸，她不忍心，也没那勇气，毕竟，他还把自己当做她的女人，他千里迢迢奔来重庆，不就为了她袁素芳么？

打烊后，她换了身素色一点的衣服，取下耳环、项链，匆匆出了店门。

吴通海一见她的面，忽地从街沿边站了起来，那眼神流露出担忧。

素芳心中猛一揪扯……这一刻，她陡然想起了他过去待她的许许多多的好处。

她轻声说："走吧，先找个地方住下。"

吴通海像个听话的大孩子一样，乖乖地跟着她向前走去。清冷寂寥的大街上，晃动着他俩若即若离的身影。远远近近，山上山下，万点灯火正在迷蒙的夜色中闪烁跳荡……

12

拐进一条小街，不远处便是一家小旅馆。

快到门口，素芳踌躇再三，终于还是开了口："通海，有件事，我也不想再瞒你。"

"莫说了，我也算是个一踩九头翘的人，还能看不出名堂！"吴通海的火气又上来了。

"你明白了，也好。"素芳鼓足勇气说道，"反正，我这辈子，是再不回双江场了。"

"要跟我离婚？"

"不是离婚，当初没办结婚证，依法律讲，我两个从来就没结过婚。"

吴通海眼珠子都快弹了出来："这么说，我姓吴的反倒成了是个'歪'货了！"

"嘿，夜半更深的，你莫吼嘛！"

"莫吼，妈哟！我倒想问问，你为啥要离开我？那重庆崽儿一副排骨样，比我强？"

"不，他长相不如你。"

"他有钱，我穷？"

"这……不单是个钱的问题。"

“这才怪了！一不图人，二不图钱，你究竟图个啥？”

“我说穿了，你也不用怄气，是我袁素芳变了，我再也不愿做个一辈子受苦受累的农村婆娘了。”素芳不顾一切地把心里话倒了出来。

“农村人有啥不好？你只要跟我回双江场，我在场上买家铺面，开个馆子，我跑滩卖豇豆种，你留在屋头当老板。”

说话声把旅馆的服务员引了出来。

“两位客人，要住店么？”

两人住了声，跟着服务员走进去。

吴通海拿出钱来，说：“开个双人间。”

服务员看看他俩，狡黠地一笑，说：“对不起，要结婚证。”

吴通海抽出一张“老人头”往他手上一塞：“这个行么？”

服务员高兴了：“当然行，当然行。”他拿起钥匙递给吴通海，殷勤地说，“住楼下，12 号，角角头……嘿嘿，凉快些。”

素芳踟蹰不前：“通海，我还是回店去住。”

吴通海一扭头：“你不是还要跟我商量事情么？怕我吃了你？哼，你说的，我还没点头哩。”

无奈，素芳只好跟他进了房间。

吴通海把门一关，素芳陡然感到一阵紧张，赶紧说道：“通海，我两个毕竟好过一场，你只要不板不跳地跟我分手，明天中午前，我给你送一万块钱来。”

吴通海身子一震，瞠目结舌。

“这一万加上你卖豇豆种挣的钱，回到双江场开饭馆、娶媳妇全都够了。”

“一万？这么漂亮的女人就一万，你也太把你贱卖了。”

素芳咬咬牙：“你要闹，要拗价，我人飞了不说，你一分钱都得不到。”

吴通海“啪”地在自己脸上扇了一耳光：“当初没办结婚证，算我憨，让你占了先。我也想穿了，长痛不如短痛，你给我一万五，我明天就走！”

素芳心中一块石头“咚”地落了地，这数比野狼同意出的价低了一半。

“那好，明早我拿钱来见你。”说罢，她转身便去开门。

“呃，你莫走嘛，这么久的夫妻都做过来了，你还在乎这一夜。”吴通海上前搂住素芳，顺手关了灯。

突地响起了敲门声。

"哪个？"吴通海恼怒地问。

"公安局的，查号。"

趁吴通海去开门，素芳赶紧拉亮电灯。

门一开，吴通海一怔："你崽儿，原来在打我们的吊线！"

野狼双手抄在胸前，冷冷地说："你龟儿屙尿撸鼻子，两头都想捏到嗦！"头一扭，"素芳，走！"

"喂喂！"吴通海追出门，"钱的事……"

素芳丢下最后一句话："你放心，明天一早就给你送来！"

吴通海转身回到房里，他拉灭灯，把自己罩在一团黑暗之中，他心惊肉跳地想到了那笔钱，一万五，那是多大的一个数字啊！可是，他却丝毫高兴不起来，泪水像曲蟮似的爬出眼眶，流进嘴里，好苦，好涩……

秋天的童话

傅小渝

13

从"蛙式"检查台上下来,女孩羞涩地整理着衬裙。医生剥掉胶膜手套,往桌边一坐,问:"姓名?"

她踌躇了一阵。医生奇怪地将捏蘸水钢笔的手悬在空中。"瑶瑶。"她终于鼓足勇气说。"姓呢?你总不会姓琼吧?"妇科医生笑了起来,"对不起,开个玩笑。"

"我没有姓。"她咬咬唇说,"我早就离开了那个给我报户口的人,连这个名字……这个名字都是我自己取的。"

"好嘛。"医生觉得自己一头撞进了这女孩的私生活,"反正我不是户籍民警。年龄?这你总该告诉我。"

"20。"她心里陡然打了一个颤,记起一个日子来。

"青春期紊乱。"医生嘲讽地嘀咕了句,"有无性经历?"她努力把这话问得轻描淡写,几乎有一点褒扬的意味。

瑶瑶蒙住脸。有一些屈辱从指缝间溢出。女医生叹了一口气,照自己的理解将那屈辱划拉在病历的一格上。

"职业?"她怜悯地瞧着这张惶的小姑娘,可惜了!

"我是……太空火锅城的服务小姐。"

医生丢下笔，"那么你有没有公费？怎么说呢，你老板给不给你报销有关费用？"

"不能。"瑶瑶想起俞生对她兄长般的关怀，但她还是说，"我自己承担。"

"别把你的嫁妆都贴进去了哇。"医生发现这玩笑阴损而又冷酷。但女孩尚不知道这点，她也许将永远做不成她那白马王子的新嫁娘了，"从明天起，你每天上午来作两个小时的滴注，现在你先去办住院手续。"

瑶瑶蒙了："住院？我身上长什么了？"

"但愿只是一场虚惊。"医生摸摸她的后脑勺，"你不必真住院，每天早上你来输一瓶液，查房后就可以溜掉。你真的不必紧张，滴注十天后若还无缩小迹象，最坏的结果无非切上一刀。然后，你就可以活到比你妈还大的年龄。你们这一代人，反正你们都不在乎生育的是不是？"

"医生，我到底怎么了？"瑶瑶的身子像树叶一样抖了起来。

"疑似卵巢囊肿，常常因青春期私生活不检点引起。"女医生脸上恢复了长者的鄙夷。"下一个！"她朝候诊室门外喊，"下一个是谁？"

连续几场秋雨，把一座重庆城弄得愁云惨雾起来。瑶瑶跳下电车，也不撑伞，无动于衷地在雨中走着。天色晦暗。远远地隔了一层雨帘看去，太空火锅城店堂外，那一大蓬金色的满天星电珠正渲染着一派醉生梦死的迷惘。

上午无客，俞生兀自冲大堂内一堵壁画发呆。旋转梯拐角下的那架三角钢琴已好久没人摸了，约半月前，曾有一位30多岁的女人夜夜都来，来了便朝那儿一屁股坐下。当钢琴声珠落玉盘地柔曼在整个厅堂时，楼上的古小琴便有一种想哭的冲动。女人一曲接一曲地弹完后，一拽长长的裙裾，对震傻在身后的俞生说："我只要一杯'人头马'。"俞生二话不说叫素芳端来一杯，看她很怜惜很幽怨的一滴滴喝干，优雅地躬身道一句"谢谢"，便扬长而去。

俞生撵一步说："请小姐每夜都来！"

瑶瑶这名字就是她给改的。她几乎给店中所有的人都改了名字，大家付之一哂。"姓名与人生"，信则信，不信则不信。小姐自己不也落了个"卖艺乞酒"的结局吗？"来一杯'人头马'！"天晓得这一声招呼中抖落了多少当年的风流与气派呢。唯有古小琴信了她改名的巫语妄言，不屑要征求谁的认可与同意。"瑶瑶"，她很依恋这名字的美丽。从今以后，她生活中就再没有别人的印记了，无论是暴戾的父亲，还是刁奸的后母。

素芳在厅堂中迎着失魂落魄的瑶瑶，失色问："小琴，啷个回事？"

"卵巢囊肿。"古小琴哽咽了一下说。

14

古小琴读高中时学过生理卫生，她绞尽脑汁地搜索着记忆中涉及卵巢部分的知识，又去新华书店敞架柜台上翻了半天的书。她霍然明白了女医生那怜恤的目光中掩藏的事实：你们这一代人都不在乎生育的是不是？夜里，素芳摸进她的被窝。淅沥的雨声中，有从大堂飘过的隔夜火锅汤料的怪香。古小琴觉得现在的自己也成了一碟菜品，可以被人用筷头夹在汤里涮熟了放进嘴里。野狼的摩托车在后门外"突突"地熄了火。听得见他正在嘻哈大笑地扯了一个女人往后门挣扎着拽。野狼的道法高深，对于他深夜将自己反锁在调味室中，这厮的解释是"百色调百味。"古小琴由野狼联想到南方，又想到自己身体中那个将要被人"切掉"的部位，心里便悚栗起来。素芳像个经验丰富的少妇那样安慰她："不要小娃就是。实在想要，我替你生一个要不要得？"乡下妹忽地捂了自己的口，"嘻嘻，说包了说包了……"她将胸脯窝着蜷到古小琴怀里，仿佛是她育在怀中的一个胎儿。素芳以胎儿的姿势进入梦乡，半夜却被女伴的抽搐摇醒。"小琴！"她唬得没从床板上弹翻下地。"你！"她觉得自己差不多等于是泡在滂沱大水之中，伸开五指去寻那水瀑的源头。古小琴将她的手臂从脸上拂开："假设……素芳，假设你不再爱这世界所有的男人了，你该怎么想？"

"咋个会呢？"素芳嗤嗤地说，"我还没活够呢！"

"可，可要是你从生理上就不再有渴望了呢？比方说，像那种电影里……古时候的太监？"

"哟！他们是遭骗了的男人呀！"素芳惊恐万状，拼命阻止自己朝她霎然醒悟到的某个方向猜想。

"如果，"古小琴狂热地朝自己一步一步逼过去，"如果你从20岁起就成了老'尼姑'，你有勇气再活到你妈那样大的年纪吗？你有没有勇气成为一个不是女人的女人？"

……

俞生那压抑的小号声从长江索道方向继续地传来。古小琴想象不出一个男人在夜阑秋雨中那份自得其乐的悲壮。距索道不远处有一壁俯瞰大江的乱石，警察或街道治安人员都不会贸然去制止他的发泄。依稀地她觉得彻悟了什么：事实上，人世间男男女女都封闭在自己孤独的秘密之中，其正如野狼浸淫在他深夜秘炼的方术中一样。但古小琴是个女孩，而且她还差几天才满二十岁，她不能像俞生那样在这凄厉的冷雨中漫步，去找个幽秘的地方发泄她的绝望。今生此夜，她比任何时候都需要那双能将她娇柔的身子环搂于胸的臂膀。"南方……"她用嘴将这名字咬着含着，恍恍惚惚地睡死过去。

清晨的闹市区平和而有序，急匆匆的上班人流显示着市民对生活一成不变的期望。持续几周的淫雨居然停了。古小琴在百货大楼外侧电话亭中拨出一个号码，挺不识趣地将那位接话的先生从酣梦中扰醒："我是小琴，古小琴。"她生硬地报出这个恍若隔世的名字。"我现在是在去医院的路上。舅舅，我需要与你谈一谈。"她倏地鼻根儿一酸，"我已经好多年不知道妈妈的音讯了。在重庆，您是我唯一的亲人。舅舅、舅妈，请你们千万不要挂断电话！"

15

这一对男女作出一副将什么狠狠捏在手心的架势，并排挤在"美人鱼"酒吧雅座中火车厢式靠椅的一边，小琴在另一边。中间茶几上摆了加冰的饮料，还有一碟在这季节很难见到的荔枝和草莓。酒吧里反反复复放着一盘美国电影名曲的带子，朦胧中有一线紫色的光亮。吧姐们身着旁衩一直开到髋部的旗袍，在包厢间游动的腿们尤若深海中章鱼的触须。舅舅西装革履，头发领带一丝不苟，仿佛是赶来参加一场商务谈判的。舅妈的皮肤与身材都保养得很好，手上戴着三枚钻戒。她抽烟的样子魅力十足，活脱脱倒像是舅舅的情妇兼公关小姐。舅舅的表情是中性的，用词审慎，字斟句酌。

1992
第壹棒

"古家仪如今不是很有风头么？本市著名企业家，报上都露了脸的嘛。"舅舅问："这样大的事你咋不先通知他？"

"你为啥出走是一码事，"舅舅不容小琴插话，"通知他这事是另一码事。当初法院是把你判给他的。你可以用法律手段争取你的权利。"

"我的……权利？"小琴愕然。

"当然是你的权利！"舅妈气急败坏地阐释，"医药费、手术费、住院费、营养费……谁也料不到有什么恶果。囊肿，我问过一个医生，说不准会转移成癌的。"她戛然住口。

"并非我们不愿意承担这笔费用。"舅舅挪开话头，"这里面涉及一个法律问题、感情问题，以及社会公德问题。想一想古某人遗弃你妈时那份决绝，我怎么也忘不了姐姐当时凄凉的模样。"

小琴的双肩剧烈耸动起来："妈妈她现在……"

舅舅斩钉截铁地说："这我们不会告诉你的，法院既然已将你判给古家仪，而且你已超过18岁了，我们不会让古家仪利用这件事激起感情色彩去跟她搞什么费用谈判。你妈不在重庆，谁都找不着她，她已'失踪'10年了。10年前，我们曾逼他登报寻人，他却无动于衷！他是宁肯相信她失踪的。这很好，很合乎逻辑，很让人宽心，道义上也能搪塞过去。10年啦，整整10年，现在终于让我们逮到一个跟他清算总账的机会……"

"前天一接到你的电话，"舅妈说，"我们就跟你在老家的大姨、二姨、幺舅、外婆、表哥通了电话，让他们马上启程到重庆来，我们要为了维护你的利益向古家仪群起而攻之。弄不好，我们就把这事捅到晚报去。我认得晚报的一个记者和一个妇联的干部。我们要搞得他身败名裂！"

小琴痴痴地勾下头，细声说："可是我不愿意。我离开父亲已经五年了。我不喜欢那个没有温暖的家庭，但我绝不想借你们的报复去伤害父亲。舅舅，我已经失去妈妈了……难道你们……舅舅，小时候你不是很疼我的吗？"

"小琴，你说话咋恁不讲究？"舅妈阴阳怪气道，"你是个快20岁的大姑娘了，用词要注意分寸。"

小琴怔住，扭身离座。"舅舅！"她不睬那个妖娆的女人，"小时候我记得，你常去幼儿园替妈妈接我回家。路上，你让我骑在你的脖子上。你给我讲动物的故事，讲老家外婆的故事，你还给我编过好多的儿歌……"
她扑闪着眼睛望定舅舅，似乎要最后确认一下那纷然涌至的童年记忆，或者，她欲将自己最后的记忆深映进舅舅的脑海中去。

舅舅漠然。这张脸多像母亲的脸啊！他从鼻子中冷笑了一声："小琴，你不是说你还改了一个什么新名字了么？我甚至不能确知你是不是冒牌的小琴。你割了眼皮、纹了眼线，我对这张脸根本就十分陌生，加之10年的变化，要不是与你事先约定，我在大街上和你迎面相撞都认不出你来的。10年啦，时间膨胀了一些情感也稀释了一些情感，所以小琴，你不用拿回忆来打动我。今天我正式通知你，本周六傍晚六点，就在太空火锅城，你母亲一方的全体亲戚到场。我也给古家仪下了'帖子'，要他前来商议你的有关事宜。"

"那么，妈妈呢？"小琴六神无主地哽咽起来。

16

薛米丽刚送走一拨客人，古小琴在旋转梯上截住她问："丽姐，最近见着南方没有？"薛米丽嘻嘻说："这家伙在市图书馆里开讲座，欺骗文学青年。对了，小琴，我这位作家同学是不是好久没来太空城给你作'个别辅导'了？"

古小琴怨怨地："我看他不过是寻个理由来这儿摆摆谱罢了，哪里是安心要给我作啥辅导嘛。"

"噢！"薛米丽大笑，朝楼口打望的俞生说，"听见没有？多美的童话！这样惨遭童话暗算的'灰姑娘'已经稀奇少见了。"

星期六一整天，"太空城"中有一种神秘的忙碌气氛。俞生不时与素芳和卫鸣耳语一番，并早早就吩咐将火星雅座厅预留着，又指挥一群服务员朝这儿那儿摆放一篮篮刚从花店买回的鲜花。薛米丽仍像穿堂风一样楼上楼下地飘荡。有客人喝多了不断地纠缠她，她瞅个空找小琴打趣道："所谓'伊人独憔悴'是不是？"正笑着，卫鸣叫道："电话！古小琴的电话！"

古小琴游魂一样飘过去，电话中传来一个朝思暮想的男中音："我是南方。"她像是被催泪弹击中般"嘤嘤"起来。南方的声音被这"嘤嘤"

1992
第壹棒

x

惹得有些不耐烦。"瑶瑶，你不是小孩了。"他说，"你丽姐昨晚找到我，让我今天下午之前无论如何起码给你挂个电话，还说了一些很凶险的迷信。瑶瑶你一会儿改名一会儿又信什么凶卦，还有啥子卵巢肿瘤……是不是又演'狼来了'呀？世上凡女人缠男人都惯用这一套——我可没功夫让你胡闹！"

放下电话，古小琴脸上泪痕已干，扭头对旁边窃听的薛米丽楚楚一笑。这一笑撼天动地。而后她冲下旋梯，目光飘漫如入无人之境。

薛米丽魂飞魄散："素芳呢，快叫人跟住她！"

下午4时，俞生接到一只预定大堂火锅两桌的电话，说话人自称是古小琴的亲戚，请俞老板多多关照。俞生没好气地脱口而骂："什么亲戚！我从没听古小琴念起过她有啥亲戚！"啪地压断电话。刚放手，电话又叫起来。那边人不待俞生开口就抢先说："我们是来为小琴争取合法权利的。"俞生误会了，勃然道："要讹人么？屁个权利。你是听不懂人话吗？告诉你，小琴失踪了！"

素芳可怜兮兮地问："要不要去公安局报案？"

野狼陡然亢奋起来："现成的福尔摩斯都失业了，还报啥子案！"摩托一推就"轰"向公路。

薛米丽打一辆的士刹在门外，手里挥着一摞病理报告结账单据之类，说："小琴的病理检验昨天就出来，她上午去医院已晓得活检结果了。"

俞生穷凶极恶地看着她，薛米丽说得上气不接下气："是少女青春期生理紊乱引起的良性囊肿，滴注后已呈消退迹象。"

素芳怪怪地说："结果不是癌！小琴昨晚咋不给我说呢？"

俞生两腿发软："嗬嗬！"他想笑，却有一泓雾气蒙蒙地罩在眼前。卫鸣回头招呼几位服务员："你们该干啥干啥。我去招一辆出租，重庆八大门，全城搜个遍！"

绵绵秋雨又淅沥起来。"太空城"早已打烊，素芳仍像只猫样倚守在靠门边一张椅子上，剩下的人都聚在火星雅座间里，呆望那一篮篮如火如雪的秋菊。的士的刹车声和摩托的熄火声相继在公路边响起，野狼与卫鸣簇拥着浑身湿透的古小琴扑进大堂。野狼手舞足蹈地大喊："蜡烛！音乐！"卫鸣哭笑不得地对迎上来的薛米丽耳语道："你晓得我们在哪儿抓到她？在两路口'市图'大门外。这发'花痴'的妹仔正在人行道上一步一步地'收脚印'，'收'她与南方一块儿走过的'脚印'！"正嬉闹着，一干人扯筋扯绊地朝旋梯上走。却见俞生在一派红烛摇曳的背景中手握他那宝贝小号迎出。"我今晚才不怕治安联防呢！"他提一口劲，将嘴凑上小号，油腔滑调地吹出一段过门。

"小琴生日快乐！小琴生日快乐！"这一拨人呜噜呐喊地，"绑架"着今夜这美丽童话的女主角，唱上楼去。

热情的麻辣

王群生

17

"哦！总经理俞生先生，我是市外事办公室的。有一个重要的美国商务代表团，正在附近参观，团长、纽约华尔纳公司董事长小华尔纳先生想要就近品尝重庆的风味火锅。注意不要加花椒、辣椒。请马上准备。"

西装客转身离去后，俞生忙揿动办公室桌上的传呼按钮，将公关经理薛米丽、大堂经理卫鸣、调味师野狼、雅座领班古小琴一应有关人等火速招来总经理室，立即说明情况，进行具体部署。

"太好了！接待好这批老外，具有国际影响。"穿戴俏丽的薛米丽马上从公关角度发表着感想。

"空话少说。重庆火锅不加辣椒，勉强说是清汤，要是连花椒也不放，就莫怪我调不出味道了哟。"野狼插断薛米丽的谈话，大声武气地喊叫起来。

"不要吼！你看着下料嘛。"俞生白了野狼一眼，转身向古小琴交代："雅座，要突出一个雅字，特别是……整个氛围。我的'太空'虽说不是国营，但绝对是高档次。等会儿，老外们吃高兴了若是要付小费，你要傲起不接，他给的是多少，我俞总经理加倍付给你奖金。"

"快，快……来了，来了嘞！"刚刚向大堂经理请假，说是要去医院看病的大堂领班素芳一头撞进门来，火烧火燎地向大家报信。此刻的她未穿统一的服务衣裙，却穿了条皮短裙，外加一件光彩夺目、款式新颖、图案精美的毛线粗绣彩花针织衫。

看见她身穿的这件绣花衫，俞生眼睛一亮，薛米丽则柳眉一笑，古小琴忙移开视线，卫鸣感到莫名其妙，只有野狼紧盯着素芳发傻，气得脖子上的青筋直冒。

"走！迎接外宾。"俞生带头，大步朝总经理室门外走去。

大堂里十几张火锅桌高朋满座、食客济济，有的海底捞月、吃相豪放，有的举酒碰杯、猜拳行令……真个是沸沸扬扬、一片喧哗。

在市外办沈副处长、西装客小刘的陪同下，以纽约华尔纳公司董事长小华尔纳为首，与另外两男两女金发碧眼的洋朋友组成的代表团，却团团围坐在大堂左角处一张火锅桌边，一个个满头大汗、面放红光。原来，在小华尔纳先生的要求下，坚持入乡随俗，感受民风熏陶，谢绝了雅座的"雅"字，才在这热气蒸腾、噤啸喧闹的大堂里，和所有山城的普通食客一样，吃得地裂天崩，喝得个山呼海啸。

小华尔纳一边学着用筷子在清汤锅里捞着菜肴，一边举杯喝了半杯啤酒，连声啧啧地咕哝了一阵英语。

"华尔纳先生夸你们的火锅，味道好极了。"戴眼镜的小刘向桌后围站着的俞总经理、野狼和古小琴翻译着。

另外四位金发碧眼的男女，也兴致勃勃地捉筷豪饮，赞叹不已。

俞生满脸带笑，心里充满自豪。雅座领班古小琴此时专门服务于大堂一角外宾们的身边。而调味师野狼，望着这桌吃相不雅，却吃得津津有味的五位男女老外，不无遗憾地摇着头："如果，火锅汤里再稍稍加点……花椒、辣椒，味道肯定会更好。"

当小刘将调味师的建议翻译成英语，华尔纳和几位男女外宾都哈哈大笑着摇头。

当仍穿着绣花针织衫的大堂领班素芳，端来一大托盘时鲜蔬菜时，外宾们又一阵喝彩。

"素芳！去换服务服。"大堂经理卫鸣赶来轻声数落。

素芳却充耳不闻，满意地让男女外宾对自己漂亮的绣花织衫的欣赏目光留在自己身上。

小华尔纳掏出一张 50 元面值的美金，想递给素芳，又犹豫着递到古小琴手边。

"谢谢！先生，我们不收小费。"古小琴彬彬有礼地回答着。

在小刘向外宾翻译的同时，素芳朝古小琴无奈地挤眼，表示着遗憾。

小华尔纳手指着素芳身上的那件绣花织衫，朝俞生郑重地问着什么。

"俞总经理！华尔纳董事长问，这可是重庆的产品？"小刘抬抬眼镜，翻译说。

18

以小华尔纳先生为首的美国商务代表团在市外办沈副处长和小刘的陪同下离去后，太空火锅城的总经理室立刻又上演了一场好戏。

俞生对野狼的调味手艺，表示了极度赞扬："好！老外们非常高兴。尤其是沈处长，临上车前对我说，今后外宾如要领略民间风味，就往我们这儿安排。"

"这呀，比上电视、登报纸广告效果都好。"薛米丽高兴地说。

"嗨！要是这些外国朋友不忌麻辣，我保证他们一个个吃得屁滚尿流、一路喊好。"野狼为没能尽显自己的调味绝技而抱憾不已。

俞生从西服袋里掏出钱夹，抽了三张百元大钞递给野狼，算是当场兑现的奖金。接着，他又数出来一叠人民币，递向古小琴手边："拿着，按 6 块折合一美元算，五六……三百，加一倍是六百，算是你拒收那 50 块美金小费的奖励。"

"这……谢谢！俞总经理。"古小琴受宠若惊，简直不敢相信，迟疑着接过钱来。

"我的呢？"素芳媚眼一扫，向俞生伸过手去，"那老外的 50 块美金，可是递给我和古小琴两个人的。"

"可只有古小姐正面回答表示拒收。"俞生神色严肃，丝毫没有通融的可能。

"素芳！你……"大堂经理卫鸣这才找到了指责她的机会，"身为大堂领班，竟不穿服务衣裙下堂服务。"

"这不怪我，本来请了假要去医院，临时主动帮忙。俞总经理，这是要表扬的哟。至于我这件绣花织衫，那位美国先生特别喜欢，他不是还请你帮他找找重庆的生产厂家吗？"

"你说吧！你身上穿的绣花织衫是什么牌子，从哪儿买来的？"俞生盯着素芳身上织衫鲜艳的图案，两眼闪闪发亮，陡然好似发现、感悟到了什么。

"什么牌子？商标早让我揪了。哪儿买的嘛……"素芳将揶揄的目光，朝野狼瞟去，"我……不知道，是小琴姑娘送给我的。"

"哦！我要去厨房……准备晚餐的火锅底料。"野狼讪讪地想溜走，没想到上周自己买来向薛米丽小姐献殷勤的礼物，竟阴差阳错穿到了素芳身上。

"站住！野狼，我得把这桩案子了结。"俞生喝止了刚欲推门的调味师，回头又向古小琴追问，"小琴，你送给素芳的绣花织衫，是从哪儿来的？"

"是……是……我可不想牵扯别人。"

"刚才那600块奖金，可是奖励你对太空火锅城和我本人的忠诚。"

"是……我……说。"古小琴只有如实相告，"是薛经理送给我的。因为，我猜是野狼送给她的礼物，我才转送给了素芳姐。"

薛米丽不屑地傲然一笑，将垂着的长发往后一甩，吓得野狼低下了色眯眯的双眼。

"野狼！你送我的什么香水哪、项链哪，我都扔了，只有这件织衫，算是物归原主了！"

"你个……野狼。"俞生紧盯住不敢抬头的野狼，心中不无醋意。

"呜！呜呜……"素芳双手捂住面孔，委屈、痛苦得号啕大哭。

"别哭了！把身上的针织衫脱下来。"俞生对素芳命令着，回身再向调味师："走！野狼，哪儿买的，你领我去看看。"

轰——野狼骑着自己那辆黑色"野狼—125"摩托车，车后座带着老板俞生，向朝天门综合市场服装摊区驰去。

"快来买呀！转产大甩卖，彩色毛线绣花男女针织衫，图案各异，花色齐全，10元钱一件……"一位中年汉子手持话筒吆喝着，那色彩斑斓的地摊前，围满了抢购的顾客，三两个女青年正在摊边收钱、发货。

手拿着从素芳身上脱下来的那件绣花织衫的俞生，挤进抢购的人围，大声问那中年汉子："喂，伙计，你们是哪儿的？"

"北岸针织厂。因产品滞销，工厂准备转产，这才放血大贱卖的。"中年汉子回答。

"好哩！找的就是你，请出来谈谈。"

俞生心里有了几分把握。

19

俞生换了一身笔挺的西服，系了条进口领带，坐在出租车的后座上，嘴角牵起一缕淡淡的笑，真可谓春风得意，踌躇满志。

并肩与他坐在后座上的，是公关经理薛米丽。因为要随总经理去参加一次实际意义上的公关活动，今早出门前还特意修饰了一番，换了墨红大花绸缎旗袍裙，配上最新潮的发型，显得格外雍容华贵。她倚在座旁一盒12件装花色品种不一的绣花织衫上，更是从心里觉得这俞生是个难得的有远见、有信心、有勇气的男子汉，在自己的心目中，他也许是"除却巫山"以外的一朵耀眼的云吧。

"米丽！好香，今天你用的是什么香水呀？"俞生朝他的公关经理倾心一笑。

"外国的，科隆香水。"薛米丽如今在任何男人面前都保持着高度警惕，包括身边这位上司、老板——颇具文化系养、进取精神的单身汉。她回以妩媚地一笑，"野狼送的我扔了，你送的那瓶，还在我梳妆台上搁着呢。"

"那么说，还是有机会，我等。"

"俞总经理！你在公关方面也有着天赋的才能。这不，小华尔纳先生抛下一串溢美之词，丢下一个投资信息，你就把这个快破产的生产厂家找到了。"

"办任何事，讲究的就是个速度嘛。"

"你的动作可真快。俞总经理，若是顺手牵羊把这笔投资谈妥，你能拿多少佣金？"

俞生抬手整整领带，掸掸膝头上看不见的灰尘，虽说有些做作，也是种超凡脱俗的神情："佣金？我不需要。太空火锅城发达了，我想挣多少就有多少。"

"是吗？你要的是……宣传效应。"薛米丽缄默了，仿佛在思考着什么。

出租轿车驶过长江大桥，驶到了扬子江假日饭店大厅门前。

外办的小刘忙上前打开出租车车门，将俞生和捧着织衫盒的薛米丽迎下车，迎进门厅。

"俞总经理、薛小姐！小华尔纳先生听说你们找到了生产厂家，非常高兴，准备马上一起前去参观。"

嗬！迫不及待地小华尔纳先生与他的四位男女同伴，在外事办沈副处长的陪同下，正等在门厅旁的咖啡间里。此刻忙纷纷站起，迎接着俞生和薛米丽。

"俞总经理！小华尔纳先生非常感谢你们二位的热心，不但找到、联系好了去参观这个生产厂家，还带来这么多精美的样品。"小刘的一双眼睛在镜片下闪着兴奋的光，将外宾激动且感谢的话语同时逐句翻成汉语，"你和薛小姐的热情，比得上你们经营的太空城火锅。"

"若是再加点花椒、加点辣椒，那就更够味、更热情了。"俞生也大方、得体地补充着。"

"北岸针织厂准备好了吧？"沈副处长问。

"联系好了。"俞生俨然成了主人。"厂里正等着欢迎外宾们光临。"

"OK！"小华尔纳先生打了一响指，向他的同行者们招呼出发。

北岸针织厂一扫这两年沉闷、压抑氛围，在转产难进、破产在即的紧要当口，突然凭空一声春雷，给一千多职工带来了新生的希望。昨天，商务科长王立（那拿着话筒吆喝的中年汉子）从出摊甩卖的市中区挂回电话，带回这个喜讯。原来国内滞销、国外未打开销路的粗毛线绣花男女针织衫，竟受到如此高规格美国商务代表团的青睐。

"欢迎纽约华尔纳公司商务考察团！"

"向华尔纳先生问好！……"

用中英文并写的三幅标语，扯在了厂办公楼墙上。半年来，半停产状态的各个车间，各个工段、工序的工人们都穿着雪白的工作服，坚守在各自岗位上。

女厂长刘绮云与商务科长前导，将小华尔纳先生和他的同伴们，以及沈副处长、小刘、薛米丽、俞生等人引进工人忙碌的绣花车间……

20

嗬！太空火锅城的大堂里，火锅桌已全部撤去，成了一间会议厅。今天用鲜花、彩纸装点得既清丽淡雅，又富丽堂皇。一张条桌铺着雪白的桌布，摆着花瓶，纽约华尔纳公司与重庆北岸针织厂合资联营生产外销国际市场的高档粗毛线彩色绣花男女针织裙衫、衣裤系列产品的签字仪式，就要在这里举行。

在楼上金、木、水、火、土五间雅座厅里，大堂经理卫鸣正严格要求素芳、古小琴和另外两名服务员小姐，一丝不苟地精心陈设庄重的火锅席面，待签字仪式结束后，各界人士将在这里品尝火锅。

为做好服务工作，公关经理薛米丽还让素芳、古小琴和另两位服务员小姐，今天一律穿上各种花色的绣花织衫、紧身白色运动裤，这样在这次服务中能显出特殊的意义。

穿戴白衣白帽的野狼端着调味盘跨进雅座，在微火、微滚的鸳鸯锅里，一边加添着作料一边搅动着，嘴里还不住唠叨：

"老外们也怪，想尝我们重庆火锅，又不许多加花椒、辣椒，害得我拿不出绝招。"

"噗嗤"一声，姑娘们都笑了。

野狼抬起头来，那色眯眯的目光，向服务员小姐们一一扫去，最后落在素芳那穿绣花织衫、曲线分明的身段上。

"有什么好看的。"素芳扭腰转身，不屑地白了野狼一眼，"你讨好人家的那件针织衫，我早甩到爪哇国了，这身上穿的是俞总经理发的。"

"好！好！"正说着，西装革履、风度翩翩的俞生大步跨进了雅座间，审视的目光向身着绣花织衫的素芳、古小琴和两位服务员小姐一一望去，满意地点着头，并不由得向野狼、卫鸣等夸赞连声，"搞得像样，给我俞某人……露脸了。"

"俞总经理！来了！都来了……"今日着装扮饰更为讲究、俏丽的公关经理薛米丽，娇声娇气地从大堂一直喊进雅座间里。

"谁？是外宾吗？"俞生神情一振。

"不！"薛米丽忙补充说明，"记者，记者们，有日报、晚报、电视台派来的呢。"

这时，有三四名挎照相机、提摄像机的男女记者提前来到了合同签字现场。

"谢谢诸位记者先生记者小姐光临，来太空火锅城采访，本总经理感到不胜荣幸。"俞生双手抱拳，虔诚地向记者们躬身一揖。

照相机的闪光灯灿灿明灭，摄像机"嚓嚓"开动，男女记者们一阵忙碌。

合资经营的合同签字仪式正如期进行。

铺白桌布的条桌后，并排坐着小华尔纳先生与女厂长刘绮云，各人执笔，正在正式合同与副本上分别签字。在长桌的后面，一字摆开站立着华尔纳董事长的四个男女同伴——商务代表团的全体成员，还有市主管局的黄局长，市外办的沈副处长，小刘，北岸针织厂的商务科长王立一干人等，再就是促成此合同签订的俞总经理和公关经理薛米丽。大家都神态肃穆地注视着这庄严的仪式举行。

小华尔纳先生与刘绮云女厂长双双交换合同，二人紧紧握手。

哗——在照相机闪光灯灿灿闪亮，录像机镜头摇过后，在场的所有中外宾主，都一齐热烈鼓掌。

素芳、古小琴双双端着放满高脚酒杯的托盘，一一递给所有在场的宾主。

"祝美国纽约华尔纳公司与中国重庆北岸针织厂合资联营的合同签订，祝双方合作愉快！"黄局长举杯致着祝词。

小华尔特先生也举起酒杯，热情洋溢地作了简短祝词："谢谢。我也预祝我们双方通过合作，结成友谊，开诚布公，并肩前进。"

签字仪式结束后，宾主们纷纷向楼上雅座间走去。少顷，酒宴开始。"干杯！"在场的所有宾主，举杯同饮。兴奋的俞生忽然对古小琴耳语一阵，只见她转身出门。那轻柔的声音颇为动人："野狼，快来给锅里加点花椒！加点辣椒！"

玄之又玄

张世俊

21

车道很堵，野狼骑着他的"野狼-125"摩托车刚一转弯，一眼瞟见太空火锅城的大堂领班素芳扶了个蔫不拉几的老头儿。那老头浓眉倒挂，腮帮尖削似猴，一脸的阴郁。野狼觉得蹊跷，想喊素芳，可这当口，前面的车动了，拉开他一大截，后面的司机骂了他一声，他没顾上喊素芳便跟上去了。

野狼毕竟是野狼，尽管这城里第一代摩托车手剩下没几人了，但他仍偏爱这玩命的活儿。这一是为壮阳刚之气。他瘦，像条下了市的茄子，可一旦罩上头盔，让风把蝙蝠衫鼓起，特雄势；二是可捎带漂亮女孩子。公鸡搭母鸡，满城里兜风，特潇洒。"太空火锅城"的素芳、古小琴、薛米丽等几位小姐，都是他后座上的常客。还有一个作用，就是打探马路新闻。他骑车八方转，哪里汽车开上人行道撞翻凉粉摊位啦，哪家舞厅跳贴面舞挨舞伴掏了兜啦，哪个派出所

反被小偷撬了门啦……从朝天门吹到沙坪坝，从杨家坪吹到两路口，吹得白泡子翻，不歇一口气。在"太空火锅城"，这位仁兄的职责是调味师，食客都夸他一调口味，二调耳目，高！今天他吹的新闻悬吊吊的，关于素芳和那个怪老头。地点：大转盘；时间：早晨七点半。

"我想那老头是挨汽车撞了。"古小琴说，"素芳家在农村，穷，但去年安徽发大水，她还捐了二十元钱。"卫鸣在一旁打趣说："古小姐，你该写篇稿子，给晚报寄去，表彰素芳救死扶伤的精神，一来赚点稿费，二来为我们俞老板捞个面子。"卫鸣这话是含着揶揄的，但俞生没计较，尽量往好处想。在他心目中，素芳不但富有同情心，还挺有心计——有回一伙打滚青年来店里大吃一顿，到付账时突然吵起来，相互拳脚相见，追打着一溜烟逃了。事后俞生逮住这群人当中的一个，要他付账，那人矢口否认，说一辈子没跨进'太空'的门槛。俞生急得无可奈何，正在这当口，有人伸出指头按响录音机，播出那天吃喝打闹的全部实况。是谁多了这么个心眼呢？是素芳。

想到这一层，俞生同意卫鸣的建议，吩咐说："薛米丽，你笔下来得，你协助小琴把稿子写出来。""莫慌！"薛米丽正看晚报，"你们听好了，'虎骨酒挡嘟落地，大街上骗术翻新'。报上说，一老妪买菜归家，忽遇一青年向她撞来，青年手中酒瓶坠地，言说是虎青酒，强向老妪勒索五十元。"话音未落，野狼道："这事不稀奇，我在菜园坝碰见一少妇向人讨钱，她怀抱婴儿，口口声声皮包丢了，回家无钱买车票，可怜分分的，朝她丢钱的人不少。但过了两天，我又见那少妇乞讨，讲的仍是那些话。""懒婆娘，骗子。"古小琴骂道。这时一向机敏的薛米丽突发奇想说："素芳会不会上人家的当？""野狼！"卫鸣忽然有所发现叫道，他神色亢奋，眼珠子化着利刃直朝野狼的蔫茄子脸上戳去："你见素芳是她搀住老头还是老头搀住她？""好像是……""老头脸色可阴沉？""阴沉。""可是一对扫帚眉、猴腮脸？""是的。""这就对了，一副奸相。"他把茶盅往桌上一搁，一声震得火锅汤四溅，断言道："这是一桩诈骗案，素芳遇到麻烦了！"接着他作了一番分析，说案情同虎骨酒案相类似，那老头想敲素芳的钱，而素芳囊中空空，就只得随别人走。卫经理的分析句句在理，众人不得不服。这正是，一碧晴空忽起阴云，刚才还说写表扬稿，眨眼间便同骗子有了瓜葛，形势变化太快。

"你，野狼，"他命令道，略微瞄了俞生一眼，没把他放在眼中。"还有你，薛米丽，一齐骑上摩托，赶快去报案，拿住那个骗子，救出素芳。"

22

　　大转盘街道办事处的张同志也是个筋骨人，长脸，会让人想到丝瓜。他第一眼瞧见野狼下车，戴着头盔，身后又跟了个时髦女郎，有点虚火。直到进了门，取下头盔，见是一张蔫茄子样的脸，这才有了不过尔尔的感觉，心想这家伙跟自己半斤八两，接待起来也就潇洒自在，随和多了。

　　"二位可是来找一位女同志的？"张同志先发话。薛米丽很是惊奇，心想卫鸣真有孔明之才，料事如神，忙说："是的是的，20来岁，短发，圆脸，叫素芳。""叫啥不清楚，是个老骗子盯上了她。""请问同志，"野狼迫不及待地问，"老骗子是不是个50多岁的男人？扫帚眉，猴子脸，阴沉沉的。"这话把"丝瓜"给逗乐了，"其实我也没亲眼见那家伙，是联防告知的。"说着他向野狼敬了一根烟，野狼这时才想起少了什么手续，连忙掏出包"红塔山"往桌上一丢，拉上热烙劲儿，连称呼也变了，"哥子有空到我们'太空'坐坐，检查工作嘛，自助餐，附带卡拉OK，兄弟我开了。""一定，一定。""丝瓜"说。一旁晾着的薛米丽不耐烦地用手拐戳戳野狼，叫他少扯偏风，扭脸对张同志说："您刚才说您没见过那个男的，女的呢？""也没见。这样吧，你二位稍候，我挂个电话去联防，叫把人带来，还有那条金项链。"薛米丽同野狼一听都蒙了，同声道："金项链？""假家伙。"张同志双手一摊，"都怪你们那位叫素芳的贪财，不然哪会出这等丑。"说毕出门打电话去了。

　　出丑？贪财？薛米丽如堕五里雾中。她走近野狼："你说一个人能一面给灾区捐款，又一面绿起眼睛想填满自家口袋，有这样的两面人吗？"她激动着，脸红红的，抹了唇膏的嘴皮一鼓一鼓的，有一种挡不住的诱惑。野狼傻愣着眼儿发呆，没听清她问的什么话。她生气了，却又奈何他不得。她知道野狼就这毛病，一见有姿色的女人就走神。"喂，野狼，又想谁啦？你的素芳给人拐跑了，还不着急？""她跑了还有你哩。再说她不是在联防吗？不着急，人找着了就行。"他坐着，薛米丽站着，离得太近，冷不丁儿他抓过她的手，"波"一声印了个吻。凑巧这时候张同志出现在门口，想退已来不及，只好硬着头皮进屋来，说是电话占线，随即一咧嘴，丝瓜脸古怪地笑笑："你们那位女同志呀，"他叹息着，接下来讲起早晨发生的事：

　　"天刚开亮口，路上有个精致的红丝绒小盒跳进她眼里，她伸手去捡。刚一弯腰，另一只手伸了过来。'哇，金项链！'那人说，是位蔫儿巴几的老头。他四下看看，神色诡秘地对你们那位女同志说，'莫喊，二一添作五，各家一半。'你们那位女同志心跳得慌，打开小盒瞄了一眼，里面装的是一条金晃晃的项链，还有张发票，四千块！她惊呆了，紧张得要命，活像捧了块烙铁。想丢，可又感觉胸窝子里伸出手爪。'你带钱了吗？'这时那老头问。她摇头。老头又问：'这项链是你拿还是我拿？我拿着，你就跟我走，我回家拿两千给你。要是你拿，你就给我两千，要不一千块也行。再不然就给样值钱的东西。飞来之财，我不计较，总之得快，快！'后来……"他停了一会儿，长叹一声，"你们那位同志呀！眼睛被那金晃晃的东西晃花了，心里生出爪爪，她想随老头走，又怕挨黑整，连忙抹下手上的金戒指，递给老头，老头把金项链往她手中一塞就开溜。正巧这时几个联防队员走来了。原来，那老家伙多次在转盘一带干这买卖，小红盒里装的是几块钱一条的假玩意儿。"

　　"素芳呵素芳！"薛米丽替她捏了把汗。她担忧着，诅咒着，告别张同志，去找联防。她坐在摩托车后座上，把野狼抱得紧紧的。她想：野狼纵使花哨，毕竟表里如一，是个实实在在的人。你素芳空有好名声，行为却如此卑下，是个虚假的人，伪君子、两面人，呸！

23

　　下午，街道办事处的张同志大驾光临。"太空火锅城"豪华气派，树大招风，平日间方方面面的关照是少不了的。从月初到月尾，店里固定张桌子作应酬之用，来的都是客，上宾款待，菜拣贵的点，钱却不用掏。人家公务在身，来此小憩也是工作需要。临走，俞老板还满脸堆笑，往客人手里塞两包"红塔山"。遇逢女的，对店子特别厚爱，吃完了还要从挎包里取出个大盅盅，将野狼调的火锅汤舀上一大盅，边走边咂嘴，学着广告里的嗲声嗲气："味道好极了。"每每这时，最得意的是调味师野狼，一张蔫茄子脸格外光鲜，最沮丧的是俞生老板，面笑心苦。

实话说，街道的张同志还是头回来。今天他一摇一摇地拖着副长吊吊的身子来到"太空"，这一是应野狼老弟之邀，二来是告知"你们那位同志"的消息的。他只能这么称呼，不能叫素芳，他没打过照面，只是听说的。上午说得活灵活现的，说捡金项链那女的就是素芳，结果一见面才知是张冠李戴，害得野狼拉着薛米丽跑了趟空路。这会儿他谨慎了，说你们俞老板寻人心切，特来提供一个情况：上午9点多钟，街道上接待了一位老兵，年龄接近60，也是扫帚眉、猴腮脸。老兵回乡找了个年轻堂客，也是圆脸短头发，据说也是在火锅馆当丘二。他这一说，在座的人眼都亮了，认定老兵那堂客是素芳无疑。可张同志讲得很谦虚，说仅是提供诸位作个参考，看是不是"你们那位同志"。

眼下是午后4点15分，素芳失踪快9个小时了。

张同志此时已进入"主题"，夹了片毛肚一涮一涮的，火锅汤直冒泡儿。野狼正在为他调味。两颗头都向着那片毛肚，一张丝瓜脸，一张茄子脸，薛小姐忍不住笑出声来。"还笑，素芳都给人带走了。"说话的是古小琴，眼泪哗哗的。她回忆说，素芳曾对她说过心里话，说她想嫁个有钱的男人，老头也无所谓，老头心好，总比野狼那种花花公子靠得住。古小琴的话钻进野狼耳朵，他没吭声，女人嘛，桌上的小菜，端去端来寻常得很，打心里说，他对素芳出走并无感伤，他想得倒是钱。他对张同志道："伙计，那老兵可是个阔佬？""看样子很阔，手上的戒指镶的是真正的南非钻石。"这句话被卫鸣听见，就像划了根火柴，把这位大堂经理心窝里的火引燃了，他叫了声野狼兄弟，说："我们哥儿俩连个手，去放老兵的血，让他出资，开一家太空火锅分店如何？""不，干脆叫'正宗太空火锅'，或者就叫'卫鸣火锅'，味道的味，明堂的明。"俞生话里有话地说。单纯的古小琴没听出其中奥秘，天真地建议道："我看叫阿里山火锅，把我们重庆火锅推到全世界去。""这个点子好。"薛米丽激动起来："不管办到哪里，招牌通通叫'太空火锅城连锁店'，气派，有现代感。"野狼抓起一瓶啤酒直往嘴里灌，脸红筋胀的接着腔，"而且，俞老板仍旧是我们的总老板，总发财！""扯淡。"俞生熊了野狼一句，但没较真，他也挺兴奋："我看我同那老兵合资，他的股份多，由他当董事长，也就是总老板，素芳做老板娘。""素芳真走运！"薛米丽羡慕得口水都流出来了，忙抽了片纸巾揩掉，"素芳这一嫁，把我们'太空'所有的伙计都'嫁'出去啰。"野狼乘着酒兴，指手画脚起来："米丽你去巴黎最合适，小琴去东京，卫经理去大洋洲，俞老板就坐阵重庆，我嘛，就给五大洲的太空分店当总调味师。我那辆破摩托就去一边吧，买架飞机，一会儿欧洲，一会儿美洲，一会儿非洲，当然根还是我们亚洲，我们亚洲……"他兴奋已极，后面的话不是说而是唱，满屋子人都醉醺醺的，大声武气地齐唱："我们亚洲，山是高昂的头……"

癫狂中的诸君遗忘了一个人，就是大转盘的张同志，"众人皆醉我独醒"，他吃得辣乎辣乎，汗流浃背，又夹了片毛肚在油汤里一涮一涮，他专爱吃毛肚。这时，电话铃响了，他拿起听筒："是我，我姓张……什么，人贩子……那老兵！"

24

电话是转盘街道打来的，找张同志，说是那个自称台湾老兵的家伙是冒牌货，真实身份是拐卖妇女的惯犯。电话说，张同志下午离开转盘不久，上面就来了通知。现刻人贩子不知去向，不知是在朝天门上了轮船，还是在菜园坝上了火车。电话强调，案情严重，人犯正缉拿中。

悬了！素芳这下落在人贩子手里，下落不明，生死未卜。

"凶多吉少。"一向敏感的薛米丽把腿一拍，"我看是坐火车，不可能坐船。船慢，一路转换的地方又少。坐火车不同，往菜园坝人堆里一钻，鬼知道是下贵州上成都还是去襄樊？""去贵州的可能性不大，那边穷，贵州山的女娃儿还遭拐出去卖哩！卖到河南河北，北方缺女人。"古小琴说话实在，没想到她这话被吊甩甩的野狼接了过去，嬉笑着说："缺得两兄弟娶一个婆娘。"

俞生是个正派人，对野狼拿这么严肃的事情开玩笑很是反感，这时，他突然想到应该亲自去一趟大转盘街道办事处，吩咐野狼开车，随后拿上头盔，跟大家打声招呼，出门走了。

屋里剩下卫鸣同二位小姐，六只眼睛忽闪，心里沉甸甸的。

"素芳是个有心计的人。"卫鸣说，"要说她轻容易跟人走，扯根谷草绾个圈圈给卖了，我不信。""不信的事多着呢。耳朵认字，眼睛看得穿墙壁，你信不？"薛米丽说，"一个农村丫头，竟能把女研究生骗去卖了，你信不？""薛姐是对的。"古小琴附和说，"你卫经理不是说那老家伙尖嘴猴腮一脸奸相吗？素芳一个弱女子能对付得了？老家伙一定是拿什么药面面抖在茶盅里，让素芳喝，产生迷幻。"小琴不禁眼泪汪汪的了，"面面药在她脑子里起了作用，头重脚轻，晕晕乎乎。车过了安康，快到襄樊……""不对！"卫鸣把茶盅一搁，断言道，"根本没走襄渝线，是走的成渝线，出宝鸡转陇海线到甘肃去了。川妹子到那里安家的最多，电影《牧马人》里的李秀芝……""瞎扯，那叫盲流，同今天的拐卖妇女是两回事。"薛米丽说，"人贩子去的是那些缺女人的地方，什么光棍村、光棍坡，被爱情遗忘的角落。缺了爱，就剩下野蛮，原始。"她感叹着，哼起一支伤感的歌："谁知道角落这个地方……"她唱了个开头，引来古小琴含着泪声的应合，凄切的情绪弥散开去。时已更深，街上的铺面早已打烊，白日喧闹的市声隐去，街灯渐渐疏落，豪华的"太空"此时空空荡荡。一男二女都没回家，在等待野狼带回什么消息。三颗心悬吊吊的，牵挂着落入黑手的素芳——冷雨飘洒着，素芳蓬头垢面，满身泥污，走在羊肠小路上，身后是拿着绳子的蔫不几的老家伙。开初她是恍兮惚兮的，后来面面药药效过了，她睁大眼睛，满面惊恐，拔腿就跑……

突然一声尖叫，卫鸣和薛米丽吓了一跳，抬眼一看，见是古小琴从凳子上梭下瘫在地上了。"素芳！"古小琴恐惧地喊了声，四周张望一阵，发现不是在荒山野岭，而是在店堂里，她这才说方才望见素芳掉悬崖下了。卫鸣也说素芳死了，是自缢，而不是跳崖。薛米丽同意自缢之说，讲素芳是学三毛。

秋风打街面掠过，夜深沉，三颗心悬吊吊的。

咚咚咚，有人敲门。这三下敲得古小琴心尖儿打抖，她壮起胆子拉开门，才见是查水表的塞进来一张单子。她松了口气。可不到一分钟，她刚探出去的身子活像遭电击一样缩回来，她语无伦次，舌尖打抖："素，素芳，那，那老家伙。""怎么？你看真了？"卫鸣额头直渗虚汗。古小琴回答说："看真了！""是素芳搀住老头还是老头搀住她？""好像是……""老头脸色可阴沉？""阴沉。""可是一对扫帚眉猴腮脸？"古小琴浑身哆嗦着未及回答，门吱呀一声被推开，进来的是素芳和那老头。薛、卫、古三人惊讶得活像嘴里塞了个汤圆，六只眼化作六个惊叹号加问号射向素芳："他？""他是我舅舅，打乡下来，路上病了，从早到晚我都陪他在医院。"

啊！

相见时难别亦难

王　雨

25

傍晚时分。

山城焦躁灼人的秋阳开始消隐，而袭人的热浪依旧。"太空火锅城"屋顶又响起了悠远缠绵的梦呓般的小号声。越过重重高楼，向嘉陵江边的瓦顶平屋吊脚楼间浮动，向红黄色的暮空，向浩渺的江面，向雄浑的两江合口处浸漫……

这小号声时轻时重时急时缓地撩拨得人心跳发颤，令人升腾起莫名的思念、惆怅与向往……

年近40的外科主任冯斌副教授在这时来到了豪华的"太空火锅城"门前，门口停着调味师野狼骑的那辆时髦的"野狼-125"摩托车，虎视眈眈地盯着他。他莫名地被唬了一下，今天这餐火锅是他带的已毕业的女研究生乔丹请的，这个年岁不太小了的姑娘在电话里叫他一定要守信准时前来。

冯斌抬步走进火锅城，又被唬了一下。

食客稀少的厅堂暗角里，野狼正与大堂领班小姐素芳拥吻。这情景，冯斌在开化的影视片里常见。那通往楼上雅座的不锈钢扶手的旋梯上，雅座领班古小琴窥见这一幕，大气也不敢出，缩回楼上去了。火锅城离医院近，店内不少人都找他看过病，他为野狼切除过那根快穿孔了的塞满火锅残食的阑尾。

野狼眼尖，看见冯斌，弃了素芳迎过来。要不是他走路带几分潇洒的扭动，他那条长个儿真活像根电线杆子。

"冯教授，你来了！乔丹医生打过招呼，请你到楼上雅座。"

野狼对为自己开过刀的医生异常热情，不理解也佩服有这号傻人。开刀前，他用信封装了 200 元钱塞给他，希望口子切小点麻药打好点手术做快点，人家分文不要，手术做得奇好。

冯斌跟着野狼走上阔气的楼上雅座，20 岁的城里姑娘古小琴早笑眯眯恭迎。"金星"、"木星"、"水星"数间雅座都不进，野狼引他进了"火星"，说是乔医生特地包的这一厢雅座。冯斌心里又悸动。她，什么意思？

乔丹还没有来，冯斌独自坐下。薛米丽、古小琴、素芳几个认识他的小姐都来向他问候，他们都猜得到离异后的冯斌今天来吃火锅的另外意思，一边也听野狼滔滔不绝地调侃。

"冯教授，我说句真心话，你同方梅离婚我至今还大惑不解。呃，你说是一个太俊一个太丑一个太富一个太穷一个是城里人一个是乡巴佬吧，离了也好说。可你们不是。就为两个要忙事业就离脱了，可惜！另外，别个离婚又哭又吵又打又跳，闹个你死我活进法院，有的竟闹了二三十年。可你两个，清丝雅静到街道办事处一走，就撇脱了，好像你们连那十岁的女儿都不心痛似的。"野狼说得动了感情，"我开先还以为你们是假离婚耶！"

"说哟，哪个会假离婚。"薛米丽乜他一眼说。

"真有！"野狼拍着素芳肩头说，"素芳可以作证。她一个乡下女友，长得漂亮，也跟城里男人离婚。因我们政策是娃儿户口跟妈，他俩人打地头破血流，离了。儿子判给男的，入了城里户口。后来，两人又复了婚！冯教授，照我看，你不能再光棍下去……"

古小琴"扑哧"笑出声。素芳黑了他一眼。冯斌也笑了。

野狼又对冯斌说："冯教授，我看乔丹不错，人漂亮，又有学问，啥子老师不能娶学生啊，这号事多！爱情是啥子？就是甜蜜美满。你俩合适。勇敢点，就像你拿手术刀划我肚皮，犹豫不得！"

这时，从楼顶传来的小号声陡然昂扬起来，冯斌的心就像眼前的火锅汤一般翻起麻辣咸鲜种种味道来。

26

　　"太空火锅城"老板俞生看见远山落日只剩了个头顶，进射的光焰却云蒸霞蔚地璀璨，便把气运足，吹奏出的小号声便宏大嘹亮，突然看见薛米丽向自己走来。

　　薛米丽穿着套紧身的白色连衣超短裙，今日的头发不辫不束，赤足趿了双下班后穿的拖鞋，脸上挂着怡人的笑。这返璞归真的自然美令俞生的心怦然悸动。与前妻动地惊天地离婚多年，为这，他那前妻的兄弟向他动过刀，砍伤过他，是冯斌治好的。他早想娶个老婆了，却总不如意。公关经理薛米丽是他的意中人，却又总感到她像那眼前暮霭中的江面浮光一般若即若离荡人心魄。

　　此刻，犹如江面上刮来的一阵清凉的风，她飘然而至。他那穿背心短裤的肌肉暴突的身躯陡然一阵凉爽轻舒，他能挽留住这股清凉迷人的风么？他激情而又怅惘地吹奏出一个长长的绝妙动人的尾音，不是句号而是省略号的尾音。

　　薛米丽被俞生这号声感染，便坐到他跟前的沙滩椅上。超短裙下的长长的雪白结实的腿自然地舒展着，暮色逆光下的她宛如出水的白莲宛如维纳斯雕像。

　　"俞生，你吹奏得很好！"她说。

　　他笑了。他这个业余号手的技艺并不上等，只是带着感情在吹奏。他就想把刚才用号声表达的情绪向眼前这位暮霭下的"女神"倾吐。

　　"也许是你听着好。"

　　"为什么？"

　　"因为我是在为你吹奏，是在用心同你对话。"

　　"哦，对什么话？"

　　"I Love you！"

　　"谢谢你，俞老板，谢谢你这么爱戴我这个雇员。"

　　薛米丽美得令人心悸美得冷艳，说的话总是这么智慧，狡猾得令人心热心痛。

　　"米丽，我不能再这么欺骗自己欺骗别人，我不能总摒弃这个世界上用以表达感情的人类语言，而总用号声来倾诉自己心中的爱恋。你已过而立，而我已近不惑之年了，都各有一番不凡的人生经历了，我们为什么就不能都现实一点儿地聚合到一起呢……"

如那落日留下的一道亮带一般，薛米丽的眼睛亮了一下，心弦颤了一下。俞生，这个仪貌不凡有才有财的大学高才生，弃了公职，孑然一人来经营起了这么一座用他的全部智慧血汗加机遇打造的火锅城，着实不易。这需要有移山般改变传统观念的巨大勇气和毅力！而现在，他又用战士一般的勇气和执着向自己构筑的坚固的人生防线攻击了。她觉得自己那坚固而又脆弱的防线即将崩溃，两眼里有股莫名的狂躁喜悦和悲哀的灼热，心碰撞着胸壁。就顺了他意？人生能有几番聚合？

她扑闪着两眼盯他，他也盯她。她欲言又止，他静心等待。两人久久对视，互相在心底使着劲。

号声又响了，响着一种人生的躁动。

薛米丽正想要吐出的话被俞生这过于焦灼的号声打断，才想起刚才上楼来是想告诉他，冯斌医师来了。

"俞生，我对你说……"

俞生依然吹奏着，他为向她真情求爱而遭无言的谢绝羞恼。吹奏完这曲时，他热着眼，问：

"米丽，你只回答我'是'或'不是'。你是不是讨厌我？"

"不是。"

"那么，你爱我？"

"……"

俞生等待薛米丽的回答时，看见夜色里多了两点绿焰，是野狼走上屋顶来了，话里醋兮兮地：

"呲，两个。说是来喊俞生老板，半天喊不下来，让我们干等呀！"

27

"火星"雅座间内，冯斌与前妻方梅对坐着吃火锅，他见她还是那么俊秀。

添菜加料打泡子，热情的古小琴忙碌着。素芳楼下不忙，也上来帮助上菜斟酒。冯斌医生为她治好过长在后颈处的痛死人的"对嘴疮"。

"冯医生，等一下给你们上活蛇，是乔医生特地招呼要上的。"古小琴说一口流利标准亲切的普通话。

素芳听起却别扭，她说的普通话乡音重。素芳瞥了古小琴一眼，心想，这雅座领班总归要换了我的，野狼说过，她有当老板娘的福相。

如今的山城火锅，除桌子板凳外，啥都可以在锅里煮。毛肚、黄喉、鸭肠这些不说了，蛙肉、团鱼、乌龟、大虾、海参都下锅了，现在还兴吃活蛇。冯斌听古小琴说完，心里很不安，乔丹可真是太热心了，这餐火锅吃下来要花好多钱！他又为自己刚才的胡思乱想汗颜。乔丹约了他来，原来是让他与方梅相会，是再次想要撮合他俩啊！

方梅也是接了乔丹的电话才来的。乔丹告诉她，她这个月的工资奖金夜班费加起来近 300 元，要好好请她这个师母吃一顿！方梅原先错怪过乔丹，后来，乔丹主动为她补夜大的课，又千方百计让她和冯斌去城郊，他俩当年相恋的知青点燕儿坝为女儿过生日，希望可以使他俩鸳梦重温。她对乔丹的前嫌顿消。不过，在燕儿坝那个月亮欲圆的晚上，经过一番柔情断肠的伤感之后，他俩还是分道扬镳，都没有迈出那艰难的一步。

当她被野狼引进"火星"雅座间时，见是冯斌，抽身想走又还是止住了，明白这又是乔丹为他俩友好地安排了。也好，同他谈谈思念的女儿，于是，她与他对坐了，发现冯斌过去那每天要刮的胡子蓄了起来。

"你，来了？是乔丹约我来的。"方梅说。

"我也是乔丹约我来的。"冯斌说。

二人都将筷子伸进翻滚的鸳鸯火锅内。方梅喜辣自然伸进红汤内，冯斌惧辣自然伸入白汤里。

二人都咀嚼有声，"太空火锅城"的味儿确实名不虚传。

"听说你现在当了副科长了？"冯斌问。

"不是，是副主任科员。全靠那夜大文凭，工资也涨了几块钱！"方梅的话有着特意地炫耀。

就为了这几块钱，要付出离婚的代价？冯斌心里想，眼盯方梅，见比他小 9 岁的她眼角已起鱼尾纹，眼圈微微发暗，人瘦了些，不禁升起股同情。不对，她并不只为了这几块钱。她说过，世间人人都该有自己的追求和价值。这话不错，无懈可击。可世间绝无十全十美的事，有得必有失，有成就就必有牺牲。唉！自己此时才恍然悟到：在自己事业的成功里，他的妻子曾为他费尽了心血和精力。

28

乔丹没有能拉冯斌和乔丹的女儿冯静来"太空火锅城"。冯静起先要来的，听了她的原意就死也不来了，说爸爸妈妈不住一起好些，免得都怄气。现在，他们俩对她都特别好，两人偶尔碰了面还很客气。

冯静不来，乔丹气得流了眼泪，只好一个人来。

策划燕儿坝破镜重圆，很大心理上是自己与小冯静有相仿身世的同情感，本以为会成功，结果却破镜难圆，就有股遗憾也有股冲动涌上心头。她惊骇而又镇定地想，自己的确爱上自己的老师冯斌了。然而，父亲的家教，成人之美的女人的同情心纠缠着她，苦恼着她。她还年轻，她有才有貌，她有自由可以任意选择。她臆想中的"他"是一位伟岸的才貌双全的白马王子。而她眼前出现的具象却是并不伟岸却心地善良执着追求事业的老师冯斌。她震惊、痛苦、狂喜、悚怕。怎么会这样？人要与自己的感情搏斗，真比拿下一个研究课题还难！她向自己的感情投降。她毕业后本可以留在老师医院工作的，而她，却挑选了另一个位于远郊的医院。她想逃避，人总得要有理性。伪善的"理性"。不，是一片真情，掩盖了真情的"真情"……

终于，她还是向冯斌拨通了电话。邀他到"太空火锅城"。最终，又给方梅拨了电话，再次设计了让老师夫妇会面。最后，她还是向自己的感情投降了，她企盼着他俩的这关键的也许是最后一次的会面的结果。

当乔丹走进火锅域步上旋梯接近"火星"雅座间时，看见冯斌和方梅正含泪举杯对饮。她止住步子，侧目时看见俞生老板等人正围坐在斜对面的"金星"雅座间内，野狼过来喊她过去。

野狼对乔丹说："乔医生，你真伟大，这么成人之美？只是粘不拢不要硬粘。"

"这世上就有好多硬粘在一起的。"素芳盯了野狼说。

古小琴想着冯斌和方梅,他俩都很不错的,应该过得很好,怎么会如此痛苦……

俞生在同薛米丽说话。

"人真难说清楚。像我,离了就再不想见到她。可人家这对,见了面还是那么缠绵、彬彬有礼。"俞生说。

"人其实也说得清楚。像我,既恨又想那个我为他花费了几万元钱出国却又抛弃了我的男人。因为我真正爱他。"

"我清楚了你刚才的沉默。"

"你没有清楚。"

"你什么意思?"

"我,也说不清楚!!"

野狼凑过来,没话找话同薛米丽说。

俞生看见厨工抓了条活蛇来,就过去帮忙。先把活蛇给冯斌、方梅过目,又当面用剪刀剪断蛇头,把血滴到酒杯里,再当面剐,取了蛇胆汁滴到另一酒杯里,一杯红一杯绿,很是悦目。

冯斌、方梅都惊叹,壮了胆子喝下俞生劝说一定要喝的大补酒。

乔丹偷偷离了"火星"雅座间,步下旋梯,出了"太空火锅城"。漫无目的地沿江边走去……

今夜月亮正圆!

这一夜

刘 彦

29

大雨滂沱，烟雾迷蒙。

因为下雨，太空火锅城的生意比不上往日兴隆。九点多钟，除了楼上雅座，还有一些痴男怨女沉醉在情海爱河中不能自拔外，大堂上已经没有一个客人了。

外面的天很黑。哗哗的雨水冲打在柏油路面上，溅起了团团水花。薛米丽从窗外收回视线，一种莫名的孤寂感不觉又浮上心头。最近，她常常在想这个问题：独身，还是结婚？结婚固然会有一个感情的归宿，可天下男人有几个可以托付的呢？独身当然会省去许多烦恼，可独身在生理和心理上的寂寞又是轻而易举可以打发的吗？譬如现在……

薛米丽从小挎包旦掏出一本书来，这是一本专门研究独身生活的纪实文学丛书。下午在书摊上碰见了，她便买了一本，想看看里面有没有可以为己所用的精神武器。

野狼悄悄从一边凑了过来，"好哇，好哇！独身生活好哇。"他一瞅见薛米丽手上的书名，更情不自禁地自个念叨开了。

"什么意思？"薛米丽抬起头来，冷冷地望着他。

野狼索性坐了下来。他就怕薛米丽不理他，只要薛米丽能理他，这就等于给了他表现自己，施展口才的机会。他垂着眼，盯牢了薛米丽那张漂亮的面孔，说："这还不是明摆着的事，不结婚就是最大的结婚嘛。结婚有什么意思？结婚是坟墓。不结婚多自由，想爱谁就爱谁，不爱了就拜拜。"

"哼，我就知道你一张嘴就没好话。"薛米丽摆摆手，示意野狼走开，她可不愿意听他没完没了的胡搅蛮缠。

"呃呃，你别慌嘛，我还没说完哩。"野狼慌了，赶紧换了一副正儿八经的神态，又说，"其实，薛经理，你听我说句老实话，你就是活得太认真了，因为认真，你才感到累。其实，人就这么点生命，想怎么的就怎么的，管得了那么多吗？我看你就是受传统礼教束缚太深，你没听现在的人怎么说，'谈什么永恒，只要相爱就行；谈什么相爱，只要真诚就行；谈什么真诚，只要需要就行。'时代变了，我们也得跟着变哩。"

"野狼，你又在胡扯些什么？"

这时，老板俞生和大堂经理卫鸣走了过来。显然，野狼这番话让他们听见了。俞生对着野狼戏谑道："你最好给薛经理讲讲，你和素芳是永恒呢？还是需要？"

"呃，都是都是。"在比他强大的男性面前，野狼觉得舌头有些兜不转。

卫鸣说话更刻薄一些："如果素芳也奉行需要就行，恐怕就说明你已经不行喽。"

"哈哈哈……"这一说，把大家都逗笑了。

薛米丽没有说话，她怔怔地望着这几个男人。

正交谈着，楼上的雅座领班古小琴气喘吁吁地从楼上跑了下来。

"老板，你快去看看吧！楼上有个女食客好像喝醉了，我怎么叫她也叫不醒。"

"在哪里？"俞生问。

"在土星厅里。"

"她身边没有一块儿来的人吗？"

"没有。"

"那我们去看看。"

淡雅的墙壁，若隐若现的壁灯，雅座间笼罩着一种让人心醉的幽绿。

俞生带着卫鸣、野狼、薛米丽、素芳、古小琴走进"土星"，只见一衣着华贵的年轻女子身不由己地向前倾倒着，脑袋无力地耷拉在桌子上。俞生用手去推她，她毫无反应。俞生站进去，轻轻扳着她肩头想把她扶起来，可她头一歪，便倒向一边去了。

野狼不觉惊叫了起来："啊，她死了！"

30

大雨还在哗哗地下着。

医院急救室门外的走廊上，俞生、野狼默默无语地抽着烟，薛米丽和素芳相偎坐在长椅上，怔怔地望着急救室门上那盏耀眼的红灯出神。

因为那女子无论怎么也叫不醒，俞生怕出意外，便留下卫鸣、野狼、古小琴照看厅堂，自己叫上一辆出租车，让薛米丽和素芳搀上那女子，将她送进了医院。野狼喜欢凑热闹，随后也骑着摩托赶了来。

医生诊断，那女子并非醉酒，而是有人在酒中掺进了催眠药物，故当即把那女子推进急救室抢救。

这一来，倒使俞生、薛米丽、素芳如坠云雾之中，这到底是怎么回事呢？究竟是什么人在她的杯中放了催眠药物呢？随后赶来的野狼一听说是这么回事，力主赶快撤退，怕遇上麻烦，多一事不如少一事。可俞生、薛米丽、素芳都反对，认为救人一命胜造七级浮屠，情况没弄清楚，把那女子撇下不管，良心不安。

俞生给店堂打电话，向古小琴详细问了一下那女子进店时的情景。古小琴说，那女子是和一青年男子一同进店的，听口音不像是本地人。不知道为什么，那女子叫不醒时，那男子就不见了。俞生判断，这中间肯定有问题，当即吩咐卫鸣去派出所报案，不可耽搁。

野狼狠抽了一口烟，问："呃，老板，你说，这会不会是一桩谋杀案？"

"嗯，有可能。"俞生心事重重地应着，不觉又看了一眼急诊室那两扇紧闭着的门。

"那会是一桩什么性质的谋杀案呢？"野狼总是好奇，喜欢寻根问底。

"你看呢？"俞生有些心烦。

"我看都有可能，也许那男人离婚不成，把她骗到这人生地不熟的地方来，偷偷在她酒里下了药；也许这女的很有钱，跟这男的出来做生意，男的图财害命，下了毒手；再不就是那男的想打女的主意，不料药下重了，好事干不成，又怕弄出人命，自个儿先偷偷溜了……"

"你就是三句话不离本行，什么都往这上边扯。"俞生瞪了野狼一眼。

"会不会是殉情自杀呢？"薛米丽问。

"不可能。"俞生很坚定地摇了摇头，"她明明是跟一个男的一块儿来的，要是殉情自杀，那男的跑到哪里去了嘛？"

这时，急救室的红灯熄了。不一会儿，一个女大夫开门走了出来，她摘下口罩问："谁是病人家属？"

"我们。"俞生、野狼、薛米丽、素芳全都拥了上去。

"你们是她什么人？"女大夫狐疑地打量着眼前这两男两女。

"我们，我们……"俞生的嘴一时不灵便了。

女大夫倒不深究，很生硬地说："你们在搞什么名堂，让她吃那么多镇静药，好在送得及时，不然要出人命的。"

"好好好！"俞生不想多解释，忙不迭地应承道，急着又问，"她现在怎么样了？醒过来了吗，我们能和她谈谈吗？"

"进去吧！"女大夫说，让开了身子。俞生、野狼、薛米丽、素芳赶紧一拥而入。

那女子静静地躺在床上，人长得并不好看，妆化得很浓，看见俞生他们进来，她无神的眼睛中露出一丝惊异。

当俞生他们自报家门并讲明情况后，她轻轻唔了一声，眼圈不觉便红了。

"你叫什么名字呢？"俞生问。

……

"你是哪里人呢？"薛米丽又问。

……

"呃，你说话。把情况搞清楚了，我们才好帮你忙嚓。"野狼有些急了。

素芳连忙止住了他，怡言悦色地对那女人道："你想想，你随身还带什么东西没有？"

"东西？"那女子的眼睛兀地瞪直了，突然，她一跃而起，拉得输液架直摇晃，"快，快让我去取东西，我的东西还在寄存站……"

31

已经是午夜两点了。

俞生和野狼还在火车站周围的寄存站里进进出出，问上问下。那女人说她的行李是交给同行的男子一块儿寄存的，她没有寄存单。还说，那行李里有非常非常贵重的东西，如果不赶快去，怕被那男子冒领走了。俞生问那男人是哪里的？叫什么名字？在本地哪里落脚？那女子只说她和那男人都不是本地人，今天刚下船，没有落脚点，其他就一概不愿说了。事不宜迟，俞生只好根据女子提供的行李式样、特征和寄存处的大致模样，搭野狼的摩托车赶到了火车站。

这两年开放搞活，火车站的行李寄存点一下子增加了许多，国家的、集体的、私营的，林林总总，遍布火车站内外。要想在这里面找出一两件行李来，无异于大海捞针。这可苦了俞生和野狼，他们一家一家地查问，问得口干舌燥，累得精疲力尽，一身衣服都湿透了，分不清是雨水还是汗水了。

现在，他们又从一家寄存处里失望地走了出来。野狼显然有些不耐烦了，抱怨道，这样问下去怕问到天亮都问不完。我们又不是公安局的，人家怎么会听我们的。就是查到了，也拿不走呀。干脆，还是回去吧。

俞生看看天，抹了一把脸上的雨水，说："再查查吧。现在东西随时有可能被人领走，等公安局的人赶来就晚了。我们只要找到东西，即使领不走，也可以挂个失。听那女人的口气，行李里的东西贵重得很哩。"

"唉！"野狼叹了口气，无可奈何地只好又跟着俞生往前走……

与此同时，派出所的张所长带着卫鸣和一个同志已经赶到了医院。起初，那女子还是不说话，无论张所长他们怎么问，她始终闭着眼，一言不发，像是睡过去了一样。后来，张所长急了，声严色厉地对她说：

"同志，我们是代表国家司法机关在向你了解情况，如果你拒绝回答问题，我们就有理由认为你是拒绝法律帮助，那么今后发生了任何事情，产生了什么后果，我们概不负责。"

听到这里，那女子颤抖了一下，猛地睁开了眼睛，似乎已掂出张所长话中的分量。

站在一边的薛米丽见状也凑了上去："大姐，你心里有什么委屈，什么痛苦，就说吧。有公安局为你做主，你还怕什么呢？你看你刚才多危险，要不是我们发现及时，你就没命了。"

听到这里，那女子扑簌簌掉下了一串泪珠。

原来，那女子叫舒建秀，是万县一家服装店的老板娘。因为父母做主，嫁给了万县一家公司的水电工。这些年来，她一直嫌丈夫老实巴交，没有能力，不会赚钱。今年春天，店里来了一广东客，能说会道，显出一副颇有经济实力，门路极广的派头。广东客自称白汉成，是广东驻川的业务代理。没过多久，舒建秀与白汉成眉来眼去，厮混熟了，便背着丈夫做出了暗度陈仓的事来。那广东客对舒建秀说，凭她的姿色和手艺到广东去开一服装厂，肯定可以赚大钱。并说只要舒建秀跟他走，他愿意投资帮舒建秀在广东建厂。抗不住这巨大的物质诱惑，加上已和白汉成已经难分难舍了，舒建秀便暗中积极地筹划起来。这一次，舒建秀背着丈夫把家中的万余元存款悉数取出，同白汉成一同乘船来到了重庆。下船后，白汉成先带舒建秀去火车站买了车票，并把舒建秀的行李一并接过去存进了寄存处，这才带舒建秀进了"太空火锅城"，说是吃过晚饭，再去找住宿。可没想到，吃晚饭时，那黑心的白汉成竟偷偷在酒里放了安眠药。

说到这里，那女子抽抽噎噎地哭了起来，边哭边说，"公安同志，你们可要救救我，如果我行李里的钱被那挨千刀的拿走了，我可就完了，我怎么有脸回去哟！"

听完这故事，薛米丽和素芳都惊呆了，想不到天下竟还有这等事。素芳更是抑制不住内心的鄙夷，轻轻地咕哝了一句："自作自受。"

正说着，门开了，一身水湿得像个落汤鸡似的俞生和野狼跌跌撞撞地走了进来。

"怎么样？东西找到了吗？"张所长问。

"找到了，可东西已被人领走了。"俞生答。

"什么时候？"

"据保管员回忆，大概是晚上10点半的时候，是一个穿T恤衫的青年男子取走的。因为当时取东西的人少，所以保管员记得很清楚。"

"天啦，要我的命啰，这个千刀万剐的黑心肝黑萝卜……"在床上的舒建秀，一听此言，禁不住号啕大哭起来。

32

"兵贵神速，时间就是胜利。我们得赶回去布置缉拿罪犯。这女人我看就先交给你们照顾，等工作铺开了，我们再来。"张所长握住俞生的手，交代道。

"行！你放心去吧，这里交给我们了。"俞生倒也爽快，一口应承下来。

张所长走后，俞生才感到一身都瘫了。他和野狼来到室外的走廊上，一屁股坐在了长椅上。

"抽根烟吧！"野狼从腰上的皮夹找出烟来，扔了一根给俞生。

"嗤"的一声，烟点燃了，俞生贪婪地吸了起来。

这时，卫鸣和薛米丽也跟着走了出来。

"那女的全都讲了吧？！到底是怎么回事？"野狼问。

"其实，事情很简单。"薛米丽坐下来，把刚才舒建秀讲述的情况一五一十地给俞生和野狼说了一遍。

"该遭！吃了碗里的还想锅里的。不好生守着自己丈夫过的女人，该遭！"野狼一听就骂开了。

"呃，你不是说需要就行吗？人家舒建秀不需要丈夫，需要那个广东客了，你怎么倒骂起人家来了呢？"薛米丽想起出事前的那番对话，有心要刺激一下野狼。

"那是另外一回事，像这种不安分不守规矩的女人不值得同情。"野狼仍然愤愤不平。

"需要就需要，还要什么规矩？人家需要啊！"薛米丽戏弄似的看着野狼，她觉得今天真是找到了驳斥野狼谬论的最好论据。

"其实啊，这件事正好说明人类对婚恋问题的追求是没有满足的。"卫鸣也参加了进来。他看书看得多，所以谈话老喜欢从理论上去概括："你看，明明有了个安定的家，日子过得蛮好的，可不满足，却要追求更完美的，结果差点把命都搭进去了。所以，天下没有完美的婚姻，婚姻都是悲剧性的。"

"你这是一叶障目，天下那么多家庭没出这档事，偏偏舒建秀家就出了？我看这只能说明舒建秀更唯物，更好虚荣，更禁不住物质的巨大诱惑，所以才背夫弃家，跟着情夫一道出走。女人要是在物质利诱下不能自持，就彻底完了。"俞生抽了半天烟，这时也阐明了自己的观点。

"咦，怎么说来说去都成了舒建秀一个人的错？"薛米丽愤愤然了，想为舒建秀辩护，"你们怎么不说说白汉成？那个白汉成明明是个骗子，是个负心汉，是个坏人嘛。我看人家舒建秀倒是一片真诚、一片真心。她不满意别人为她安排好的婚姻，想自己找一个称心的，这有什么错？她把自己的财产，身心全都托付给了白汉成，她是对得起白汉成的，是白汉成对不起她呀！她错就错在看错了人，没有依靠法律，选择了私奔这条路。我看你们这些男人，统统都不是好东西。占便宜的时候都来了，追究责任却全往女人身上推，你们称什么男子汉？"

薛米丽这一番慷慨陈词，的确击中了要害，几个男人一下子都不开腔了。

"这样看来，真还是独身的好，结婚有什么意思，受你们这些男人欺负啊！"薛米丽似乎余怒未消地接着说。

"对，还是独身好，这个观点我同意。"卫鸣赶紧讨好地附和。

"对，还是独身的好，想怎么的就怎么的。"野狼也附和。

"对，独身的好，独身就不会受骗上当，就不会承担责任和义务了。这个叫舒建秀的女人错就错在她不想独身，总想找个什么依附，结果受骗上当，差点丢了命。"俞生也附和，但明显听得出来他话中有话。

"唉！真拿你们没办法。"薛米丽不想再理这些男人了。她独自走到窗前，对着窗外狠狠做了两个扩胸的动作。

这时，天已发白，雨也停了。薛米丽突然觉得这一夜她好像明白了许多道理。对人生来说，婚恋就是一个怪圈。人类离不开爱情，可爱情却追求纯洁、美满、热烈、幸福开始，以收获、悲伤、哀怨、懊悔和不幸告终，这究竟是为什么呢？人们出于不同的经历不同的目的，对爱和婚姻往往有不同的解释，可哪一种说法才是真正的真理呢？由此看来，婚恋真是人类最难解的"哥德巴赫猜想"了，其中的恩恩怨怨、是是非非恐怕没人能讲清楚吧！

　　"小薛，你也去躺一会儿吧，忙了一晚上了。"不知什么时候，素芳来到她身后，轻声对她说。

　　薛米丽回过头来，这才发现刚才还振振有词的几个男子汉，这时全都靠在长躺椅上睡着了，瞧他们那副神态，好像什么事也没发生过一样。

《野牛店》风波

鄢光宗

33

"渝都影视艺术中心"的朱主任突然给马导演打来一个电话,问他是否收到一个请帖,"环宇影视公司"将在太空火锅城举行电视剧《野牛店》的开机典礼。

"没请帖寄给我呀!"马导正看着书,放下书,对话筒说。

"你这么一个大导演,怎么不给你寄?"老朱生气地说。

马导苦笑了一下。什么"大导演",由于摄制经费不足,拉赞助越来越困难,他已在家中歇了快一年了。要不,看什么书,早和演员"说戏"去了!

但老朱提到的《野牛店》,他是比较清楚的。这个剧写的是一个开火锅店的寡妇,和一个骑着摩托车主动来给她的火锅调味的调味师的故事。剧作者曾将剧本交来他们"渝都影视艺术中心",但被朱主任枪毙了。朱主任认为该剧格调不高。

马导当时对这剧本也不感兴趣,他一直在抓一个反映退休教师和退休职工的电视剧,叫《晚霞情》。朱主任和他对《晚霞情》都倾注了一腔热忱,可惜这个剧因为经费不足迟迟没上马!

《野牛店》后来却被并非文艺圈中的"太空火锅城"的总经理俞生看

中了，据说他请北京电影学院毕业的一个颇有才气的青年导演将剧本作了修改：寡妇最后把她的"野牛店"合并进了由戴眼镜的经理当家的"太空火锅城"。火锅档次提高，财运大兴，皆大欢喜！俞生看到这结尾大为振奋高兴，便开始充当"好莱坞"似的制片人，除自己投了一大笔资外，还四处筹集经费，欲把《野牛店》推上荧屏！

想不到他竟然成功！打出的牌子还是什么"环宇影视公司"摄制。

"我打听了，市里好多领导和新闻部门都收到请帖了！"老朱在电话中悲怆地提高了声音："你知道的，《野牛店》是被我枪毙了！是我们扔了不用的本子！"

"别人拍就拍呗，气什么？孔夫子说：要中庸，恕道……"马导也提高了声音。心想，还硬什么？得承认自己不行，其胆识和魄力都不如一个火锅馆的"老总"。

"请帖上还吹嘘出席开机典礼的有北京来的一批名人！我看，八成是骗人！"

马导又想：你老朱一个月前不也把自己搞的一个电视剧带到北京去开了一个什么"研讨会"嘛！口水往天上吐，还不是落自己脸上！

"你想想，我的马寻！对去参加开机典礼的我市领导，对我市的新闻媒介，会产生什么样的冲击和影响？哎？！我们这弯子怎么转？"朱主任在电话里将声音提高了一个"八度"吼道："你是晓得我们这儿人的心态的！"

最后，老朱和马导商量好，太空火锅城的开机典礼，由马导拿老朱的请帖去参加。这样，便避免了老朱的尴尬。马导去赴"典礼"。

马导刚放下话筒，他的小舅子撞进门来。小舅子一直为姐夫哥的《晚霞情》在外四处笑烂了脸找赞助，他告诉马导极不幸的消息：种鸭场和酒厂答应给《晚霞情》的两笔赞助飞了！被《野牛店》截和了！

"为什么他们要给《野牛店》？"马导呆坐在沙发上，木然地问。

"嗨，他们打的是北京这个牌子。"小舅子苦笑着说："这里的人就吃这一套！"

马导将书扔一边，长叹一口气，心中直骂："俞生，你这家伙鬼精灵！"

34

离典礼开始还有一个多小时，马导便来到了"太空火锅城"，想多了解些情况。

火锅城门前已有七八个公安人员站着，一个拿对讲机的"便衣"在抽烟。不远处停着带红灯的警车和三轮摩托车。

确有重要人物要来"出席"的阵势。

马导走进大厅，嗬，一片辉煌！

上方挂满了小旗和彩带。小旗很精美，印着"环字影视公司《野牛店》开机志喜"。主席座上方还布了一片晶莹的"满天星"。

马导心中暗赞：这俞生很有广告意识，舍得花钱！一想到"钱"，他心中顿时想起《晚霞情》，心情顿时如最后一片晚霞一样黯淡了下去。

他选了最边的角落坐下，不惹眼。

他前面座上几个人在闹哄哄议论：北京要来名人，会不会是赵忠祥、刘晓庆或……葛优？后又议论市里要来什么人等等！

一个剪小平头的年轻人慢悠悠地在马导身边坐下了，玩看手中的BB机。

马导和他谈，知道他是一家报社的见习记者。

"要发消息吗？"马导问。

"看情况吧！"小平头记者很老练地回答。

"什么情况？"马导一问出口，即觉得自己很幼稚。

只见"小平头"弹簧样蹦起来，冲到楼梯口，原来上来了七八个漂亮小姐，都背着金边的红色绶带，上面印有"欢迎参加《野牛店》开机典礼"字样。

为首的是模样俊秀、神态温柔的古小琴，她拿着一大沓什么材料，"小平头"从她手中抓了一份，迫不及待地看起来。

古小琴向各桌来宾散发材料。

"小平头"已冲进电话间，开始拨电话。

古小琴看见马导，突然一愣，神情有些不安，但赓即温柔地一笑，向马导递过一份材料，然后关心地问他那个《晚霞情》为什么还没拍？

只听古小琴说："马老师，我也问了好些来吃火锅的客人，问他们厂里或公司里有没有钱，我真想给你的《晚霞情》拉点赞助！"

"谢谢！"马导很感动。确实感动。

古小琴突然把头埋向他，轻声说："马老师，你原来摄制组的几个人，像大个、麻小弟他们都参加到《野牛店》里来了！待会儿你会看到他们的！你可别生气呵！"说完便离开了，留下一股清淡的香水味。

呵，原来她看到他时的不安是怕他伤感。这有什么？他敢于直面惨淡的人生——马导把目光落在面前材料的第一页上：那上面用显赫的大字印着今天要来出席开机典礼的市里各位领导的名字！第二页则是《野牛店》所聘请各类各种顾问的名单——当然有两三位北京的艺术前辈，三四位深圳的商界人物，四五位本市的各界名流。

见习记者已离开电话间，跑到楼梯口，迎接着一连串刚上来的带BB机的人物。他挥着手里的那两页名单向他们嚷着："没问题，有来头！"

一位同行握了握他的手："谢谢你通知。总编要我先来看看！"

马导站起身来要走了，他确实怕碰见他原来摄制组的哥们儿，说不定人家也不愿在这儿碰见他呢！跟他很要好的摄像师大个、灯光师烟头、录音师瘦猴、副导演麻小弟、化妆师青青，都几乎是"集体宣誓"一样向他说：一定要等着他那具有主旋律意识的《晚霞情》上马！大家决不会去"窜"其他的班子！但现在——当然，哪能怪人家！看这《野牛店》多红火！

但当他还没有从座位前跨出步子，他那一伙"忠贞不二"的哥们儿已经逐一从那茶色玻璃门口冒出来了：麻小弟带头，然后是大个、烟头、瘦猴、青青……

天！他们都清一色地穿着白汗衫，胸前印着"野牛店"，背后印着"深圳环宇影视公司"。

柔和的音乐响起来，刚好放的是《秋去秋来》，叶倩文正软声唱着："旁人常问你何事要等？怎么可一世不爱别人……"

35

马导站在太空火锅城大门口。他刚溜出来，需要透一口气。

刚才他正想从楼厅溜走，突然他原来的那一帮哥们儿穿着别人的文化衫出现了，他埋下头又坐下来。但紧接着，又发生了令他目瞪口呆的事，俞生出现了，兴奋地宣布：北京、深圳的珍贵客人已经从机场接来了！

像是从游泳池里慢慢浮出水面，只见穿着领口开得很低的时装的薛米丽，从旋转楼梯口慢慢扶出一位雪白头发的老者，他身后又出现一位胖胖的戴金丝眼镜的中年妇女，然后是两位穿名牌 T 恤衫，连声说着"射射"的腹部鼓出的中年男子，再接着便是——当马导听见俞生介绍说"后面这位便是从北京请来的才华出众的青年导演牛天，我们的'牛导'"时，他几乎不相信自己的眼睛。站在楼梯口的"牛导"，不就是 3 年前曾在他摄制组跑过剧务的牛崽儿吗？

至于那位白发的老前辈，名片上肯定印有一大串头衔，但也许已经有 20 年没见他导过戏了！

只见"太空火锅城"的大堂经理卫鸣出现在牛天身边，俞生介绍道："这是'深圳环宇影视公司'重庆总代理，《野牛店》制片主任卫鸣先生！他是刚从机场接了客人回来！"

卫鸣操着那别具一格的"普通话"："我代表深圳方面射射（谢谢）大家光银（临）！"

趁四处都在握手、点头，四处都响起广州味的重庆话，重庆味的普通话时，马导用手中的材料挡住脸，溜了出去。

他头脑晕乎乎的，像多喝了二两酒。

他望着远处山坡下细细的江流。

不知什么时候，薛米丽在他身边出现了。

她像是专门来找他。"你干嘛这么认真！"她说。

落进马导眼里的是那开得低低的领口，可以看得见鼓鼓的胸罩上那编织精细的花边。

"他和谁在联络？"马导望着那将嘴巴放到对讲机上的"便衣"。一个身材迷人的女郎过来了，"便衣"走到她面前边讲边自送她远去。

"嘻，漂亮妞来了，他就操派头！"薛米丽笑了，然后告诉他，这"便衣"其实是个搞道具的临时工。"他手中的对讲机就是你们摄制组的呀！认不出来？大个带来的，昨天就坏了！"

"名单上那些贵宾，都要来？"

"不知道，但既然我们都送了请帖，自然要打在名单上——"

"知道了。"马导恍然一笑："不过是张'菜谱'。也许这道菜根本就没有，但'菜谱'挺吓人的，许多人看着也饱了！这些都是你出的主意？"

"你干嘛非得问是谁出的主意！"薛米丽又嘻嘻笑起来，"集体的智慧能胜天！你们这辈人不是唱过？"薛米丽的手潇洒地一挥："这阵'导演''演员'多的是！人人会表演！你说是吧？黄道、黑道、红道，政界、商界、学界，无不是一个人几副面孔，最大胆的成功便是最大胆地隐藏真面孔！你说是吗？我们准人不是活道具。像我这件上装，我并不喜欢，但它是道具，今天有用，我便穿上了。像今天在'太空'发生的这些事，也许你我都持否定态度，但只要于我们有利，我们也不妨介入！所以……你不必认真！"

古小琴出来了。

"马老师，我们俞总经理请您！"古小琴柔声地说。

里面的仪式似乎已开始，音乐停了，响起一片掌声。

一直没有小车开来。也就是说，市里没一个领导光临。

有两个带 BB 机的记者已从楼梯上下来，一声不响地往外走。

但马导显然已无法动步离开这里。他一边是艳丽的薛米丽，一边是迷人的古小琴，她们在挽留他！

36

古小琴与薛米丽一前一后把他带到过道尽头的总经理办公室，打开门，俞总经理便从沙发上起身，向他笑着大声说："我还是听小琴说你也光临了。是这样，我们想请你也出马，担任《野牛店》电视剧的总导演！"

马导又大吃一惊！真觉得自己心脏受不了。

薛米丽忙叫古小琴快拿一杯带冰块的白兰地来，自己忙解开马导衣领的纽扣，扶他在沙发上躺下。

马导很疲倦地说他只想单独一个人打个电话。

能猜到，马导是给老朱打电话。

电话一拨就通了。只听朱主任在电话里喊道："告诉你，他们裁定了！"

"谁？"

"《野牛店》呀！他们没有'拍摄电视剧许可证'！"可以想象朱主任那带报复性的兴奋表情，"他们开头骗市里，说'许可证'在深圳，后又说在北京正等着批，市里打电话到深圳、北京找有关方面了解，根本就没这回事，还神气什么？"……

马导请示道："现在他们突然要我出任该剧总导演，干不干？"

"什么'总导演'！他们就是想把你拉进去，然后打着和我们'合拍'的旗号，因为我们有拍摄电视剧许可证，这样他们便取得了合法地位！不能答应！马导，我可要提醒你，不要因为个人有一点点利益而丢掉原则！要和不正之风、弄虚作假、假冒伪劣作斗争！"朱主任似乎在作"质量万里行"的"报告"。

"即便他们给你许愿，要加倍给你稿酬，给你钱……"突然，朱主任停顿住了，很像突然"中了风"。一种沉默后，只听他又来了个"战略"的惊人的转折："不过，你也可以答应，只要《野牛店》把全部摄制经费转到我们的账号上，导演要换，并且钱由我们'监督使用'，你可以答应合拍！"

马导吞吞吐吐地向俞生他们转达了朱主任电话指示"精神"。

牛导听后骂朱主任"心太黑"。凭什么他想一锅端？不就是有个国家发的"许可证"吗！他又重重叹了口气，"马老师，你知道我有多苦吗？整天尽吞方便面，拿钱去电影学院才读三个短训班，到现在老婆也跟别人跑了，我就只剩下这个《野牛店》了……"他眼圈都红了。

野狼则笑道："我不过就是想演一演那个'调味师'！哈哈，写得跟我一样！薛米丽为啥不演那个小寡妇？应该要她上！哈哈！"野狼狂笑着，问牛导："是这样笑的吧？"

俞生挥挥手，制止住野狼那不合时宜的故作"荒淫"的笑声，用细白的手指轻轻一抬眼镜，说："一切不必再说，马导！我们的底儿你都看见了听见了！我们当中有你的学生有你的朋友，你只说一句话，你是帮一把呢还是……"

"你是帮一把呢，还是改人家的番号整个收编？"

马导抬起头，天呀！大个、麻小弟、烟头、瘦猴、青青，都进来了，像刽子手般一排站在门口，向他嚷着。他只要一说"不能帮"，准要一齐开枪"扫"死他。他与他们的友情准完！

此刻胜似一生！马导演此时经历了极复杂也极深刻的情感与理智、原则与朋友、艺术与金钱等的思考、斗争与抉择！

"好，我答应！"马导突然"阳气十足"地吼道。

"谢谢你，马导！"俞生大声说："但我们也理解你的难处——等会你马上给朱主任去个电话：只要他理解我们，我们，请他出任《野牛店》总策划！"

一片欢呼声中，马导手中飞来一件前胸后背印有《野牛店》和"深圳环宇影视公司"的白 T 恤衫。

马导拎着那件 T 恤衫，赶紧问俞生："我只有一点小要求，能不能从《野牛店》中省一点钱，让我拍《晚霞情》……"

"小事一桩！"俞生依然大气地回答。

一片冰心

王从学

37

薛米丽今天突然告假，这使俞生感到意外，野狼觉得今天不会有多少意思了，就连卫鸣、古小琴、素芳等人也顿感若有所失。

话虽如此，"太空火锅城"的生意照样得做。才9点钟，采买东西的，打扫清洁的，打电话联系顾客的，跑银行、工商、税务所的，替吃客代买船票、飞机票的等等，早已各司其职开干了。

断断续续地，不时传来俞生沉闷的小号声。

素芳悄声对古小琴说："我听见俞生老板接丽姐的电话了。俞生问她到底有啥子事，丽姐不说。我猜呀，十之八九是有人替她介绍朋友，她去会面了。"

"不要乱说！"小琴摇摇头，"丽姐不会随便看上哪个人的。"

"那她喜欢俞生老板吗？"素芳把声音压得更低了。

"不晓得。"小琴转身走了。

俞生终于从他的办公室里走出来。他西装革履，神采焕发。仿佛什么事也不曾发生过。在他的雇员们面前，他永远保持着良好的形象。他知道得很清楚，如果他心情不好，并形诸于色，必然会给下属们心理投下一道灰暗的阴影，而这是不利于他做生意的。

接到薛米丽今天请假的电话，他心里很不是滋味。薛米丽甚至连去干什么也不告诉他，这使他感到自己在她心里其实是没多少分量的。放下电话，他呆愣片刻，继而心乱如麻，借小号发泄一通后，意识清楚些了，马上想到深圳一家公司，本市几家宾馆都来拉过她。她今天会不会去联系这类事，离开自己和太空火锅城展翅高飞呢？想到这儿，一阵恐慌漫过全身，他咬咬牙，慢慢镇定了下来，俞生毕竟是俞生嘛！

他决定出去找她。

俞生总是有办法的，当他登上渝都大饭店顶楼的旋转餐厅时，果然见薛米丽正独自坐在一张桌边，手托下颚望着窗外如带的长江。俞生快步走过去，在她对面的椅子上坐下来。

薛米丽微微侧过头，一副心事重重的模样，却用平静的语气说："俞生，我晓得你会来找我。"

"为什么？"俞生用眼神问。

"感觉。"薛米丽用眼神答。

"到底出了什么事？"侍者为俞生送来罐装啤酒，俞生接过，开了口，"可以对我说吗？"

"其实，也没什么。"薛米丽撩一下耳边的几缕发丝说。

俞生拉开罐盖的动作大了一些，透出他心里的紧张。

"一位台湾来的商人，在本市搞了一个合资厂。他要我去当他的代理人。"

"这个机会当然很好……"俞生显然言不由衷。

"俞生，可我不懂。"薛米丽满脸真诚，索性把心事和盘托出，"他预先答应出资，也出了资。当这个厂注册为合资厂后，他又抽去了全部资金，厂里居然还同意他任董事长，每年还要给他分三成利润。"

"这你就不懂了。"俞生似乎深知个中奥妙地说，"现在有些厂家钻国家对合资企业优惠政策的空子，拉一家外资企业搞所谓的合资。这样不仅可以享受免税百分之五十的优惠，还可以利用外商的关系，免税购进豪华轿车，可以出国周游等等。有这些好处，厂家又何乐而不为呢？而外商，不出一文，只担个名，坐享其成，又怎么会推辞不干呢？"

"你答应他了吗？"俞生显得很随便地问。

"你知不知道我今天为什么要请假？"薛米丽没有回答他，反而问道。

"我看你心情不好，是想独自出来散散心……"

薛米丽摇摇头，"他今天要到'太空火锅城'去，还将带去一个美国来的大老板李约翰。我不愿意在'太空'见到他。"

"这我就不懂了。"俞生一派茫然。

"当然你不懂。"薛米丽露出一脸苦笑，"他叫张聪，是我的表哥。"

38

10点过，一辆皇冠轿车停在"太空火锅城"的门口。从车上走出两个人来，一位30多岁，显得精明；另一位年过半百，大腹便便。

"太空火锅城"还未开始营业，一般吃火锅的都要11点过才来。而这两位，显然是要进这火锅城来领略一番。从车子停下那一刹那，柜台里的卫鸣就判断出这点来了。

"二位先生，里面请。"刚到门口，伫立两旁的二位迎宾小姐躬身道。

走进大堂，身穿深红旗袍，胸佩白玉兰花的古小琴笑微微地迎上来："二位先生，请跟我上楼。"

二位先生随古小琴沿楼梯盘旋而上，站在楼口一眼看见顺溜儿一排雅座间，他们刚在"金星"雅座间里落座，立刻有穿黑色旗袍的服务员小姐送来面巾揩手，然后再献上两碗香喷喷的龙井茶。

30多岁那位先生打量了穿着红色旗袍，长得清秀脱俗的古小琴一眼："请问小姐芳名。"

"我叫古小琴。"

"古小姐，"年过半百的先生呷了一口龙井，"可以坐下来陪我们聊一会吗？"

"谢谢。"古小琴雍容大度地坐下，左边隔老者两尺，右边隔年轻人三尺。

"敝姓李，叫约翰。这位是张聪先生。"老者介绍道。

"李先生、张先生，欢迎你们来'太空'做客。"古小琴彬彬有礼地说。

张聪问道："请问古小姐，薛米丽小姐今天在吗？"

"薛小姐是我们公关经理。张先生你认识她？"

李约翰正要插嘴，张聪拉住他说："我只是随便问问。古小姐。请自便，我和李先生想要单独聊聊。"

古小琴站起来，略一点头："二位先生需要什么，请尽管吩咐。"说罢，飘然而去。

李约翰有些遗憾。在他眼里，古小姐有如月中仙子，清丽婉约，实在是怡人心目。

"约翰兄，听说你是三进山城了。"张聪看出这位老兄对古小姐有好感，但这好感来得也太快了一些，心里好笑。

李约翰也觉察到了自己的失态，尴尬地笑了笑，说："不假，家父乃重庆人，创下一份家业，时刻不忘造福桑梓。老来怀念故土，总想叶落归根，他一直想在家乡搞实业，但老人家夙志未酬，1967年时不幸去世，当时不便扶柩还乡。直到1980年后，我才第一次回到重庆。"

"令尊大人的夙愿可以了了。"张聪插话道。

李约翰却摇摇头，"一言难尽。那次回来待了20天，听说大陆彩电发展刚起步，我就打算在美国购买一条彩电显像管生产线，没想到，重庆不属于电子工业部安排生产彩电显像管的定点基地，奔波劳累了一阵，只好告吹。"

"那第二次呢？"张聪觉得这李约翰似乎有些傻乎乎的。

"第二次是1988年回来的。"李约翰回忆道，"我想为重庆办一个独资的化肥厂。这次待了两个多月。没想到，审批一个外资项目，涉及20多个部门，70多个环节，要盖100多个图章。我事情多，没法等，只好悻悻地走了。"

"看来，政策多，规章多，机构繁杂，确实是大弊要改的。"张聪感叹道，"否则，引进外资不是一句空话吗？"

"这次不同了。"李约翰喜形于色，"到重庆的当天晚上，有关领导就来看我。开门见山一句话，说过去愧对了我的拳拳之心，问我现在想干什么。我说想买地，建写字楼、超级商场。也许你不相信，第二天，有关部门领导就带我去看了一片开发区，当天晚上就签了意向书，又过了两天，我就拿到了这块土地为期50年的使用证书。"

"看来，大陆真的在改革了。"张聪话未说完，一眼看见古小琴娉娉婷婷婷地走进来。

"张先生，薛小姐回来了，她请你去一下。对不起，李先生。"

39

古小琴带张聪离开不一会儿，李约翰正观赏着墙上一幅古色古香的浮雕，俞生满面笑容，一步跨进"金星"雅座间，双手抱拳道："李先生，怠慢怠慢。大驾光临，蓬荜生辉。怎么不预先通知一声？"

"先生你是……"

"这小店就是鄙人开的。"俞生躬身送上名片。

"原来是俞老板。"李约翰起身点点头。

"请坐。"

"你也请。"

服务员小姐送上几碟精致的点心。

"这几天在电视新闻里，我已一睹李先生的风采。"俞生热情地说："今日亲见，更觉先生器宇轩昂，果然不一般。先生投巨资开发重庆，造福桑梓，行善积德，是有口皆碑呀！"

"俞先生，过奖了，过奖了。"尽管俞生说的是几句客套话，但李约翰听起来心里舒服，脸上也就浮出了笑容，"我在重庆吃过几次火锅，像贵店这样豪华气派、服务上乘的我还没见过。太空城首屈一指啊！"

在假日饭店听薛米丽说李约翰要来太空，俞生就开动了脑筋。这位姓李的可是腰缠万贯的大富翁呀，如果"太空"能与他合作，今后的前程才真是不可限量呢。今天他送上门来，是再好不过的机会，只有傻瓜才会放过他。现在听他对"太空"褒奖有加，知道是该说话的时候了。

"李先生拟建的商业娱乐区里可有饮食业？"

"自然那是少不了的。"

"李先生当然知道，火锅乃重庆的一大特色，要办饮食业，是一定要开火锅馆的。"

"俞先生的意思是……"

"俞生愿效犬马之劳。"

"好哇！"李约翰哈哈一笑，伸过手来拍拍俞生的肩，"从进'太空'我就嗅出来了，这儿的老板是个精明强干的能人。有你帮忙，实是我三生有幸。俞先生真是后生可畏呀！"

俞生示意古小琴端上两杯早已准备好的茅台酒，恭敬地亲手递一杯在李约翰手上，自己也端起一杯，显然有些激动地说："李先生，俞生对先生真有相见恨晚之感。今天交个朋友，今后李先生在重庆有用得着我俞某之处，我愿两肋插刀。"

"言重了，言重了。"李约翰说，"携手合作，同舟共济。"

"干！"俞生一饮而尽。

李约翰则小抿一口。

俞生见状，忙说："随意，随意。"

各种精致的菜肴端上桌来，有鳗鱼、猴脑髓、龙虾、山鸡、螃蟹、鹅掌……

两人无话不谈，句句投机。末了，俞生说："不知李先生可否去过统景。那是个新开辟的风景区，有世外桃源之美。"

"听说过，想云。"李约翰顿一下，目光落在斜对面侍立的古小琴身上，"可一直没人带路。"

"李先生，区区小事就包在我俞生身上了。"

李约翰的目光自然没逃脱俞生的眼睛。

40

薛米丽坐进了张琥的皇冠轿车，轿车绕到下半城，过长江大桥，箭一般向南郊驶去。

"表妹，为什么你总不愿告诉我，姑母是什么时候去世的呢？"张聪又提起了这句话。

"你真的想知道？"薛米丽转过头来望着表哥。

"找了这么多年才找到你，这也是家里想知道的。无论如何，你得告诉我。"

"好吧，"薛米丽的脸上布满了忧伤的神色，"也许你不会相信，母亲的惨死，舅舅是重要的原因。"

"呵！"张聪大吃一惊，"表妹，你能仔细讲讲吗？"

"其实很简单，不少家庭都有我们这种遭遇。"薛米丽陷入了沉思中："母亲在1966年不幸离世，细节不堪回首……"

"表妹，我们对不起你，也对不起姑母……"张聪难过地说。

薛米丽揩掉眼角的一滴泪水"话说转来，把账算在舅舅的身上是没有道理的。好在那段历史已经过去了。不知舅舅什么时候能回家来看看？"

"爸爸拟于明年和妈妈一起回来，他很怀念故土的。"张聪说，"表妹，那件事，你想好了吗？"

"想好了。"

"这就对了。"张聪轻舒一口气，"年轻人，谁不希望有自己的发展呢？那个厂是很有前途的，以后产品的出口，我可以想办法。不出三年，你就会有自己的一份产业了。今后，你出国深造，在国外谋求更大的发展，都将是顺理成章的事情了。"

"表哥，"薛米丽望着张聪，"我有一个条件。"

"请讲。"

"除非你不抽回投进厂里的那笔资金。"

"这对于你来说，没什么影响嘛。周瑜打黄盖，一个愿打，一个愿挨……"

"不，表哥。"薛米丽打断他，"我不愿做这种事，你也不能做这种事。是的，我们大陆现在需要引进外资。由于心急，一些政策还不完善……"

"表妹，你听我说，在商界里混，胜者永远都只是强者和智者……"

"那笔资金你有另外的用处？"

"我的另一笔生意必须马上进这个数目的货。"张聪据实以告。

"表哥，"薛米丽冷脸如霜。"你让我结识了一个真正的商人，一个没有心肝的商人。谢谢你回来看我。回去后，请代问舅舅、舅妈好。如果有机会，我会去看望他们。祝你发财！师傅，请往回开。"

皇冠车又箭一般地往城里开去。

好一阵，张聪又说话了："表妹，你再仔细想一想，不要太激动嘛。许多事，你还不懂，我是为了你好。"

"表哥，"薛米丽像一尊冰美人。"人各有志，我们走的不是一条路。"

两人再也无话。

俞生正准备送李约翰回宾馆，皇冠车来到了太空城门口停下。张聪坐在车里未动，薛米丽开了车门出来，俞生眼睛一亮："李约翰先生，这位就是敝店公关经理薛米丽小姐。"

薛米丽嫣然一笑："李先生，你是一片冰心在玉壶，造福桑梓。作为一名普通市民，我从内心感激你。欢迎你常来'太空'做客。"

"薛小姐，"李约翰握住薛米丽的手，"我没想到，你会长得这样漂亮。"

"谢谢。不再坐一会了吗？"薛米丽笑意融融。

"不了，下午有个约会。明天我要去一趟统景。回来后，我要请俞先生和你到我那儿去，我们要仔细商谈一下合资的事。"

皇冠轿车开走了。

俞生望着一身轻松的薛米丽，脸上露出了笑容。

足球梦

许大立

41

这个城市 80 年代曾经很让一个名叫足球的玩意儿热闹了一阵子。足球比赛、足球骚乱、球迷协会一类与足球有关的事情很让老百姓揪心、伤感，让地方官们担惊受怕，于是便有了如今足球场上的死一般寂静。足球场上的绿草因为没有了人践踏，便疯长起来，不说草坪，即便是看台，水泥台阶的缝隙里也长出些小树小草类的植物，常有人来弄一株回去装盆景呢！这些年，人们都在推崇什么呢？卡拉 OK？迪士高？时装表演？选美？足球场仿佛成了那个时代的遗物，就连火爆了一阵子的球迷协会，也几乎销声匿迹了，只有每逢中国队屡败屡战的当口，才会冒出来说上一阵子不痒不痛的大话。

蒯鹏一个人坐在体育场东看台上，神思恍惚。此时太阳在宇宙中奔忙了一天，正恋恋不舍地向西坠去。秋天的太阳余威不减，草坪上蒸腾着一股股白浪，蒯鹏的目光扫描过去，往事如烟云一般在脑海中闪过。哎，他长吁一声，当年下山虎一般直扑球门的憨劲一点也找不到了。忽然，他看见远处看台上有艳丽的衣裙在晃动，莫非是她？那场性命攸关的球啊，不是她那始终追寻的目光，我能在最后的关头射进自己的第 200 个球么？

"蒯指导！"一个女孩的声音。

蒯鹏猛醒过来，才发现是那花裙姑娘在喊。

"什么事？"叫他的是他的办公室秘书小张。

"电话。"小张受不了太阳的烘烤，一闪便隐去了。

20分钟以后，蒯鹏走进了太空火锅城。

足球火爆那几年，蒯鹏作为本城的足球明星，经常出入于火锅店。那时的球迷协会主席便是位火锅店老板，每有大型比赛，总要大宴宾客。蒯鹏就是在他那儿结识了一大批足球界的知名人士，聆听了他们的教诲，也了解了他们作为普通人的一面。这些年，足球冷落了，蒯鹏也由球星变成了一个没事干的教练，最多偶尔去行业队帮帮忙，于是也就和火锅渐渐疏远了。

蒯鹏步入太空火锅城大门，心中颇有几分忐忑。那目光犀利的迎宾小姐一边90度地向他鞠躬，丹凤眼却盯着他那身不适宜的足球衣裤足球鞋，嘴角分明挂着一丝嘲笑。这火锅店装修也太"霸道"了，比当年去柬埔寨访问比赛见到的西哈努克皇宫还要漂亮，亮锃锃的餐具，折叠成花状的餐巾，处处伫立着如花似玉的服务员小姐，使得他真有点眼花缭乱、手足无措。真是士别三日，当刮目相看呀！这土俗的火锅，竟也进了大雅之堂！这些年蒯鹏在足球场上摸爬滚打，苦吃得不少，钱却赚得不多，当他一心想着"冲出亚洲，走向世界"的当儿，世界却早已变了样了！

蒯鹏心里惊讶万分，外表却装得很镇静，毕竟在成千上万人面前亮过相的角色，再大的场合也不会虚怯！他一脚高一脚低地在大厅里走着，却见一位小姐快步朝他迎来，微微躬身，说："您是蒯先生吧，请到楼上'金星'雅座间就座！"蒯鹏见这女子胸前坠有一张卡片，彩照下三个娟秀的字历历在目：古小琴。下方还有四个较小的字：雅座领班。

古小琴迈着时装模特儿的步子，上身挺直，臀部轻扭，高衩旗袍里孕育着青春的躁动，把紧跟其后的蒯鹏的魂儿快收了去。她款款上了楼，对金星厅门边的小姐说："给蒯先生上茶！"又回眸一笑说："请蒯先生稍候。"便飘也似的朝楼厅深处走去。

蒯鹏刚刚坐定，抿进口中的龙井茶水尚未吞咽，就见一西装革履的瘦型男子已跨进门来，手持一把白字画扇，连声说："怠慢，怠慢，下面的人不会办事，怎么让咱们重庆的普拉蒂尼自己挤车来，喊个车去接嘛！"

蒯鹏匆匆吞下口中的茶水，尴尬地笑了笑，算是作答，心底的疑虑陡然而生。

42

古小琴这时机灵地插上来介绍说："这是我们'太空火锅城'总经理俞生先生。"俞生摸出名片，拱手递给蒯鹏，转身说："小琴，去拿条烟来！"

小琴把 KENT 烟拿来，俞生扔了一包给蒯鹏。蒯鹏礼貌地放在桌上，仍抽着自己的"红梅"。俞生点燃烟后也不说话，猛吸几口后，双眉紧蹙，突然问：

"蒯先生这几日心里是否堵得慌？"

蒯鹏大概没听懂他那四川话、广东话、普通话反复杂交的"洋骡子"语，瞪大眼睛望着俞生那张小白脸没有反应。

"蒯先生这几天心里是不是憋着股气？"这一次俞生换了四川话，虽然还带着粤味，毕竟好懂些了。

"什么意思？"蒯鹏一脸的冷峻。

"先生这几日没看足球？戴拿斯杯，东亚足球四强赛！"俞生终于把话挑明了。

"憋气又怎样？不憋气又怎样？"蒯鹏口袋里钱虽然没几个，心里却向来瞧不起那些摆阔做派的个体户。钱多了，又想来寻求精神上的平衡了。实际上，他们打骨子眼里关心的就是钱，不信，三天没人登门，看他还说不说那无关痛痒的足球！

听了蒯鹏不冷不热的答话，俞生也不气恼，仍是一脸的真诚。他摸索了半天，从胀鼓鼓的鳄鱼皮钱夹子里层掏出了一张花花绿绿的票子，递给了蒯鹏。蒯鹏接过一看，脸上顿时变了颜色！

那是 10 年前的一场足球赛。蒯鹏率队迎战东南亚一个小国球队，本来胜券在握，哪知大意失荆州，竟以 1∶2 败在人家脚下。散场后五万观众堵在场内不走，满场汽水瓶乱飞，蒯鹏一行只好从休息室里的地道仓皇撤退，但仍被球迷堵在了停车场。男男女女老老少少骂声不绝，石块乱飞，汽车玻璃被砸……队长蒯鹏下车向大家道歉，被一群球迷揪住不放，拳打脚踢。此时，一位青年学生冲上前去，护住蒯鹏，力陈己见，在人海中奋力挤出一条缝，把他送上了车。临别，小伙子让蒯鹏签名留言，蒯鹏含泪咬破中指，颤抖着在这张球票上写了一个大大的"耻"字。如今，这血写的"耻"字烧灼着他的心。

"您就是那位青年学生？"他的眼眶里满是泪水。

俞生点头。

"想不到，想不到！"蒯鹏啜嚅道："你的变化真大！"

俞生坦然一笑："十年来，我一直珍藏着这张球票。那场球对于你是耻辱，对我们球迷，对中国人何尝不是耻辱？何以输得那么惨？原因这和那种，我却只归结为一种：咱们太穷，穷则思变！我如今有了钱，忘不了你当年的题字，我要报答你！也可以说是拉你一把！"

蒯鹏的自尊心此刻受到重重的一击。"你以为有钱就能干成一切么？对其他可能行，对足球可不一定！"他摇头。

俞生这时不知从哪儿拿出一张晚报。"这事还非得钱不行。你看，国内不是要成立足球俱乐部么？我举双手赞成。足球职业化才是中国足球走出死讯之路。许多人说来说去，犹抱琵琶半遮面，不敢说破，其实千条万条，没有钱就搞不成！可这钱从哪里来？靠球迷捐？如今的球迷大多靠工资吃饭，还要愁婚丧嫁娶，愁房子愁家具，能有几个钱往足球上扔？我俞生替老百姓分忧，掏几十万给你，办个俱乐部去！"

"俱乐部，就你这几十万？花不了多久！"

"吓！老蒯，真是泥塑的媳妇上不得床！这几十万你拿去办什么公司，不就成了？搞得好，连利你也用不了！"

"我这人，踢球有几招，赚钱可不在行，弄不好，连本也蚀了！"

"弄蚀了由它去！钱这东西其实就是一张纸而已！干脆，你打我的招牌，开个分店如何？我派人去管理，归俱乐部所有。当然，一切你说了算。"

"不，不！"蒯鹏连连摆手，"这事我怎么可以一人说了算？我算老几？还得请示上级，方方面面多着呢！"

"那干脆搞一个灵办的！那官办的我才懒得管。就叫'太空足球俱乐部'，怎样？"俞生一边说，一边招呼古小琴："让卫鸣、薛米丽来一趟，认识认识，今晚金星厅不对外，我们几个喝两杯！"

43

卫鸣闻讯第一个来到"金星"雅座间。此人40出头，皮白，自嘲出生时家穷，吃不起饭，他爸偷了些美国士兵私藏的奶粉，吃了几年，把他养成了这副白模样。此人原系一小干部，后来退职，开了个街边火锅小店，仅三四口锅而已。因为酷爱足球，把赚的钱大多投入到民办的球迷协会去了，虚名倒图了一点，那些年常在报屁股上亮亮名字，可老婆不买账，整日里和他吵。那次徐根宝率中国队在韩国队面前一败涂地，恰逢老婆又在撒泼，一气之下，干脆卖了小店，把钱全扔给了老婆女儿，离了婚，投奔到俞生麾下了。

关于卫鸣爱球丢了老婆的笑话不少，人们说他笑他，他不怒不恼，一副心冷如灰的样子，现在听说昔日球星光临本店，手上的水没擦干就奔"金星"雅座间来了。

蒯鹏自然认识他，哪一场比赛只要有他，整个场子就活了起来。他一会儿戴上假面载歌载舞，一会儿装成卓别林指手画脚，人称超级啦啦队队长。非但蒯鹏，率队来战的其他明星球员也对他赞不绝口，说他是球迷里的"人精"。

"蒯大侠，您来了，怎么也不打个招呼，哥们儿去接你！"还是那般热情。

"哦？你也来太空了？这太空不就成了球迷协会了？"因为是熟人，蒯鹏便少了些客套，伸手一击，"怎么，看球还要给老婆磕头么？"

"你呀你，哪壶不开提哪壶！离了，自由了！"卫鸣笑笑。那年，德国黑森州队来访，他老婆藏了他的球票，在店堂里，他当众给老婆磕了三个响头。一时传为佳话。

谈得正投机，忽然一女郎风风火火进了门。俞生正欲介绍，蒯鹏忽地站了起来，傻乎乎地盯着女郎不转睛，呆了！那女人正是薛米丽。两人脸上的笑容凝固了，赓即融化开来，变成惊奇与疑惑。

"你……"薛米丽有话不知怎么开头。

"你好，米丽。"倒是蒯鹏大大方方伸出手去。

俞生似乎明白了什么，大叫一声："今儿个怎么了，我请来的客人倒成了你们的老朋友？"他喷出一口白烟，"蒯先生，看来太空城与您有缘啦！小琴，多拿些酒来，我要和蒯先生喝个痛快！"

薛米丽好一会儿才镇静下来。往事如水，她端起一杯"长城白"，走到蒯鹏跟前，眸子闪过爱怜与愧疚，轻轻地说："蒯先生，往事如梦，来，干掉，庆贺我们的重逢！"说罢昂头一饮而尽。蒯鹏却轻描淡写地翕翕嘴唇，举杯吮吮。

薛米丽两颊飞红，不等小琴上前，又自斟满满一杯，略一举说："大家同干！"仰脖一口下肚。

薛米丽万没想到蒯鹏会突然来到火锅城。这俞生事先也不打个招呼。十年前，薛米丽刚进大学不久，鬼使神差不爱红装不爱武装，竟迷上了足球。那一晚，蒯鹏忍着被对方后卫铲断左小腿骨的剧痛，刹那间用右脚把自己的第 200 个球捅进了对方的网窝。她不顾一切地跳下看台冲进场内，抚着蒯鹏的伤腿号啕大哭。此举震惊了场内外，在这个城市上演了一场"美人爱球星"的轻喜剧。

蒯鹏住了十个月的医院，薛米丽课余陪了他整整 300 天，爱情的种子在外科医院的病床上发芽萌生。然而好景不长，临近毕业时，薛米丽突然不辞而别。蒯鹏对着那片绿茵场足足咆哮了一个月，直到收到一张从深圳寄来的明信片方才中止。

一别十年，蒯鹏仍是独身，薛米丽又怎样了呢？他不便发问。灯红酒绿中，一行人咽下疑虑频频举杯，蒯、薛二人眼波撞击却又各怀心思。这一刻，酒成了排遣心绪的尤物，不用劝饮，不须行令，少顷空瓶子便扔下一大堆。

44

蒯鹏一觉醒来已日上三竿，阳光从窄小的窗棂中挤进来，给他鳌黑的皮肤抹上了一层金色的釉彩。他跳下床，脱得精光，钻进厕所，哗啦啦呼哧哧地冲凉水澡（无论冬凉夏暑，这已成了一癖），一面蹙紧眉头想着他的心事。

这世界一会儿又太大，一会儿又太小。薛米丽遁去的那当儿，他托遍了足球界的朋友四下打听都没有丁点儿消息。只有一个球迷说在海口见过她，是在海马歌舞厅里，跟一老外紧搂着呢，还说她拼命攒钱呢，要去新加坡。这怎么又回来了，说见就见着了。看她那哀哀戚戚的模样，不知道这些年是怎么混过来的，兴许可以写出一部"命运三部曲"呢！唉，女人，真是莫名其妙的东西！刚开始的时候，蒯鹏还一阵阵揪心地疼，丢了魂似的。后来细想，她凭什么跟你？瞧你那脸嘴体型，短尾猴似的，初中都没毕业，就踢了十几年球！这足球在中国是最倒霉的行当，甭说拿奖牌，闯入决赛圈还差老大一截，不像人家跳水、乒乓球，金牌一串串地，奖金十万、百万地，你拿什么给人家姑娘……

蒯鹏正胡思乱想地从厕所走出来，只听"哐当"一声门被推开了，来人是薛米丽。她捂着鼻子见蒯鹏光屁股窜上了床，视而未见地把一身法国香水味带进屋来。小屋未变，还是十年前那模样。

"大球星！"她也不坐下，"噢，现在是太空足球俱乐部的老板啰，怎么还在这里猫着。快，起来签合同呀！"顺手把一条球裤给蒯鹏扔过去。

蒯鹏缩在毛巾被里穿上裤子，跳下床，接过薛米丽手中的合同书，瞄了瞄，丢在桌上，说："哟，动真格了！我可是闹着玩的。几十万不如放在银行里吃利息呢！这中国足球，注定是赔本生意，肉包子打狗，有去无回！我蒯鹏赔进去不打紧，你看那么多行家里手都赔进去了，上台时风光之极，下台时凄凄惨惨，成者英雄败者寇，说不定施拉普那也会赔进去呢！"

薛米丽拿过合同："不签？真的不签？你蒯鹏真是一个大笨蛋。他俞生在深圳炒股票就赚了几百万，在乎你这一点？即使丢了这50万，他在名誉上也赢回来了，支援足球，振兴中华！他精得很呢！"说罢抓住蒯鹏的手，捏着笔在上面龙飞凤舞地画了两个草体字。"行了，万事大吉，蒯老板！"

忽然间，她看见了蒯鹏陌生的眼光。

"米丽，你变了，变得太多了！"他喃喃地说。

薛米丽下意识地低下头，审视自己。变得太多了，不止青春的胴体、精神、气质……内心世界早已没有芳草和绿洲。倏地，眼泪夺眶而出。

"这些年，你都在干什么？"蒯鹏问。

这是女人心底的谜。谜是不能轻易揭破的。

太空火锅城

094

"没干什么，毕业那年，我随一位同学去了南方。后来，我们又分了手。我对不住你。"

蒯鹏摆摆手，一脸的宽容。良久，他问："这次回来不走了？"

"难说。女人不像男人，男人有根，女人是浮萍。王勃云：萍水相逢，尽是他乡之客；关山难越，谁悲失路之人？"

"不，米丽，这里是你生长的地方，你不能折磨自己。"

"我折磨自己？没有，绝没有！我拼命赚钱，什么也不想，俞生对我不错，他钱虽然多，还没有老板的坏毛病，好相处！所以，我劝你与他合作。"

"不瞒你，我早就有计划了，就是没钱，没钱呀！"蒯鹏这条五尺汉子终于说出了心里话，"米丽，你要帮助我呀！"

"我帮助你，帮助你……"泪珠在薛米丽的眼窝里流连着，终于变成一串银线坠落下来。她忽然想起了那个金秋的傍晚，在几万人注视下抱着蒯鹏号啕大哭的场面，不由得放开嗓门痛快地哭喊起来。

国庆节前一天，以俞生为董事长、蒯鹏为总经理的"太空足球俱乐部"在"太空火锅城"隆重成立。那一日盛况空前，省里市里在位的不在位的老领导来了不少，异口同声祝我国足球如同"长二捆火箭"一飞冲天。俞生宣布，立派蒯鹏赴独联体诸国招兵买马。他细算了一笔账，培养自己的足球苗子尚需时日，如今卢布贬值，请一名俄罗斯运动员，乃至教练每月以俄国人最低工资7美元的10倍付给他，也不到500元人民币。说得众人口服心服。

不久，便有消息说，蒯鹏已带着白领丽人薛米丽飞赴新疆，取道哈萨克斯坦共和国，开始了考察旅行。蒯鹏是以足球专家身份出访的，薛米丽是唯一的团员兼翻译。尽管足球界内外议论纷纷，但是飞机还是载着他们远走高飞了。

天凉好个秋

黄济人

45

波音 747 飞机从云端降落在重庆江北机场跑道的一刹那，薛米丽竟有了外星人误坠凡尘的感觉。在这种扑朔迷离翻肠倒肚以至要死不活的感觉中，她发现嘉陵江实在不如伏尔加河波澜壮阔，大田湾也实在不如红场气势磅礴，偌大一个重庆城，不过是"莫斯科郊外的晚上"罢了。

然而，接近打烊时分，当她回到太空火锅城，端坐在门扉虚掩的公关经理办公室里，又闻到那股浓烈得足以刺激浑身每一个细胞每一根神经的气味时，她才蓦地回过神来，一把抓起话筒，迫不及待地通了电话：

"野狼吗？我回来了！刚刚下飞机。喂，我说，我们的人都到哪里去了？"

"都到体育馆看海豚表演去了呀。俞生说这是最后一场，提前下班也是要去的。"野狼斜倚在厨房的冰柜上，眯起眼睛说道，"薛小姐有所不知，那海豚有一只是公的，有一只是母的。于是，我在想现在留在'太空火锅城'的，不也是两只海豚么！哈，你要不要我赶快去把大门关上？"

薛米丽冲着话筒吼道：

"你先把你的臭嘴巴关上再说！现在你休想下班，马上有人来这里陪我吃火锅。"

"又是哪个嘛？"野狼没好气地问。

"鬼晓得他是哪个。飞机上才认识的——"薛米丽的语气缓和下来，"我座位旁边是个老头儿。如果他不扭过脸来跟我说话，也许他有可能成为一个可爱的老头儿。然而，算我倒霉，我终于看见他的酒糟鼻子了！天啦，任何事物都启发不了我的智慧，可是他的鼻子引起了我的联想。想到啥子？唉，我居然想到了我最喜欢吃的草莓……"

野狼扑嗤笑道："吓死王三的妈！哪天我看见你吃草莓，就说你在啃那老头儿的鼻子。"

"不管你怎么说，反正那老头儿是吓了我一跳。作为回报，我也要吓他一跳。"薛米丽的嘴翘得如同鸡屁股一般，"哼，他不是问我在哪里上班么，那好，我就说我长期在区级机关任职，开先在区委，以后在区府，现在的办公地点设在区人大办公室！"

野狼点头称是："这下那老头儿就不敢打你的主意了。"

"真是冤家路窄，他是市个体劳动者协会的一个干部。有道是县官不如现管，他正好是我们太空火锅城的顶头上司哩！"

薛米丽急得站起身来：

"而且，你说怪不怪，他一听我在区人大上班，两只眼睛顿时喷射出希望的火花来。他说他一定要请我吃火锅，下了飞机回家跟老婆请个假就来，风雨无阻，不见不散……"

野狼警告薛米丽："好吃女人要上当，你居然就答应他了？"

"答应，当然要答应。"薛米丽回答道。

46

薛米丽接着告诉野狼说："他问我重庆哪家火锅最好，我说首推'太空火锅城'，而且不是这家我便不去。老头儿一听鼻子都变硬了，结结巴巴地说啥子俞总经理他认得，恐怕碰见了不太好。我说俞总经理又不是我男人，你怕他作甚？老头儿这才说，也好，也好，我们择个僻静的雅座就是。"

野狼瓮声瓮气地道："这件事情我听起来怎么觉得怪糟糟的？"

"不怪糟糟的我能答应他？"薛米丽正欲放下话筒，忽地惊呼呐喊道：

1992
第壹棒

"他来了！就是站在大厅门口转来转去的那个酒糟鼻子……"

野狼上得楼来，先顶了领班古小琴的差事，把老头儿请进如洞似穴的"土星"雅座间，还询问故意姗姗来迟的作为顾客的薛米丽是否需要特别服务。

"你只需给我们端菜送酒就行了。"薛米丽悄声对野狼说。

"行个屁！酒糟鼻子老头儿十有八九是骚老头儿"野狼怒目圆睁道，"事情有急时，你就大叫三声，我立即破门而入，把那个丑兮兮的酒糟鼻子揪下来，和着脆生生的兔子耳朵一起烫来吃了。"

话虽如此，野狼却必须遵守"太空火锅城"的规矩，仅能在他被允许的空间里走来走去。闷烟抽了半包，依然不得越雷池一步。

侧耳之际，薛米丽似乎叫了一声。

野狼疾步上前，尔后蹑手蹑脚逼近土星厅窗下，再侧耳时，却是薛米丽和那老头儿正在觥筹交错，猜拳行令，那幅热热火火的情景，竟大有相见恨晚之势。

野狼心灰意懒地退回厨房，故意把钉有鞋掌的皮鞋在油光水滑的大理石地上踩得吱吱作响。他想靠在冰柜上睡一会儿，可是怎么也睡不着，只觉得有坨破棉絮卡在了喉管里头。

这坨破棉絮当然不只是一个酒糟鼻子老头儿，还有那个足球教练，那个公司经理，那个出租车司机，那个泥水匠出身的包工头……但凡那些想吃薛米丽这块天鹅肉的每一个癞疙宝，都是太空火锅城调味师不共戴天的死敌。

而这一切，他都是为着俞生。

俞生深深地爱着薛米丽，这是野狼晓得的。正因为他晓得，当人们在谈到啥子事情太不公平的时候，他就想到薛米丽为什么不让俞生和她睡到一个枕头上去。岂止一个枕头，像今晚深更半夜和酒糟鼻子老头儿这样共享一套雅间的机会，薛米丽也不曾赐给俞生哩！

忽然间，野狼的思绪被薛米丽的叫声打断了。待他箭步赶去，确信"太空火锅城"的公关经理已经大叫三声之后，隔着那扇窗户，他竟听见了她的凄凉的哭声……

太空火锅城

098

47

其实，俞生在江北机场就见着薛米丽的面了。关于她何时返渝以及所乘航班的信息，是她朋友的朋友告诉他的。虽然如此，他还是忍不住要去机场接她，只不过看见她和酒糟鼻子老头儿走在一起，商量着什么要事，不便打扰从而悄然离去罢了。

翌日上班，俞生刚刚在太空火锅城总经理办公室坐定，门外就响起了急促而愤懑的敲门声："关得这样严严实实做什么？金屋藏娇虽是地方，却不是时候呀！"

薛米丽的声音，俞生自然听得出来，可是打开房门，映入他眼帘的除了那对深深的酒窝，还有那对水汪汪的眼睛的时候，他几乎认不出她来了："你……"

"我还是我，但是你已经不是你了。"薛米丽扭过纤细的腰身，一屁股坐在俞生对面的沙发上，"怎么样，我有几个公务之外的问题，可以请教你么？"

"恭敬不如从命。"俞生面露惶惑之色。

"那好，听着。"薛米丽劈头盖脸地问："你已经老大不小了，为啥还不结婚？"

俞生有些哭笑不得："我连对象都没有找到，你要我和谁结婚呀？"

薛米丽冷笑一声，数着指头道：

"谁人都可以，大学里的校花、医院里的护士、剧团里的演员，以及社会上的那些下贱东西。哼，这样跟你说吧，凡是跨进太空火锅城的女人，都是你瞄准的目标！难怪有关人士透露，我们这里除了有一只野狼，还有一只色狼……"

俞生听到这里，反而安然镇定了："嗯，你已经谈到了我的作风问题，下面再谈谈我的经济问题吧。比如说，海南倒卖汽车那阵子，我正在海南做生意；深圳股票大跌大甩时分，我正在深圳大买大进；而今第三产业偷税漏税甚嚣尘上之时，我又偏偏在重庆开了家太空火锅城……"

"好一个不打自招！"薛米丽咬牙切齿道。

"这叫做不言而喻。"俞生背靠软垫，眯眼笑道，"不是么？现在要离

1992
第壹棒

臭一个人，只剩下两个法宝：女人和金钱。可是搞臭我有什么用呢？从商场如战场的观点看，你说的那位有关人士极有可能也是一家火锅店的老板，是这样的吗？"

薛米丽小嘴一歪：

"人家不是老板，是干部，恰恰管得到你的市个体劳协的干部！"

"原来是'酒糟鼻子'。"俞生的口吻是轻蔑的，"他是干部，可是他儿子正好是新开张的'环球火锅城'的老板达发呀……"

48

薛米丽一拍脑门："想起来了，这个达发不就是那个成天西装革履油头粉面，晚上泡舞厅，白天手拿大哥大，专门站在交通要道口中念念有词的家伙么？咳，真正是外国出机器，中国出宝气！'酒糟鼻子'请我吃的那顿火锅辣不倒我，却差点儿麻倒我了……"

俞生不解其意，正欲问话。但见大堂领班素芳冲刺般地跑上楼来。由于惯性作用，她的双腿站住了，可是那饱满的胸部还在颤动：

"俞总，哦，薛姐也回来了。你们现在随我上趟街好不好？街上贴了好几张大字报，我刚才路过那里的时候看见的，大字报上面，还有俞总的名字呢！"

素芳毕竟是乡下人，她把区人大公布的换届选举区人大代表候选名单当作大字报了。而且，她不曾注意到，和太空火锅城总经理的名字并排在一起的，还有环球火锅城老板的名字。

薛米丽却是明白人。昨天深夜，当她以冒充的区人大干部的身份被"酒糟鼻子"盛情款待的时候，通过她的千般媚态万般柔情，终于使那老头儿吐露出来自官方的机密。"市个体劳协推荐了两个候选人——"'酒糟鼻子'贴着她的耳朵说，"你晓得的，这是差额选举，实际当选的代表名额只有一个……"

此时此刻，闹市街头，薛米丽却踮起脚尖把她的樱桃小嘴贴着俞生的耳朵："我就是不得选你！""恰恰相反，我决定投自己一票。"俞生坦诚相告，"要晓得，这也是一种竞争机制哩……"

薛米丽恍然大悟道："原来你在迎接星球大战，原来你在清扫我们这个不太卫生的生存空间，原来……"

"原来我就爱你，直到现在。"俞生转过话题，轻轻拍着薛米丽的肩头，"我倒想请教你一个问题，那就是，昨晚你为啥子要哭，而且把眼睛都哭肿了呢？"

薛米丽猛一抬头："因为我爱别人，怎么也爱不起来，可是我恨你，一下子就恨起来了，恨得全身哆嗦，恨得背心发冷……"

俞生紧紧贴着偎依在自己怀抱里的薛米丽，喃喃自语道："那是凉快，傻丫头，天凉好个秋哩……"

1996

第贰棒

还是那杯老山城啤酒，喝醉
了不同的过客。也让一些看客看
出了门道。

看戏的人也在戏里。

缘　起

许大立

　　读者诸公大概还记得四年前的本报副刊推出的系列小说《太空火锅城》吧？那一次，笔者偶然路过临江新路上的太空火锅城，被该店的公关经理薛米丽小姐请进去作了一番逍遥游，从而引发了市内14名中青年作家们的神思与灵感，写出了一篇篇以俞生、薛米丽、卫鸣、野狼、古小琴、素芳等活灵活现人物为题材的系列小说，在读者中引起了轰动。在小说发表的两个月里，不断有读者来函来电鼓励，甚至有人送来自己写的续篇；电视界的能人也曾欲将之改成电视剧，终因资金匮缺而中断计划。最有趣的是，诸位作家曾因一火锅店用了"太空"之名而激愤不已，然终归不了了之。

　　就说咱1500万人口的大重庆也有数不清的事让你目瞪口呆：成渝高速路通车，滨江路半幅建成，一幢幢摩天大楼比肩而立……就连风靡一时的重庆火锅也被新生的辣子鸡、酸菜鱼、泉水鸡、豆花鱼等等奇吃怪吃折腾得像半老徐娘了！有什么办法，向以敢说敢为闻名的重庆人在"吃"上同样喜欢标新立异，再过三五年，谁也不敢保证你碗里端的锅里煮的会是什么稀奇古怪的东西。

　　忽一日，四年前写《太空火锅城》的作家们聚会南温泉阳光度假村，商讨市场经济下文学的走向，小说的出路。酒足饭饱、唏嘘慨叹之余，忽有一位作家作醺醺然状云：我去过太空火锅城了，那里可是今非昔比呀！

俞生如今已是太空实业总公司的董事长兼总经理了，那日我去朝天，俞生还请我到他的公司去坐了坐，这小子，发啦！你们猜猜，他公司如今资产多少，1000多万！这小子胆大，什么都搞，商贸、股票，房地产……四年不见，把火锅城搬到朝天门去了，说那里生意人多，钱好赚……

一位虽然不写小说，但喜欢与小说家打交道的诗人见那作家一派胡言乱语，忙说，你醉了，那是小说，你胡搅什么……

不是胡搅，我的确去过，作家说。

殊不知那位作家的酒后胡言竟引得众作家一片叫好：对，你去过，说下去，说下去，又是一篇好小说！

于是，《太空火锅城2》的故事梗概便在众作家的论争、调侃与戏谑中形成了：

四年之后，在商海中几经沉浮的太空火锅城老板的俞生终于打出了自己的一方天下，成立了实力雄厚的太空实业总公司。太空火锅城依然存在，只不过因为旧城改造搬到了可以遥看长江与南山的朝天门附近，当年的雅座领班古小琴受重用成了火锅城经理，干得有声有色。而那位从江津来的乡下姑娘素芳，在短短的四年中居然洗掉了可爱的乡土味，由大堂领班一跃而成为俞生的总经理助理，进展可谓神速；而他与俞生感情上的纠葛又颇耐人寻味。与诸多现代企业一样，人才流动是必然而且是正常的，才貌出众的原公关经理薛米丽在经历了一次又一次的感情挫折之后毅然出走俄罗斯，据说后来还在匈牙利搞过一家重庆火锅城，但终于未成气候，兵败归蜀，另图发展。而一向胸有城府，伺机复出的卫鸣则早就拉起一杆杏黄旗，与俞生真刀真枪地干起来了！那只善良、义气但狡诈好色的调酒师野狼，也因受不了俞生的管束，早已回到他向往已久的自由自在的生活中去了。

去的人去了，虽然离开了太空火锅城，却不会离开朝天门这个大舞台。作家们仍然会尽情地在他们身上挥洒笔墨。

来的人来了，诸如"门长"——天空城的保安；三妹——新来的太空城服务员，她的笑实在迷人，故人称"甜妞"；董得起——时下重庆出了名的棒棒军头儿；欧阳——本地一家著名晚报的记者。等等。他们都会在新的《太空火锅城》里扮演各自的角色，演绎各自的人生。

是的，读者诸君将会从这些手法不同，风格各异的系列小说中看到发生在自己身边的故事，看到世态炎凉、人情冷暖，看到改革大潮中的洪波巨浪乃至上上下下各色人等的高尚与丑恶，快乐与悲伤，也可看到作者笔力的锐拙与高下。然而有言在先，这是一部小说，任何人切不可对号入座，因为所有的人物、场景和情节（包括本篇《开篇语》）都是作家们虚构的。

匆此不赘，请看下文。

桥的梦想

王从学

1

　　欧阳有位朋友，从美国回来探亲，这天在大街上一眼被欧阳认出来了，于是二人去了一家酒吧小坐。朋友去美国多年，早换了一个美国人的名字，叫汤姆。名字换了，气质、派头似乎也不是中国人的了，只是那脸相、头发和肤色还是地道的黄种人。乱七八糟地寒暄一阵后，欧阳从汤姆的说话中捕捉到了一种信息，就是这老兄居然在美国混得不错，很有经商的经验，同不少的大公司都有往来，于是心里便涌起一阵莫名的兴奋，大着胆子问道："汤姆先生，你这次回来探亲，是不是还想替别人看看什么？"

　　"看什么？"汤姆愣了一下，随即大笑，说，"都说记者是最敏感的，我算是服了你了。欧阳，你说下去。"

　　欧阳忍住心里的兴奋，淡淡一笑，说道："我们是老同学，老朋友了，我就明说，你是回来替别人寻求投资伙伴的吧。"

　　"厉害，厉害。"汤姆拍拍欧阳的肩，紧盯着他的眼睛，说，"让我也来猜一猜，你如今交友广泛，可以为我介绍这样的伙伴。是吗？"

　　欧阳终于如释重负地笑了，他没有立刻回答汤姆的问话，而是用手机拨通了一个电话："俞生，我有一个从美国回来的朋友，我想你应该同他见见面，就是今天中午。这样吧，你给小琴打个电话，到太空。自然是最高规格。"

欧阳打电话，汤姆静静地望着他，开始似乎有点儿迷茫，但后来慢慢听懂了，那眼里也含着了几丝掩不住的笑意。

欧阳送汤姆回宾馆，然后说好中午十二点去接他与俞生会面。

二人分手。欧阳去报社打了一头，然后就去了太空实业总公司。俞生的助理素芳小姐一见是欧阳大记者来了，迎上去露出笑齿对他悄声说，老板心情不好，一笔大生意做飞了，刚才还砸了一个茶杯乱骂人，你安慰安慰他。欧阳点点头，走进了俞生的总经理室。

俞生正呆坐着一个人生闷气，见欧阳这么快就来了，说："你刚才在电话里乱说一通，我丈二和尚摸不着头脑，到底是怎么一回事？"

素芳端来欧阳喜欢喝的黑咖啡，她放下后，甜甜地一笑，知趣地拉上门又出去了。欧阳喝下了半杯咖啡才开口说："老兄，你的运气来了。我过去的一个老同学，老朋友，从美国回来投资……"

"什么？！"俞生眼睛一亮，"他有多少钱？"

欧阳点燃烟，吐出一口气，说："估计不是那种小打小闹的角色。"

"好！"俞生来了情绪，从皮转椅上站起来，"是他来找你的？"

"不是不是，在大街上撞见的。"

"这就是机遇。"俞生走过来，在欧阳旁边的另一张沙发上坐下。"老弟，你再对我仔细说说汤姆先生的所有情况。"

于是，欧阳便滔滔不绝地讲了汤姆是怎样的一个人，怎么出国去的，在美国干了些什么事情。

"这位假洋鬼子有些什么爱好？"

"过去喜欢踢足球，现在我就不清楚了。"

俞生若有所思地点点头，又问："他家里还有些什么人？"

欧阳摇摇头，说："这我就不清楚了。"

"你知不知道他家过去住在什么地方？"

"当然知道。"欧阳说，"不过，修滨江路，那一带的居民都搬走了。"

欧阳使劲想了一阵，终于还是写了一个地址，还画了一张草图。俞生拿着看了看，打电话把素芳叫进来，说："素芳，你马上派人去查一查，这儿以前住的那家人搬到哪里去了。这家人中是不是有个人去了美国。"

2

欧阳不动声色地看着俞生做这一切，心里有些不快。俞生过于谨慎，他上过不少当，他怕再上当。俞生当然看出欧阳心里在想什么，学着那些外国人耸耸肩，"嗨呀"了一声。

十一点过，两人坐车去"太空火锅城"。俞生下车。欧阳还要去接汤姆先生。

古小琴见俞生来了，亲自把他领进了预留的那个最好的雅间，然后陪着俞生坐下来，问道："客人什么时候来？"

"欧阳帮我接去了，马上就到。"

古小琴从来不问俞生的客人是什么样的人，这不是她要管的事情，她只需要按照俞生的吩咐把他的各种客人招呼好就是了。古小琴也听说了俞生做砸了一笔大生意，赔进去了好几十万的事。她想着该安慰他一下，但却从他的脸上看不到太大的失意，于是忍住了不说这事。服务员小姐三妹进来为俞总泡了他喜欢喝的西湖龙井，出去了。古小琴笑着说："俞总，火锅城这几天的生意特别好。"

"是吗？"俞生看着古小琴，想着她刚到这儿来时几乎什么也不懂，如今却把这火锅城经营得越来越红火了，就说："小琴，你今天就坐在这桌子上，帮我陪陪一位客人。这位客人很重要，我想同他合作干点事情。"

"好的。"古小琴说。

俞生笑着说："你怎么不问问这是位什么客人呢？"

"这不是我要知道的。"

俞生点点头，心里说，小琴可以做我的副总经理。

"俞总，我是不是到门口去接这位客人呢？"聪明的古小琴问。

"好，你去吧。"

五分钟后，古小琴领着欧阳和汤姆走进了雅间。俞生站起来，欧阳为他们作了介绍。俞生握着汤姆先生的手，感到这手很柔软。两人对视了一阵，汤姆的眼里满含笑意，俞生脸上也露出幸会的表情。然后大家落座。

"俞先生，我在路上听欧阳先生说，你就是从这火锅城起家的？"

"那时是艰苦创业，费了我许多心血。"

"俞先生是个有眼光的人，起步就抓住了山城的最大特色，重庆人喜欢麻辣烫。难怪如今是步步登高，生意越做越大。"

"汤姆先生过奖了，我如今也还是小打小闹的，上不得台面。"

服务员小姐开始上菜。被安排坐在汤姆身边的古小琴微笑着彬彬有礼地问汤姆："请问先生喜欢喝什么酒？"

"都可以，都可以。"汤姆看了一眼古小琴。

"不来洋酒，先上一瓶五粮液吧。"俞生说。

欧阳也看了古小琴一眼，这位火锅城的老板端庄大方。有她在场，会增加一种温柔亲和的气氛。

"汤姆先生也是考托福出去，在美国读书，然后就留下来的吧？"俞生问。

"就是就是，许多出去的人都是如此。"汤姆说。

"汤姆先生在美国是上的哪所大学呢？"

"哈佛。"

"这是所名牌大学。"欧阳羡慕地说。

"学的什么专业呢？"俞生问。

"计算机专业，不过我改行经商了。"汤姆的口气有些惋惜。

"我听欧阳先生说，汤姆先生这次回家，是负有重大使命的。是要帮别人寻求投资的伙伴。"

汤姆沉思了一阵，才说道："有这事。"

"那么，你是想搞大项目呢，还是……"

"大项目。"

"多大的项目？"

"上亿美金的项目。"

俞生愣了一下，欧阳和古小琴也愣了一下。还是俞生先平静下来，他端起酒杯，朗声说："汤姆先生，请。"

大家喝干了这第一杯酒。

"这火锅好，我有好多年没有吃过这么好的东西了。"汤姆说。

3

趁大家情绪都好，欧阳说："汤姆先生，俞生先生的太空实业总公司一直在寻求与外商合资，今天既然坐在了一起，你们是不是可以探讨一下双方合作的意向呢？"

"好的好的。"汤姆说，"俞先生，资金是没有问题的，我想听听你想搞点儿什么项目，有些什么具体的计划。"

俞生当然心里是有好些想法的，只不过他不知道该把什么样的计划给这位叫做汤姆的人端出来。刚才听了他说要搞上亿美金的项目，就决定把那个大计划说出来，探探他的口风。

"汤姆先生，你也是在重庆长大的，而且住家离朝天门不远。我还在很小的时候就想过这样的事情，要是能在朝天门这个两江汇合口修三座大桥。你说，这会是一件多么了不起的事情啦！"

"你说什么？！"汤姆听了俞生的这番话猛然间瞪大了眼睛，正要往口里送毛肚的筷子停在了半空中，"修桥？在长江和嘉陵江的汇合口修桥？而且是三座？等等，你让我想想。俞先生，你的这个构想太大胆了，你有草图吗？"

"当然有。"俞生从皮包里拿出了一张图纸来，展开给汤姆看。

汤姆拿过草图仔细地看了一阵，一时没有说话。仿佛是过了很久很久，他才说道："俞生先生，请原谅，我回来后已看过了重庆2010年的远景规划，在这个规划里，怎么没有这三座桥呢？"

"是的，是没有这三座桥，那是因为我们没有这样的一笔资金来规划修这样的三座桥。在这个规划里，还应该办的许多事情都没能写进去。为这三座桥，我曾专门问过规划局的一位工程师。他说，从朝天门修一座桥到弹子石，从弹子石修一座桥到江北咀，从江北咀修一座桥到朝天门，那真是壮观啦！而且也需要，可这需要多少钱你想过吗？最少二十个亿。没这个钱，我们想写也写不进规划里去哦。"

俞生越说越激动，汤姆静静地听，但显然他被俞生的话深深地感动了。

这天晚上，俞生陪汤姆去了南山。站在南山的老鹰崖嘴上，往下俯瞰山城的夜景，那真是惊人的美丽。

太空火锅城

112

俞生和汤姆站在一块大石头上，面对夜空中闪烁的万家灯火，幢幢新矗的高楼，任凉风阵阵扑来，谁也没有说话。不知道过了多久，汤姆才轻声说："最美的还是家乡呀！"

"汤姆先生，"俞生也说话了，"站在这儿看朝天门，也许你更能想象那三座桥修起来了，会是一种什么样的情景。"

"是的，是的，我完全能够想象。这不仅能解决交通问题，把三个区连起来，而且将成为建筑史上的一大奇观。它会比悉尼的大歌剧院还美，它会成为重庆的标志性建筑。俞先生，你的这个想法好呀！"

两人离开了老鹰崖，在林间小道上慢慢地走着。汤姆说："俞先生，我也是在朝天门长大的，对那里不能说没有感情。我现在想得最多的是，这个项目会得到各方面的支持吗？"

"这个你就放心吧，工作由我们去做。"

汤姆站住了，说："俞先生，你提出的方案是合资兴建，你拿得出来十个亿这样多的钱吗？"

俞生笑了，说："我没有这样多的钱，不要说十个亿，就是一个亿我也没有。但请你放心，我有办法贷款。"

"贷这么多？"

"十个亿的款项你也不会一次到位的，动工是分期投入。比如启动资金需要四个亿，我只需要分担两个亿就行了，这两个亿我是能想到办法的。"

4

"修这三座大桥，投资方可以得到市里的什么好处呢？"

汤姆毕竟是生意人，最关心的是自己这方的利益。

"好处多得很，我当然问过这件事情，否则，我也不会干这种傻事的。比如桥头附近的房地产开发，可以收多少年的过桥费，等等。"

"你让我再好好想想，明天我答复你好吗？"

"好吧。"

二人驱车下山，俞生把汤姆送回了宾馆。在车里，他收到了素芳的电话，素芳说，汤姆先生过去的家真住在滨江路，他的父母亲还健在。汤姆先生在美国的一个大电脑公司里任职，被总裁的女儿看上了，就要成为乘龙快婿。他准备这次回来把父母亲接到美国去住，但老两口儿不去。由于房屋拆迁，老两口暂住在亲戚家里，汤姆回来后，他们也一起住到宾馆去了。汤姆打算为父母买一套好点的房子。

俞生搁下电话，心里突然激动起来，他把方向盘打向了另一条街，然后飞一般向沙坪坝驶去。不一会儿，他就把车开进了重庆大学，找到了一位相熟的老师说明来意，想通过学校里的电脑网络，调看一家美国大公司的资料。

这位老师带俞生去了电脑中心，不一会，操作员调出了这家美国电脑公司的资料。果然，这是一家净资产有数十亿美元的公司，主要经营电脑软件的开发，总裁叫罗杰斯，五十岁。再调出了汤姆的资料，美籍华人，是开发部的主管。没有罗杰斯女儿的材料，也没有汤姆与罗杰斯先生女儿已有恋爱关系的情况。

俞生告别这位老师，回到家里立刻给在美国的一位朋友打越洋电话，托他了解汤姆是不是已与罗杰斯先生的女儿准备结婚了。然后，他打电话叫来了薛米丽小姐。

薛米丽早不在他手下干事了，这样那样的干了一阵后，现在在搞房地产。薛米丽走进俞生屋里的时候，看着俞生一脸倦容，摇摇头，说："这么晚了，又不是火上房。"

俞生请她坐下来，给她从冰箱里拿出一听饮料，开门见山地说："小薛，我要一套好房子。"

"什么时候要？"

"现在。"

"现在？你疯了是不是？"

"我没疯，你说，你手里有没有？"

"你要什么规格的？"

"三室两厅的。"

"地点呢？"

"就这附近。"

薛米丽狡黠地笑了，说："一百五十个平方，三千块钱一个平方，四十五万。"

"可不可以少点？"

"现在是你求我，一分钱也不少。"

"不讲交情了？"

"交情归交情，交易归交易，各论各。"

俞生摇了摇头，咬咬牙，说："好吧，明天我送钱来取钥匙。"

"俞生，你告诉我，你明天要结婚是不是？"

俞生摆摆手，"暂时保密。"

第二天清晨，俞生被电话铃声吵醒了，看看表，还不到七点钟。他是快四点钟了才入睡的。电话是从美国打来的。他一听就清醒了。那边朋友这么快就给他回话了。朋友说，汤姆先生与罗杰斯独生女儿的婚期定在下个月举行。够了，俞生只需要证实这一点就够了，也就是说，这不是一个假汤姆。汤姆真的要成为罗杰斯先生电脑公司的重要人物了。女婿，半子，继承人。举足轻重。他没有了一点睡意，他不知道自己现在应该做点什么。他唱着歌冲了一个冷水澡，然后出门往朝天门码头走去。

5

俞生来到朝天门码头，天早已大亮，许多人已经开始了一天的劳作。车奔跑着，空气中飘浮着炸油条的香味。路人行走匆匆。本来，俞生是想去宾馆找汤姆的，可想想，这么早，别人还在睡觉呢，于是只好强压下心里的急迫。俞生记不清楚已经有多久没有早上到这码头上来了。那还是儿时的事，那时家里很穷，一大早，他就要到这儿来找活儿干，帮别人背包，搬东西，挣得的那点儿少得可怜的钱却要补贴家里买米，交学费。如今的码头与过去相比早已面目全非了，漂亮的高楼直入云霄，一排排缆车雄伟壮观，豪华游轮如仙山琼阁漂浮在江面上，只有一样没有变，那就是滔滔奔流的两江水。

桥呀桥，要是在这儿真修了心里所想的三座桥，那朝天门会变成什么样呢？自己一辈子真要能干成了这样的一件事情，也就不枉活一世了。

俞生想到，我为什么不把小号带出来呢？此时此刻，真想吹一曲呀！

他突然看到那江边的沙滩上有两个人，其中一个居然是汤姆。怎么，他这么早也起来了？而且比自己起得还早。汤姆正比画着向另一个人诉说着什么。俞生能够想到，他也在说桥的事情。修桥。在这儿修三座大桥。那个人是谁？一位白发苍苍的老人。俞生想，这老人可能就是汤姆的父亲吧。他往下面走，朝着他们走过去。在离他们二十多步远的时候，俞生一下子站住了。他瞪大了眼睛，他不敢相信自己的判断——这位老人，他怎么会是自己读初中时的班主任呢？汤姆和老人也转过身来，看着迎着他们走去的俞生。

　　"俞先生，这么早。"汤姆说。

　　"你们比我还早。"俞生说，他看着老师。老师眯起了眼睛辨认他。"老师，你还是这么健康哦。"

　　"你是……"老师想不起他的名字了。

　　"我就是你常叫的坏小子俞生哦。"

　　"俞生？你是俞生？"

　　俞生走上去拉住了老师的手。

　　"俞生，真是俞生。我听说过你这些年做的事情，坏小子，干得不错嘛。"老师哈哈大笑起来了。

　　俞生望望老师，又望望汤姆，说："现在，我和你的宝贝儿子想合伙干一件大坏事呢。"

　　"怎么，原来那个人就是你哦？"

　　汤姆点点头，说："就是他。"

　　"好，好呀！不管干不干得成，敢这样去想就不简单了。"老人欣慰地说："你们谈谈吧，我去那边打太极拳。"

　　俞生和汤姆沿着江边走。汤姆说："俞先生，昨晚我同美国公司负责人通了一个电话，向他介绍了这边的一些情况。公司对在重庆投资十分感兴趣。重庆是大西南、三峡库区乃至长江经济带的重镇，应该是有发展前景的。我过几天就要回美国去了，你能不能给我搞一个比较详细的计划书，包括市里将会给一些什么样的优惠条件。"

　　"行，我一定尽快给你。"

　　"另外，我还有一件私事要拜托你。本来，这次回来，我想把父母带去美国的，可我说破了嘴他们也不去，你能不能替我为他们买一套好一点的房子？"

俞生笑起来，说："我手里正有一套房子。如果你有时间，我们今天就可以一起去看看。"

"真是太好了。谢谢你，谢谢你。"

俞生和汤姆回城里去。

东方，一轮鲜红的太阳正冉冉地升起来。

海南之劫

张 卫

6

卫鸣从太空火锅城退出来是前年冬天的事。退出来的缘由说来也简单，其一，卫鸣暗怨俞生日久，但胳膊拗不过大腿，打不出喷嚏；其二，卫鸣与朝天门市场做玩具生意的大户黄猫绞到了一块，便生出换种活法的打算。

这里先说黄猫。黄猫本名黄则生，璧山青杠镇人，时年四十有四，肤黑，精瘦，满脸都是故事。若干年前，黄猫作为城镇知青，到乡下落户时，干过按"嘴子"（鸡鸭）、偷菜园（时称跳丰收舞）的勾当，因身手敏捷，动作轻柔如猫，便被赐予这一雅号，不想竟如影相随至今。五年前，黄猫揣 3000 块钱只身闯荡重庆，靠拳打脚踢加乱劈柴折腾出一份不菲的家业。闲时，黄猫不搓麻将，喜读书报，尤喜人物传记，最佩服牟其中，每每提及，总免不了泡子翻翻："你看看人家那娃，就 300 块钱打天下，而今干到总裁了！"他的目标，就是想当个像牟其中那样的儒商。

黄猫租的房子在紧邻朝天门的曹家巷，与卫鸣是邻居。那是一座陈旧的四合院，中间有方天井，周围团转密匝匝挤了十几户人家，房客比房东多，大都在朝天门市场做生意。一来二去，卫鸣和黄猫就熟了，语言对路，脾味相投，没事还喝点酒，黄猫只认江津白干，下酒菜是猪脸泡子肉，常吃得满嘴彪油。卫鸣不具备这种"镇民"习气，火锅城的珍馐佳肴看都看饱了，唯酒还可浅浅抿两口。渐渐，两人无话不谈，黄猫就瞅出了卫鸣心头的绵绵阴雨。一次，他吐着酒气道：

"你娃也是哟，老在人家手板心里拱，有啥出息？不如出来自己搞，未必不比你当个大堂经理强？"

这话犹如一记重锤，敲得卫鸣心尖尖流血，本就阴沉的嘴脸愈发黑得紧。卫鸣早就想离开俞生，但又舍不得自己那点干股，说起干股，算是俞生用肉包子套白狼的一种技巧。最近两年，太空火锅城好像一锄头挖到了财脉，生意上左右逢源，又是期货又是房地产，又是打批发又是炒股票，资产净值积累达 1600 万，并挂出太空实业总公司的牌子，鸟枪换炮，俞生也当上董事长。为收拢人心，换句话说叫稳定骨干，俞生改革内部分配机制，给大伙按职级系数配了干股，条件是只要不离开太空公司，干股终身归持有者。卫鸣的职级系数为 0.75%，折合现金是 12 万。但它挂在公司账上，兑不了现。

这，更让卫鸣觉得俞生太阴毒。

黄猫点拨道："那点干股算啥呢，只要自己干得好，还怕找不到那点钱？"

卫鸣也认为，只要离开俞生，日子肯定好过，至少心情舒坦。其实，卫鸣想走的真正原因，是太空火锅城雏鸡变凤凰后，眼看着素芳、古小琴等一个二个都有长进，唯自己仍在大堂里操练，俞生居然视而不见。这不明摆着是夹磨自己吗？"罢，罢，大爷走人就是！"

卫鸣找到俞生，很策略地提出想走的事。并说俞总你今后如需要，我还可以回来。那是在俞生豪华的办公室里。俞生身子埋进宽大的真皮沙发中，耷起眼皮作沉思状，手里掰弄着一只崭新的郎森打火机，响声脆而单调。

有那么会儿，卫鸣都打算拂袖而去了。

"好吧！"俞生终于开口道，"老卫呀，这几年你也干得蛮辛苦，如今想出去闯闯，我可以给你个方便。"

俞生的宽容之举，缘于他近日正重读《亚柯卡传》和《李嘉诚传》，悟到些成大气候的脉道。

卫鸣松了口气，脑壳一转，又提出能不能兑现点干股，作为从商的本金，俞生笑了，表情暧昧，白牙闪闪："老卫呀，你就是精明过了头，不好哟——"

临了，俞生还是答应可以兑现3万干股，余下的9万，若卫鸣不再回来，就归公司所有。

卫鸣觉得一下子搞不懂俞生了。黄猫得知后，想了很久，说："你那姓俞的老板，可真算是个人物！"

卫鸣心头却像打翻了五味瓶。

7

初涉商海，卫鸣跟着黄猫学基本功，却常常两眼一抹黑。黄猫的原则是亲兄弟，明算账，生意可以搭伙做，但成败都得有绳绳套起，哪个都抹不脱。火石落到脚背上，卫鸣这才晓得锅儿是铁铸的。原先当大堂经理时，只要把客人安排好服侍周到就行了，如今独闯江湖，开门七件事，事事都得自己打点。与黄猫相比，卫鸣发觉自己最缺乏的是拍板斩子的魄力。黄猫对玩具商品似有天生的嗅觉，哪些东西好卖，质量如何，赚头大不大，一盯一个准，盯准就果断下手。而卫鸣那点小聪明，往往连门方都摸不到。

卫鸣终于沉不住气了，找到黄猫说聊斋。

"你娃急啥子嘛！"黄猫笑眯眯的，"咱们做的是批发，行话说半月不开张，开张吃半月。啥子事都要等机会。"

转眼快过国庆节了。这天，卫鸣没去交易市场，关起门盘账。左邻右舍的老板们都忙乎去了，院坝里空荡荡的，一只知了在屋门边的枸叶树上绝唱，叫声凄婉。盘完账，卫鸣吓一跳，才来两个月，已花脱4000多块，照这样搞下去，俞生给他的那点干股加自己的"老窖"，很快就会全部洗白，咋办呢？

屋外有人敲门，进来的是黄猫。黄猫擦去满额头汗水，瞅一眼卫鸣，说："你娃啷个搞的嘛，鼻子眼睛都皱成绞绞了。赶快把它弄伸展，我们好去海南岛。"

黄猫告诉卫鸣，国庆节后，海南要召开华南片区玩具订货会。这种会邀请的对象，一般是大中型批发企业，但个体商贩也可以挤进去交易，缴入场费就是。黄猫分析，今年的订货会很有搞头，一则呢，华南地区玩具加工业发达，很多产品是出口创汇的；二则呢，前不久欧美国家对我国玩具产品实行配额限制，许多厂商急于寻找国内市场，家挞子一旦杀开，肯定能捡落地桃子。但卫鸣对此不太在意。

他问，走一趟海南要花多少钱。黄猫说这就难说了，机票、住宿加伙食，几千块钱跑不脱。卫鸣说他不想去了。黄猫很生气，说："你娃想得出来，做我们这行当的，哪能在屋头跷起脚脚耍呢？不跑，连冷开水都没球得喝！"

终于，两人合计节后跑趟海南。买机票时，卫鸣心尖尖好痛。

西航班机是10：30起飞的，到海口正是中午，跨出机舱，高悬的太阳蜇得人肉痛。两人赶紧找了家有冷气的宾馆住下，傍晚起身去吃过大排档，上街闲逛。黄昏的海口街市，腥咸的海风四处游荡着，椰林蔽空的大街上，漂亮的轿车首尾相衔，闪着鲜红的尾灯，缓缓蠕动；夕阳余晖尚未褪尽，五颜六色的霓虹灯已登堂入室，临街餐厅硕大光洁的玻璃窗里，是台面整洁的餐桌，红男绿女们刚刚落座，手机搁了一圈，嘻哈打笑着……

卫鸣羡慕得有些走神。

黄猫说："你娃莫看这些人要得欢，说不定他们干的是犯法勾当哩。"歇歇又说，"不像我们，挣的虽是汗水钱，但睡得安稳。"

卫鸣没搭腔，心头想：安稳个屁渣，不定这回连机票钱都找不回来呢……

然而，订货会的情况果如黄猫所言，各展室里琳琅满目的玩具，大多做工精良、质量上乘，有传统工艺的，也有电子、电动和智能型的，不但让卫鸣大开眼界，连黄猫也看得傻眼，赞不绝口。挑来选去，两人敲定一批重庆市场尚未面市的新型玩具，成交之前，却让一个人给搅了。

那人叫刘万才，原先与黄猫有过交道。

其时，黄猫与卫鸣正在展厅挑选产品，忽听有人叫"黄奇"。黄猫一愣，半响，说："哟，是你娃呀，哪个在这儿？"

刘万才30多岁，黑胖子，蓄着八字胡，打手扮相。他说自己91年就过海南来了，如今在万宁一家合资企业跑龙套，这次是来推销产品的，说

1996
第贰棒

着，递上名片。卫鸣接过一看，上面赫然印着"海南万宁匹克森玩具制造有限公司"，头衔是副总经理。刘万才看过黄猫的订单，连连摇头，说卖相不好，又说他那儿倒有一批最新产品。

8

"你娃莫给我乱下补药哟！"黄猫瞅了瞅刘万才身后空荡荡的展室，老谋深算地笑了，"门门门，麻熟人，这种事你我原先都做过……"

"黄哥，我们先去看了货再说，好不好？"刘万才一脸正色，"我现在是做正经生意啰！"又补一句："这不，拿过来的样品全被抢光了。"

黄猫与卫鸣商量了一下，答应去看看。

三人打的前往刘万才住的泰华宾馆。那宾馆在海口的一条背街深处，紧靠海湾。宾馆门厅宽敞，冷气十足。穿过由活动玻璃窗装饰的走廊时，卫鸣见长满奇花异草的庭院里，躺着两个游泳池，一圆一方，池水蓝得晶莹剔透，几个身着比基尼的女人正嘻嘻哈哈地戏水。

走进一个套间，满屋样品七零八落。有个小伙子正爬在床上用计算器算账，也不抬头。刘万才拿起一个包装精美的纸盒，撕下不干胶，抽出里面的东西，说："瞧瞧，这是美国尼米兹航母模型，王牌哟！"

卫鸣接过一看，好家伙，沉甸甸的。航母模型是按比例缩小的，做工精致逼真，刘万才又把模型拿过去，稀里哗啦大卸八块后，说："瞧，这儿还配有小马达，装上电池就可以开啦！"

黄猫眼珠渐渐发亮，问："还有些啥？"

刘万才叫小伙子把样品一一排开，果然品种繁多，有注塑，也有铝合金的，包括美国、日本、德国、意大利、前苏联和英国等二战及冷战时期的战舰、战车和士兵模型，其中日本的大和、武藏、赤诚、苍龙等战舰航母还是原装进口的。黄猫掂着一艘大和号战舰模型，沉吟半晌，说："其他国家的倒没得啥子，这小日本的东西，该不会有啥麻烦吧？"

刘万才问有啥麻烦。

黄猫说："这毕竟是日本鬼子的东西嘛，怕遭人骂哟！"

刘万才鸭子般嘎嘎笑了："黄哥，你真是脑筋癌哟！我们周围团转小日本的东西还少吗？再说这军舰，当年狂是狂，但还不是被美国人搞沉了。"说着，嘭嘭地拍了拍包装盒，"瞧瞧，好皮实的东西，可拆可装，卖相好不说，还可以培养娃儿们的动手能力呢！哪个会骂？"

黄猫沉默着，眼珠子滴溜溜飞快地转。

末了，他与卫鸣商量道："这东西弄回重庆，利润厚实得很，但风险大，只能搞一扳手就收秤。"

当下商定，黄猫随刘万才去万宁订货验收，卫鸣留下来想法再整点儿钱。因黄猫只带了30万块，希望卫鸣也能凑足这个数，做成后，利润对掰。

这却给卫鸣出了个难题，他在海口人生地不熟，找鬼大爷去借钱呀？想来想去只好把电话挂回重庆找俞生，办公室却一直没有接，到深夜，又挂到俞生家里，铃声响了好几下，通了。

"喂！"对方是一个脆脆的女声。

卫鸣心头一惊，听出是素芳。他装了个傻，说请俞总接电话。那边俞生接过电话，卫鸣自报家门。"哟，是老卫嗦，你在哪儿啦？"俞生嗓音弹性依然，但似有喘息未匀的气息。卫鸣心头骂了一句，嘴巴却很甜：

"俞总吗，我遇到点困难，找您求援啰！"死马当活马医，卫鸣索性把借钱的事一股脑儿端了出来。

电话那头沉默了。

这是预料中的事。卫鸣心里沮丧地诅咒着：

"俞生，你倒是在屋头抱红搂绿，哪里晓得我们过的啥日子……"

9

卫鸣正气恼，电话那头有了响动。出乎他预料，俞生居然答应借钱，条件是以剩下的干股作抵押，余额部分，利息按银行贷款结算，并答应近一两天就电汇过来。

搁下电话，卫鸣忽然觉得头昏，"这为啥肯借钱给我呢，是不是被我发现了什么？"不觉又苦笑，"我是不是心理太阴暗了点？"

接下来，是紧张地忙碌。当黄猫和卫鸣办好货物联运手续后，才松了口大气。离开海口前，刘万才请他们撮了顿海鲜，三个都喝得二麻二麻的。饭后，刘万才说请他俩洗个"澡"，指桑拿浴。卫鸣有些忸怩，黄猫悄声说，哪个不洗？不洗白不洗，洗了不白洗，走！

三人进到一家桑拿浴馆，蒸得通体红似醉熟的大虾。那夜，卫鸣第一次体验声色犬马。

回到重庆不久，货到了。果然不出黄猫所料，卖相极好，本地批发紧俏不说，还先后向昆明、贵阳和成都发了一部分，不出半个月，60万元的玩具模型全部脱手，除去成本，尽赚13万元，二人悉数分之。第一次揣到属于自己的这砣大钱，卫鸣蓦地搞懂了"人穷志短，马瘦毛长"的含义，十分懊悔当初该早点蹦出来，说不定已成百万富翁了。这笔海南生意，也使他开始相信"找钱不费力，费力不找钱"的箴言。

既然不费力又能找大钱，何不再干？

卫鸣找到黄猫，提议再去趟海南。反正现在渠道也打通了，资金嘛，可以先把借俞生的钱扯来用，打他两个滚，赚够了再还。黄猫盯着卫鸣，表情有些复杂，默了许多，说："你娃晓不晓得牟其中买俄罗斯飞机的事？干得那么漂亮，人家都只搞一次——复二火往往要走麦城……"心头却想：卫鸣这崽儿看不出凶险，面带猪相，心中了亮，今后对他可得小心点。

卫鸣嘎嘎大笑："你娃哪个也迷信哟！"他第一次称黄猫"你娃"，笑声也显得粗壮。

人想走夜路，鬼都拦不住。卫鸣打定主意后，找到俞生，还了借款，付了利息。俞生见他神采飞扬的样子，问是不是挖到了金元宝。卫鸣把赚到的利润夸大了一倍。俞生揶揄地笑："咦，你这不来钱很快吗？"

卫鸣发现俞生的腮肌抽了两下。

"不是你俞总解难，我哪能赚钱？"说罢，卫鸣话头一转，"我还想请俞总出资再做一次，我负责跑腿，货弄回来后就在太空商场卖，保证赚惨。"他还很仔细地给俞生分析了批零毛差。

俞生有些心动，倒不是因卫鸣说动了他，而因太空商场是他的一块心病。太空商场是俞生前年兼并的一家集体企业，在解放碑挂角的边缘，营业面积约500平方米。俞生兼并时，主要是看中了那地方的拆迁价值。风传港商将投进大笔资金建高楼。谁知翻过年坎，国家宏观调控，银根紧缩，严格限制房地产炒作，港商成了缩头乌龟，俞生却捏到个炭元。加之解放碑附近近一两年装修豪华的大商场纷纷崛起，使本身就陈旧的太空商场愈发门可罗雀，而兼并过来的百十号人的吃喝拉撒你又不能不管。俞生难免毛焦火辣。

卫鸣恰恰摸准了这根脉。他给俞生建议，如今解放碑是大商场的天下，太空商场拼不过人家，不如干脆专卖玩具，没准还能闯出条路子。

"小卫呀，看不出你才出去几个月，就让人刮目相看。"俞生想了想，说，"干脆这样，你先把你说的那笔生意做了来。如果做得好，我可以把太空商场盘给你承包。"

俞生已打好如意算盘，放出个套子。

卫鸣笑了，他也有如意算盘，但肯定不是去钻俞生的套子。

然而，这次卫鸣却遇到一劫。

10

这劫数，让黄猫给说准了。

应该说，卫鸣独自二下海南，一切都顺利，刘万才的货源没问题，全部按时运抵重庆；卫鸣自个的小算盘也是拨圆了的，他把俞生借的钱加上自己的老窖，全部押在这批货上，然而货拢后，他只分了30万元给太空商场，自己留下40万元搞批发。"将就你的骨头熬你的油"，这是生意场上的大忌。这且不摆，而劫数，则是命定了的。说来也不复杂。

其一，时间差问题。卫鸣跟黄猫下海南时，恰好是打了个时间差空档，人无我有。而商战中永无恒定的坐标，恰好此时，中原郑州开了全国百货订货会，重庆好几家大批发商前往定购回同类型玩具产品，这就使供求关系发生了变化。

其二，批零差问题。卫鸣他们第一次进的货，全是打批发整砣砣，毛差短，但资金周转快。当卫鸣进第二批货时，市场已相对变得狭窄，他在朝天门摊位的批发量走势变缓，资金回笼困难。太空商场卖零售毛利虽高，但只能一艘一艘地卖，一时半会见不到明显收益。

而直接给卫鸣带来劫数的，是欧阳。欧阳是本市一家晚报的记者，思想敏锐，笔锋犀利，属领导喜欢、读者厚爱的那类笔杆子。当此其时，欧阳正潜心撰写《战时陪都大轰炸》的专稿，是为纪念抗战胜利50周年准备的。他在市档案馆查阅到许多闻所未闻的资料和图片，当年侵华日军的一桩桩血腥暴行，使欧阳对民族的苦难历史有了更深地认识，好些天来，他一直沉浸在撰写书稿的痛楚中。

也活该卫鸣倒霉。那日，欧阳鬼使神差，转进朝天门交易市场玩具摊区。"六·一"节快到了，欧阳想给女儿买件礼物。转悠到卫鸣的摊位上，他看到成垛成垛的玩具模型，眼珠便定住了。

卫鸣没在，守摊的丘二是个待业女青年。

欧阳让她把玩具模型递过来看看。大和号、武藏号、苍龙号……一艘艘战舰模型威风凛凛，依然散发着浓烈的杀气，包装盒上的文字说明更是煞有介事。

"你们怎么能卖这种东西呢？"欧阳问，"这不是宣扬日本军国主义的产品嘛！"

女丘二没听懂。欧阳又重复一遍。

女丘二白了他一眼："啥子军国主义嘛，他们不是早被我们打败了吗？"

欧阳有些恼火，现在的人为了赚钱，哪个啥子都敢卖呢？他噼里啪啦严厉斥责起来，女丘二不再开腔。欧阳悻悻离去，远远地，他听见女丘二在骂："从哪里钻出个傻子哟，跑到这点来白泡子翻翻的！"

欧阳火透了。他又去到解放碑，发现不少商场都在卖这类型的玩具。而营业员和买玩具的顾客，大多平静得近乎麻木。欧阳被强烈的责任心所驱使。当晚，就赶写出一篇稿子，点了一些商场的名，也点了卫鸣摊位的号。那稿子的标题十分抢眼——《侵略者的战舰模型岂能高踞社会主义的商业柜台》，并用了惊叹号。

文章见报后，犹如巨石落进深潭，社会反响强烈。市里专门召集紧急会议，定性这类玩具为不良文化商品，责令有关部门立即清查。

卫鸣被打了个措手不及。见到报上的消息时，他正在綦江谈一笔批发，赶紧扔了业务往回赶，天气热，又堵车，脑壳痛得欲炸欲裂，到重庆已是灯火阑珊。女丘二还在院里等他，一见面，眼睛水就滚出来了："都被查封了，一千多套啊……"

那可是20多万！卫鸣眼前一黑，栽倒在地。

太空商场也被查封了800多套。俞生也蒙了，对他来说，这叫沉疴未除，又添新疾。

对卫鸣，则是添了一勾子烂账，人如僵尸。好几个月后，他才还过阳来。

邂 逅

娓 娓

11

开完公司每周一次的例会，已是傍晚时分。

俞生照例步行回家，这是他多年养成的习惯。公司这几年发展不错，他早配了专车，但他习惯忙完一天的事后慢悠悠地走回家。他认为步行对身体有利，这几年他已经开始发福了。

家里没有妻子儿女，只有素芳从乡下请来的小保姆春儿。春儿纯朴、勤快，只管做家务，从不多言多语，很讨俞生的喜欢。只要俞生不打电话回来说晚上有应酬，春儿一定早早把饭做好，趴在窗台上等俞生归来，俞生远远看见春儿那圆圆的脑袋，心里就有暖暖的东西淌过。

准备过马路的时候，俞生注意到身旁有一位年轻的小姐正用热切的目光直直地盯着自己。俞生不是个浪荡风月场寻花问柳之人，但出于好奇、出于礼貌、出于男人的虚荣心，他还是转过头去向小姐笑着点了点头。

"你真是俞总，我还以为自己认错人了呢？"

俞生半眯着眼睛，仔细打量眼前这位漂亮姑娘，怎么也想不起她的名字。

"你不认识我了？我是林桑，两年前在海口，我们聊了一夜，你还给了我名片。"姑娘在随身携带的包里摸出一张有些泛黄的名片递了过来。

俞生接过名片一看，果然是自己的。他盯着她那双令人着迷的大眼睛说："林桑，对，那个学经济管理的成都小姐。什么时候来的重庆？现在好吗？"

那已是两年前的事了。

俞生到海口去见一个发了财的旧同学，想怂恿他回渝投资，共同创办一个生产纯净水的企业。市场预测这是一个极有前景的项目。发了财的旧同学对俞生的提议丝毫不感兴趣，但出于地主之谊，仍邀俞生到海口最豪华的夜总会去玩。林桑是那家夜总会的坐台小姐，那个晚上，在俞生的包房里他和林桑聊了很久。林桑说她是西南财经大学经济管理系毕业生，父母都是大学教师，一家人本分老实，不知道人际关系的重要，毕业分配时遭人暗算被分到了一个偏僻的郊县。她忍不下这口气，辞职跑来了海口，但学经济管理的大学生在中国最大的经济特区却找不到一份理想的工作，迫于生计才当上了坐台小姐。说到动情处，林桑一双明眸里泪水盈盈。俞生那天晚上喝了点酒，竟大发慈悲心肠，掏出 1000 元钱给林桑，叫她赶紧买张机票回成都，还留了名片给她，说今后有困难可以到重庆来找他。

……

俞生早把这事给忘了，没想到两年之后林桑真拿着名片找他来了。不过，从林桑那一身名牌服饰可以看出，她与两年前夜总会里的坐台小姐早不可同日而语了。

"俞总，我想请你吃顿晚饭，好好聊聊。"林桑亮晶晶的眼睛里秋波荡漾。

俞生还真想和林桑好好聊聊，但想到素芳说的晚上要过来谈货款的事就只好作罢，他摊摊手遗憾地说："真不凑巧，今天我恰好约了人。改天我请你。"

"那好，这是我现在的名片，有空一定约我。"林桑笑盈盈地与俞生话别。

俞生看了一眼名片：开利投资公司总经理助理林桑，心想这公司的名字怎么这样眼熟呢？

俞生回到家里，见素芳正在厨房里手把手教春儿卤花生米，便觉得她真是心细如发。俞生一直喜欢吃香喷喷的五香花生米，有天看见别人用微波炉卤花生米，随口说了句"真香"，没想到翌日素芳就买了个格兰仕微

1996
第贰棒

波炉送过来，一有空就教春儿用微波炉做菜。

吃晚饭的时候，素芳见俞生居然有兴趣慢条斯理地一口口喝酒，就急匆匆地说："老板，现在真是火烧眉头了，银行天天来催还贷款的事，施工单位今天给我们下最后通牒，如果我们一周内不付款，他们将撤走塔吊，施工现场一撤塔吊那不就乱套了吗？"

12

素芳接着告诉俞生，她和财务部的老张算了一下，近期公司有500万的缺口，若能顺利渡过这个关口，今后就好办了。房屋一出地面，我们就可以进行预售，资金一活一切就好办。可现在一时到哪里去找这500万？

秦芳说的是菊花园片区旧城改造工程。俞生原不想涉足房地产，但眼看这几年玩房地产的一个个都发了，他终于受不了那高利润的诱惑，授权素芳成立了"太空实业总公司房地产分公司"，菊花园是该公司开发的第一个项目。也怪他运气不好，他一投资搞房地产，房地产就开始走下坡路。搬迁、平地基、规划设计，已花去近千万，根本没有退路可言，可再干下去，资金又何其难！

"该想的办法都想了，几个分公司本来都眼红我搞房地产，根本不想真心帮我，再说500万也不是小数目，不是随便哪个公司就拿得出来的，几家银行都把口封死了，说贷款都不能按时还哪还有可能借钱？总公司账上也只有10多万，得应付公司的日常开支，那可是一分钱也不敢乱动的。"素芳苦着脸说。

俞生拍拍素芳的肩说："天塌下来还有我撑着，急什么？让我们再想想其他办法。"

春儿知趣地到厨房收拾去了。

素芳给俞生泡了一杯热茶，像猫一样乖巧地蜷坐在俞生身边。

俞生不由得深深感慨岁月的力量。眼前这位既有成熟头脑又不失女性妩媚的素芳身上哪儿还找得出当初江津妹子的一丝一毫痕迹？不过几年光景，一个人就发生了这样天翻地覆的深刻变化。

想着想着，俞生突然眼睛一亮，摸出林桑的名片，问素芳知不知道这个开利投资公司。

素芳顿时跳起来说："老板真是健忘啊！前几天我还跟你说起开利公司，问你能不能想法找他们贷点钱，这个公司实力雄厚，就是门槛太高，一般人进不了它的门。据说开利贷款年利息是百分之十五，利息并不算太高，但经办人要收不低于百分之二十的佣金，一律要现金当场支付。条件是很苛刻，但只要能借到就是好事。"

俞生盘算了一下，借500万要付175万的利息，真有点喘不过气头。但他又转念一想，这个时候能借到500万渡过难关可比什么都重要。只要能贷到款，再高的利息也只有认了。

问题是，只有一面之交的林桑肯不肯帮这个忙？还有，林桑作为总经理助理到底有没有能力借到这笔钱？自己又怎样向林桑开口？

俞生陷入了沉思。

素芳摇摇俞生的肩，一个劲儿地叫他莫放过这个机会。见俞生发愣的样子，她说："这个林助理和你交情到底如何？哪怕多花点代价我们也要争取借到钱。"

"好吧，我明天去试试。"俞生喝口茶，对素芳点点头说。

素芳一直紧皱的眉头终于舒展开了，她温柔地笑笑，轻声低喃："我知道你终究有办法的。"

隔了一会儿，素芳突然像想起什么似的说，这个林助理是个男的吧？听说开利的老板是女的。

"哪里，林桑是个很年轻的小姑娘。大学毕业没两年，成都人。"俞生刚一说完就注意到素芳脸色有点小小的变化，忙转过话头说，"我和她只是通过朋友介绍见了一次面，还不知道她肯不肯帮忙呢？"

午夜时分，城市灯火阑珊，俞生和林桑说说笑笑走出了怡林茶庄。下午，俞生刚拨通林桑的电话，林桑银铃般的笑声就在电话那头响起，她一点也不掩饰地说："俞总，我知道你会约我，只要是男人，就不可能抵御我的诱惑。"俞生原想保持点君子风度，见林桑如此放肆，也爽朗地说："我这人骨头软，林小姐千万别引诱我。""那可不行，哪有不吃鱼的猫？我可是出了名的猫外婆。"

13

开够了玩笑，俞生和林桑约定晚上在重宾吃海鲜、在怡林喝茶，俞生付饭钱，林桑付茶水费。俞生原以为饭钱怎么也比茶水贵，谁知两人在重宾吃海鲜才吃 520 元，在怡林喝茶却喝掉了 560 元。茶庄结账的时候，俞生觉得过意不去，想抢着付账，林桑却说何必呢？你是自己掏腰包，私人企业老板不容易，我是花公司的钱，花多花少都可报账，没关系的。

俞生心里一热，他不在乎几百块钱，但林桑的善解人意很令他感动。

整个晚上几乎都是林桑在说话，她说她怎样在海口傍上一个大款，又怎样借大款的钱炒股发了一笔，又怎样和现在的女老板相识。她说，开利投资公司其实是她和女老板共同投资的。只是她占的股份少，人又年轻，资历及关系均不如女老板，所以自愿当配角做总经理助理。

知道这个情况后，俞生反而不知怎样向林桑开口提贷款的事了。人家一腔真诚，毫不设防，自己这样贸然地提出贷款实在欠妥。他只是做出一副很关心的样子问："你们投资公司保险吗？赚钱吗？一般投资给哪些行业？"

林桑很老到地说："做生意没有不担风险的，我们投资前会作详细的调查，还要求有实力雄厚的担保方。钱找钱是最容易的，你说我们这行赚不赚？至于投资方向，只要不违法，我们什么都敢投资。"

俞生话到嘴边还是没说出来，决定下次见面再说贷款的事。

俞生驾车把林桑送到他住处的楼下，正欲道别，林桑咯咯笑着说："俞总，你有话尽管说，既然有缘做朋友，就不要顾忌什么。"俞生惊叹林桑的聪明。但出于各种考虑仍不想说，他微微一笑，说："时候不早了，你该休息了，我纵有千言万语，也还是留着下次说为好。"

林桑噘噘嘴，用纤细娇嫩的食指点了点俞生刮得干干净净的下巴，柔声说道："过了今天我就不听了，如果你想说，就随我到楼上坐坐。"

俞生的好奇心被激起来了，他也不算孤陋寡闻，但像林桑这样坦率大方的姑娘他还真没见过，他想我一个大男人还怕了你？遂跟着林桑上了楼。

林桑的房间布置得很有情调，也极富诱惑。林桑一回到家就脱掉外套半卧在躺椅上，她身上只有一件薄薄的内衣，修长的大腿、浑圆的肩头、丰满的胸部都若隐若现地在俞生面前晃动，一双火辣辣的眼睛也直视着俞生。

俞生浑身燥热，但知识分子多虑的本性让他不敢轻举妄动。他是那种嘴上怎样说都可以，一落实到行动内心就胆怯的男人。

"俞，我很孤独，真的。有很多男人围着我转，可我不感兴趣，我喜欢你，第一眼看见你我就心动了。我现在有许多钱，但心里很空，你可以帮我变得心地踏实，帮我，好吗？"

林桑喃喃而语，一双眼睛装满了泪水。

俞生拥住林桑，摇摇头叹息道："林桑，我帮不了你，我很抱歉。"

林桑抱住他的肩，把脸紧紧贴在他的胸膛上，说："有什么不能帮的？我又不要婚姻的承诺，我只想真实地拥有你一次。"

"我是一个男人，我不能用这种方式帮你。"俞生扯着自己的头发，脸上很痛苦。他一点也没注意到，此时的林桑脸上已浮起几缕让人捉摸不透的笑容。

过了一会儿，两人都冷静下来。林桑起身披起外套，给俞生点燃一支烟，自己也点了一支。尔后，她用漠然的语气说，你可以走了。

俞生猛吸了几口烟，眼睛看着窗外，说："我并不是一个很严谨的男人，我也会在夜总会和小姐调情、跳贴面舞，陪客人一道请小姐做全身按摩，但我不愿意和你这样。也许我今天给了你错觉，其实我是想找你帮忙在你们公司贷500万，我的公司最近资金紧张。"

14

林桑听了俞生的话，像看天外来客一样看着俞生，大声问："你想找我们公司贷款？你的太空实业总公司不是正搞得很红火吗？"

"不知内幕的人都这样认为。事实上，我被一个房地产项目捆住了手脚，现在进退两难。近期有一个500万的缺口必须补上，难啊！"俞生干脆如实道来。

林桑深深地吸了口气，一脸郑重地说："俞总，这个忙我帮定了。明天你叫你公司的会计拿你们的房产证来找我。"

俞生完全没料到事情会这样顺利，他从最初的惊愕中醒来之后忙说："你们的老规矩是利息百分之十五，佣金百分之二十，对吧？谢谢你。"

3天之后，一笔500万的资金从开利投资公司划到了太空实业总公司的账上。令素芳和俞生大为惊讶的是，开利投资公司没有收他们一分钱的佣金，贷款合同上只注明了年息百分之十五，其他什么也没写，甚至连担保也没有。接着，林桑像是突然从这个世界失踪了似的，没有了一点音信。

　　一周以后，俞生收到了一封没有寄信人地址的来信，他撕开一看，是林桑来的：

　　俞生：

　　你好！想必贷款已到账上，希望你的公司能早日渡过困境。

　　我本不想告诉你，但忍不住还是想让你知道事情真相。开利投资公司根本不像你们所想象的那样有巨款可以借贷，恰恰相反，这是一个严重负债的公司。公司有时贷很小一笔款给一些实力雄厚的企业，仅仅是为维护公司的形象而采取的一种欲盖弥彰的手段。公司最重要的业务是筹集资金。我们公司的老板是个很厉害的女人，她在海口、深圳开过几家夜总会，她有一整套对付人，尤其是对付男人的办法，组建'红粉兵团'便是一绝招，我是其红粉兵团中最得力的干将。我想你应该明白我的意思了，我们的相逢，共进晚餐以及后来发生的一切均是我一手导演的，我的房间里有一台墨水瓶大小的摄像机，若你肯就范，你就钻进了我们给你设置的陷阱，你就必须无偿借一笔款给我们公司，我个人将得到巨额回扣。这种伎俩我至少对10个男人用过，无论他是官员还是商人，我都能圆满完成任务，你是唯一的例外。正是这个唯一的例外，让我重新思考人生，我原以为像我这种经历的女人只能以这种方式浪荡人间，但你让我知道了我还可以拥有尊严，拥有正常人的价值。其实，我早已厌倦了这种纸醉金迷、游戏人生的生活，这本来也是极其危险的生活，我只是没有勇气改变自己。谢谢你救了我。

　　两年前，我在海口骗过你，我根本不是辞职到的海口，而是读大二就跟社会上的人鬼混被学校开除的。我的父母也不是什么大学老师，他们都是没什么文化的普通工人。编一个凄楚的故事骗你仅仅是想从你口袋里多拿点钱。现在又骗你，而你居然未能察觉，不知你是过于善良还是过分聪明，无论怎样，你救了你自己也救了我。正是这个原因，我才威胁老板贷款给你。

不用担心我，既然有了目标，我一定会好好生活。

俗话说无商不奸。但是，俞生，我真的希望你在精明之余能留下一点点真诚，一点点善良。这会给你带来好运。

祝安康、发达。

希望被你看成朋友的：林桑

棒头董得起

余德庄

15

在马路边的公厕门口，棒头董得起向收钱的赵老太婆做了个友好的表示，便想径直往里走，不料老太婆却板着一张公事公办的脸伸手道："不行，你懂得起，我懂不起！"他只好丢了两毛钱，抓了双份草纸进去了。不料此时，外面传来了炸啦啦地喊叫：

"董得起！董棒头！有事情！"

是三妹的声音。女娃子这些时日爱扭着他开玩笑耍，出他的洋相。他本欲稳着不睬，可两只脚杆却不听招呼，倒了回去。果然是三妹站在那里。罗二娃跑过来道：

"真有事情，是古经理叫的。"

"啥子事？"他问。罗二娃一般还不敢把玩笑开到古经理头上。

"拉东西，叫马上走！"

董得起心头暗喜，守了大半天总算没挂白板，但嘴里却说道："水火不留情的事情，再忙还不是要弄归一再说。"

一辆庆铃车已等在"太空火锅城"门口，坐在驾驶室里的是古经理的外甥、小车司机胥可，他告诉董得起，晚上有十几桌包席，啤酒不够了。董得起向站在车前的三妹做了个鬼脸，转身叫上罗二娃和另一个棒棒上了车。

还好，一路顺风，没遇上堵车。到了啤酒厂批发点，董得起麻利地办好一应手续，便叫罗二娃和那个棒棒跟车上货，自己则点起一支烟，优哉游哉地到厕所里去把刚才耽搁的事情处理了。然后出来象征性地搬了两三箱，点数完毕，把罗二娃他们撵到车厢上，自己则一头钻进了驾驶室。

胥可瞅瞅他道："你这个棒棒头儿还当得潇洒嘛！"

"砸笨的时候你没看到。"董得起笑道。他觉得"太空火锅城"的这位"太子"今天好像对他特别友好。他这段时间以来一直在跟小伙子套近乎，想拜托他在古经理面前为他说句话，把他一直巴望着的"收编"问题解决了。平时难得有这种交往机会，他正寻思着说点讨小伙子喜欢的话，胥可忽然说道：

"今晚上我请你喝酒。"

董得起疑心自己的耳朵出了毛病，愣怔了一下，问道："你说啥子呢？"

"我说晚上请你喝酒。"

"胥老师，你这是哪股水发了哟？"

"打开天窗说亮话吧，想请你帮个忙。"

"啥子忙？"董得起有点失望，这辈子都没得吃福喜的运道，但心头却也踏实些了。

"先说说，你平时最多能吆喝得来多少人？"

"二三十个不成问题嘛。"

"我是要能帮死忙的哟！"

"那就十来个吧。"

"好，有这个数就行。具体事情晚上再说。"

吃晚饭的时候，胥可果然提着一瓶沱牌酒和一包卤猪耳朵来找董得起，坐定之后两杯下肚，便丢言子说起骂爹骂娘的混话来，听得董得起心头发毛。酒喝得差不多话也绕得差不多时，胥可忽然稳稳一笑道：

"董棒头，哥子今天给你带了个小财来。"

"哎呀，那叫我哪个谢你呢！"董得起双手打恭道。

"是恁个，我有个在 04 工程守库房的兄弟伙，让我后天晚上到他那里去拉一车钢筋，但时间限得很紧，只有晚上 11 点半到 12 点之间这半个钟头，不能提前也不能推后——懂得起噻？"

"懂得起，懂得起！"董得起拉长着声调道，其实脑壳里头根本就是糊的。

　　"我准备了一辆加固东风车，到那天你给我吆喝十来个精壮点的棒棒跟着，争取25分钟之内解决问题！工钱嘛，给你五百！至于你拿去如何分是你的事。如何？"

　　董得起听了不禁暗自嘘了口气，比起平时给火锅城拉货，这不啻是个天文数字了。就算一个棒棒给20，再拿50出来宵夜，起码也可以落一半在手头，当平时个把星期的进项了。

　　"说实话，要是找外人，我最多出一半的钱。"胥可察言观色、趁热打铁道，"干不干？现在就给我回个话。"

　　"哎呀，你我哥子还有啥子说的嘛！"

　　"好，干脆。"

　　两个人喝得痛快淋漓。临走时，胥可摸出一包红塔山，自己抽了一支，其余的全都给了董得起。

16

　　董得起将胥可给的红塔山揣在衣袋里，走几步摸一下，走几步摸一下，活像叫花子捡了银子。他一个人来到江边，先拿出烟盒来端详了一阵，然后仔细地取出一支，学着那些大款们的模样斜叼在嘴上，上下左右地蠕动了一阵，才摸出用八毛钱买的一次性打火机点上，美妙无比地享受起来。江上波光闪动，夜泊的豪华客轮灯火辉煌，像是浮在水上的宫殿，宫殿里传来令人神往的舞曲和卡拉OK声……自打他肩扛棒棒从喧闹的大街转战到这个西南最大的水码头，见识了这些一艘更比一艘漂亮的旅游船后，心头便滋生了一个梦想：啥子时候也坐上一回，舒舒服服地去游游三峡！就在今天之前，这个梦想也还是远而又远的，现在却一下子拉近了——一晚上就净挣二百五，只要遇上七八次这种生意，事情不就有门儿了？

　　董得起神仙般地消受完四支红塔山，看看时间不早，便起身往回走。

　　翌日早上，江上的汽笛才响过头道，董得起便起了床，脸不洗口不漱，拉上还瞌睡兮兮的罗二娃到码头上去揽早活路。董得起明白，前几年，棒棒那种满街被人争抢，排一夜股票队得 50 块钱的好日子已经一去不复返了，不然他也不会一门心思地想钻进太空火锅城去拿稳当钱。

董得起的眼睛很少在那些单人独行的旅客身上停留，而是盯着远处的来车。饿死的骆驼比马大，棒头就得有个棒头的样子，没有大点儿的活路，他情愿不做。罗二娃自然没得这种气魄，看见别个都揽起活路走了，脸上便挂不住，绿头苍蝇似的满街乱撞，一来二去总算堵着个坐轮椅的老先生，谈好连人带椅抬到船上给三块钱。

罗二娃的脑门顶才在梯次上消失，一辆豪华中巴便急驶而来。董得起认出是国旅的车，立马迎上去，在车子戛然停住的刹那间，伸出双臂拦住了尚未开启的车门，回头对跟拥上来的众棒棒大声喝道：

"莫来莫来！我做了，我做了！"

棒棒们不远不近地站住了，有人望着车上说："吔，尽是高鼻子洋人！"

但先下车来的却是一个长相跟他们彼此彼此的翻译，他乜了董得起一眼，喝道："干啥子？想抢人呀！"

"不不，我是在维持秩序，嘿嘿。"董得起哈着腰道。

"好了好了，让开点吧。"翻译将他推开。

早已跃跃欲试的棒棒们显然是将翻译的意思误解为看不惯哥子豪强霸占了，欢呼着一拥而上，将车门堵了个实实在在，动作快的提着棒棒冲上车，伸手便去抓抢老外手上的行李，车厢里的洋男洋女们顿时大惊失色，乱成一片。待翻译奋不顾身地挤回车上，将几个"棒老二"轰下车时，老外们已显得惶惶不安，叽叽喳喳嚷个不停，弄得翻译万般无奈，他砰地关上车门，让司机把车子循原路开了回去。

董得起对着车屁股骂了声"贱相"，示威似地点起一支红塔山，冲着已变得瓜兮兮的棒伙计们训斥道："如何嘛？想发财也得看个兆头噻！"

于是便有人小声检讨："不该乱。"又有人大声总结："以后都听董哥子的！"

但过了这个村没得这个店，整个早上再没遇上一桩值得做的活路。到了八点半，董得起回住处漱口洗脸又吃了点东西，径自到火锅城"值班"去了。

有道是"早上不顺，一天不顺"，董得起在火锅城门口守了一上午，除了被派喊到大阳沟去称了十斤花椒，就再没有别的响动。可恶的是，调火锅作料的老孟故意现怪相，明明是各人不晓得打望打到哪里去了，汤的味道没弄对头，硬说问题是出在花椒上，言下之意是他吃黑钱买了 Y 货。两个人吵起来。古经理闻讯过来，放了颗花椒在嘴里嚼着，不说好歹地走了。这个举动让董得起忐忑了半天，又不敢亲自去解释，后来才想起让三妹去帮忙圆个场。三妹却笑眯眯地提了个条件，帮她倒两筐渣滓，他只得答应。三妹走后，董得起怒气难平，狗日的老孟，昧着良心来这一手，说穿了还不是欺他是"编外"人员。看来，这个问题不解决，啥子事情都会顺不了的！

17

　　确实，董得起走到眼下这一步，是相当不容易的。他至今也说不清楚他的转运到底是老天的体恤关照，还是纯属偶然。去年夏末的一天，董得起肩扛吊索棒在解放碑一带转悠了半天都没揽到一个活路，正想去买个馒头来充饥，一个瘦筋筋的中年"眼镜"叫住了他，说是要送两个纸箱到观音桥。他立马来了精神，谈好价钱后便挑起纸箱直奔临江门车站，"眼镜"挟着皮包紧跟在后面。车站人很多，他东拱西钻，费了九牛二虎之力才挤上了一辆车，安顿下来后却发现"眼镜"不在了。他以为是挤散了，踮起脚尖四下张望不见人影，这才感到不对头。到了观音桥车站，车上的客都下光了还是不见人。他心想，可能是这趟车没挤上，可等了三四辆车，还是不见"眼镜"来。他抖抖索索地揭开纸箱窥视，发现是一摞摞的纸张文件，他想干脆卖掉算了，两大箱估计有 30 公斤，可以得几十块钱。可又觉得不妥，左思右想，他决定返回原地。"眼镜"是在颐之时附近喊的他，下车后他就径直到那里去坐着，几个棒棒围了过来。

　　这时，有个过路的警察看见几个人鬼头鬼脑地围在那儿，就走过来问是啥子事，董得起吓得汗都冒出来了，结结巴巴地讲了情况，警察立即叫他东西挑上跟他走。事情的结局令人喜出望外，约莫半小时后，"眼镜"闻讯赶来，清点完东西后，对他简直是感激涕零，赞不绝口，当场拿出 50元钱表示谢意，还说要登报表扬他。原来，"眼镜"当时没挤上车，又错把观音岩说成观音桥了。董得起这时才晓得他差点当废纸卖掉的是几百份重要资料。第二天，某报以显著位置报道了这件事情的前因后果，市民都交相称赞这是一个好棒棒。董得起兴奋之余，生平第一次自费买了张报纸揣在身上，不时地拿出来展示一番，这才有了后来"太空火锅城"古经理对他的赏识，和现在这个喝"什锦"酒、抽杂牌烟的编外棒头的位置。

吃过晚饭，董得起打算到江边去洗个澡，不想胥可又来了，同来的还有三妹。他有些奇怪，就问他们哪个走到一起了。胥可说：

"我们在交朋友。"

三妹抿嘴笑着，一副幸福无边的样子。

董得起一直对三妹有些想法，听了胥可的话心顿时一阵下坠，气也出不匀净了，但又不好说啥子，只得硬撑着招呼应酬。三妹听说他要下河洗澡，也来了兴趣，于是三个人便一起去了。下水后不久，三妹和胥可便打起水仗，那股亲热劲，确实不像一般关系。董得起感到一阵绝望，女娃子不是你的，你没得这个福气！有一霎，他真想一头扎进水里永远不起来算了，就在这当儿，耳边响起三妹的惊叫：

"哎呀糟了！快拉他一下！快拉他……"

他回头一看，原本玩得不亦乐乎的胥可像遭水鬼抓了似的，在水中一沉一浮地乱抓乱打，原来这小子乐极生悲，腿肚子抽筋了。他赶紧游过去，想从后面挟着他的颈子往回拖，不想小子求生心切，竟扑上来死死地扭住他不放，反倒使他呛了几口水，他使劲一蹬才算脱了身。这时胥可已完全乱了章法，作垂死挣扎状了，他忽然闪过一个歹毒的念头：让龟儿子淹死算了！于是悄然往后缩，但也只是缩了这么一下即赶紧刹车了，见死不救枉为人呀！于是，在三妹失魂落魄的哭喊声里，他上前紧紧攥住胥可，拖死猪似的拖回了岸上。胥可趴在石头上吐了一地的水，总算慢慢缓过气来。看着破涕为笑的三妹，董得起的那股气又上来了，他使劲地在女娃子的屁股上揪了一把。女娃子瞪了他一眼，却没哼没叫。胥可垂着脑壳，有气无力地说：

"董哥子，有了这可的救命之恩，你我以后就是亲兄弟了。"

"亲兄弟也得明算账呵！"董得起不假思索地回道。

18

这天，董得起一早起来便忙着招兵买马，到晚上 10 点过，他带着七八个精悍棒棒搭上了胥可开来的东风车，胥可休息了一天一夜，又恢复原样了。

当车子进入渝北区地界时，胥可告诉他，他们此行实际上是去偷东西。

"给你明侃是因为我昨天说过，我两个已经是亲兄弟了。"胥可熟练地打着方向盘，一副推心置腹的样子，"等会儿你督着这些人好好干，事成之后我决不会亏待你，懂得起吗？"

"懂得起……"董得起有一种四肢发软，立马就要瘫倒的感觉。尽管他一开始就对小子拉他有疑虑，但却一直压着自己不要刨根问底，反正干活拿钱，万一出了事，不管是在派出所还是以后去到阎王老子那里，都还有个"不知者不为罪"的说头，没想到胥可这小子会来这一手！是欺他不敢扳弦，还是想把他拴死，他一时想不明白。但事情本身却已再明白不过，这是去犯法犯罪！唯一的脱身办法就是马上和胥可翻脸，可他既已让你知晓了这个利害攸关的秘密，岂能随便放过你！他也想到了装病装疼之类，但觉得都太小儿科，不可能瞒过人。看来他这辈子是不得不做这件缺德事了。话说回来，就是他不做，车上的那些人也不一定会听他的，说不定还会骂他是屁爬虫，恨死一摊血哇！这样想过来之后，董得起的思维便顺理成章地转到了事情的另一面，既然我两个已是"亲兄弟"，而且明起是干的这码子事情，那么事成以后两三百块钱就把我打发了，恐怕于情于理都说不过去吧！但犹豫了半天，最后还是没把这个意思说出来。他想，胥可这小子在钱上面是够精的了，还不如给他提提进"太空火锅城"的事。于是，他将衣袋里剩下的红塔山抽了两支出来，先点起一支塞到胥可嘴上，然后给自己也点了，抽了几口正欲说话，胥可却自言自语地先开了腔：

"昨晚上三妹陪了我一夜，撵都撵不走。"

董得起就像心子被人剜了一刀，痛苦得脸都变形了。

"哥子，我晓得你对她有兴趣，到时我让给你就是了。"

董得起的呼吸屏住了，身子也不由自主地痉挛起来。他瞟了瞟胥可，发现小子好像并没有奚落他的意思。

董得起胸膛里波翻浪涌，看来那晚上没让小子淹死是对头的。但他立马又想到了刚才那件事情，要是他现在这种"编外"身份不改变，就是胥可亲自把三妹塞到他的铺盖窝里也偎不住的，于是他开口道：

"胥老师，说实话，这阵我别的都不想，只求你帮我办一件事情。"

"说！说！"胥可挥手道。

"我到'太空火锅城'也有大半年了，为人如何，做活路如何，大家都是看到的，外头早就以为我是火锅城的人了，其实呢，还是半截索索吊起的。你看能不能给古经理谈一下，把我这个'编外'转成'编内'，我也好安安心心地不往别处望了。是恁个的话，二天你胥老师的事情只消一句话！"

"你想进去？进去了就没得你现在恁个自由了呵！"胥可想想后说道。

"我们这号人讲究这些啥子哟，只要饭碗稳当，多几个数数就行了。"

"你想进去做啥子？"

"当然最好是学点手艺哟，比如下料熬汤就可以。"

"好，这事儿就包在我手头了。"

董得起大喜，他没料到事情会这样简单。只要这个问题一解决，他董得起就算混出个人样儿了！他仿佛看到了那帮朝夕相处的棒兄棒弟们艳羡的目光，看到了老孟的浑身不自在和三妹的千娇百媚——到时候老子天天约她下河洗澡，嘻！

开头事情还进行得蛮顺利，车子一到，内伙子就出来直接引到库房里去装货。胥可留下董得起在现场张罗，自己和那个人到里面去了。钢筋不比一般货物，上车有点费事，要搭起跳板一捆一捆地往上抬，这就很影响速度。谁知又忙中出错，跳板垮落下来，两个人当场受伤。剩下的人更忙不转了，胥可急得乱跳乱骂，但最后还是不得不延长了20分钟。

19

装好车后，车子摸着黑摇摇摆摆地往外开，不想后轮陷在了一个水凼里，全部人马都下来又是垫石头又是推，又折腾了将近半个钟头，车子才吼叫着爬出来。可就在此时，胥可发现周围好像有手电和人影在闪动，猛打方向盘想从另一条路出去。但哪里还来得及，一大群夜巡人员拥上来挡住了去路，雪亮的手电光射得胥可和董得起睁不开眼睛。

"下来！"有人厉声叫喊。

两个一下车便被一副手铐并排铐了，接着其他人也被赶了下来。董得起的脑壳顿时嗡嗡直响，心跳得犹如擂鼓一般，但看看胥可，却平静得像无事一样，他于是就强令自己也镇静下来。

"没关系，小菜一碟。"胥可趁那些人不注意，悄悄地对他咬耳朵道，"到时你帮我顶一下，就说我是请来开车的，与此无关。我熟人多，保证三天之内把你弄出来。不然我两个都要遭死整，懂得起嗻？"

董得起觉得这样有点儿不对头，但又不晓得哪个才对头，情急之中想到，先出去一个想办法确实比两个都关在一堆强，于是颤声颤气地回道："懂得起，懂得起，但你一定要快点来哟！"

别的棒棒经盘问后当场就释放了，只有胥可、董得起和那个内伙子三个被带往派出所连夜突审。董得起按照胥可的招呼，一口咬定说他只是司机，但他也没有将事情一股脑儿扣到自己头上，只是说雇他们来的老板先坐小车跑了，至于那个内伙子则据实说根本不认识。

也不晓得哪个回事儿，第二天一早，那个内伙子先放了（后来才听说他把自己说成是遭几个蒙面歹徒用刀逼着就范的）。到了中午时分，胥可也被放了，只有董得起一个人被留了下来。

苦熬了半个多月，董得起终于被开释了，比胥可许的愿长了五倍。但他并没有怨言，这种事情哪能比着箍箍画鸭蛋——没得点走展呢！不管哪个说，总算咬着牙熬过来了。帮了这种死忙，求胥可那作事情总该把稳了嗻！

在朝千路上，董得起和老门长不期而遇，他本想做出点英雄姿态给这位退休民警瞧瞧的，不料老头子却用一种不屑的目光上下左右地打量了他一番，说道："喂，你是哪个搞起的哟——去跟胥可那种人胡搅？"

"胥可又哪个嘛？"他不了然地反问。

"还哪个嘛！几进宫的人了，而且一直在吃粉，坑蒙拐骗无所不为，你不晓得？"

董得起吃了一惊："他不是古经理的外甥吗？"

"是，这不假，但古经理把他弄来是为了让他学好呀！"

董得起无话可说了，愣了半晌才问道："他人呢？"

"失踪了，听说到福建去了。"

"走了多久？"

"你们出事的第二天就走了。"

"几个人走的？"

"那就弄不清楚了。"

"我是说火锅城，不，我是说……说三妹，三妹跟他走了吗？"

"不说还好，说起来都是那小子造的孽，女娃子住医院做人流了。"

董得起只觉得两眼发黑，头上一股一股地冒起虚汗来，他勉强稳住自己，艰难地问道："我的事情古经理他们都晓得了？"

"不晓得？不是古经理叫我出面联系，说明你的情况，你就能出来？"

董得起垂头丧气地往火锅城走去，只听有人在远处喊："董得起，你娃怕是还没有懂起哟！"

他板着脸，不理不睬，周身却像有蚂蚁在爬。忽然，他像想起什么似的，从衣袋里摸出那个已经压扁了的红塔山烟壳，从里面倒出最后一支烟来衔在嘴上，左摸右摸发现打火机不见了。刚才派出所归还他的私人物品时打火机明明是和烟放在一起的，怪了！莫奈何，他只得到附近的烟摊上去借火，烟摊老板觑觑他手上的烟，撇撇嘴说："假的。"

他心头咯噔了一下，径自走开了，同时仔细地品尝着那烟的味道……他发现那烟真的有一股异味。二辈子都不和这种烂人打交道了！也莫再去做那些不着边际的梦了，还是各人老老实实地凭劳动力吃饭好些，活起不担惊受怕，死了也不会遭下油锅。

陷　阱

杨耀健

20

　　银根紧缩那阵子，董得起的日子不好过，他不晓得宏观调控是怎么回事，只知道顾客出手紧了。以往担挑行李下河送客，一块五到两块钱是少不了的，这两天呢，从六码头挑东西往上走到朝天门转盘，能挣一块钱就不错啦。你安心讲点价钱，那些旅客立刻不耐烦地说："各人走，赶中巴到菜园坝也要不到一块钱！我另外找！"

　　一块钱能派啥用场呢？能吃二两小面，或是在小客栈睡一夜。

　　毛三和锤娃子气哼哼地说："是那些新来的栽贼把行情搞坏了，也太贱了，七八角钱都愿挑上坡，这不是明摆着抽你我的底火么？好嘛，老子们明天摆平他几个，看他们还来不来抢饭碗。"

　　董得起摇头说："唉，那些新来的也造孽，坝儿还没踩烫，就要给屋里人兑钱养家活口，你们莫去整人家。"

　　"那就听凭他们这样杀价吗？"锤娃子气愤地问道。"哪个人屋头没得婆娘娃儿，总不能把业务都拱手相让吧。"

　　"还有个办法，就是不让他们上趸船。"毛三若有所思，"听说市里要规定下力人穿黄褂褂。我们先去登记注册，搞成正份，这样就可以把他们挡在外头。"

"登记？亏你想得出来，先不先就要遭一坨冤枉钱，多的都去了。"锤娃子坚决反对。

董得起搔了半天脑壳，赞同毛三的主意，隔天把这群棒棒领去办了手续，每人都领件黄色号衣穿在身上，冷眼一看很像旧戏里的太监。趸船上的熟人也关照，让他们先上船接人，其他野棒棒在岸上急得不行。可是公款旅游者大为减少，赶船的多为平头百姓，价钱上的计较颇为认真，弟兄们差不多半个月未打牙祭，酒也喝不成。

入秋后是旅游淡季，赶船的人只见少，不见多。秋分那天，十几个人拢共只找到九块钱，晚上只好搭伙煮清水面充饥。

直到那天为止，董得起还没认真操过心，能在重庆城找个小客栈的角落容身，他已相当满意。家乡那边的人都以为他在六码头混出了人样，教育后生时都说："你娃娃长进点，二天跟着董叔叔到大城市去风光。"而今眼目下，弟兄们如此窘迫，他不得不出点主意，他是棒棒头，肩上的担子重哩。

"我今天要给你们办件大事，不过大家都要凑几个本钱。"董得起搁下面碗，用衣袖擦着嘴说，"你们把应急的老窖都拿出来。"

"大哥，你这葫芦里卖的啥药？莫不是又要去买彩票？上回你说要中头奖，结果只得到一只铝锅，我们这回可不敢再拜托。"毛三基本上没吃饱，说话有气无力。

"你娃懂个屁！"董得起被戳痛伤疤，冒起火来，"人不发横财不富，马不吃夜草不肥。"

"哦，那你的意思是要去拐骗人口啰？男娃儿三万，女娃儿一万。我提醒一声，那可是要判重罪哟，我们不冒这种险。"锤娃子也在顶嘴。

"胡说八道，老子讨口也不干那种伤天害理的勾当，老子挣钱输赢都在明处。"董得起申辩道。

"那你是要去大赌一场？"

董得起但笑不语。是的，他知道一个去处，搞啥名堂的都有，唯一的规矩是现过现，从不赊账赊欠。要是他手气好，一晚上赢它个千儿八百不成问题，弟兄们就能将就度过业务清淡的秋冬。

他也不避人，将马夜不离身的腰带解下来，撕破线缝，取出一张橄榄

147

绿的大钞说："大哥，我带头凑五十块。丑话先说在前头，分红时出得多的人分得多。"

21

众人知道董得起有两把刷子，也确曾赢过不少钱，因而都踊跃凑份子，或三十五十，或十块八块，唯有毛三、锤娃子叫穷，死活不愿掏老窖出来。

"砰"的一声，董得起猛砸一下床铺，双眼圆睁，逼视着那两个不愿交钱的："我说你两个也是，当初大家都立得有誓，有福同享有难同当，今天无非叫你们出点钱，又不是喊你们挖眼珠，格老子就这么现怪象。算了，从今以后大路朝天，各走半边！"

毛三一见势头不妙，畏畏缩缩脱下胶鞋，从鞋垫里摸几张揉皱的"大团结"交过来说："莫见气，莫见气，我信得过董大哥，把回家的盘缠都交给你。"

锤娃子也忍着割肉般的痛苦，从他那根竹棒棒的活门芯中掏出一卷钞票，大约三四十块，不声不响放到桌上。

怀揣着众人凑的 500 多块钱，董得起脚下生风，穿街越巷，来到一座破旧的小楼前。门口立着一人，认得他，亲热地招呼道："董大哥，多日不见，你又发福了，等会儿整到大着，怕是该你请客。"

"好说，好说。"

董得起一头钻进屋去，里面乌烟瘴气，呛得他直咳嗽。外屋有四桌麻将，10 元一颗筹码，赌客们叼着烟瞪着眼，一门心思凑搭子，对过上过下的人瞧也不瞧一眼。打麻将若嫌费时间，里屋还有三桌人，一桌掷骰子，一桌推牌九，另一桌用扑克牌押"托儿霸"。那正是董得起自认的强项，遂去桌边坐下，要牌下注。

押"托儿霸"用不着大高技巧，反正每人发五张牌，其中三张要凑成10 点，剩下的两张点数相加，谁大谁赢。其每注 10 元起 100 元封顶，几分钟便是一局，比搓麻将快当得多。

董得起求稳，起初每注只押二三十元，却说那牌运虽无知觉，却极有灵通，最是跟着人的兴头走，董得起是背水一战，早已下定破釜沉舟的决心，牌风自然旺盛，不及 10 手，他口袋里已装进 600 多元，好不快活。

对面的胖子敬支烟过来招呼道："董头，这一向怕是挣了大钱，买私房没有？"

董得起瞥了一眼觉得眼熟，原来是在"太空火锅城"打过照面的吴胖子，听说他专搞旧房买卖，挣了不少票子。因而回应道："买是想买，还差一大截票子。"

吴胖子摸进第 4 张牌，对董得起说："我没搞私房生意了，最近融资到云台乡，开拓大有潜力的事业。"说着他取出名片来散发，上面赫然写着"千古佳城云台乡公墓筹备处主任常务董事"，名片是覆膜烫金的。他还许愿说："老董，假若你给手下那伙人都买块坟地，我给你优惠价：1200 元一个坑带墓碑。"

"你拿这玩意儿给我做啥？"董得起觉得晦气，"我这把骨头好歹要叶落归根的。"

吴胖子摸进第五张牌，先将凑成 10 点的 3 张翻开让大家过目，又道："话莫说早了，你我这辈子为啥打烂仗？就是老祖宗坟地的风水不好。云台乡的风水真霸道，阴阳先生看过的，说是有龙脉，你埋到那里，儿孙后代中至少要出一位省长，不信我愿跟你打个赌。"

"人死了还打个屁的赌啊！"董得起手里的牌不成气，这把输定了，恼火得很。

吴胖子胜出，慢条斯理将桌上的注金全部揽到自己面前，笑呵呵地说："不急，不急，过几天回话也行，名片上有我的传呼机号码。"

这家伙一打岔，董得起的牌运顿失，败兴慢慢卷将过来，其间虽有小胜，先前吃进的钞票却退潮般吐将出去。董得起燠热难耐，把外衣也脱掉，开始下 50 块左右的大注。有手牌他摸到 9 点，以为胜券在握，临到亮底牌前又添几十块进去，不料庄家手中握的是 10 点的"大马估"，赔得精光。

22

董得起折了锐气，退而求保本，心头已自虚了几分，那霉运便毫不留情逼将过来。总共不到一个钟头，500多元赌资化为乌有，宛若春梦了无痕迹。

一想到弟兄们明早连稀饭钱也没有，董得起汗流满面，哀求吴胖子借点钱翻本。

吴胖子脸色一沉，道："这里的规矩你懂，哪有将就别人的骨头熬汤喝的道理呢？各人回去找钱，明天请早。"

董得起还在苦苦哀求，其他两桌的输家早就吼将起来："快把这个丧门星轰出去，免得霉我们！"

董得起连连解释道："我没闹，真的没闹。我把弟兄们的伙食钱都输光了，脱不了手，想找吴先生借几块钱再押一把，若是我这把输了，二话不说马上走。"

"输了该背时，喊你滚你就快点滚！"一个壮汉没动，脸上却布满杀气，老天爷，这壮汉的一只手是假手，上面装着几根锋利的铁锥，好不骇人。

董得起赖不下去，只得走出来，踽踽摇回小客栈。途中，他遇见协助联防查夜的门长。门长见他萎靡不振，关心地问道："今晚没去喝二两？"

"业务从没这样孬过。"董得起边走边答话，"那些荷包里有票子的人都不见了。"

"听说你们组织起来，还领了工作服，这样就好。大城市机会多，业务总会有的，如果遇上麻烦，可以找我联系。"

董得起已走出老远，他心疼那几百块钱，什么都听不进。棒棒们横七竖八倒在地铺上，满怀希望去吃夜宵，一听说他已两手空空，顿时傻了眼。毛三失魂落魄，锤娃子咬牙切齿，屋里的气氛异常紧张。他找出一包头痛粉愁眉苦脸吞下去，抱着头蹲在地上，棒棒们围着他，像从前斗争地主老财似的，字字血声声泪，要他偿还赌资。

他在飞快地转着脑筋，因为他明白这伙人最迫切的愿望是痛打他一顿，然后每时每刻都会追着他讨债，除非他跑到外国去。

他绞尽脑汁搜索枯肠，终于想到一条出路，站起身来说："有了，我保证你们明天有饭吃。"

众人似信非信地饿着肚子睡了，唯有锤娃子不眨眼地监视董得起，提防他半夜偷跑。

董得起是条硬汉，他没溜之大吉，第二天早上灌了一大盅盐开水，跑到医院去献血。一家伙放掉三百毫升，捧着那钱眉开眼笑，把众人领到路边摊上去吃油条豆浆，管饱。及至众人撑得打嗝时，他把胸膛拍得嘭嘭响："看见没有，大哥我身上开了家活银行，手头紧就上医院支现钱来花，比上储蓄所还更当。放心，昨晚向各位借的钱包还，顶多一个礼拜我就可以再来放血。医院的检验员都说我血型好，是万能输血者哩。"

"大哥，你看起来瘦筋筋的，吃得消么？"毛三杀牛宰猪从不手软，偏就怕抽血这码事，有人讲很折阳寿。

董得起听了一笑："多谢关心，本人体壮如牛，我怕什么！吃几顿饱饭，睡个半天一天就屁事没得了。不瞒各位说，有几年，我就偷着这么干了，不然我那一大家子人靠什么养活？"

"抽血真的不伤身子？"有几个年轻的棒棒听得心痒难熬，忍不住刨根问底。

"没事，我听医生说正常人的造血功能极强，况且属于新陈代谢，不抽白白浪费了。只要按规定三四个月抽一回，对身体不仅无损害，相反还能刺激造血功能。说来你们不相信，我当年常抽血那阵子，连感冒都很少得，而且额外发几张肉票糖票，卖掉又是一笔小钱。"

大家听了暗暗羡慕，沉默了半天。终于有个小伙子启齿道："董头，我也想去试一下，麻烦你引荐。"其他人虽未开口，却也不禁怦然心动。

"不行。"董得起可绝道，又摸出个发黄的小本本晃晃说，"你们没有献血证，医院不接受。"

23

董得起讲的是实话。按规定，输血者每年须进行一次全面体检，每次献血前还必须进行血红蛋白、肝炎表面抗原以及体重、脉搏、体温、血压和肝脾心肺方面的检查，方可发给献血证。他没讲的是这里面还有些道道，打通关系就可免去一些麻烦。他认识的一个人，手上竟捏着好几个献血证，出了医院接着就去血站，业务好得很。

他一直不肯帮忙，因为他想起昨夜他们差点杀了他就觉得委屈，直到一向嘴硬的锤娃子也下了矮桩，他才装作勉为其难的样子，叹口气答应道："我这是为朋友两肋插刀，你们今后莫拿我当外人，还有……"他动动指头，意思是说还要花点钱去打点，众人也都赞同。

开后门献血在大城市行不通，得去邻近的区县，于是他们坐了几个小时的长途车，赶到某县去捅关系。据董得起讲，某县人民医院的检验员好说话，一进贡马上给你抽血。

大家忙着去"关饷"，争先恐后往外走，董得起又拦住他们，叫毛三去秤一斤白糖，将就车站有开水兑了几大碗，每人都喝得肚子胀。董得起开导他们说，如此这般便可将血液稀释，免得吃亏，"学着点，我走的桥比你们走的路还多。"

县人民医院就在那里，雪白的墙头涂着红十字，庄严神圣，门外是健康幸福的生活，门内是疾病和痛苦。

董得起叫大家坐在长凳上等着，自己则轻车熟路，直奔检验科。他跟这里的检验员私下还有个协议，那就是他每介绍一名进贡的献血者，就可以拿到几块钱回扣，钱虽不多，白捡到手却也划算。

还是那个熟悉的窗口，像是大食堂卖饭的地方，然而站在窗口的却不是从前那张熟面孔。

董得起赔着笑脸打听道："医生，卢大姐今天当班不？"

那个检验员抬起头来，厉声问道："你找她做什么？"

"嘿嘿，我们这种人找她嘛，当然是来献血的。"

"有献血证吗？"检验员一副公事公办的样子。

"我是有的，但我带来的十几个人没办证，还请你和卢大姐多帮忙，折扣的事你们说了算。"董得起的笑容愈加灿烂，他预感这个检验员也好打整。

"少来这套！"检验员突然变了脸色，"告诉你，姓卢的已经被公安局逮捕了。"

董得起大吃一惊，赶紧问道："卢大姐犯了啥法？"

检验员摇晃着试管说："报纸早就登过，难道你还没听说？姓卢的侵吞献血者的血款数万元，被人检举落入法网，判了好几年。你们这些人就是愚昧，正路不走走歪道，心甘情愿让别人盘剥。"

又是一整天，又是一个好梦付诸流水了。返城的路上，棒棒们都铁青着脸，董得起更是抬不起头。

有几天真是青黄不接，客栈老板也要往外赶人，好在几个年轻的伙伴每天去守商场，帮顾客扛大件，日子才得以维持。

董得起没脸见人，收拾衣物打算回老家，船票都买好了，没想到俞生派人把他叫去，说是太空公司业务要扩大，最近半个月都有货物来，叫他领着手下人去打临工，工钱从优。

等到工钱到手，小栈房又有了生气，毛三的臭胶鞋、锤娃子的竹棒棒里又窖起些钞票，董得起则早早打了几斤白酒，润润干渴已久的喉咙。门长说得对，大地方机会多，天无绝人之路，他们在这座城市里的价值，必须用养活自己的劳动来证明。

他们能够做到。

他们是能吃苦耐劳的棒棒军。

风雨人生

李毓瑜

24

王幺妹大名叫王惠琴，四十出头，蓄齐耳短发兰花式，身挎棕色牛皮包，是朝天门经营服装的个体户。"太空火锅城"离她的摊位不远，收了生意，王幺妹时不时地去那儿小坐，烫火锅。一来二去便和"太空火锅城"的经理古小琴熟了。王幺妹喜欢古小琴的长相，大方、亮丽、带喜相，古小琴喜欢王幺妹快人快语，有口无心。自从结识了古小琴，王幺妹心里就装不住事情，什么都要一根肠子通到底地向古小琴说，说完了就轻松了，没事了。

说起王幺妹也不容易，坎坎坷坷地走过来，也有一把辛酸泪。

早年她下过乡，在大巴山当知青时，和当地的一个铁路工人结了婚。那工人不识字，长得很丑。放在水里泡不出一个，放在岸上气不哼一声。但很疼女人，对王幺妹百依百顺。那时，王幺妹只有十八九岁，高矮胖瘦横看竖看都顺心。当时，王幺妹的老爸正被城里的造反派揪斗，他爸早年在黄埔军校受过训。

但这个领导一切的工人阶级一点都不嫌弃王幺妹，把她捧成心窝上的一块肉。和王幺妹结婚后，他每月给她20元。那钱在农村足以让王幺妹吃香的，穿好的，所以她在农村根本没有受过什么苦，被那工人养得白嫩白嫩的。生下女儿后，王幺妹索性住进了城里，每年由工人拿钱去买工分。不久，知青大返城，王幺妹带着女儿回到了重庆。工人每月寄的几十元钱，简直叫做无法用。城里不比乡下，王幺妹处处被人瞧不起，为了生活，王幺妹当过剥橘柑的临时工、代课老师、给缝纫机锁过扣眼……后来城里时兴做生意，王幺妹去工商局办了一个执照，借了点钱，在新华路摆起了卖麻将的摊子。王幺妹的摊子旁边有一个卖香烟的男人，比她小四岁，和她有点投机。那小伙子的眼睛很盯事，有时帮王幺妹看摊子，有时帮王幺妹照看女儿。那男的没结婚，王幺妹又空着，孤男怨女，咫尺相隔，两人就生出了男女之间的那档子事情。不久，两人租了间房搬到一起，中间扯起个布挡子，10岁的女儿小春住外边，他们两人住里边。

两人同居后，王幺妹回了一趟大巴山，和那工人离了婚。回来后两人香烟也不摆了，麻将也不卖了，合伙在新华路做起了服装生意。

王幺妹心灵手巧，在书上、电视上或大街上，看到抢眼的服装款式，便暗暗地在心里记下来，画出图样，请工人连夜赶出来，然后让男的拿到新华路去批发。她还时不时地去广州、浙江、武汉进货，看行情。王幺妹一门心思扑在生意上，扑在钱上，让男人在家里经营、发货。这样苦做了几年，王幺妹就有了一笔可观的积蓄。王幺妹用钱买了一套二室一厅的房子，还请了个丘二帮男人做下手，自己依然风风火火地在外闯荡，把女儿小春留给了男人，把空荡荡的房子留给了他们。

王幺妹眼里只看到钱，没有看到女儿小春已出落成十八九岁的一枝花，有如当年横看竖看都好看的自己。王幺妹对小春陌生了，她男人对小春却熟悉了，小春吃生猛海鲜、穿高档时装、抽摩尔烟、打保龄球……变成了时髦女郎。

一天夜里，她男人带着小春从香园大酒家出来，小春喝得烂醉如泥，倒在了他的身上。那时，王幺妹正在广州进货。回到家，男人把小春放倒在了他和王幺妹的床上。第二天醒来，小春才发现自己睡在妈的床上，继父躺在一边说："你妈从农村回城后抛弃了你爸，现在做生意又抛弃了我们俩。这是她自找的，也算替你爸出了口气。"小春看着这个继父老汉，望着墙壁半天说不出话来。

1996

第贰棒

155

　　王幺妹从广州进货回到家里，发现家里与往常不一样了——桌上没有她喜欢吃的清蒸乌骨鸡，男人对她不理不睬，女儿小春呢，则不在家。她以为又是小春和男人吵了架，小春娇气，光吃不做，男人看不惯，这在从前是常有的，王幺妹这次也没在意。后来，王幺妹又去广州进货，遇上大雷雨，飞机起飞不了，深夜她只好从江北机场打的回到家里。进了屋，发现自己的房里有女人的说话声，走近一听，竟是女儿小春的声音，她不相信自己的耳朵，猛地一推门，小春正睡在男人的旁边她的位置上，赤条条一丝不挂，她差点昏了过去。难怪，这一阵子男人对自己冷淡，对女儿小春比对自己还要好。小春要去南温泉阳光度假村，男人陪着，小春要铂金戒指，王幺妹舍不得，男人说："娃儿要就给她买。"原来葫芦里卖的是这号药。

　　王幺妹脸白白的，手抖抖的，男人倒也坦然："反正你总要知道的，现在你知道了，也不算晚。"

　　王幺妹一下子瘫在了地上。她边哭边说："小春，你……你，你这样做，眼里还有没有我这个妈哟？"

　　小春说："那你从农村回来，眼里有没有我爸爸？"

　　"你……你……"王幺妹手指着小春，你给我滚！"

　　小春站起来穿好衣服说："滚就滚，哪里找不到一口饭吃。"

　　男人说："别忙，要滚我们一起滚，这里我早就烦了，这几年，你都变成了钱串子，心里除了钱，有谁，有我吗，有小春吗？你照照镜子，看看你自己，有钱又怎么样，有钱的款婆多的是，你以为我是那个铁路工人，你还是那个知青，哼，黄脸婆一个，一点情趣都没得。"

　　王幺妹呆了："情趣，当初你从山上下来，站无立锥之地，腰无半文银子，懂什么情趣？好歹我也是个初中生，你算什么！除了写得起各人的名字，大字识几个？你也配在我面前谈情趣？这几年来，我哪点对不起你，你是人还是畜生？你……"

　　话没落音，"哗"一般狂风刮了进来，一道精亮的闪电把屋子扯得惨白，"咔嚓"一个大炸雷从窗外滚了进来，淹没了王幺妹的哭声。

男人被大炸雷吓了一下，急急地说："不说恁个多，一句话说白，反正我们又没有办手续，走起来撇脱。"

王幺妹站起来抹干了眼泪："好，今天是我的劫数，要走的远走高飞。小春……"王幺妹突然软了下来，"你……"

小春说："要我不走也可以，你得和爸爸复婚。"

"复婚？"王幺妹痛苦地摇摇头，她再不能重复历史的错误了，她要做一个有主见的女人，和喜欢的男人在一起。

小春走了，拿着一笔钱，同男人去云南那边做玉石生意去了，留下了空荡荡的屋和王幺妹一个人。

这一切过去都两年了，新华路服装市场也迁到了朝天门，后来，王幺妹就成了"太空火锅城"的常客。和古小琴也成了莫逆之交。慢慢地，王幺妹和常来火锅城的食客熟了，其中有一个高高瘦瘦的、沉默寡言的男人引起了她的注意。他差不多每隔十天半月就要来这里一趟，要一瓶啤酒、几碟子菜，就着翻滚的火锅烫几片毛肚、几根鸭肠，呷一口啤酒。问古小琴，古小琴说："这男人人称张二哥，是工厂的，好画几笔画，写几个字，心血来潮，便把字画拿到夜市上换几个钱，然后来这里自在。"

26

王幺妹记下了古小琴的话，对张二哥就多了几分心眼。多了几分心眼的王幺妹，来"太空火锅城"也多了几分打扮。一次，王幺妹见张二哥独坐一桌，便凑过去说："你这个大哥，真自在呀，镶一个，热闹些。"

男人的身子挪了挪，点点头。

一回生，二回熟，只要张二哥去"太空火锅城"，王幺妹便过去和他镶着。慢慢地言来语云，王幺妹知道了张二哥的大名叫张中华，是家具厂的待岗职工，每月拿100元生活费。妻子嫌他穷和他离了婚，带走了女儿，张二哥就独自一人过日子。好在他有早年养下的画画和写字的爱好，多少能弄几个钱。他白日里画几笔修竹，点几朵梅花，或铺开宣纸龙飞凤舞一番，看看差不多了，便找一个热闹的夜晚，去人多的地方，摆上字和画，自己则蹲在旁边，静等收钱。遇上运气好，一夜能收入七八十元，运气不好，也够上"太空火锅城"小酌一番。其实，张二哥对待岗没有什么怨言，他更欢喜他现在这样自由自在的生活，只不过他心里有个愿望，攒点钱，日后去黄桷坪的美院进修进修。

可这钱，也不是那么好挣的。做生意，他一无资金，二无路数，肯定打倒的多，靠款婆他又不愿意。只不过王幺妹这个人，说实在的，她没有款婆的骄横之气，也没有款婆的盛气凌人，他觉得王幺妹倒是个和和气气、琐琐碎碎的小女人，善良而多情。

王幺妹呢，觉得张二哥有学问，既不像大老粗的铁路工人，也不像小她几岁的二杆子男人，是一个称得上汉子的有味的男人。

一日，王幺妹收了摊来"太空火锅城"，早起太忙，少穿了件衣服，嘴乌乌的。张二哥见了，说："怎么不多穿件，凉了要吃药的。"

王幺妹心里一热，嘴动了动，眼睛里便湿了。她看着张二哥，突然有了幸福的感觉。

古小琴走过来，恰好看到了这一幕，她抿嘴笑了笑。

这一夜，王幺妹和张二哥的火锅烫了很久很久，古小琴等客人少了些，也来他们桌子上喝酒。

张二哥很高兴，脸喝得红红的，话也多。他讲了当知青下乡在巫山的事，讲了他在农村的初恋。他看上了邻队的一个女知青，一双大大的眼睛，鼻翼上有个美人痣。为了偷偷地看她一眼，张二哥翻山越岭，赶了几十里漆黑的山路，走到了女知青的生产队。女知青的门虚掩着，漏出一线摇曳的黄光，随着那线黄光，女知青优美动听的《山楂树》缓缓地淌了一地，溢满了躲在暗处的张二哥的心。张二哥说到这里，眼柔柔地望着王幺妹，轻声地哼了起来。

"歌声轻轻地荡漾在黄昏的水面上……"轻盈缓慢、一唱三荡的旋律，感染着古小琴和王幺妹，感染着店堂里还没有走的客人。大家都静下来，静静地听着。有客人随着张二哥轻轻地哼了起来，王幺妹泪光盈盈，感动得只想哭。因为张二哥的《山楂树》唤起了她学生时代那些美好的时光，唤起了她少女的情怀和感觉，张二哥帮她找回了在坎坷岁月中，她遗忘了的最珍贵的东西。

古小琴则想到了父母的离异，中学未念完的出走，以及"太空火锅城"打工的经历。

突然，有人推门进来，大声叫着："王幺妹，公安局的人来了，叫你立马回去。"

"什么事？"王幺妹一惊。

来人说："不知道。"

王幺妹望望张二哥，张二哥站起来："好，我们马上回去。"

古小琴示意门卫，给他们招了一辆红色的奥拓。

27

张二哥和王幺妹急急地赶回家，只见两个身着橄榄绿的人迎了上来："你是王惠琴？"王幺妹点点头。

"你女儿在云南那边走私海洛因，被我们抓住了，和她同去的那个男人拒捕顽抗，在边界线上被打死了。"

王幺妹心里一抖，额上惊出一串冷汗，脸色煞白，张二哥忙上前扶住了她。

"我女儿她，她关在哪里？"

"看守所。不过，我可以告诉你，你女儿走私海洛因的数量已构成了死罪。"

"我……她……"王幺妹抖抖的，话不成句，"我，我可以去探监吗？"

"可以，半个月后。她需要换洗衣服。"

半个月后的清晨，张二哥陪着王幺妹来到了关押女儿的地方。

远远地，女儿被人带着从另一头的深处走了出来。王幺妹简直不敢相信自己的眼睛，这就是两年前离开她的女儿么？她脸色蜡黄，目光呆滞，两年里她一下子衰老了20岁。王幺妹万箭穿心，泪如泉涌，走上去抱住女儿失声痛哭起来："小春，小春……"

小春茫然地站着，脸木木的。

张二哥走过去扶住了王幺妹。

这时，女看守走过来对张二哥说："你女儿逮捕时受了点惊吓，精神还没有完全恢复正常。"

突然，小春抓住王幺妹拼命地摇了起来："拿去，我投降，全部拿去，白粉，海洛因，我要活，我不死，我不死……"

　　"王小春，这不是你男人，是你妈，她给你拿换洗衣服来了。"

　　小春缓缓地松开了抓住王幺妹的手，嘴里喃喃地："不是他，是妈，妈……"两眼在王幺妹的脸上来回地晃，仿佛像想起了什么，死死地盯着王幺妹，突然她一下子扑过去，抱住王幺妹撕心裂肺地大叫一声："我的妈妈呀……"便一头昏倒在王幺妹的怀里。

　　探监回来，王幺妹便和张二哥住在了一起。王幺妹从来没有觉得自己是如此的脆弱，如此地需要一个男人的肩头和帮助。她把自己和张二哥同居的事告诉了古小琴，古小琴说："过段时间，还是去街道办事处和张二哥把手续办了。"

　　王幺妹点点头："我也是这样想的，等小春的事判下来就去办。"

　　没多久，小春的事有了结果，布告贴在张贴栏里："……死刑，缓期二年执行……"

　　古小琴说："死缓就好办了。"

　　门长也说："这下你女儿有救了，只要好好表现，好好改造，死刑可以变成无期，无期还可以变成有期。她现在正生病，我找熟人让他们关照一下。"

　　张二哥接过话来："那就感谢门长了。"

　　门长笑了："张二哥，你就这样感谢我，还不打酒请我喝，我们'太空火锅城'可是你的大媒人。"

　　王幺妹脸红红地笑了，这是自女儿小春出事以来王幺妹的第一次笑。张二哥心里一热，从怀里掏出前不久卖字画的100多元钱，大声说："三妹，你跑路，给门长和棒头买烟，剩下的给你们自己买糖，一个钱也不要剩。"

　　"要得。"三妹接过张二哥手中的钱，飞快地跑了。

　　"三妹，我跟你一路去。"棒头喜滋滋地追出去，"买红塔山。"

　　一个月后，小春终于恢复了正常，情绪也稳定了，她对前去探监的王幺妹和张二哥说："妈，伯伯，我一定好好改造，洗心革面，重新做人……"

　　王幺妹眼含泪花笑了："我和你伯伯已经领了结婚证，你伯伯马上要去黄桷坪的美院进修，你爸我也给他去了信，他回了信说下个月来，和他同来的还有和你爸结了婚的张孃孃。"

小春含着泪："妈，伯伯……"她哽咽着说不下去了。

张二哥说："小春，我和你妈每月都会来看你，你就好好地在这里学习、改造。"

小春挂着泪点点头，露出了久违了的笑容。

幺妹雨夜失踪

舒德骑

28

素芳决定立即赶回老家双江口去一趟!

窗边刚刚发白,素芳就迫不及待地拨通了总经理俞生的电话:"总经理,对不起,这么早就吵醒了您——我家里有急事要处理,准备跟公司请两天假。"

"有什么事比今天的谈判更要紧?"俞生口气中有几分不满。

"总经理,实话跟您说吧!我幺妹素兰写信说好,坐前天上午的船到重庆,可我到码头去接了两天,连个人影也没有!不知为什么,我有点担心……"

素芳说的是实话。从前天上午开始,她就一直站在码头等幺妹素兰。秋雨淅淅沥沥地下着,从江面上吹来的风冷飕飕的。她眼巴巴地看着下船的旅客一群又一群从她眼前走过,可就是没见幺妹的影子!

天渐渐黑了下来,雨依然下得没完没了,码头上人影昏乱。灯光迷离。从傍晚起,已经有三四拨斜眉吊眼的人在素芳周围来旋过了。

"小妹,望穿秋水,也望不到小妹的大哥!算了,跟二哥一起走嘛,凡是男人都是差不多的……"一个如竹竿般的青年连哼带说,游魂般地把一头卷发伸到素芳的伞下来。

在城里生活的这几年，作为一个人见人爱的年轻女子，素芳被这种"杂皮"纠缠的次数多得记不清了。她只是狠狠瞪了卷毛一眼，不卑不亢地啪地收了雨伞，转身就走了。

疲惫不堪。素芳和衣倒在床上，她心里七上八下、乱糟糟的——素兰比她更年轻，模样比她还出众，又是一个难得出次远门的农村姑娘，该不会出什么事吧？

素芳在码头上又等了一天，还是没见幺妹的影子！

素芳决定立即回双江口去一趟！

"好吧，那你回去看看吧！"俞生搁下电话之前，又突然想起一件事，"你把家里的事办完后，顺便到江津酒厂去一趟！他们最近生产的特制38度和45度低度酒，还比较受顾客欢迎，你争取和他们订上两三百件。"

素芳为了赶时间，出门便招了一辆红色的奥拓车。

开车的是个年轻漂亮的女司机，素芳顾不得和她讨价还价，坐上车，挥了挥手，小车就沿滨江路急驶而去。

一路无话，素芳只是想着自己的心事，她对双江口的感情非常复杂。那里毕竟是生她养她的地方，但那地方又穷又落后，人也愚昧，每当她一想起那年和吴通海在这里同居的日子，她就起一身鸡痱子。所以，她进城这几年，很少回来。她实在接受不了那些向她射来的又嫉妒、又羡慕、又鄙夷、又讨好的目光，她更怕碰到那个拿了她15000块钱在镇里开了家"夜总会"的吴通海。

还好，路虽说像被野猪啃过的一样凹凸不平，可总算通到了双江口场上。

当烫着卷发、穿着灰色衣裙、挎着精巧坤包的素芳从车上下来，果然齐刷刷地就招来满场口男人和女人艳羡和嫉妒的目光。

"哎呀，素芳大姐，就你一个人回来！素兰到重庆找你去了，你碰到她了吗？"村里的邻居石二娃问她。

"哎呀，我就是专门回来找她的呀！我在重庆等了她两天，连人影都没见到！"素芳心里更急了。

看来，幺妹两天前离开这里到重庆去，是不容置疑的了，那她会到什么地方去呢？素芳略一思忖，决定立即返回重庆！回过头，她见红色奥拓车还没走，年轻的女司机正在场边称板栗。她赶紧跑上前去，对女司机说了几句，又跑过来，拿出五百块钱，托石二娃交给她妈。

"如果万一素兰回了家，叫她马上赶到镇上给我打个电话！"

29

石二娃接过钱，点了点头，突然像想起了什么，他凑近素芳："素芳大姐，你晓得不，那个人前几天遭公安局捉去了！"

"哪个？"素芳心头咯噔了一下。

"吴通海。"

"他犯的哪样法？"

"他在镇上开的那家'阿波拉娜夜总会'，容留、唆使、引诱女招待卖淫。"

"呸，活该！"素芳此时已经完全没有心思再听下文，急急地上前拉过女司机，赶紧发动车，又飞快往重庆跑去！俞生嘱咐她到酒厂去的事，此时她也忘得一干二净。

天上依然飞着毛毛雨，路面打滑，一路又堵车，赶回朝天门，已是下午四点多钟。素芳又累又困又饥又渴，她昏沉沉地从车上下来。刚走到公司门口，突然看见门长带着几个联防队员急匆匆地往河边奔去！一问才知道趸船边浮起来一个"水打棒儿"，是个女的。

什么？水打棒儿！还是个女的！素芳听罢眼睛一黑，不是俞生赶紧从里面跑出来扶住她，她差点一头栽倒在地上！

河边上围满了看热闹的人群。

经刑警和法医勘查，水中浮起来的死者，年龄约 30 岁，剪着一头短发，身高 1.55 米。素芳这时才长长舒了一口气。死者肯定不是素兰，素兰只有十七岁，一头如瀑的长发，身高是 1.63 米。

从河边回来，公司里凡知道素芳的幺妹失踪了的人，都不约而同地聚集在素芳的办公室里。大家七嘴八舌，都替素芳分析着各种可能。正说话间，俞生陪着门长大叔进来了。

门长大叔仔细听完情况，又细眯着眼睛考虑了一下，慢吞吞地说道：

太空火锅城

"看来，素芳的幺妹肯定出了什么意外情况。她从家里出来两三天了，即使改坐火车或汽车，也无论如何该到重庆了，如果她在什么地方耽误了，也会打个电话来……"

"我看这样。"门长大叔见众人都把目光集中在他脸上，便自信地说，"我看还是往坏处多想一点好！"他指了指俞生。"这样，你马上到电视台和电台去，发个寻人启事！素芳，你给俞生一张幺妹的相片，特别要注明幺妹的特征！我嘛，凭着这张老脸，给城里各派出所打个电话，让各派出所的小子们给我查找一下！其余的人，分头去城里找一找，要特别注意临江新街原来的'太空火锅城'周围，还有，车站、码头也要多看一看……"

门长大叔不愧是在公安机关干了一辈子的老警察，三言两语，就把事情吩咐妥当。

天已经擦黑了，发霉的天空依然飘洒着蒙蒙的细雨。按照门长大叔的吩咐，大家都各自忙开了。

凌晨1点钟，出去寻找素兰的人陆续回来了，大家又饥又乏，回来后都坐在沙发上一言不发。门长大叔也早已搁下电话，坐在沙发上闭目养神。他的眼睛虽然闭着，可思维却在飞速旋转。良久，他慢慢睁开眼睛，开口说出一句叫大家都吃惊的话来："素芳的幺妹，今天下午五点钟左右刚到重庆。"

"您怎么知道的？！您见到她了！"素芳一听，一下从凳子上弹了起来，扑上前去抓住门长大叔，急切地问道。

门长大叔微微摇了摇头，问："您幺妹原先到你这里来过？"

"那年放暑假，她到我这里来耍了半个月，那时，我们'太空火锅城'还没搬到这边来。"素芳急急地回答。

"这就对了。"门长大叔微微点了点头，"今天下午五点半钟左右，一辆从火车站那边路过临江新街的中巴车，停下来上客，摆卤菜摊的朱二嫂，亲眼看见一个农村小姑娘从车窗里伸出头来，大声对同伴们讲：我姐姐做事的'太空火锅城'就在这里！可没叫几句，就被一个操着广东话的胖女人大声呵斥住了。朱二嫂总觉得那小姑娘很面熟，像在哪里见过。"

1996

第
贰
棒

门长大叔话没说完，"叮……"桌上的电话急促地响了起来！俞生拿起话筒，听着听着，眉头越皱越紧，脸色也严峻起来。须臾，他放下话筒，对所有目视着他的人说道："江北机场公安处来电话，他们看了电视上的寻人启事，在他们那里等着上明天早晨飞机的一群姑娘中，有一个和素兰非常相像，请立即前去辨认！"

雨幕中，一辆奥迪车载着俞生、门长和素芳驶进江北机场候机楼。

机场治安值班室的民警老杨接待了俞生一行，把情况简单作了介绍。

昨天晚上七点左右，老杨值班，他在候机厅外巡视时，一辆中巴车上下来了一个留小胡子的男人和一个胖胖的中年妇女，领着一群姑娘，引起了他的注意。这男人和胖女人操的是广东普通话，而这群姑娘全是四川农村妹仔。当这两个广东人的目光与老杨相遇时，老杨敏锐地从那眼神中捕捉到了一丝不易察觉的惊慌——这两个广东人要把这群姑娘带到什么地方去呢？

老杨带着疑问不动声色地走上前去，借口那男人的旅行包压坏了花圃中的花草，态度也不好，检查了他的证件和机票。对几个姑娘，老杨也很留意，其中一个眉心中有颗黑痣，样子挺漂亮，看起来像个学生，老杨下意识多看了两眼。

"于是，你一看电视上的寻人启事，就和这个姑娘对上了号——我早就听说机场有个杨公安，谁提包和皮箱里有毒品和刀具，他凭眼睛就能给看出来，果然名不虚传！"门长细眯着眼睛，插了一句话。

"回到值班室，我按这个人的居住地址和证件号码，给广州同行挂了个电话，结果，他们辖区内不但没有这个人，也没有这个身份证号码！显然，这个证件是伪造的。"

"那这两个人是干什么的呢？"素芳着急地站起来。

"这两个人是广东东莞市人。这次到四川招收了8名女服务员，据说是为宾馆招的迎宾小姐，但审查中破绽百出。刚才，我们已与东莞方面取得了联系，马上就可以把问题查清楚！"

"那素兰她们几个姑娘呢？"门长问。

"那几个姑娘现在还蒙在鼓里，做着美梦呢！"

老杨话音刚落，素芳就一把抓住门长："门长大叔，你，你跟我一起到宾馆去！我，我马上要见她！"

当素芳"咚咚咚咚"把素兰和其他姑娘从梦中摇醒时，睡眼惺忪的素兰把素芳盯了好一阵，半天回不过神来！

"幺妹，幺妹！你把姐姐害得好苦！"素芳真想给素兰一巴掌，可手刚伸出去，又缩了回来。她捂住脸，抽动着肩膀，禁不住哭了起来！

原来，幺妹素兰那天从家里出来后，临上船时，遇到了她初中的同学李心惠。李心惠告诉她，广州有家大宾馆来招服务员，月薪1000多元，条件如何如何优越。素兰被她说动了心，心想反正出来是打工，哪里好就到哪里去。她就随同学去了江津"报考"，一去老板就录取了她！她想跟姐姐打电话，可电话总是打不通。她想到了广州再写信，给姐姐一个意外的惊喜！

天亮了，当门长、俞生和素芳领着一群姑娘从宾馆出来时，看见那两个广东男女，垂头丧气，戴着手铐，正被两个武警押着从讯问室出来——根据重庆警方向东莞发去的传真资料，东莞方面证实这两个男女正是他们缉捕了9个月未果的，专门从事偷运妇女出境，强迫妇女卖淫的黑社会骨干成员。

雨终于停住了。在驾车回城的路上，门长看了看素芳一眼，又看了看素兰一眼，轻轻吁了一口气，然后，他头一歪，打起山响的呼噜来。

坐立不安

张　者

31

　　俞生开着"宝马"车向别墅驶去，他转身望望身边这位叫梦小令的女孩不由出神。确切地说这位搭上俞生车的女孩是他晚上在舞厅认识的，她说自己住江北，俞生想既然同路，便把她捎上。

　　梦小令坐在俞生身旁，仰着头，微微倾身靠在座位上，让习习江风吹在身上。梦小令说话的时候脸上没有任何表情，她微闭着眼，小张着口，睫毛抖动着，有一颗晶莹的泪珠，沾在睫毛上，迟迟不愿下来。

　　俞生望望她，心想多好的姑娘呀，怎么会成了坐台小姐呢！俞生忍不住问；"能谈谈你自己吗？"

　　"我为什么当坐台小姐？"

　　俞生没吭声，等着她说话。

　　"有烟吗？"梦小令问。

　　"有！"俞生将一包"三五"递给了她。梦小令点了一支烟，深深地吸了一口吞了下去。俞生基本上没见什么烟雾从她嘴中吐出。好大的烟瘾呀！俞生想。真是一位谜一样的女人。

　　"我当坐台小姐是为了我的父亲！"

　　"什么？"

"我父亲教了一辈子的书，到退休了还是一个讲师。父亲没评上高级职称，是因为没有专著。父亲对宋词很有研究，没出书的主要原因是为了母亲。母亲身体一直不好，父亲里里外外一把手，除了上课，就是照顾母亲和我，哪有时间著书立说。父亲说，学问在自己肚子里，谁也抢不走，时间越长越好，就像陈年老窖一样。书早晚都有时间出。两年前母亲去世了，母亲去世前拉着父亲的手说，我这辈子拖累你了，真是对不起，我死后只有一个心愿，就是希望你将来能出一本大书，把书和我的骨灰存放在一起。"

　　"于是，父亲决定出一本宋词研究的专著，一来是对他一生研究的总结，二来是还母亲一个心愿。"

　　"父亲一旦决定倾其所学著书立说，就啥也不顾了，夜以继日，一头扎进他的宋词里。我多次提醒父亲，注意身体，不要那么拼命，他总是笑一笑说，不搞快点，怕是来不及了。"

　　"其实我好傻，父亲那时也许已经知道他的时间不多了。后来，父亲的书稿终于完成了，近50万字。父亲完成书稿那天好高兴，破例地还喝了点酒。可是第二天，父亲便起不了床了。我连忙把他送进医院，经检查医生说是肝癌，而且已经到了晚期。我痛不欲生，拉着父亲的手大哭。父亲在病床上摸着我的头说，好孩子，别哭！你已经是大姑娘了。爸爸临死没有啥要求，就是希望能看到书稿付梓的那一天。我对父亲说，你放心吧！我一定让你看到你的著作问世。"

　　"于是，我便背着书稿找了出版社，出版社古典文学编辑室的编辑们看了书稿，都说这是一部难得的著作，出版是没有问题的。可是，一个月后出书的事却石沉大海，父亲一天天地消瘦下来了，我每次去医院看望父亲，他都用一种期待的目光望着我，我知道他期待的是什么！我忍不住又去了出版社，出版社的编辑告诉我，《宋词研究》才征订了几百本，离出书的要求相差甚远，所以一时半会出不来。我急了，当场便哭了起来。我说，父亲为这部书稿耗尽了最后一滴心血，他已是肝癌晚期，如果他看不到他的著作问世，死也不会瞑目的。"

　　"出版社的同志也很同情我，他们说，如果你们自己能包销两千册，这问题就好解决了。我问两千册要多少钱？他们说，不开稿费，按成本价也得七八千。我一下蒙了，父亲一生清贫，母亲一直生病，家里一点积蓄都没有。钱、钱……我第一次感到了钱的重要。"

"后来……"

俞生缓缓地将车停到了别墅门前，俞生说："我到了！"

"呀！我坐过地方了，你怎么不早说。""我也不知道你的家在哪！"

"送我回家好吗？"梦小令试探着问。

俞生望望梦小令，有些结结巴巴地说："愿意到我那里坐会吗？"

梦小令笑笑，不置可否地发出了一串鼻音。

32

俞生的花园别墅着实让梦小令睁大了眼睛，她就像灰姑娘走进了宫殿那般，立在客厅里东张西望。俞生或许还沉浸在那故事中，在乳白色的灯光下，眼圈红着，请梦小令坐。梦小令坐在那宽大而又豪华的进口意大利真皮沙发上，望着俞生冲咖啡。

"怎么，这么大的屋没有女主人？"

俞生苦笑了一下，说："我还没结婚！"

"哦！"梦小令显然是吃了一惊，她像是见到了外星人那样望着俞生，"怎么会呢！像你这样的男人，居然没结婚！"

"怎么不会呢！没遇到合适的。"

"什么是你合适的呢！"

"只要有感觉就行。"

"那就太难办了！世界上什么都好找，就是感觉难找，特别是结婚的感觉，那种感觉必须维持一辈子。"

俞生笑了，说："看不出你还一套一套的。来喝一杯吧！"俞生将冲好的咖啡递给梦小令，然后自己喝了一口又说，"我有个提议，不知你能不能接受。"

"什么提议？"

"你不要再当坐台小姐了！"

"那……"

俞生摆了一下手，独自进了里屋。不一会，梦小令见俞生手上拿着一叠崭新的人民币走了出来。俞生将钱放在茶几上说："这是一万块钱，你尽快将你父亲的书出了！"

梦小令望着茶几上的钱，闭了下眼睛，露出一种不易察觉的苦笑，然后把钱拿在手中掂了掂分量，很平淡地说："那就谢谢你了。"

说着把钱收进了包里。

俞生坐在对面，望着梦小令收钱的表情，心中有一种阴影像雾一样扩散开来。梦小令端着咖啡望着俞生又笑了笑，眼角的鱼尾纹若隐若现。梦小令放下咖啡杯问："有热水吗？"

"热水？"俞生几乎没反应过来。

"我洗个澡，你也一起洗吧！"

"什么？"俞生愣住了。

"怎么啦？"梦小令望着一派茫然的俞生问。

"你不回家了，你要在这过夜？"俞生有些怯生生地问。

梦小令不由吃惊地抬起头，不解地问："难道今晚你不想让我在这过夜？"

"我从来没说过，也没想过和你过夜！"俞生说。

"有没有搞错！"梦小令眼睛睁得很大，"你不想和我上床，那你让我出台干什么？那你给我钱干什么？"梦小令有些神经质地问。

"我……"俞生憋红了脸，不知是愤怒还是沮丧，他一句话也说不出来，有一种被污辱的感觉。

梦小令望着俞生打开自己的手提包，将钱拿了出来说："我不需要谁的怜悯，也不需靠谁的施舍过日子。我不想欠这个世界上任何人的。既然你不想和我过夜，我自然也不能收你的钱。"

"你……你混蛋！"俞生气得脸色铁青，指着梦小令暴跳如雷。

"哼！"梦小令站起身来，"你没有权力骂我！你以为你是谁，是救世主，是上帝！你不就有几个臭钱吗？男人，男人没一个好东西！"梦小令气急败坏地说。

俞生不由深深垂下了头，他有些绝望地望着梦小令，说："我知道现在不自爱的男人很多，特别是有了点钱的男人，可是，那不能代表全部！"俞生把放在茶几上的钱拿了起来，说，"收下吧，帮你父亲尽快出书，这钱就算我借给你的不行吗？"俞生有些可怜巴巴地说。"走吧！我这就开车送你回家！"俞生说着，将钱塞进梦小令的手提包。

梦小令定定站在那里，脸色灰白，嘴唇乌青着，牙齿不住打抖。她连忙抽出一支烟，双手颤抖着点燃了，深深地吸了一口，将烟几乎完全吞进了肚子。

这时，泪水无声无息地从她眼眶里流了下来。她突然歇斯底里地喊："送我走，送我走！"

33

梦小令消失了。

俞生曾打电话到"虹影歌舞厅"，问刘拉。刘拉说她也不晓得梦小令到哪去了。

俞生知道梦小令再没去过"虹影歌舞厅"，心中还是比较欣慰的，同时，却不知不觉地陷入了一种等待中。俞生也说不清，为什么自己会这样焦虑地等待着一位和自己只有一面之交的坐台小姐的消息。要不是有一天俞生和梦小令在另一家歌舞厅相遇，他无论如何也不知道她还在当坐台小姐。

那天，俞生和往常一样，带几个客户到歌舞厅坐。当歌舞厅经理再一次将梦小令介绍给俞生时，两人都愣在了那里。这种巧遇的结果使梦小令拂面而去，逃之夭夭，也使俞生陷入一种不可自拔的痛苦之中。那种痛苦有希望后的绝望，有受骗后的愤怒……在后来的几天里，俞生被那种痛苦折磨得心力衰竭。

这天，俞生给欧阳打了个电话。他想找这位好朋友聊聊，或许会使他心中好受一些。

欧阳和俞生来到江边，并排坐在礁石上。

欧阳望着眼前的江水，静静地听俞生诉说关于梦小令的故事。听着听着，欧阳的脸色渐渐地沉了下来。当俞生说到那天晚上发生的事时，欧阳再也坐不住了。欧阳气急败坏地说："上当啦！上当啦！我们都遭骗啦！"

"什么上当啦！"

欧阳冷笑着向江中狠狠地投了块石头，说："刚才你说的这个故事，同一天的同一时刻，我在另一个女孩那里也听到过，她也叫梦小令！"

俞生听欧阳这么一说，完全被弄糊涂了。他自言自语地说："不可能！简直是不可能！"

"要不我怎么大呼上当呢！我们俩都他妈的受骗了！不可能是同一个人，除非她会分身术。那天晚上，我也给了她一笔钱。只是我没有你财大气粗，一出手就是一万。我只拿出了两千块钱。不过，我答应她再想办法。那天晚上我和你发生的事差不多，我当时一点邪念都没有，后来碰都没碰她，就很崇高地将她送回去了。在两个梦小令之间肯定有一个是假的，或者说两个都是假的。"

"真会有这等事！"俞生觉得自己像是做了一个梦。

"走吧！"欧阳说，"我们何必还在这象失恋的中学生似的傻坐着。走！喝酒去，去他妈的女人吧！"

"不！"俞生说，"一定要把她们给我找出来。我们不能容忍被两个女人玩弄！如果这一次让她们轻松过关，将来还不知有多少善良的人受骗。"

"那好吧！这事交我去办。我一定找到她们，弄个明白！"

"好！你去找吧！不惜任何代价，花多少钱都行，一切由我包了。"

三天后，欧阳给俞生打来了电话："那两个叫梦小令的女人，我已基本上查清楚了。一个是真的，一个是假的。"

俞生听到有一个梦小令是真的，心情顿然开朗了许多。问："那故事呢？"

"故事也是真的。"

"噢！"俞生不由长长地吁了口气。"你别高兴得太早，你那个是假的，我这个是真的。你当时咋就不仔细看看那女人呢！她快30岁了，怎么会是未毕业的大学生呢！真是鬼迷心窍。告诉你吧！她小孩都几岁了！信不信由你！我会让真的梦小令和你见面，你在办公室等着。"

俞生放下电话，眼前不由闪现出那女人眼角处若隐若现的鱼尾纹来。俞生苦笑一下，当时怎么就没引起注意呢！

下午快下班的时候，欧阳和真的梦小令来到了俞生的办公室。俞生招呼他们落座，然后迫不及待地问梦小令，"那一个梦小令是谁？"

梦小令答："她是我表姐，叫月儿！你不是问她为什么当坐台小姐吗？

她也许觉得自己的经历太灰暗，不够崇高吧，就把我的故事讲给你听了。"

34

月儿其实是一个很好的女孩。她当年没考上大学，就在一个国营大厂参加工作了，凭着聪明和才华，不久她就从车间调到了厂宣传部。很快，她便和厂里的一位先进工作者谢刚相识并相爱了。结婚一年后，他们意外地生了一对双胞胎。对这一对小夫妻来说，这无疑是一件大喜事。谢刚当时十分激动地为他的儿子们取名谢天谢地。后来，那个国营大厂搞不走了，连年亏损，企业只有给职工发生活费放长假。这样，他们夫妻两人每个月只能领到两百多块钱。月儿听说同厂原销售处的刘拉路子宽，便去找她。于是，在刘拉的介绍下成了坐台小姐。

开始，月儿给自己定了个规矩：那就是只坐台不出台。后来，月儿认识了一个香港的老板，那香港老板很年轻，戴着个眼镜，温文尔雅。月儿第一次坐那位香港老板的台，一下就把那港商迷住了。在后来的一周时间，那港商基本上把月儿包了，每次来了只让月儿陪他唱歌跳舞聊天，每次都给月儿两百块钱的小费。

在那个周末的晚上，那个香港老板对月儿说，他要走了，第二天下午的飞机，不知月儿明天能否送送他。他说这次来重庆能认识月儿这样的女孩实在是很高兴，希望交个朋友，今后来重庆就只让月儿陪了，说完给了月儿一千港币。港商说，这一千港币是给月儿做纪念的。在大陆，这钱基本用不上。月儿便收下了那纪念币，并答应第二天去送他。

月儿第二天准时按约到了那港商住的宾馆，港商见了月儿非常高兴，亲自为月儿冲了咖啡。

后来，月儿回想起那天在宾馆发生的事，隐隐约约觉得问题出在那咖啡上。月儿喝了那咖啡便觉得全身燥热，热血沸腾的，有一种东西在体内鼓胀着，就像关在笼子里的小鸟，不断地向笼子外头飞。

那一次放纵的结果是可怕的，当月儿昏昏然从床上醒来已是第二天的中午了，也就是说月儿第一次一夜未归。月儿醒来后痛不欲生，那位港商已经走了。那港商走时还给月儿留下了个字条和一万块钱，说我的"小鸟儿"你太棒了，下次来还找你。月儿愤怒地将那纸条撕得粉碎，那纸片如受惊的白蝶在屋内翻飞。月儿将那一万块钱装进包里。当她走出宾馆时，她觉得头昏目眩，她回到家像一个疲倦的农妇倒在了床上。

月儿的一夜未归在谢刚的心中留下了阴影，当他发现了月儿的钱后，他几乎意识到了什么，独自流下了男人那屈辱的泪。于是，他将那钱和屈辱一起收藏了起来。当月儿再次醒来后，他已像没事人一样了。

月儿有了第一次后，便好像什么都不在乎了。只是每当事后，她便会头昏目眩，这让月儿十分痛苦。后来，月儿把自己的症状告诉了一个姐妹，那姐妹便拿出了一小包药面，让月儿试试，也许吃了这药头就不痛了。当月儿再次头痛的时候，她便吃了那包药，月儿吃了药后头不但不痛了，还有一种飘飘欲仙的感觉。后来，月儿才知道那药是毒品，一小包就是好几百块。可是，月儿知道后已经晚了，她已经染上了毒瘾。

吸毒的女人基本上失去了自爱和自尊。当她毒瘾没有发作时她还可以控制自己，当她毒瘾上来的时候，如果手头没有毒品，哪怕是给一百块钱，她也会毫不犹豫地将自己卖出去。

月儿就这样在那条黑暗的路上越陷越深。

谢刚对月儿在外头的所作所为是完全知道的，他的反应是那样平淡，其实那是一种彻底绝望后的冷漠，每当月儿疲惫地走进家门，谢刚只是将目光盯在她的提包上。一天，在谢刚再一次洗劫月儿皮包的时候，他发现了月儿包里的几小包药面，当他确信了那是毒品的时候，他便毫不犹豫地开始吸食，后来发展到了危及生命的地步。

35

在这个时候，月儿认识了俞生。

梦小令说："当月儿遇到俞生时，她被俞生的真情深深感动了。俞生那一万块钱她一分都没舍得用，她用红绸子一层一层地将那钱包裹好，用一根红丝带捆在了自己的身上。那钱成了月儿的护身符，那是一种真情的象征，那是月儿的希望。"

梦小令说："可是，月儿已经无法自拔了，月儿需要钱，她需要毒品，

1996
第贰棒

还有谢刚。她不忍心谢刚就这样毒瘾发作死去，为此也不得不继续干。为了不让俞生碰到，她离开虹影歌舞厅，可是，没想到还是让俞生碰到了。她当时无地自容，只有一走了之。"

月儿到哪里去了呢？

俞生听了月儿的故事后，他斩钉截铁地说一定要帮助月儿，一定！他首先让梦小令去找月儿，梦小令找到了月儿家，碰见谢刚在那里吸食月儿为他留下的毒品，却不见月儿的踪影。可是，谢刚说月儿已有好几天没有回来了，说他也正盼着月儿回来，因为月儿为他留的"药"已经没有了。梦小令后来找遍了重庆市所有的舞厅，都没找到月儿的踪影。梦小令打电话对俞生说，月儿失踪了。于是，俞生和欧阳一同投入到寻找之中，白天他们开着车在大街小巷漫无目标地徘徊，到了晚上他们出入每一个舞厅。可是，月儿不见了。这种寻找方法在一个大都市里正如大海里捞针，最后欧阳猛地一拍脑壳说："真他妈的傻，为什么不通过公安局！为什么不在报上登寻人启事呢！看我还是记者。"于是，在报纸上，在广播里，在电视上，在各个宣传栏内，关于月儿的寻人启事，铺天盖地。街头巷尾的市民们开始议论着月儿，在那段时间里，月儿成了热门话题。

有人说月儿可能是北京某中央首长的女儿，来重庆失踪了……

有人说月儿可能是境外某大老板的千金来重庆走失了……

还有人说月儿其人根本不存在，是某出版单位或者影视单位的一种操作手法，不信你看着吧！不久的将来关于月儿的纪实文学、小说、电视、电影都会出来……

月儿到哪里去了呢？

在某一个阳光十分明媚的早晨，俞生在卧室里（俞生本来有一种按时起床的好习惯，可是为了寻找月儿，他几乎精疲力竭，于是那天破天荒地睡了懒觉）接到了梦小令的电话。梦小令的声音如喜鹊的叫声，在俞生耳边回旋。

梦小令说："月儿找到了！"

俞生："她在哪里？"

梦小令说："在戒毒所里！"

月儿的确在戒毒所里。当她那天晚上再一次碰到俞生后，羞惭难当，转身而去，直接奔出了舞厅，拦了一辆奥拓出租车直奔嘉陵江大桥。在桥上，月儿下车后塞给了驾驶员一把钱，司机望望下车的月儿，望望手中的钱不知如何是好，也许司机觉得给他多出的钱是等时费吧。于是，司机便开着车远远地跟在了月儿后头。

当时，嘉陵江大桥上没有什么行人，身穿白色连衣裙的月儿在桥上独自徘徊。江风吹来的时候，月儿的长发飘起如柳，长裙飘起如波。月儿在桥中间站下了，她双手把着栏杆，目光盯着江水。江水倒映着岸边灯火，如水之舞，仿佛是另外一个世界的灿烂群星。月儿觉得自己非常向往那另一世界，月儿的身体开始向那另一个世界倾斜。

"哎，小姐，要不得！"出租汽车司机大声叫了一声，下车向月儿奔去。月儿听到了叫声，浑身颤抖了一下。就在这时，出租汽车司机将月儿紧紧抓住了……

月儿又回到了人间……

迷离小芳庄

张世俊

36

　　素芳由弹子石过河在朝天门沙嘴碰见了缪志民，她没喊，她同一位香港老板去南山休闲了一天一夜，怕遇见同事。天色向晚，太空实业总公司小芳庄庄主缪志民到江边做啥？她觉得蹊跷，扭头回望，这一望吓她一跳，前方十来步远竟是小芳庄扮小芳的女服务员忠惠。她手里拿着个白晃晃的东西，像是电筒，缪志民手里也有同样的东西。他俩是寻人寻什么贵重物件或是遇到什么麻烦事？不然，就是这个年近五旬的缪老板春心萌动，同他手下的女丘二来一番浪漫之旅？总之，事情蹊跷，想回转去探个究竟，但她臂弯被港商挽着，只得心有戚戚地离开河边。

　　素芳很会潇洒，也很会工作，这一点具有现代公职人员的共性。半个小时前她还小鸟依人般一副娇嗲之态，此时却正襟危坐在公司总经理助理的椅子上，坐得端端正正的，干咳两声还真有点儿威风八面的感觉。论职位，她是缪志民的上司，下属不假外出，她理当过问。所以，她将在沙嘴碰见缪志民和忠惠的事对俞生老总讲了，俞生也觉诧异，但说要注意保密。这事哪保得住密呢？入夜人来客往，客人要上小芳庄领略乡村情调，得见缪志民这位着一身老贫农穿扮的小芳庄庄主啊！

　　缪志民是俞生的朋友，也是个老板，在观音桥开有卡拉 OK 厅。他来朝天门当"庄主"，是看在俞生的情分上。有天喝酒，俞生谈到火锅店生意竞争激烈，虽然"太空火锅"城有"金星"、"木星"、"水星"等雅座间，但比起像小天鹅肥牛胩子妈 Y 火锅之类的名牌来，就差一大截了。缪老板说兄弟你莫急，筷子便在汤钵里挑了夹粉条，话却没往下说。俞生眼盯住那挑在筷子头上的粉条一悬一悬的，说你悬啥，有屁快放啊！缪老板这才呼一下将粉条往嘴里送了，说哥子我当过知青你晓得不？我在重庆上上下下有伙知青朋友你晓得不？有位哥们儿外号瞟眼，在沙坪坝开了个娱乐城，名字叫"悠悠岁月"，火了。当年的知青一伙伙地带起婆娘娃儿去耍。瞟眼精灵，下雨天不打伞"经淋"得很，他看到了这着棋。依我之见，你的太空城也可走这条路子，人家搞洋的你就来土的，土色土香，乡村情调，取个月亮湾呀凉水井呀之类的名字。他说着，沙起喉咙哼起了李春波的流行歌："村里有个姑娘叫小芳，长得好看又……""啪"一响，俞生的巴掌落在了桌面上，五粮液溅得缪志民一脸。俞生说，板凳上钉钉子，定了来土的，我把"土星"雅座间拿出来改造一番，搭李春波这股浪子，就叫小芳庄。你缪老哥子就给兄弟我扎起，特聘你当小芳庄庄主，如何？！

缪志民欣然领命。

开业那天，这缪哥子邀请数十位有头有脸的知青出身的官员、大款莅临。本店组织了一批《知哥知妹》的书稿作者签名售书，这帮作者全是当年知青。一时间朝天门人山人海，个个争看小芳庄。看啥？看"庄"里壁上画着的竹林茅屋，挂着的蓑衣木瓢箩筐扁担，看庄主头缠白帕脚蹬草鞋，穿件打补巴的对襟衫，宝里宝器，活像个老贫农。有个掺茶续酒的女服务员格外惹眼：大眼睛，长长的辫子，青布小褂，红绣花鞋，十足的农村妹仔，但模样儿很靓，她在店堂里走动如风摆柳，吉他手缪和平潇洒地弹唱："一对美丽的大眼睛，辫子粗又长……"

人们有种痴醉的感觉。大家注意到了，缪和平同缪老板长得很像。这不奇怪，种瓜得瓜，嫩南瓜当然像老南瓜，父子俩嘛。但那位"小芳"怎么也有点像呢？她是丘二，缪志民是老板，今夕何夕，怎么会都拿上电筒出现在沙嘴河滩？

照往常，夜里八九点是"太空"的黄金时段，烫火锅、跳舞、唱卡拉OK的，大把扔钱向坐台小姐寻觅温柔的。来源滚滚，收银台的钞票哗哗响，响得素芳眉儿弯弯的，酒窝儿甜甜的，心尖儿颤颤地。然而今夜，她紧锁眉头，平时比"金、木、水、火"四间雅座都来钱的小芳庄，客人寥落，庄主缪志民、"小芳"忠惠，还有吉他手缪和平迟迟未归。

37

太空火锅城两楼一底，居高临下，视野开阔，是临江远眺欣赏朝天门两江汇流壮阔景观的最佳所在。每到傍晚，便有当年的知哥知妹们三五成群来到小芳庄，把酒临风，哼一首那年月的知青歌，想前情旧梦，叹岁月如流。而那位长辫子一甩一甩的扮小芳的忠惠，更让他们喜欢。可今夜……

搞保卫的门长、记者欧阳正与素芳说话。

"缪老板、忠惠真带电筒了？"这是门长的声音。"究竟是缪志民还是缪和平？是两人还是三人？"这是欧阳的声音。忽然，素芳失声惊叫："看，河灯！"随她所指的方向望去，沙嘴河滩有灯光忽闪，一共三处，不像是路灯，不像是航标灯，是手电。门长格外警觉，说声看看去，便拉上欧阳夺门而出。

第二天，报上登了则消息。记者欧阳报道："昨夜9时，位于朝天门码头的太空火锅城几名员工，由小芳庄4号窗望见沙嘴河滩几星神秘灯火。记者同该火锅城保安员一道追踪而去，发现是几名公安在追捕一名凶犯。凶犯陈某，达州市人，因自小青梅竹马的女友进城"发达"了提出中断恋爱关系，难以接受，悲愤中丧失理智，将硫酸泼在女友脸上，负罪逃跑，昨晚在朝天门河边被缉拿归案。"

素芳缄口无言。昨晚的结果是虚惊一场，没想到却引出个毁容案。她不再想缪志民和忠惠，只盯着电视机，此时正播《孽债》。瞧，那几个云南孩子也够可怜的，爬火车到上海找他们的亲生父母，父亲早已再婚，母亲又有了另外心肝宝贝的孩子。"美丽的西双版纳，留不住我的爸爸。爸爸一个家，妈妈一个家，我成了多余的……"荧屏上这么唱着，唱得素芳泪花闪。这位打江津农村来的"白领"，由那群可怜的孩子想到孩子们的母亲，也就是那些至今还面朝黄土背朝天的"小芳"们，她们不再是"辫子粗又长"了，不再有"一对美丽的大眼睛"了，当然也就更不可能抱一把吉他唱什么"谢谢你给我的爱，今生今世不忘怀"了。女人们已经人老珠黄，面黑手粗，若迸城来找到她们昔日的相好，也就是那些回城后发财或者做官的知青哥哥，哥哥家年轻的太太定会拿她们当大姊喊……素芳越想越离奇，她像看见年轻时的缪老板在小河旁同一位乡下女子约会，天上月牙儿弯弯，姑娘的大眼睛明净如水，后脑勺坠着条粗长的发辫……噢，说不想那姓缪的怎么又想起来了呢？这时，电视上又唱起忧伤的《孽债》主题歌。

"太空"客人打拥堂，自欧阳在报上发了消息，虽谈的是毁容案，但提到了"小芳庄4号窗"，"几星神秘灯火"，于是这4号窗便成了从南极运来的企鹅，这稀奇非瞧不可。看稀奇的人来得多了，素芳叫服务员三妹去喊董得起。董得起不但啥事都懂得起，还是忠惠的老乡，同她一起上重庆来的。素芳想打听忠惠的身份，看她是否有个当知青的父亲。

三妹刚去，古小琴走过来，说她要亲自当讲解员，对顾客讲朝天门夜色和神秘灯火的事。

经理古小琴很会盘算，既然客人为看灯而来，干脆，来他个"观灯搭台火锅唱戏"。凡进小芳庄看灯者，每人消费30元，自助餐。

"请各位朝这边看，"古小琴嗓音甜脆，一口标准普通话。"透过4号窗，望两江汇流处烟波浩渺，很介个巴字，这就是巴渝十二景中的'字水霄灯'。古人有诗曰：'万家灯射一江涟，巴字流光不夜天。'"古小琴的讲述像杯咖啡，喝惯了沱茶的重庆人不喜欢。于是接下来，门长以地道的重庆腔调，摆开了老龙门阵。他讲天灯堡那盏招魂的天灯，讲金竹寺和尚那只鬼鬼怪怪的灯笼……"老板！"有人不耐烦了，叫喊着说我们不听这些陈谷子烂芝麻，快去把缠白帽子的"老贫农"、辫子粗又长的"小芳"、弹吉他的小白脸儿叫来。

38

听了食客们不满的叫喊，古小琴感到为难，便找欧阳帮忙。这位记者说他爱莫能助，人伧来这里就是为享受泥土青草的气息，看乡间美人儿

"小芳"的。可现在缪老板和忠惠在哪里，他们究竟是什么关系？《孽债》又播完一集，片尾歌又唱了："美丽的西双版纳，留不住我的爸爸……"好伤感好伤感。悠悠往事袭上心头，一壶苦酒，却又难觅旧梦，"知哥知妹"们只好闷声不响地散去了。就在这时候，古小琴发现河滩又忽闪着光点，萤火虫样飘飘地，似听见凄切的呼唤声。

翌日报上又见欧阳发出的报道：近来随电视剧《孽债》的播映，一些被当年知青遗弃在农村的孩子进本埠寻亲，演绎出种种悲欢离合的故事。一年前的昨日，一名穿红衣的狠心后母，借到河边游玩之际，将丈夫前妻所生之子推入江中。此事不巧被江北岸一位望远镜爱好者窥见，观察到全过程，并报警，红衣妇很快被捉拿归案。昨日是男孩一周年忌日，男孩的生母和舅舅等四五人前往溺水地点祭奠，故而有灯光忽闪，夜风中时有呼唤之声传来："狗娃归来，狗娃三魂七魄归来哟！"

又讯，太空火锅城小芳庄庄主缪志民、女服务员忠惠、吉他手缪和平，离单位出走近30个小时，下落不明。

欧阳的报道在火锅城引发了"地震"。素芳找到欧阳，要他挑明文章的弦外之音，说你是否以为小芳庄正上演又一部《孽债》。欧阳模棱两可地咧咧嘴，说我们找董得起去，他有忠惠的新情况。

董得起正坐在四码头石梯荫凉处打瞌睡，膝间抱根竹棒，脚上的胶鞋露出大脚趾拇，但上衣半透明的衣兜里塞着包胀鼓鼓的"红塔山"。欧阳同素芳相视一笑，都明白，那只是烟盒，内里装的是"山城"烟。

董得起向欧阳和素芳递过一张照片，说这是同忠惠一道租棚屋住的丰都妹给的，都是家乡人嘛，她也很着急，问忠惠回来没有。照片发黄，很旧了，背景是农村景物：水田，山坡，满是野花青草的小路。一个年轻男子刚犁完田，牵条水牛往回走，迎着他走来的是位挑水姑娘，水桶满满的很沉。小溪流，霞光，映衬得她身段和容貌都楚楚动人。忠惠！素芳失声叫起来。欧阳也说这女人确实很像忠惠。

当然这不是忠惠而是忠惠她妈。

欧阳问董得起，你见过忠惠她妈？董得起摇头，说我同忠惠虽称同乡但不真同一个乡。我遇见她是在万县开往重庆的轮船上。我们都由丰都上船，她长得那么乖，我好想同她说句话。她很本分，见是陌生人没理我。

我那天穿得巴实惨了，活像个小老板。后来船过了涪陵，又上来一大帮人，有人喊丢钱了，接着是哭泣，丢钱的正是乖妹。她说她总共86元钱连船票一齐挨偷了，没人理睬。现如今人悲惨事见多了，难辨真假，心都很硬，我走过去，想表示一下同情。这时侧边有几个崽儿发出嘲讽，说老板你有钱就赏她一摞吧，莫说86，就是860也是小菜一碟。你看这妹儿恁乖，可招她当丘二，也可做你女秘书。我脸红了，红过了火气就上来了，心想朝天门大码头都取混，老子还怕你这伙杂皮？一抱拳，说，各位，我姓董的实则是个穷光蛋，马屎皮面光。我脱去上衣，拳头朝光胴胴擂两下，说，各位，兄弟我向大家求个情，拉扯这位妹子一把。没动静，没人肯捐钱。我说各位，我姓董的先君子后小人，当场献歌卖艺好不好？我扯开喉咙唱起了《冬天里的一把火》，唱得不好，但嗓门亮。掏钱！我捏紧了拳头摊开，另一只手直冲着刚才嘲笑我的那人，那人虚火了，掏了五角钱。接下来，我说点歌欣赏，什么霍元甲邓丽君路边的野花不要采我全会唱，两元一首五元点三首。话说到这里，刚才掉钱那乖妹哇一声哭了，说叔叔你别唱了，让我来唱。

39

姑娘唱了，是知青年代的老歌："天上布满星，月牙亮晶晶，生产队里开大会，诉苦把冤伸……""你会这歌？""我妈教的，我妈唱这歌又是我爸教的。""你爸呢？""我爸是知青，回重庆后一直没音信。""你这次二重庆找你爸？"姑娘点点头，说后父人称酒罐，6年前同人赌酒醉死了，我们孤儿寡母，妈常落泪，夜夜唱天上布满星……

董得起没再往下讲。欧阳拿起照片，指那个牵牛的青年问素芳，你看他是不是小芳庄的庄主？话问得陡，董得起和素芳都打了个冷噤。可惜，照片上那小伙不见脸，只能看到背影。

照片成了公司员工议论的话题。多数人赞同欧阳的分析，断定忠惠就是缪志民插队时落下的"孽债"，并为此而纷纷提出证据。门长说他多次听见缪老板哼"天上布满星"。素芳说老缪这人怪，不吃水牛肉，说水牛辛苦不忍吃，过去搞不懂他为啥有这种怪癖，看照片上这条水牛算是寻到根由了。古小琴没开腔，她在想忠惠。

古小琴家住杨家坪，每天赶中巴或者打"的"上班，上车时总要大声招呼一句"朝天门，'太空'"。她这个细节被一位擦皮鞋的妹子注意到了，当她把脚一跷往这妹子的椅子上坐下时，妹子一边打整好脚上的鞋，边问："小姐是开飞机的？"古小琴莫名其妙。擦鞋妹说："你每次上车都喊太空，这太空当然只有开飞机才能去的喽！"古小琴为这妹子的天真开怀大笑。

就因这"开飞机"的缘分，忠惠进了"太空火锅城"当服务员。不久，缪老板办小芳庄，死活要挑她去扮小芳。古小琴注意到了，忠惠的模样有点像缪家父子，而且老缪待她像父亲待女儿。正寻思间，突然有人大声喊古经理。是俞总，天边滚起雷声，闷热欲雨。

俞生铁青着脸："我问你，你知道你手下的缪和平同忠惠的事吗？据欧阳调查，和平同忠惠在观音桥有套房子，姑娘已有身孕。"

嚓啦！一道闪电划窗而至，大雨说到就到。这场雷雨同俞生的话，让人想到前不久重播的电影《雷雨》。周萍和四凤这对同胞兄妹相爱，最后是四凤触电而亡，周萍朝自己太阳穴开枪。嚓啦啦！无情的雷雨扑打朝天门码头，扑打"太空"小芳庄，一切都明白了，苍天啦！

好个作孽的缪老板！

快，得找到他们。找不到活人，至少得见到尸体，焦急万分的同事们顶着瓢泼大雨奔出门去……

嚓啦啦，电闪撕扯着重庆城的天空。

夜里 11 点，大伙儿陆续归来，天早放晴了。先前还奇怪，黑灯瞎火的小芳庄现在亮堂堂的，人们心中直打鼓，蹑着脚走进小芳庄，全傻眼了，缪和平、缪老板、忠惠全都在，另外还有个干瘦苍老的男人和一个同样苍老的女人。老缪拉着那老头儿走向俞总，说这是南岸学校的李老师，是忠惠的爸，也是我亲家。又介绍那老妇："这是忠惠的妈，我的亲家母，才从丰都乡下来。"这是怎么回事？大伙儿大眼瞪小眼。忠惠说话了，说我来重庆后就一直在找我爸爸，前两天得知确切消息后，我同和平、缪叔叔连夜赶去南岸。我爸爸命苦，他女人因跳舞跟个老板跑了，儿子不争气，吃粉短了命。我和爸爸 18 年第一次相见，却说不出一句话。缪叔叔问我爸，你还念不念及忠惠她妈，说她妈妈夜夜唱"天上布满星"。爸哭了，呜呜地使劲捶打胸口，好半天才吐出一个字：走。就这样我们去了丰都乡下……

夜深了，大家都像是在做梦。董得起掏出那张发黄的相片走向忠惠，忠惠将相片给她妈她爸。忠惠说，"妈，你年轻时好漂亮哟，我爸看得你不扭脸，老拿个后脑勺让人猜，女儿整整猜了 18 年。"

俞生悄悄问缪志民：你在丰都当过知青？老缪说不，在云南。

第二天的报纸登了消息。记者欧阳报道：昨夜雷雨后，太空火锅城一片喜庆，当年的"小芳"同离散 18 年的知青哥哥第二次握手，为《孽债》续了个全新的结尾。又讯：小芳庄庄主一行三人去而复归，明起照常营业。但又据"庄主"缪志民透露，不日他将同俞总经理解除合同，告别朝天门太空公司，回江北观音桥，同儿子儿媳另建一座小芳庄。

合同风波

胡伟清

40

俞生急得满头是汗，摁下电话，把素芳叫进了办公室。

"啥事这么紧紧张张的？"素芳问。

"合同不见了。"俞生垂头丧气地说。

"是不是与杰特公司签订的那份合同？"素芳也紧张了起来。

素芳知道，那是太空公司经过艰难谈判之后才与美国休斯敦的杰特公司签订的一份商贸合同，贸易金额高达 200 万美元，是太空公司近年来最大的一份商贸合同，对公司的影响非同小可。虽是如此，素芳还是安慰俞生："不要急，再好好找找。"

俞生说："该找的地方我都找遍了，就是不见合同的影子。"

素芳还在安慰俞生："别急，回家再好好找找，这合同一般人拿去也是没用的。"不过素芳也知道，俞生不可能把合同之类的重要文件带回住处，他从来都是放在公司专用的保险柜里的。

俞生说："怕就怕被别有用心的人拿去了。"

在俞生看来，最糟糕的莫过于合同落到了卫鸣、朱利或杰特公司的手中。卫鸣这位"太空火锅城"里的原大堂经理一直就与俞生较劲来着，从海南回来之后，不知通过哪门子的渠道也与杰特公司挂上了钩。而杰特公司在重庆的商务代表史林是典型的洋买办，这位人大毕业的硕士研究生熟谙中庸之道，在极力讨好洋主子的同时也不得罪任何一个国内客商，与俞生也罢，与卫鸣也罢，与朱利也罢，与其他人也罢，都保持着良好的关系。当然，以卫鸣目前的实力，还不足以承办如此大的商贸业务，还不足以与俞生展开面对面的竞争，但他可以借助他人的力量啊，可以暗地里使劲啊。就是他卫鸣谁也不借助，光是把合同再卖给杰特公司，就是一笔可观的收入啊。杰特公司知道俞生手里没有了合同，就可以随意修改合同，让俞生是"哑巴吃黄连，有苦说不出"。作为重要法律依据的合同，可不是随便可以弄丢的啊。至于朱利，虽然是老同学，但商场如战场，他与俞生生意有往来，什么事不会发生？

更令俞生为难的是，这种事还不能让更多的人知道。想想，连与外商谈判的金额高达200万美元的这么重要的合同都弄丢了的公司，还能有什么商业信誉？

所以，俞生不想报案，也不想让公司里的其他人知道，但又不能不把问题弄清楚。俞生翻着名片簿，他没事时或有困难时就喜欢翻翻名片簿。忽然，一个人的名片闪入了俞生的眼帘：王森，侦探小说家。

俞生马上联想到了一张小老头似的脸。王森才30来岁，脸上却已是皱纹斑驳，再配上一副高度近视眼镜，更显得沧海桑田。王森自己说的是："我这一脸的皱纹，全是思想的果实。"

俞生想到这儿，禁不住笑了一下，然后把电话打到了王森的办公室兼住处。

10分钟后，王森把他的破摩托车"嘟嘟嘟嘟"放炮似地放到了太空公司门口。

俞生已经把门长已请到了办公室。门长退休前是派出所的民警，退休后在太空公司当保安，有丰富的侦破经验。当着王森和门长的面，俞生把事情说了一遍。

41

听完俞生的话，王森问："有门窗撬动的迹象没有？"

俞生说："怪就怪在这儿，我办公室里啥地方都好好的，就是合同不见了。"

在一旁沉思的门长问："俞总，从你签订合同到发现丢了的这段时间里，有哪些人来过你办公室？"

俞生想了想，说："这三天时间里，来过这间办公室的人就四个，我、素芳、卫鸣、朱利。我和素芳是有这办公室的钥匙的，而朱利和卫鸣也很有可能有这办公室的钥匙，因为他们都曾经从我这里把钥匙拿去过。"然后，俞生把卫鸣和朱利的大致情况简单地向王森和门长作了介绍。

门长没有说啥，老练的人一般是不轻易作出判断的。王森取下近视眼镜在衣服上擦着，然后说："嫌疑对象似乎可以确定为卫鸣与朱利。这两人中间，我觉得卫鸣的可疑性更大。卫鸣原来就在你的'太空火锅城'里干活，又一直在与你较劲，说不定就趁此机会整你一下，这一下可是要命的，他就能趁机发展自己。当然，朱利也很可疑，他表面上似乎啥都不在乎，但暗地里还是在与你较劲的。"

门长打断了王森的话，说："那这样吧俞总，我和王森就分头去调查，随时把情况向你汇报。"

王森说："就依门长的意见。不过我有个小小要求，我就直说了吧。俞总你知道我是业余侦探，如果事没办成，每天的劳务费和车费也是要支付的，如果事儿办成了，那就得另外再支付一笔费用，俞总你看行不行？行，我马上就开干，不行，就算了。先说断后不乱。"

俞生点点头，王森和门长随后出了办公室。

在楼道里，王森对门长说："我们分工合作，你负责调查卫鸣，我负责调查朱利，有事我们就碰头，这是我的名片。"

先说门长。门长找到董得起，说："董棒头，你对你那些兄弟伙交代个事，看看最近三四天里有没有人发现可疑的人晚上进过太空公司？"门长是老警察出身，随时都没忘记走群众路线。

董得起摸摸脑袋，笑嘻嘻地说："门长您老人家是内行都不晓得，我们这些靠一根棒棒两根索索吃饭的怎个晓得？"

门长说："少废话，我叫你去办你就去办，难道还要我对你宣讲政策不成？"

董得起连忙说："门长您老人家也真是，跟您老人家开两句玩笑您老人家就当真了嘛，这点事情我还懂不起么？懂得起！"

然后门长去找卫鸣。

再说王森。王森先回到他那乱糟糟的窝里，躺在床上构思侦破方案。王森讲究理论指导实践，从来注重方案的可行性研究。可想来想去，还是想不出个头绪，却突然有了一个歪主意，便给俞生打了个电话。

42

王森在电话里说："俞总，你这里有没有朱利和卫鸣的照片，比如说你们的合影啊之类的都行。"

俞生说："有倒是有，但不在办公室里。如果你一定要，我可以马上叫人去取。"

王森说："是一定要，麻烦你派人去取一下。"

俞生就派人去了他的住处，王森在这时也赶到了俞生的办公室。

一小时后，相册取来了，俞生翻着相册，指点着谁是朱利谁是卫鸣。王森极力地辨认着，确信自己不会在大街上认错了才离开太空公司。

第二天，王森化装成一个外地游客，早早地来到朱利公司的前面，在街道上来回走着，眼睛直盯着朱利公司的门口。朱利是个懒人，那天他没有去公司，让王森在门口白等了大半天，最后只好骂骂咧咧地回去。

第三天，王森像第二天一样，早早地等着朱利的出现。那个挺着大肚子像是怀胎八月的人就是朱利了。王森像是发现了自己的猎物，朝朱利走了过去。

"先生，你印堂发灰，近日之内难免灾难啊。"王森操着一口夹生的"广普"对朱利说。

朱利看都没看王森一眼，径直往前走。朱利尽管跟着别人练过一个月的气功，但对这些还是基本上持怀疑态度的。

可王森没有灰心，一个劲儿地跟着朱利走，一个劲儿地说着话。朱利虽然没理王森，但话却是听着的，有些话朱利根本就听不懂，就下意识地回头看了王森一眼。这就开始要进王森的圈套了。王森马上抓住机会进攻：“先生，我看你也不是争这一分一秒时间的人，停一步听我几句话绝对没有害处。一二三四五，金木水火土，有乐乐自至，有苦……”

朱利问："有苦咋样？"

王森说："先生，我看你印堂发灰，必有灾难。我看你是个大有前程的人，所以想帮你一把。我才从广州来，你先生也算是有运气福气，今天就遇到了我。先生请把你的左手伸给我，对了，你看见了么，十日之内有口嘴官司或者车祸。先生，你是个大富大贵之人，但生你的地方不养你，养你的地方不生你，兄弟姐妹靠不着，全靠自己来奋斗。先生这灾难厉是厉害，但消灾的办法还是有的。来来，我先给先生发发功，感到手心热了就说一声。"

朱利伸出手来全由王森摆布了。王森握住朱利的左手使劲摇晃摇晃，朱利没过一会儿就开始说"热——热——太烫了"，王森就把手移开了。

朱利这下对王森另眼相看了，说："师傅你还真是有功夫的人，我还从来没有见识过呢，这下我信了。"

王森心里暗暗发笑，他不过就是在手指间夹了微型发热器罢了。但王森表面上装得很严肃，说："不瞒先生说，在广州，相信我的人比相信市长的人多得多呢，广州的大老板们都信这些，我每天的收入都在千元之上呢。先生，你现在相信我了吧。好，现在我正式给先生消灾，不过在消灾之前，我想大概了解一下先生最近是不是做了对不起朋友的事。因为从你的手相和脸相上都可看出，先生的灾难来自朋友的攻击，所以我想，先生是不是做了什么对不起朋友的事。如果先生你说出来了，那我就更能对症下药了。"

43

朱利正想，我没有做出什么对不起朋友的事啊，王森说话了："先生，要心诚才灵啊，反正我是外地人，在你们重庆一无亲戚二无朋友，你就放心好了。"

朱利真像是被施了催眠术，完全听从王森的摆布了，把怎样与俞生明争暗斗的事说了一遍。王森听了，说："先生你是有良心的人，认为这么着就对不起朋友了，其实这种事在广州那是司空见惯的呢，这不算是对不起朋友的事。"

朱利又说了几件事，甚至把他勾引朋友的妹妹的事都说了出来，可王森都说这样的事在广州算不上什么。朱利说："那就没啥对不起朋友的事了。"

王森知道从朱利这儿得不到更多的东西了，就假装很认真地为他施消灾之术，然后交代朱利，三日内不能外出游泳，一月内不能杀生，三月内不能出远差，等等。最后说："先生，你认为应该给我多少茶水钱才合适呢，先生你自己说个数吧。"

朱利说："师傅，我也不懂这其中的规矩，你就开个价吧。"

王森伸出两个手指头，说："先生，我看你也是大老板，我不收你两万两千，两百总得给吧。"

朱利二话都没说，就拿了两张百元大钞给王森。

王森又说："先生，我的老师远在峨眉山上，先生准备给我老师多少香油钱呢？"

朱利又给了一百。

王森说："先生你径直往前走就是了，灾难自然没有了，从此先生平平安安，可以走十年的顺畅路。"

王森又采用同样的方法去懵卫鸣，同样没有任何结果。

晚上去与门长碰头，门长也没有任何进展，棒头董得起说他的兄弟伙没有发现这几天晚上有可疑之人进入过太空。门长又去与卫鸣周旋，可从卫鸣那里也没有找到任何线索。

王森说："会不会就是俞生身边的那个女人干的？"

门长说："你说是素芳？那不可能，她和俞生的关系非同一般。"

王森说："那不一定，现在这样的女人多，赖着一个男人不说，最后还要把这个男人往死里整。"

门长说："不可能，素芳的为人我比较了解，她对俞生绝无二心的。"

王森就没有再说什么，从门长那里出来，径直回到他的窝里。

才在床上躺下，电话就响了。王森懒洋洋地拿起话筒："你好，我是王森。"这是王森每次拿起电话的第一句话。

"王森你好，我是俞生，实在对不起，合同我已经找到了，是我自己记不住我放的地方了。当时签完合同我喝了点酒，回到办公室后就顺手把合同放在了书架上的书中间，而我从来不会把这么重要的文件放在书架上的。"俞生一口气说了这么多。

王森说："俞总，找到就好。"可心里想的是，这人啊，就是这样的，本来彼此之间屁事没有，可人为地要弄出多少事来。就像俞生这合同，本来就没丢，可一说是丢了，就怀疑这怀疑那怀疑张三怀疑李四的，弄出这些事出来，人世间的种种事情不都是这么人为地弄出来的么？

王森这么想着的时候，听俞生在那边说："王森，合同是找到了，但还是很麻烦你的，明天你来公司领一千块钱劳务费，你看怎么样？"

神秘女郎

谭 竹

44

暮春的傍晚，夕阳将江水染成金黄，天地间呈现出一片朦胧柔美。江岸的码头仍然忙忙碌碌，货船卸货，客船下客，显示着这繁华都市的节奏并没有停止。只是一切因黄昏的色调真实感减弱，显得远远的，缓缓地，仿佛旧电影里的那种。

俞生拿着心爱的小号漫步在柔软的沙滩上，他选了一个远离码头的礁石坐下来，吹起了一首老歌《多年以前》。金色的小号在夕阳中闪闪发光，和昏黄水面上的波光粼粼遥相呼应，明亮悠扬的声音散入空中，化作流水般的呜咽。

每当心情不好时，俞生喜欢到江边来吹小号。其实，作为太空实业总公司的总经理，他的事业是成功的，而且最近才做成了一笔大生意，只是那笔生意原本是卫鸣联系到的，他半路抢了过来。卫鸣已投入不少人力物力，因此损失惨重，几乎一蹶不振。虽说他和卫鸣也算不上朋友，卫鸣在他手下干时还老和他作对，但他这次的举动也的确做得有点损。本来生意场上无朋友，谁能做成生意是谁的本事，可想到当时卫鸣那种受伤野兽般愤怒绝望孤独的眼光，他不禁有点不寒而栗。

我做错了吗？他问自己。没有，做生意就是这样的，他替自己回答，同时笑自己骨子里还是文人。真正的商人根本不会去想这种问题，就是他，在商海沉浮这么多年了，也应该早就没有这种矛盾的心情了，怎么这次心里老是会隐隐不安呢？

也许是老了，他想，人到中年闯劲不足，变得心软和爱怀旧了，不然也不会吹起这《多年以前》，多年以前是什么样的呢？在大学校园里写些幼稚而狂热的诗，在初入社会时碰得头破血流……那些日子永远不会回来了，弃文从商改变了他的整个人生，他只能朝前走下去，今日刹那的彷徨不安，也许只是黄昏时分人特别的柔弱罢了。

他自嘲地笑笑，收起小号准备离开。就在这时，他发现沙滩上有个女人在徘徊，她穿着白色的连衣裙，长发飘飘，夕阳的金辉给她的白衣镀上一层昏黄，显得温柔而惆怅。风把薄薄的衣裙吹得贴在身上，显出美好的身材。她抱着双臂，似乎不胜寒凉。刹那间俞生只觉得眼前一亮，仿佛置身于一幅画中，画中景象熟悉又陌生，画中人亦似真似幻。

俞生没有想上前去搭讪，只远远地坐在那里欣赏。有些美好的东西只宜远观，走近反而会被破坏。经过太多的坎坷，他早已有了一份超然的心态。

白衣女郎徘徊了一阵，停了下来，脱掉凉鞋，将脚伸入江水中，仿佛在试试水温是否合适。她微倾着身体，长发披散下来，圆润的肩头正好衬着夕阳最后一抹余晖，整个造型线轮廓分明。她脱掉鞋子，竟然一步步向江中走去……

俞生还是没有动，他不大相信女郎是真的要寻死，也许她只是热了想到江水中凉快一下呢。但是女郎一直往前走，江水淹没了她的头顶，她似乎在挣扎，头冒起来几次，终于沉下去了，水面一片宁静。俞生这才慌忙丢掉小号，三步并作两步跑到江边跳下去，几下子游到女郎沉下去的地方，潜入水中，把她捞了上来。

奇怪的是，女郎并没有昏迷，吐出两口水，气定神闲地问："你这是干什么？"语中颇有狗拿耗子多管闲事之意。俞生不由怒从心起，冷冷地说："以后要死找个没人的地方！"

"这个城市还有没有人的地方吗？"女郎反问。

俞生不由一怔，这个女人神志清楚，咄咄逼人，倒引起了他的好奇心，于是说："有勇气死干嘛不活着？哼，知道这叫什么吗？寻短见！这个说法本身就指出这是一种没见识的行为！"

"我是要死吗？"女郎白眼，"我不过是想下河游泳。""穿着长裙子游泳？""那又怎么样？我高兴！"

俞生被噎得说不出话来，心想这个女人怎么这么不可理喻，今天算倒霉吧！拾起小号转身就走，却听身后女郎追着说："你就这么走了？不许走！"不由啼笑皆非，停下步来。

45

俞生停下来问那女人："又怎么啦？"

"对不起，刚才是我不好。"女郎喃喃说，"有一个故事，讲一个女人得了病，要死了，临死前她的主治医生对她说，你安心地去吧，我们随后就来，女人也安然地说，我的灵魂会在天堂等你……"

俞生接口说："'我们随后就来'，真是说得太好了，不过我这一生好事坏事都做了不少，不一定能上天堂。"

"就算在天堂遇见你，我们也不过是陌路人。"女郎又恢复了冷若冰霜。

俞生却笑了："你的话令我想起一支曲子《天堂陌路人》。"说着，拿起小号吹了起来。

女郎静静地听着，不再说话。暮色降临了，河风带着潮气吹上来，湿衣贴在身上一阵阵发冷，俞生收起小号说："冷了，我送你回家吧！"

"我没有家，这里就是我最后可去的地方。"看着俞生的尴尬和犹豫，女郎用一种温柔的语气问："为什么不问我为什么会这样？"

俞生摇摇头："人生如梦，生不如死，谁都曾有这样的感受，具体的原因并不重要，一时的情绪化过去也就好了。"

"不，我没法过去。我为所爱的人离开家乡来到这个城市，可他不再需要我，家乡那边也众叛亲离，不能再回去，钱花光了，我流浪街头，找不到一份工作来维持生活。"

俞生沉吟，半晌道："这样吧，你暂时先到我公司来上班。"

"真的？"女郎的眼睛一亮，暮色中俞生没有发觉一丝狡笑悄悄地爬上她的嘴角。

女郎名叫小薇，第二天俞生把她带到素芳的办公室，介绍说："这是我的助理素芳，以后你就帮着她干吧！"见素芳面色不善，小薇乖巧地拿起水瓶去打水。素芳不满地说："你对她一点都不了解就弄到公司来，当心有什么问题。"

"会有什么问题？别想那么多，你不是老说忙不过来吗，现在有个人帮你不是挺好？"

"你说她是外地人，可我总觉她挺面熟的，好像在哪里见过。"

素芳这么一说，俞生也觉得是有点似曾相识，但也没有放心上，转眼见素芳耿耿于怀，一副吃醋的样子，不禁笑了："我是见她走投无路，怪可怜的才收留她。"

素芳讽刺他："社会上那么多贫困失业饥寒交迫的人，你怎么不去救助他们？还不是见人家年轻漂亮，不安好心。"

俞生见四下无人，伸臂搂一搂她，低声道："好了，好了，别犯酸了，你还不知道你在我心目中的地位吗？"

素芳面上一红，啐道："青天白日的，别不正经！"当下不再多说，起身做事去了。

午休的时候，小薇喜欢打开电脑看股市行情，因为这里的电脑接通股市，随时可以显示价位、成交量等等。

俞生看见，问道："你也炒股票？"

"我哪里有钱折腾。以前我男朋友炒股，我因为爱屋及乌，便下功夫使劲研究，倒也颇有心得，常常指导他买股票，你别说还真估计得八九不离十。"

"那你看我买的这几种股票前景如何？"俞生来了兴趣，在纸上写下几种股票的名称。

小薇一一看了，指出其中两种说："其它的可以暂时不动，这两种必须马上卖掉，然后买进另外三种。"说完也写下三种股票名称。

俞生一看就笑了："你叫我卖的股票才开始涨，大家都看好，就算涨不了多高也不会马上就跌，现在卖为时过早。叫我买的三种股票，一种是资产股，即使不赚也可保值，且不说它，另外两种却是一般人都不碰的垃圾股，你叫我买不是坑我吗？"

小薇一笑："你救了我，我能害你吗？"

"不过，这些股票我还是不能买。"俞生拿起包说，"我还有事，先走了。"

小薇并不在意，淡淡地说："你还会来找我的。"俞生看着她胸有成竹的样子，一时倒真觉得有几分邪气。

46

没过多久，小薇叫俞生赶快卖掉的两种股票果然跌了，而叫买进的三种股票果然暴涨。

再见到小薇时，俞生就问："我现在追成不成？"

小薇摇头："如此暴涨只能是昙花一现，你现在追涨，只能是偷鸡不着蚀把米。"

"那你看现在能买什么股？"

"现在可暂不买，我预计三天后会有一次大的回落，然后重新上涨。那时才是真正的黄金时间，除去比较极端的股票，一般都会涨，应该说买什么都会赚。"

"这么盲目不大妥当吧？"俞生又有点怀疑。

小薇笑了笑，慢慢说："人的一生充满了选择，选择学校，选择专业，选择事业，选择单位，选择爱人，选择自己一生的活法，有选择也就意味着要放弃。所以说做任何事都是有风险的，好比你接一笔生意时，你估计是会赚的，这个估计有可能成立，也有可能不成立。商场中充满了风险，你都敢于承受，怎么在这件事上患得患失，想不通呢？"

俞生听了，不再犹豫，打电话到交易厅，买了一些介于热门股和冷门股之间的普通股票。

这一次买进股票令俞生赚了三倍，惊喜之余，他想请小薇吃饭，以示感谢。素芳冷眼旁观，告诫他别太头脑发热，把身家性命押在别人一句话上。凡事还是自己拿主意好，她随口乱说又不负责任，真有什么损失那还是你。

俞生不以为然："怎么会呢？我救了她，她没理由害我。而且炒股票本来就没有一定的规律可循，怎么都是赌一把。我看她好几件事都说准了，所以信她一回试试，这不赚了吗？"

"瞎猫撞见死老鼠也是有的。"素芳仍然淡淡地说，"你别不以为然，还是小心点好，不怕一万，就怕万一。你做那么多大生意，都是自己做决定，很少被别人的意见左右，这一次不知是怎么了，仿佛鬼迷了心窍似的。"

俞生想女人的妒忌心真强，于是换了温柔的语气说："我知道你是关心我为我好，放心吧，我自有分寸。"

小薇欣然赴约，穿了一套橘红色的套装，化着淡妆，落落大方，明艳照人，俞生不由眼前一亮。

坐下来后，俞生打趣："看你这么朝气蓬勃，青春逼人，谁能想到不久以前还对生活失去了信心呢？"

小薇展颜一笑："是啊，这都是因为你救了我，来，我敬你一杯！"

俞生也举起杯子："我也谢谢你让我发了一笔财，知道当我看见价位翻了三倍时怎么想吗？那一刹那我想，赚钱这么容易还辛辛苦苦做什么生意呢？不过我知道不可能次次有这么好的运气。"

"那也不见得，有些人生来有财运。而且像你这样有眼光有魅力本身事业又有基础，我想一定会好运连连，财源滚滚的。"

生意人最喜欢听这种话，不为别的，就是图个吉利，俞生很是高兴，连连干杯，喝得微醉。

饭后两人漫步江边，暮色已浓，但是朝天门码头灯火通明，依然热火朝天。对岸的万家灯火已璀璨一片，江上行着的船偶尔拉响一声悠扬的船笛，闷闷的像老牛"哞"地一声叫。

看着迷离的夜景，小薇喃喃说："知道吗？这个城市白天忙忙碌碌冷漠肮脏，只有夜晚，夜色掩盖了一切的时候，才有一点温情一点浪漫，这江边才美得像童话一样。但是，现代都市是没有童话的，这不过是一时的幻象罢了。"

俞生看着身边的小薇，心想她真是个美好的女人，和她在一起他感到单纯而快乐，心里有一种淡淡的温情，令他回想起最初的迷茫的青春。但她却并不快乐，总是显得心事重重。

"为什么那么悲观？生活中有许多美好的时刻，比如现在美好的景，美好的人……我总觉得像梦，像一个美梦，无法触及，一伸手就会碎掉。"

俞生说着轻轻搂住她。

"也许有一天醒来，你会发觉原来是一场噩梦。"小薇轻声说，把头转向对岸，对岸的灯火在风中变幻莫测闪烁不定，扑朔迷离。

47

城东开发区的土地将要公开拍卖，俞生事先得知这一消息，知道那块地皮今后只会涨不会跌，大有赚头，因此决定参加拍卖，而且想买最好的位置。但是，好地段竞争激烈，价钱有可能被抬得很高，俞生估计自己现有的资金不大够，如果全部投进去买地，几乎没有了多少周转资金。

俞生把顾虑对小薇说了，小薇想了想说："我倒有个主意，现在股票跌得很厉害，指数已从七百点跌至五百点，估计已跌到低谷，应该在短期内有大幅度回升，你不如趁此大量买进，赚它一笔，解决资金问题。离拍卖会还有一个多月，应该来得及。"

俞生想想也是，于是大量买进股票。

股市继续狂泄，买进的股票未能幸免，俞生坐立不安，小薇却在此时提出辞职，说家人来信原谅了她，她决定回去。俞生着急地问股票怎么办，小薇嫣然一笑："人生道路是波浪形的前进，股票也一样嘛！"说完飘然离去。

俞生预感大势不好，股票果然一路下跌，竟然从五百点跌到两百点，短期内几乎不可能涨回原来的价位，更别说赚。

拍卖会已经开始，好地段立刻一抢而空，并且马上升值，炒卖得十分红火，俞生看看还有稍差地段，决定买下，遂将股票卖掉，虽损失很大，仍希望通过地皮赚回。哪知稍差地段也十分抢手，与预计的价格相差很大，他资金不足，在拍卖会上败下阵来。

不久，股票又连续暴涨，很快超过了他买的价位，牛气冲天一举冲过千点大关，并且他想买的地皮也开始升值。他只能眼睁睁看着，两头落空。

如此变故，令他元气大伤，几天内仿佛老了好多，素芳骂他鬼迷心窍，上了那女人的当。

俞生不解："她为什么要害我？我从来没有见过她，跟她毫无恩怨，难道一个人会无缘无故去害另一个人？"

素芳提醒他："生意场上你也有过不少对头，说不定背后有人指使。"

俞生还是不肯相信："可是她用这种方法未必能害到我呀！"

"也许她真的对股票有研究，也许她消息比较灵通，她如果安心要害你，总会等到机会。"

思前想后，渐渐的俞生也觉得这像是一场阴谋，她算计好了要来害他。但是想不出她为什么要这样做。

一日俞生出门办事，路经一家百货商店，猛然看见小薇正在买东西，忙赶过去招呼她，她怔了怔却从容离开。俞生又拦住她，她竟然说："先生，你认错人了，我不叫小薇。"俞生愤然拿掉她的墨镜说，"别装了！我只想问你，一切是不是你存心搞的？"

女郎不语，俞生看着她的面容，突然间灵光一闪，对了，卫鸣！她那么像卫鸣？怪不得总觉得她有点面熟，于是问："卫鸣是你什么人？是他叫你这样做的？"

女郎摇头："他是我哥哥，但不关他的事。那次你把他害惨了，他好不容易成立的公司因此垮了。他在你手下干那么久，没有功劳也有苦劳，你却在他刚起步时把他打倒！看他那么灰心那么痛苦，我想我要替他出一口气！"

"于是你就这样害我！"俞生愤怒地逼近她，"你就加倍地报复我！我和你哥哥不过是生意上的竞争，我不完全是存心的，可是你！你比我更狠毒！你就不怕也会遭报应吗！"

女郎黯然："也许是我错了，你并不像我以为得那么坏，我曾经想放弃这个念头，可是游戏已经开始，我停不下来。如果你还信我，去买最近发行的新股，它会让你收回大部分损失。当然，你也可以认为是我又一次害你。"女郎说着转身离开，却又突然停下来说，"知道吗？你的小号吹得真美，是我听过的最动人的声音。"

又一个黄昏，俞生又去江边吹小号，朝天门码头依然一如既往地忙碌，柔软的沙滩仍然被夕阳镀上一层金黄，一切都和数月前的黄昏一样，江水也仍然缓缓地向前流去。但是你知道的，此水已非彼水。

阴差阳错

李元胜

48

这天，俞生陪几个外地生意朋友看了夜景，吃了夜宵，说了一晚上客气的废话。那几个长得獐头鼠目的家伙还不满意，其中一个一边用牙签朝自己的牙齿缝乱戳，一边斜着眼睛问俞生，重庆有没有那种好玩的夜总会。

本来，俞生一晚上都在谈重庆人和重庆文化，觉得很雅，这一下，就像谁把一面镜子突然举到他脸前一样，他一下子看到了自己这一晚上的无聊——倒退几年，他会同这样的一帮家伙谈上 10 分钟么？

俞生停顿了一下，正准备把话题灵巧地转到另一个无关痛痒的问题上去，在这方面，他是专家。

这时，他的手机响了。

"俞生吗，我现在就站在你家门口，赶快回来。"是欧阳的声音。

"有急事吗？"为了找个理由甩掉眼前这帮人，俞生干脆把"急事"抢先说出来。

"急急急，又是急事又是好事。"欧阳还是那种一贯正确的口气。

欧阳的事情都是急事。俞生想起了另一个朋友的格言，心里暗自好笑，脸上却立即铺了一层惊慌和焦急。

几个外地人互相看看，立即哑口无言。

第贰棒

半个小时后，俞生和欧阳的脚都舒服地搁在俞生家的茶几上，房间上空飘着欧阳的兴奋的话："俞生啊俞生，有一支钞票大军已经在香港排好队出发了，它们一二一地走着，过海来到深圳，在广州稍微休息休息，然后就会以每小时几百公里的速度向我们飞来，最后它们会穿过你家的茶色玻璃，落在我们正在摇晃着的脚背上，你的事业会有一个绝对不同的转折点……"

欧阳说的是他催促俞生搞的一个吸引投资的大项目江北平价房小区工程，半年前在颇有实绩的惠渝投资咨询公司立项后，石沉大海，今天欧阳突然得到通知，有个香港的王先生已看中，要来具体商谈。

在欧阳高谈阔论的时候，俞生一点也不兴奋地沉思着。

"欧阳，莫高兴得太早，听说许多投资咨询公司介绍的海外投资者，谈的多，成的少，还有很多人，根本就是打着投资的旗旗儿来免费观光的。"

"开始我也这么想，但我下午去惠渝投资咨询公司调看了王先生的资料，他对长江经济走廊的开发特别有兴趣。在此之前，他7次到重庆，没谈任何项目，却在一次没去过的武汉扔了两千多万搞了个综合娱乐公司，几个月后又加价把股份卖给一个台湾人。我看，他这是在测水的深浅。他在重庆，不搞则已，一搞就不会收手。"

"那就试试，反正最多再说两天废话。"俞生下了决心，又把脸扭过去对着正在削苹果的素芳说，"你明天起把其他的事放下，把给我们搞方案的建筑大学的秦老师请来，把模型、项目文件都整理出来。我负责联系银行，落实一下贷款问题。欧阳，这个方案有你一份，你还是再跑跑市政府有关部门，把他们对开发平价房曾经许诺的政策再详细咨询一下。人家真要朝里面扔钱，会问到这些问题的。"

"钱肯定已经登陆了，关键是如何带着它们朝你的平价房跑去。"欧阳很有把握地说。

49

在紧张地准备了一个星期后，惠渝投资咨询公司一个女士给俞生打了个电话来，说王先生已到重庆，一共要谈三个项目，太空实业总公司的平价房工程排在第二，要他做好准备。

俞生觉得有点扫兴，原来王先生不是专盯着这个项目来的。

"俞生，坦率地说我觉得你最近精神有点疲软，哪儿有天上掉下的投资款，总得去努点力嘛。比如说我，今天就在投资公司泡了一下午。据负责这次接待的陈小姐说，另外两个项目根本没有比较的必要，一个是在解放碑附近占有一块地盘的某小公司想搞万人饮食城，另一个是山区乡镇想修座桥。"在听了俞生的抱怨后，在电话另一端，欧阳如是说。

俞生又增加了点兴趣，他眼睛一转，说："欧阳，干脆你找陈小姐想想办法，我们今天就同三先生接触接触。"

晚上 8 时左右，俞生和欧阳来到重庆宾馆，按惠渝陈小姐提供的房间号码，来到王先生的房门。

门虚掩着，服务生帮忙按响了门铃。

"请进请进啦。"一个港味十足的声音说。

两人进门后，看见这个套间里已有三个人，除一个穿着吊带西装的港商模样的矮胖子外，还有两个女士。一个是 30 岁左右的漂亮女子，身着黑色套装，里面是白衬衣，一副职业女性打扮，眼睛平静地看着他们。另一个看上去 40 多岁，戴副眼镜，先是厌恶地扫了一眼俞生，好像怪他们打断了谈话，但立即又努力在脸上挤出友好的笑容来。

"王先生吗？"

"我系我系。"

"这是太空实业的俞总，特意抽空来看看远道而来的王先生。"欧阳熟练地作完介绍，眼光在两个女士脸上足足停留了几秒钟。

王先生看在眼里，客气一番后，立即把两个女士向俞生作了介绍。

原来她们就是那个想搞万人饮食城的嘉华公司的，30 岁的叫贺英英，是总经理，中年女人是办公室陈主任。

俞生从贺英英平静的眼睛里看到有什么东西一闪而过，像猎豹在黑暗中急速而轻巧地从一片树丛扑进另一片树丛。咦，这个女人不简单，这下有点意思了，俞生暗想。由于有了这样的对手，他觉得自己正兴奋起来。

王先生看上去是个乐哈哈的家伙，虽然很明显他对贺英英的来访更有兴趣，但不时也和俞生寒暄几句。俞生和贺英英便心照不宣地并不谈自己的项目，都顺着王先生的话题聊吃的——贺英英尖声尖气地细谈巴蜀著名菜品，俞生则大开大合纵论南北各大菜系。一时间，房间里菜名翻飞，活色生香，两个可谓棋逢对手，一直谈得王先生目瞪口呆，称自己是食盲，只恨自己白长了个肥肚皮。

谈得高兴，没注意到房间里又多了两个人，一个瘦小个的眼镜男，很像文弱的江浙人，另一个是乡下人，穿着过时的蓝色军干服，进了房间手足无措，完全忘了把一个灰巴巴的旅行包放下来。王先生便介绍说，这瘦小个就是阿强，还打算继续说，却被阿强用流行的普通话谦虚地打断了。那个乡下人便用一只胳膊夹着旅行袋，掏出皱得像麻花的纸烟，先塞了支在自己嘴里，又走过来向大家散。

"有女士在，不抽不抽！"王先生说。乡下人全身一震，赶紧把烟盒塞回里面的衣服口袋，却又忘了将嘴上的烟拿下来。

俞生和欧阳对看一眼，看来这就是那个要修桥的人了。

50

现在的局势似乎已经很明显了，王先生的眼睛一有机会就盯住贺英英不放，但对俞生的口才也十分倾慕。乡下人，现在俞生已知道他叫老刘，则被冷落在一边，王先生连一句话也没同他说。也许是有些过意不去，那位阿强反而陪着老刘聊着山里的风物什么的。

"人多了，房间太挤，阿强，不如我们请贺小姐她们去喝茶。"动作迟钝的王先生的脑袋里的齿轮显然转得不慢，他回过头来，又对俞生说："俞先生，一起去吧。"

俞生并不开口，把眼光移向贺英英。

贺英英站了起来："王先生，你们刚到重庆，不如早点休息，明天一早我请你们喝茶，俞先生作陪，怎么样？"她说这话的时候，陈主任忙用手拉了拉她的衣角，贺英英佯装不知。

出来后，俞生叫司机先送欧阳回家，现在轮到欧阳有点泄气了："这种游戏可以叫做三女争夫了，我们多半争不过那个贺美女。咦，你说她为什么今晚不去喝茶，为什么明天反而主动要我们作陪。"

俞生笑着说："你爱不爱吃松子。"

欧阳一头雾水："爱，跟这有什么关系？"

"当然有关系。过去松子吃的人少，因为壳太坚硬，太难剥，所以后来有了开口松子，再后来有了无壳松子。据我观察，剥个精光的无壳松子并不太受欢迎，人们最爱吃的是开口松子，妙就妙在它有一层开了口的壳，你并不费力，却享受了克服困难的乐趣。贺英英当然不会蠢到去当无壳松子。这个贺总经理，不简单呢。"

"有道理有道理！那我们明天接着看戏吧。"欧阳刻薄地说。

"不，在确定投资关系的过程中，贺英英肯定想一直当一颗微妙的开口松子，让我们也顺便充当她的壳。哼，我偏偏要给他们机会，让他们一场 90 分钟的戏一开始就到终场。"

"这有什么好处？"

"当然有，我们可能看到两个结局。要么听到一个清脆的耳光，打出重庆姑娘的尊严，也打掉了那根本没有可行性的万人饮食城；要么两个坏人勾结起来。你想，如果你是投资者，是宁愿给你的情妇买座别墅，还是同她做一个永久的合伙人——相当于给自己的生意套上根温柔的锁链。我看那个王先生是个扮猪吃象的家伙，绝不会这点脑筋都没有。戏完了，我们的对手也就消失了。这样，明天我独自去参加吃早茶，然后你中途打电话来把我叫走。为表示歉意，我在晚上请他们唱歌，然后你再打电话来把我叫走，让他们有两次单独相处的机会。"

欧阳听得吸了口冷气："俞生，你现在可真够黑的。"

第二天，果然俞生和欧阳依计而行。早茶时，还有阿强在座，晚上在夜总会，待俞生带着万分抱歉地表情告别时，就只有王先生、贺英英和陈主任了。最妙的是，那位陈主任在柔曼的歌声中，上眼皮和下眼皮一直在想方设法拥抱在一起。俞生离去时，她已面带笑容靠在沙发上半入梦乡。

晚上，俞生衣服都没脱，靠在床上看书，贺英英那央求的目光在书页里时隐时现。

洗脸漱口时，俞生连卫生间的灯都没有开。

因为墙上有一面大镜子，他实在没有勇气看自己的眼睛。

51

此后几天，只有欧阳不时去打探一下消息。据惠渝投资公司的陈小姐说，王先生连续几天都泡在嘉华公司。俞生没有再过问此事，他只是很有耐心地等着。他有数月前已草签的征地协议，这可是最有吸引力的东西。

这天，终于惠渝公司的陈小姐打来电话，说王先生从明日起对太空实业公司进行详细考察。

上午10点，公司门前一阵热闹。俞生从窗朝下看，惠渝的人正陪着阿强进来，人群里却没见到王先生。他不快地回到办公桌前，招手把素芳叫过来，说，既然王先生不来，我也不出面，你全权接待，就说我到其他的工程现场去了。说罢，他夹了包，从楼上另一道门自己走了。

晚上，素芳回来说，惠渝的陈小姐介绍说阿强就是王先生。

俞生当时就在鼻孔里哼了一声，心想，多半王先生不来，陈小姐不好下台，干脆指驴为马，幸亏我亲眼见到了，不然还真要落在陈小姐遮人耳目的套里。

素芳又说，阿强非常精明，项目草案拿在手里就看了一个多小时，又反复询问了征地协议、承建公司、银行贷款、优惠政策等方面的问题，还在一个本本上作了详细的记录。

"你看他对这个项目印象怎么样？"

"看不出来，他一直在说好，好像对这个项目还满意，但又说非征地建筑部分成本仍然太高。"

俞生叹了口气说："这个阿强是个内行，要是阿强是王先生就好了。"

又过了几天，俞生接到王先生的电话，问他是否有空，想请他一起用餐。

俞生便叫了欧阳，应约来到渝都九重天旋转厅，他想，恐怕今晚才真正要谈点正事了。

王先生还是和上几次见面一样，东拉西扯，打着哈哈。

"王先生，还是嘉华公司有吸引力呀，你都顾不上来我们公司看看。"俞生不打算绕弯子。

"嘉华公司？我也没有去呀。"王先生委屈地说，"这几天处理生意上的事，很忙的。"

太空火锅城

206

"那你忙得也没见到贺小姐？"俞生装着惊讶地说。

"贺小姐呀，自从那天你走后，她也走了，她脾气好大的。我就是想请你帮忙向贺小姐解释解释，我只不过说话稍微随便一点，请她不要多心。"

俞生暗自好笑，看来王先生多半挨了一巴掌，心有不甘，才想起请他吃饭。

又听王先生唠唠叨叨说了一阵，才又理出个线索。原来，老刘也在这九重天请过客，结果，没想到几百元餐费都不够，他先是打电话找一个亲戚，后来又躲在洗手间凑零钱，让阿强碰到了，最后还是阿强出的钱。那天吃饭，王先生还专门打了电话给贺英英，结果嘉华公司的人说，贺总出差了。阿强去嘉华，也没见到贺小姐。

俞生顺口说："你觉得老刘他们的项目怎么样？"

"阿强说好得很，老刘专门请了人回去，拍了一大堆照片，全部是野山野水，还有温泉，可以用来开发旅游。阿强今天已经被老刘接走了，说是这个星期都不回来了。"

俞生听着听着，觉得有点不对劲，怎么全是阿强在考察在拿主意，王先生是来干什么的。

他的疑惑直到和王先生告别时接过他的名片才弄清楚——上面的名字是某某时装公司黄和财。俞生突然想起，香港人说话是黄王不分的。原来王先生其实是黄先生，而那个阿强，才是真正的王先生。回来的路上，俞生和欧阳又好气又好笑，免不了互相埋怨一番。

只是不清楚贺英英如今知不知道这个秘密。

渝生公司

莫怀戚

52

这天一早，薛米丽按照同俞生的约定前往渝生纸品公司，出纳小汪说："俞总一来就接到门长的电话，摔了电话，出门打的走了。"

出了什么事呢？米丽闷闷地坐下，她是来帮俞生的忙的——替他联系了几个纸品销售点。

正在这时，俞生传呼她。原来，他去了急救中心——渝生纸品公司经理东波服安眠药自杀，正在抢救。"你来一下吧。我心里乱得很。"俞生说。

这个东波，米丽认识，也很喜欢，是一个俏皮的美人，宴会舞会上只要有她，所有的男人都会酒量大增舞瘾大发。这样一个开朗的人，怎会想不开？其中定有天大的隐痛。

而俞生在朝天门开办这样一个子公司，可以称为一桩义举，解决了一百来号下岗女工的生计。有天俞生在吃饭，邻座陪客喝酒的就有下岗的女工。

东波也属于这种情形，俞生是看着她长大的。他之于她，介于叔叔与哥哥之间。她小时候毫不惹眼，自个长，长着长着，一夜之间光彩夺目。

米丽在急救中心见到了俞生。俞生说："刚洗了胃，危险没了。"

旁边坐着门长。这个老警察见得多了，安慰俞生说："年轻，恢复起来快，让小薛帮你几天嘛。"

原来今天清晨，东波的妹妹南波打门长的门，说："我姐姐不对头，像要死了。"门长赶去，一脚踢到一只"安眠酮"药瓶，明白大半，急忙将东波送去了医院。

米丽同俞生走到花园里，互相看看。这两人的关系，永远都说不清楚——说是老朋友吧，里面又掺有别样东西，说发展成爱人吧，中间又挡着别样东西。

俞生低声说："东波自杀，是因为我。我这个人，不知前世犯了什么错，一遇着男女事，就触霉头。"一边说，一边将一张纸条递给米丽。

米丽展开一看，上面是："俞总，东波同你结婚，是为了转嫁危机，她已怀了别人的孩子。"此条系电脑打印。

米丽吃了一惊，盯着俞生。面对无话不谈的当年共同创业的知己，俞生坦白地说："我的确在考虑是否同她结婚。"

可以说，促成俞生开办这纸品公司，东波是一个重要因素。一天，俞生在路上走着，听见后面有一个女人在大声对人说："找钱嘛，是年轻这几年啰！这几年都不找，你以后吃什么？"

俞生很生气，回过头问："找什么钱？"一眼看见那没开口的正是东波。那说话的见这两人是熟的，告个辞走了。

东波跟着俞生走，告诉他，那女子动员她和妹妹南波去她的舞厅当坐台小姐，"每人一月可以净好几千小费。"

"真要去？"俞生担心地问。"不是很想去。但这么点生活费，我家的情况你也知道。"她的父亲早故，母亲多病吃自费药，还有个正在上学的弟弟。

"你不忙，我给你找个事。"俞生说完，遂将手机、呼机的号码给了她。他心知不管是男是女，生存都是第一位的。东波高兴地走了。

找个什么事呢？俞生寻思，自己的火锅城，人员已够，再加一个人，东波自己有被施舍感，其他人又难免有看法。而且，以东波的聪明才智，应当成为管理人员。突然，他瞥见一排耀眼的霓虹灯，心想又一家公司立起来了——心窍一开，何不创办一个子公司，将两姐妹都吸收进来？

同两姐妹反复商量、论证，决定了纸品生产的取向，从餐巾纸、包装纸，到妇女卫生巾。一年半以来，公司运作正常。

俞生同东波因工作关系，自然容易产生感情——俞生的富有与厚道也颇得女性欢心，而东波的活泼与周到，也时时温暖着俞生那颗"依照说不准的惯性生活下去的"冷寂的心。

这天，俞生邀了东波去雅致的"珊瑚台酒家"，准备认真同她谈谈终身大事，席间，一名服务生送上装有这字条的信封。

"这字条是谁打印的呢？"米丽喃喃自问。

53

对于那张匿名打印字条，俞生说，服务生只说是一个不认识的小男孩交来的。

"见了字条，我没动声色。"俞生说，"是真是假说不清，但我把两人关系的话头打住了，只说公司的事。"

"你这个宝器！"米丽笑他，"那种氛围，孤男寡女说公司！"

"所以反倒引起了她的怀疑。我上卫生间时，她翻我的皮包，我回座时，她捏着那字条盯着我。我吓了一跳，夺过字条，说这种诬告，不值得你理睬。结果她反倒说你怎么知道这是诬告呢？"

于是，俞生说我不相信，东波说我劝你相信，两人怄起气来，东波抓起挎包就走了。

"她是不是有要嫁你的意思？"米丽问。

"我想是的，她并没明说。但我这个年龄的男人，连暗示也不懂，也未免太弱智了吧！"

米丽盯着这位不走运的仁兄，沉吟良久，说："我总觉得这封匿名信不像诬告，倒像揭发。"

俞生说："我也是这么想的，仅仅是诬告，不至于让东波受到这样的打击。"

现在的问题是：这字条是谁制造的？

制造者就是知情者，但是茫茫人海，毫无线索，到哪里去寻这个制造者？

这时，俞生的手机响了，是记者欧阳打来的，说成都来了位妇女报的记者，要采访他的公司。"安顿下岗女工，体现一个企业家的社会责任感。"那一头说。

"免了吧老弟！"俞生说，"我快成残害妇女的凶犯了。"

"怎么回事？"欧阳惊问。这欧阳是俞生的铁哥们儿，俞生将事情讲了。欧阳说："小事一桩，让我来破案。你们等着，我10分钟内赶到。"

这位欧阳，米丽自然也很熟，知他是个"老冒"，但冒的不是"皮皮"——牛皮是要吹的，但的确也能干。而他的个人简历也永远是一个谜，一说当过侦察兵，一说上过警官学院，又说毕业于政法学院刑侦系，都是他在说。有一次，米丽挖苦他："我觉得你只是喜欢读侦探小说而已！"弄得他很不高兴。

但这家伙智商不低，有些怪才，真还帮助警方破过一些小案，以至有的派出所所长遇到麻烦事，还要请他来喝啤酒，讨主意。久而久之，大家都熟悉了他的口头禅："小事一桩。"

刚过10分钟，欧阳的摩托驾到。大家先去看了看东波，面色苍白，已经睡熟，于是又退出。欧阳看看表，吞口唾沫说："中午了，啤酒犒劳吧！事情包在我身上。"

于是，他们找了个餐馆坐下，要了生啤慢慢喝，俞生又将那些话从头说一遍。

欧阳说："小事一桩。这个制造者也就是知情者吧，不是男的就是女人。"

"屁话！"俞生和薛米丽异口同声。

欧阳摆摆手："你们不懂我的意思。这张字条，意在阻止东波同你结婚，如是男的，必定是那个让她怀孕的人，那么她自己应该知道。"

但事实是东波自己并不知道。俞生和米丽点点头。

"所以只能是女的。"欧阳得意地继续推理，"这个叫做排除法。下面使用坐标法，这个女的有两条坐标——横坐标：她知道东波已怀孕，那么她与东波必得非常亲近；纵坐标：她知道这事并非俞老兄你所为，那么她同你也相当接近，还对你的为人吃得准。这两条坐标的交汇点，就是知情者。"欧阳说完，不再开口，"咕嘟咕嘟"喝他的生啤。

俞生按照欧阳的思路，用指尖蘸了啤酒，在桌子上东一划，西一划……

末了抬起头，很是吃惊地说："莫非是东波的妹妹——南波？"

的确，如果两条坐标交汇，只能是南波。

这两姐妹，都是公司干将，姐姐主内，妹妹主外，负责采购与销售。按说工作、待遇什么的毫无冲突，而南波比俞生小得多了，情敌的可能性也很小，而且——

妹妹为什么要出卖姐姐？

54

欧阳说："先不要问为什么出卖，先落实是不是妹妹。南波会不会电脑？"

俞生说："可以稍微鼓捣一下，打出这么一些字来没问题。"公司有两台电脑，俞生常在办公室说"要赶上时代终究要学会电脑"，所以，南波有时也按图索骥似的坐下来练习。

但这一切，包括前面的什么排除法呀，坐标法呀，都只能叫分析。而依靠分析是不能下结论的，结论依靠的只能是——证据。

"证据？"薛米丽怔怔地问，"谁用了电脑，在电脑里会不会留下证据？"

这句外行话把俞生逗笑了，欧阳却若有所思，盯着米丽发呆……终于，在江中一声浑厚而悠长的汽笛徐徐消失在群山之间后，欧阳的又一个鬼主意成熟了……

入夜，在朝天门的一家商场里，米丽见到了奔波一天的南波。这个 20 出头的姑娘正在训斥比她年长许多的本公司销售人员，因为对方竟然悄悄让别的公司的纸品混在"渝生"纸品里出售。"这次罚款 50 元。我只要再发现一次，立刻开除。工作不好找，我希望你珍惜。"说完，头也不回地走开，留下那老大姐在那里青一阵红一阵地发窘。

米丽感觉到了南波的厉害，对公司利益全力维护。

米丽将南波邀到滨江路外的台阶上坐下。初夏的江风轻拂人面，水中的灯火拉成五彩，朝天门像一个巨大的夜总会。

她交给南波俞生的亲笔短笺："南波，薛小姐是政法学院的电脑专家，请你回答她提出的一切问题。"

米丽问："你姐姐为什么服药？"

"我不知道，我还想问俞总呢！"南波说，话里对俞生似有怨气，米丽感到她不像说谎。

"你姐姐有没有男朋友？"

"以前有，是个厨师，还出过国，后来我妈反对，就再也没见来了。"

扯了一阵，米丽提了最关键的问题："5月7日，就是上前天晚上，9点至11点间，你在哪里？干什么？"

南波突显不悦，但她瞥了一眼俞生的短笺，说："在公司，看电视。"

"有没有用电脑？"

"说不上用了，我其实还不怎么会，我只是在电视播放广告时弄着玩。"

但她的不安已让米丽看出，鼻尖上甚至已渗出小小汗粒，灯光映照下好像碎玻璃。

"弄着玩，怎么打印出这些吓人的字来了？"米丽将那匿名信交给她，"俞总，东波同你结婚，是为了转嫁危机，她已怀了别人的孩子。"

南波一下子站起来："到处都是电脑，到处都是人，凭什么说是我打印的？"

"因为贵公司的电脑经我的技术处理后，显示出曾储存过这些信号，而且储存的时间正是7号晚上你独自待在电脑房的时间。"

南波吃惊得说不出话，半晌，才说："电脑……我的天！电脑还有这种本事！"

原来这就是欧阳的鬼主意，谎称可以让电脑显示已经消除的信号。他的依据是：一、南波其实并不真懂电脑；二、"电脑病毒"的启示，电脑病毒既然可以"有中生无"，为何又不能"无中生有"呢？

南波果然上当了，甚至还说不上较量，她就投降了，承认打印了那匿名信。

"为什么要这样做？"米丽问，口气温和，她相信对方并非出于卑鄙动机。

南波说："我不能让俞总答应同姐姐结婚，公司会让这个婚姻搞垮！"

"嗯？为什么？"

"因为这是一次假结婚。结婚是假，离婚是真。用离婚来获取一笔钱。"

"你怎么知道？"

"我怎么不知道？我是和她同一闺房的亲妹妹！"

55

三天后，薛米丽和俞生探望康复中的东波。

三个人在长江边的一艘餐饮大船内坐定，轻柔的管弦与深沉的江流浑成入耳，让人顿生沧桑之感。

事已至此，东波也没了顾虑，道出一切。

东波的确有个男友，叫卫进，毕业于大学，学习烹饪专业，与东波交好时，他已是重庆一家宾馆的副厨师长。人长得修长清俊，性格沉稳，又会体贴人，得到了未来岳母的首肯。

其实两人已经同居了，准备再凑足一些钱就结婚。

后来发生了一件事，使岳母的态度发生变化。

东波母亲是一位中专教师，因病已提前退休，学校的效益不好，报医药费就成为很头疼的事情。母亲有个老同事，在外兼课时突然发病，送医院抢救，要先交一大笔钱。学校一来有困难，二来反感教师在外兼课，所以此事不给支持。所幸这位老同事的女婿富有，二话不说将现金一万元递上。

老同事出院后，对前来探望的母亲说了姐妹间的肺腑之言："人是越老越病，医药费是越来越贵。我们教一辈子书的人，既无关系，又无钱财，不是我那女婿，我已经……"

言下之意：后人有钱你就生，后人无钱你就死。

于是，老教师竟然提出一个半开玩笑半认真的问题：让女儿嫁个什么人？

之后，母亲有天就对东波说，卫进人很不错，"但他这点工资，恐怕很难撑起这个家。"

东波顶撞道："什么这个家！就是你老人家的养老问题。"

母亲立刻伤心流泪。东波想到父亲早逝，守寡多年的母亲真是不容易，后悔起来，抱着母亲哭了一场。

卫进知道这事后，沉默了一些天，突然就借债包租了一家酒楼。

他以为自己科班出身，绝对内行，殊不知有技术不等于会经营——酒楼亏损，卫进欠债20多万元。

东波觉得天塌了，埋怨他时说了过激的话，伤了这个内向男人的自尊心，债主的催逼也使他难挨，突然就出走了，留下一张字条说："要么发财，要么死去。"

好好的未婚夫就这么没了，东波既痛苦，又生他的气。多方打听，大致知道了他已到南边，正在"准备做边境贸易"。

东波心知他不易成功，而且此时知道自己怀孕了，就决定嫁个有钱人，然后离婚分一笔钱，南下救卫进。

如果离婚时已有身孕，就可以多分到一些钱——东波就是这样想的，所以她没去流产。

之所以相中俞生，除了他有钱，还因为他善良，更因他历经沧桑，理解人生，或许以后不会难为她，可能原谅她。

她没有料到，少言寡语的似乎还没长大的南波看出了她的企图。

南波并不怀疑姐姐可以从俞生那里搞到钱，所以她才反对——抽走几十万，"渝生"公司可能垮掉，一百多号下岗员工的生计又成问题。

所以，南波劝说无效后，为了挽救公司，便以匿名信阻止这桩婚姻。

音乐突然沉寂，江面的喧哗浸进船舱，大船上的喇叭在警告着什么。俞生给东波舀了一勺沙参炖鸡，又给她开了一罐椰奶，用嘶哑的声音说了一句："中国的女性比男人了不起。"

无论是姐姐的舍身救夫，还是妹妹的保护公司，都是这种了不起——薛米丽猜想俞生可能是这个意思。

半月后卫进回到重庆。"渝生"公司以相当的优惠条件交他经营，俞生和米丽都希望两姐妹能助他成功。"物竞天择，适者生存。"俞生握着卫进的手说："生存竞争是残酷的，我只能帮你这一次。"

跳来跳去

吴 昊

56

冷姗姗突然悄悄地出现在欧阳的记者部门口，给他带来一个意外的惊喜，欧阳倒了杯茶让冷姗姗坐下。他知道她忙，发财不露面，背时大团圆，今天应该是碰上什么麻烦事了。聊聊吧，可聊啥呢？自从半年前欧阳在一次朋友家的麻将桌上认识冷姗姗以来，他们几乎每个礼拜都有电话联系，他知道她这几天心情不好，她的心情是很难好的，忙着就好，这是她的命。冷姗姗自己也晓得，她生怕歇下来，怕一歇下来那些已经过去了的往事又会噩梦般袭来。

冷姗姗在那家房地产公司打工一年多，由于人长得漂亮，口齿伶俐，加上脑子转得快，老板很快提升她为销售部经理。她为公司的事情飞来飞去，常给人一种风风火火的印象。有次欧阳接到她的电话，是从昆明打来的，她说昆交会上刚和一家深圳的港资公司敲定一笔生意合同，夜深了，洗完澡，想和他聊聊。那种带着倦意的兴奋有些按捺不住，欧阳听得出，做成一桩事儿的心境对于冷姗姗的生活太重要了。还有一次，电话里传来的声音清晰得让欧阳以为她就在门外某个公用电话亭，可她当时却正在遥远的新加坡，代表公司和马来西亚汤嘉集团谈判境外售楼的承销协议，顺便聊起了出国的所见所闻和感觉。她说其实也就这么回事儿，出了国才真的发觉中国伟大，单是地盘大就很有气势，小小一个沙坪坝就能当他一个新加坡。她还说新加坡漂亮，干净，现代，却动不动就犯了法，在那里活着也压抑，所以周末出国旅游的人很多，放松放松。她告诉欧阳啥都不打算给他带了，因为买不到当地的土特产，全是进口货，重庆的商场里都有……

欧阳面前坐着的，就是这样一位美丽而多情的重庆姑娘。

冷姗姗近来的烦恼是想跳槽，公司老板把钱看得太紧，把房价定得太高，高得有点儿离谱，根本没法销。几千万的贷款陷在工程上回不了笼，再过两个月又是还贷高峰。管理上也不像中外合资，比大锅饭还大锅饭，每天打四次考勤卡，卡得大伙儿没了想头，怎么去跑客户呢？无聊透顶，倒是操练出一手打拱猪和搓麻将的功夫。但她发觉老这么下去，公司和自己不就都完了，所以请欧阳留着点神儿，帮她寻个新去处。

很偶然的，欧阳那天饭局之后肚子有点儿不舒服，次日去报社上班的路上突然想找公厕，就拐进了大田湾体育馆，在那里的人才市场上，竟为冷姗姗发现了一个机会。到了报社，一个电话打过去，说华川物业公司缺一名销售部经理，月薪一千五，叫她去试试。

冷姗姗照欧阳提供的号码拨通了"华川"的电话，接电话的是公司办公室的周主任。周主任听了冷姗姗的自我介绍，表示求贤若渴，要她等半小时，说和总经理商量之后就回话，再来面谈。

半小时飞快过去，没有等来电话，冷姗姗就夹着资料径直去了"华川"。接待她的是位瘦高的女人。"有什么事儿吗？"那女人问。

"我想试试。"

那瘦高女人莫名其妙，"试啥子？"

"试试销售部经理。"

高女人浑身打量了一番冷姗姗，看她神情优雅而自然，便客气地说："请坐一会儿。"然后尴尬地退出了房间，接着进来的才是周主任。周主任问明缘由突感遗憾地说："哎呀，糟糕！我不是叫你等电话安排约见时间么？你怎么……"这话把冷姗姗弄糊涂了："贵公司招聘广告有效时间不是今天吗？我怕错过机会，所以就……"

"当然。"周主任说，"当然不怪你，只是你不明白我们公司的情况。这样吧，你6点钟下班再来，由老总和你谈。"那意思不言而喻，因为瘦高女人还在这个位子上没"下课"。

下午的太阳烫得灼人，冷姗姗无心逛大街。她觉得时间过得太慢，便躲进卫生间吸了一支香烟，然后来找欧阳。

6点整，欧阳陪冷姗姗去"华川"见了老总，老总也是女的，很欣赏冷姗姗的气质和见地，并语气肯定地表示希望冷姗姗可以加入，但她似有难言之隐。

57

"华川"的总经理对冷姗姗解释说，瘦高女人来一个多月了，不大胜任，但很努力，吃得苦，加之还有一些不便言明的原因，一时还没有足够的理由撤换。她让冷姗姗先进来干着再说，一旦时机成熟，就把冷姗姗提上去。

从"华川"出来，欧阳不想给正在兴奋的冷姗姗泼冷水，只含糊地说："真邪乎！"

"此话怎讲？"

"这步棋已经走进了死角，不是吗？"

"有这么严重？"

"要是那瘦高女人不晓得你将取她而代之，事情就好办一些，现在全乱套了，假如她要是不给你合作，给你做点手脚，岂不是吃不完兜着走？"

冷姗姗冷静想想，发觉这局面今后大家都挺难挺累的，一进公司就被人拿只眼睛防着，那滋味多么别扭，何况都是女人。她决定放弃"华川"，她不愿被夹在难堪之中过日子。

话说卫鸣自从那次做玩具生意彻底栽了以后，他发誓重来。不久便承包了一家名叫"亚光"的罐头食品厂，还投资20万元办起了"非非养殖场"，主要是养野鸡野兔。卫鸣对欧阳说："欧阳兄，上回你在报纸上发表的那篇报道把我整惨了哟！如果不是你多事儿，我的玩具生意也不会倒。不过，过去的事情就不提啰，朋友不打不相识嘛，而今这摊子又铺开了，还要拜托大记者多多关照。"

欧阳对冷姗姗说："怎么样？到卫鸣那里去，帮帮他？"

第二天一早，欧阳带着冷姗姗来到了卫鸣的办公室。卫鸣瞧了瞧冷小姐，笑都笑不赢，连说"欢迎，欢迎"。

接着卫鸣又说："今晚在西南大酒店有个约会，冷小姐就一块儿去吧。"说着走到窗前，指着摆在桌台上的沙盘模型说："这就是我和金蓝旅游公司、太空房地产合股共同开发的新项目——牛仔狩猎山庄。"

关于"牛仔狩猎山庄"的创意，说起来"版权"还属于卫鸣。有一次，卫鸣邀约了几个兄弟在七星岗清明宫大茶坊海吹神侃，说现而今重庆做啥子生意来钱？有人说开餐馆生意火爆是火爆，但酒店酒楼到处都是，而且投资少说也得三五百万，何况吃来吃去，无甚特色；那么搞娱乐业呢？卡厅夜总会桑拿浴也多如牛毛，没得点儿那种名堂也不好整；再看看朝天门的大百货小百货批发生意，人来人往，看起闹热，其实又辛苦又劳神；至于卖美味虾条、娃哈哈、大大泡泡糖之类的小食品，生意利薄，又没得层次，盘都难得盘……一阵泡子翻翻的乱侃，终于把卫鸣侃来了"电"，他在心头盘算，保龄球馆有人搞了，高尔夫球俱乐部也有搞了，只有狩猎山庄还没有人动过心。这不，打猎、餐饮、娱乐——四位一体，包赚！

冷姗姗是以老板助理的身份跟着卫鸣去赴宴的，她顺便也认识了"金蓝"的钦老板和"太空"的女老板素芳。当三方频频碰杯之后，就趁着非常友好的气氛正式签署了共同开发牛仔狩猎山庄的经营协议，素芳出任"庄主"，因为她的太空房地产公司投资额最大，占 48% 的股份。

眼下，200 亩地皮已经通过钦老板的面子征下，卫鸣作为山庄蓝图的设计者，他说："一旦工程实施完毕，鸡咯咯包在我身上。"

其实，卫鸣拉钦老板和素芳来合作，是有各人的小九九的，内中一层意思就是考虑他"非非养殖场"两万只野鸡八千只野兔的"出路"问题。他说："按计划，年底我绝对保证以充足数量的'牺牲品'供游客射击……"

钦老板说："素芳，牛仔山庄的事，你放开手脚搞就是，我和卫鸣在后头给你扎起。"

接下来要做的事，素芳默了默——围墙、别墅、游泳池、停车场、烧烤餐厅诸项配套设施立马动工，还有打靶场、驯养场、狩猎区等等也开始设计绿化……

可以想象，这个项目运作起来，保准一炮打响！

那段时光，卫鸣的心里充满了阳光，带着冷姗姗跑这跑那，风光极了，冷姗姗也过得很愉快。

一天，亚光罐头厂武汉办事处来急电，说一批午餐牛肉罐头，收不到款，卫鸣有些着急，他吩咐冷姗姗负责一下山庄的事情，自己立马动身去了武汉。

58

卫鸣风尘仆仆赶到武汉，才搞清楚收不到款的那批货，是自己不久前来武汉的时候与汉宣一家乡镇企业下属的"金马"经营部签的那批货。当时，"金马"的刘经理把卫鸣请到大东湖饭庄喝酒，喝得很开心。那批午餐肉罐头价值19000元。"金马"是做生意的，他们进这批货当然不是为了自己吃而是转手批零。平心而论，"金马"拿钱买货，没有其他不轨意图。酒桌上，卫鸣看得出，"他刘经理的诚意决不是装出来的"，而且，"还想和我们长期合作"。

汉宣到汉阳地图上很近，坐车也就两个钟头路程。

第二天，刘经理带着出纳小林到汉宣当地开户行下账，小林取回一张信汇回单上联（这是买方财务做账的凭据）。为了赶到汉阳提货，刘经理找了一辆装载五吨的货车，直抵"亚光"办事处。"亚光"的出纳看了看事先签好的合同，加之有银行的信汇凭证上联担保，确认这笔款已经通过银行汇出，那上面的"结算"三角章清清楚楚，顺便把对方出示的这张回单下意识地丢进了自己的抽屉，开具了一张付款收据，递给刘经理。

后来，忙乱中不知是谁插了句嘴，说这回单是人家做账用的，出纳恍然地从抽屉里取出，还给了"金马"的小林。刘经理说"反正款子就这两天到账"，便装了货走了。

卫鸣也回了重庆。

事情巧的是，当日上午不到11点，刘经理就把货拉回了汉宣。车路过银行的时候，见银行还没有下班，估计未将信汇存单送去邮局。此刻，刘经理脑筋急转弯，突然萌发打一个"时间差"的念头。便赶去银行，找了一个非常正当的借口，说："我们上午那批货的付款通知上填错了对方的账号。"因此抽回了存单，银行自然终止了付款。

一个礼拜过去了，"亚光"不见款到，就派人去汉宣，刘经理不在，只好无功而返。

又过了半个月，"亚光"的人再去，这回见到了刘经理，没想到刘经理这样告诉去的人："你们的罐头，质量有问题，锈盖，胖听，变质……"

"这批货可是你刘经理验过的，为啥子变卦呢？""亚光"的人说。

"这批罐头销得我们脑壳都焦烂了。"刘经理要求杀价。杀价就杀价把，"亚光"的人心想，只要能追回大半款子，也算了却桩事儿。

然而刘经理话没说完又改口道："你也体谅体谅我们嘛，干脆我们以货抵货。"

"金马"抵的货是肥皂、洗衣粉，还有的全都是"走不动的死猫货"，"亚光"不干，事情又拉倒了。

第三次，正值卫鸣赶到武汉，他气不过，叫手下的人在提包里装个录音机，决定亲自去找姓刘的。这回姓刘的更横，人刚到，他就叫卫鸣把提包的拉丝拉开，并一口咬定某日某地派人亲自去付清了这笔款子的，并出示了"亚光"开的付款收据。

既然"金马"硬要打翻天印，赖账不付，卫鸣只好请律师了。

律师在接受了起诉委托代理之后，估计一查汉宣"金马"的开户银行，便可能真相大白，然而当律师去银行调查之后，居然没有一点蛛丝马迹。

银行方面说，这事已过去两个半月，我们这里每天都有很多客户来转账、提款，或者信汇，银行虽有登记，可两个月销毁一次，现在无法找回那本流水账簿。至于信汇通知单，下班立即轧当天的账，送邮局，存单早就不在银行了……线索中断。

结果在律师意料之中，"亚光"输了这场官司。道理很简单：你说你没有收到货款，别人又说付了现金，谁是谁非，举证须实。人家"金马"可是提供了付款收据的。卫鸣气得也无话可说。

59

一辆皇冠轿车正朝铁山坪方向驶去，天气晴朗，出了城的公路上扬起了飞尘。车里面坐的是卫鸣和冷姗姗，牛仔狩猎山庄的工程开工时间迫在眉睫，他们得上山去看看围墙修建的进度。

卫鸣掏出打火机点燃一支"三五"，转过脸，面对身边的冷姗姗说："唉，这几个月来实在是让你辛苦了。山庄的工程筹备事情杂，头绪多，跑手续，盖巴巴，对外应酬，还有三家股东之间的协调。幸亏有你拳打脚踢张罗着，不然我卫鸣纵有天大的本事，也早就被整趴了。说老实话，该咋个谢你呢？我真的很喜欢你，噢，不，我很欣赏你的办事作风……"说着便将手搭在了冷姗姗的肩上。此时车子正好急转弯，卫鸣整个身体几乎都倒在了冷姗姗的身上，冷姗姗斜了一眼卫鸣："老板过奖了！"她条件反射地挪了挪身子，轻轻把卫鸣的手刨开，转过话题说："前几天那场暴雨把养殖场淹了一大半，20多只鸡得了瘟病，要不是你喊我找人马上隔离，那才惨哟。"卫鸣说："就是，如果那种瘟病一传染开来，两万只鸡管好多钱？岂不是只有哭着喊天，还有谁的眼泪在飞？"

一阵笑声飞出窗外，卫鸣继续夸奖冷姗姗："这个月你该重奖。对了，等山庄工程告一段落，我放你半个月休闲假，到外面转转，放松放松。""算了算了，有两三天时间拿来补补瞌睡就行了，我这人一没事就要生病。"

说话间，不知不觉铁山坪到了。卫鸣打开车门，抬头朝山上望去，见十几个民工正在吼着号子抬石头，山庄的围墙已经修筑了一半，卫鸣有些感慨地告诉冷姗姗："你看，再过两个月，这里就是全市最刺激的快乐天堂了。到那时，大功告成，我们干脆哪儿也不去，就在这儿选一套别墅，扯伸了潇洒一盘儿。"说得冷姗姗一双美丽的大眼睛忽闪忽闪……

有一次，从山上下来，冷姗姗觉得有点疲乏，一回到寝室，拿张晚报翻着翻着就进入了梦乡。次日醒来，发现门缝底下塞进来一封信，拆开一看，冷姗姗的手不由得颤抖起来，信上未落名，只有一句话："小心，河水很深！！！"这意思只有她懂，既有劝导又有威胁的含义。她的眼前浮现出五年前那个男子的影子，像一个噩梦笼罩着她，尾随着她，纠缠着她。想到这里，冷姗姗一把将信揉成纸团，然后立刻烧掉，抓起一支香烟，点燃，长长地吐了口烟雾，她想立刻从脑海里赶走那条噩梦般的影子。这时，门外一阵急促的摩托声戛然而止，一个男人推门而入，来的不是别人，是欧阳。欧阳见冷姗姗神情有些异样，问："怎么满屋的烟，哪个来过？""没有人来过，是我心里烦，抽起耍。"欧阳扫视了一下房间，问烟缸里那堆纸灰是啥子？冷姗姗迟迟不答。欧阳再三追问，冷姗姗一双装满泪水的眼睛望着欧阳，已泣不成声。从那以后，欧阳了解了冷姗姗从未向任何人坦露过的身世，以及她这些年来埋藏在心里的隐衷。

时间一晃就到9月中旬，没想到，由三家合资的牛仔狩猎山庄开始扯皮了。

按说，当初素芳签过字划过押拍过胸膛的1000万早该划过来，可就是迟迟不到位。卫鸣急得像热锅上的蚂蚁。"我找朋友先借五万五，开工要紧。"就这样开工了，他心想，等工程一旦上了马，素芳的款也该到了。

日子一天天过去，素芳的回话总是那句"稳儿天嘛，周转不过来呀！……"把卫鸣急得火星子直冒。其实事情是这样的，当时素芳从西南大酒店回来，就把牛仔山庄合资的事儿向俞生作了汇报，俞生不同意，他说："上次卫鸣这家伙和我们搭伙做玩具，弄得'太空'商场受连累，损失惨重，莫非你就忘了吗？！"

10月份到了，卫鸣验收围墙之后迟迟付不出工钱，被一大群民工扣押了三天，卫鸣好说歹说，答应下山弄钱，民工才放了他。最后，还是钦老板出面贷了10万解了围。民工们的怒气虽平息了，但山庄只好半途搁着，素芳那边被催烦了，也打起了横耙："钱钱钱，你慌个屁！"

"鬼才不慌，老子两万只鸡咯咯天天都在长，等不得！"卫鸣说，"你倒是站在坎上说得脱走得脱，是不是？"

后来才发现，素芳承诺的1000万被她拿去搞其他项目了，账上是空的，无奈只好请素芳的太空房地产公司退出"山庄董事会"。

60

卫鸣立马另找了个台湾老板来谈投资合作"山庄"的事儿，结果一拍即成，台商的款可以明天就全部到位。但在股份一进一出的交接过程中，素芳提出要求退她项目转让费50万，台商连价都没还就一口答应了。

事情该完了吧，没想到这50万却无端生出了麻烦来，就是说，素芳出任"庄主"几个月，分钱没出，反而要捞走 50 万溜之大吉。"哪有这么好的事儿！"卫鸣不服，"项目是三家的，转让的钱三家按股平分，哪里有让'太空'一家独吞的道理！"素芳自然不依，且理直气壮。卫鸣对钦老板说："那婆娘不依，你我干脆来他个大家'洗白'——宣布破产拉倒。""算了算了，破产？那不是杀敌三千，自损八百？不合算不合算啊！"钦老板这么一说，卫鸣也算醒豁过来，但一想到台商的 50 万支票今天就要白滋滋地归"太空"所有，就总有一种被玩弄了的感觉，硬是吞不下这口窝囊气。

第二天一早，卫鸣大大咧咧地撞开钦老板的办公室，跺脚大骂坐在对面沙发上的素芳："你这个烂婆娘，破鞋，臭婊子……"他拍打着门，"你凭什么要拿那 50 万，老子今天跟你拼了！"

素芳见卫鸣如此有失体统，顿时血往上涌，也顾不得自己的身份，顺手抓起茶几上的玻璃烟缸狠狠砸了过去。卫鸣手脚飞快地把门拉回来关上，那只漂亮的烟缸立刻在门上碰得粉碎。接着，室内传来一阵素芳歇斯底里的打门声叫骂声，卫鸣拽着拉手不敢放松，虚汗直冒，隔着门回了句："好男不和女斗。要不是老子考虑到两万多只鸡娃儿快长老了，才不能让你捡这么大便宜！"

也许是牛仔狩猎山庄几家股东老板的大打出手，不欢而散，使冷姗姗顿感失望。也许是由于卫鸣的极端失态和对于一个女人的恶毒谩骂，使她不知怎么联想到了自己，她对并不很了解的素芳反而产生了一种女性特有的同情。这一点，当时在场的素芳是隐隐感觉到的，以至于后来冷姗姗下决心离开卫鸣的公司而打算去太空房地产公司时，卫鸣大吃一惊，而素芳却觉得是意料中的事情。眼下"太空"的商品住宅工程已经快要短水封顶，接下来的重点是房屋销售，冷小姐的真诚加盟，素芳正是求之不得。素芳赶快给俞生打了个报告，正式聘冷姗姗为太空房地产公司的总经理助理兼行政部主任，专门替素芳把好工程收尾的质量关。

冷姗姗去"太空"之后才发觉，素芳虽然兼着这里的总经理，但更多的时间陷在俞生的太空实业总公司那边，根本顾不上过问子公司的情况。这边只有十几号人，管理漏洞很大，开支下来，每月花销好几万。要数工程部最不好整，守着"三材"（钢材、木材、水泥），进货公开吃回扣，使项目成本偏高，素芳旦就想"换血"。"现在你来了就好。"素芳把冷姗姗叫到她的办公室，面授机宜道，"公司里负责工程的副总是从房管局聘来的退休人员贾飞，此人很精，你要多个心眼儿。"冷姗姗没有开腔，她又继续说："这样吧，你抓紧搞一个'三材'进货的定价定质方案，严格把关。"

意思是，不能让贾飞一人说了算。

冷姗姗感到自己的处境很尴尬，因为她必须在素芳和贾飞之间周旋。

一天，贾飞从工程部打电话找冷姗姗，说新楼主体基本完工，两天之内落实铝合金门窗装修，不然无法保证年底交付使用。冷姗姗答："按公司和承建方的一揽子合同，这是承建方黄经理的事情，不必……"贾飞解释说："不过，黄经理说他们未配备专门的装饰工程班底，打算将这笔业务转包出来。""那就招标好了！"冷姗姗说，"但是发包权在'太空'。"

几天来，来过四拨抓业务的装饰工程公司，均报价高，每平方270元。贾飞这时提议考虑一家打着某铝加工厂牌子的装饰公司，他说："他们的报价是每平方265元。"冷姗姗建议说："再等两天，多比较比较，货比三家嘛！"

散会后，有人悄悄告诉冷姗姗，"贾飞给这家装饰公司私下泄露了招标的底价，所以他们比前面四家少5元，贾飞的好处自然不在话下。"

61

冷姗姗想马上摸摸装修业的市场行情，核实核实市场价位，于是想起了一个人，他叫汪小虎，汪小虎也是这个铝加工厂大集体的装修老板。

"喂！"冷姗姗拨通了汪小虎的手机，汪小虎回话说："冷小姐，你可不可以把这笔生意拿给我来做，每个平方优惠到240元？"

冷姗姗说："你可以到公司来面谈。"她放下电话在想，贾飞说的265元，里面说不定硬是有名堂，随后立刻把这个情况告诉了素芳。

素芳说："那就干脆包给汪小虎做，就这么定了。"

汪小虎兴致勃勃地把营业执照副本也带来了，贾飞用挑剔的语气问："汪先生每个平方240元就做下来了，不赔本吗？"汪小虎答："如果贵公司不怕被人坑，可以选其他公司做，我说白了，只想给工人赚点儿奖金而已。"贾飞被汪小虎的报价比得鬼火冒，所以大声武气地吼道："据我了解，你这个价，单是材料成本都打不下来，不偷工减料才怪！"这时汪小虎也有点儿激动："质量出了差错，分钱不要！"

贾飞见势不妙，就阴阳怪气地饶舌说："你懂不懂装修哟，开黄腔！你去称四两棉花纺（访）一纺（访），现在的行情，265 元这个价，别个是放到洗衣机里头甩干了的，一点儿水分都没得。"汪小虎也不是省油的灯儿："我拿的材料是本厂厂价，不是二手货，你看哪个比我的价还甩得更干？"

既然素芳和冷姗姗已经定了包给汪小虎做，贾飞也无可奈何。

从那以后，贾飞对冷姗姗始终耿耿于怀。

他开始关注冷姗姗的个人隐私，捕风捉影，道听途说……还有意无意含沙射影地说："我贾某人就是吃点儿回扣，总比有些人挣的钱来得干净……"

冷姗姗听了顿时无语，忍气吞声，转身走出门去，有泪也只能往心里流。

没过几天，汪小虎来电话感谢冷小姐，不过，他说他已经放弃了这笔装修业务。冷姗姗问他为啥子？他说承建方的黄经理要他缴"进场费"，简直是狮子大张口！"算了！"汪小虎说，"即便他让我进了场，到时候不给予配合也够呛，一会儿停水一会儿断电，逼得你不退也得退，因为贾飞和黄经理是串通了的。"

后来冷姗姗不辞而别，再也没到"太空"来上班。为什么？她去了哪儿？没有人知道。俞生和素芳着急地到处找，找遍了朝天门码头，仍然没有一点消息。有人猜她去海南了，又有人传说她去深圳，谁也不知道她真的去哪儿了。

这时，素芳想起了欧阳，便打电话问："冷姗姗来没来过你那里？""没有！"欧阳反问，"冷姗姗出事啦？""不，她招呼都没打一个就走了。""走哪里去了？""就是不晓得才来问你呢！"

不久，冷姗姗终于有了下落，欧阳收到她寄来的挂号信，信上写道：

> 欧阳：您好！
> 我走了，你肯定觉得我走得太突然。是的，我一直在努力做一个正常的人，一个同别人一样拥有自我尊严的人，可我不能，因为我没有资格。我也曾想过破罐子破摔，却又做不到。我非常

太空火锅城

226

感谢你曾给我的帮助，但我还是要走，至于到哪里去，我现在也不知道。

冷姗姗

　　欧阳读完这简短的字迹清秀的信，联想起在卫鸣的公司时，冷姗姗那次伤心的哭诉，他心情一下子不好起来，想出去散散心。不知不觉间来到了朝天门，碰见了正要去火锅城的素芳，欧阳对素芳说："其实，冷姗姗的真名叫秦静，原在一家国营企业工作。因那家企业发不出工资，五年前她就丢下刚满两岁的女儿，到海南一家公司去打工，公司老板看她人不错，口才也好，就派她为贷一笔款去和银行勾兑，说如果贷款成功，个人提成15%。没想到那个信贷处长是个色眯眯的家伙，秦静居然轻而易举地做成了这笔交易，也不知是谁上了谁的当。殊不知，没过多久，那处长因此翻了船，可是该坐班房的没坐班房，秦静却当了两年牢里的替罪羊。出来后，她无颜回家见丈夫和女儿，虽然丈夫原谅了她，虽然她做梦都想女儿，但她说她不可能再回那个家了。她想把这段难以启齿的经历永远埋葬在心底，从此改名换姓，重新做人。但是，她发觉，她这样活着并不轻松……"

　　素芳听到这里，眼睛里闪烁着泪花，哽咽着对欧阳说："我们应该赶快把她找回来。"

往事未必如烟

李永英

62

洪赤建接连几天傍晚都到"太空火锅城"来，要了靠窗的座位，几碟菜，一瓶酒。他吃得很慢，目光所及不是眼前的酒菜，就是窗外的景物。

古小琴凭直觉感到这是个经历了若干年风雨染得丰厚而沉稳的男人，且心事重重。再看他的穿着，宽松的牛仔裤，纯棉 T 恤，干净而熨帖，一个想法奔上心头。

下班后，她去了赵小润家。

赵小润是古小琴的好朋友，是个随和善良的姑娘，她中学毕业后顶替母亲进了纺织厂，愿意像妈妈一样当工人，平安顺当地过日子。可是，厂子越来越不景气，一大批女工下了岗，每月只有 80 元生活费，小润也在其中。古小琴很想帮助她，无奈火锅城暂不要人，看到洪赤建，她便想起叫小润去陪客人说说话，挣些小费。自然，古小琴这样的安排是私下进行的，她知道小润能掌握好分寸，她真的想帮助小润渡过眼前的艰难岁月。

赵小润犹豫了好一阵，答应了。生活是一股所向披靡的潜流，心气儿再高的人也有低头妥协的时候。

这天下午，赵小润如约而来，一身白底小蓝花衣裤，清清爽爽，头发梳得光光的，在脑后挽了个髻，一股子才做了小妇人的味道。古小琴和洪赤建已经很熟了，就很自然地把赵小润介绍给洪赤建，洪赤建很得体地请小润坐下，过渡得也十分自然。

小润不喝啤酒，洪赤建就给她要了瓶花生皇，小润插了塑料管一小口一小口地吸，见洪赤建又把目光移向窗外，就怯生生地没话找话说："洪老板是重庆人？"洪赤建说："我20岁才离开重庆到沿海闯生活，土生土长的本地人。"小润渐渐话也多起来。世界真是小，说来说去，原来她和洪赤建曾在同一所中学念过书，她的心情就轻松愉快起来。洪赤建也来了点兴头，问起这个那个老师，有的退休了，有的调走了，有一两个作古了，问到一个姓卓的女老师，洪赤建描述了半天，小润仍是摇头。洪赤建不胜唏嘘，往事如电影般一幕幕闪过……

洪赤建出生在一个有七个兄弟姐妹的工人家庭，父亲是煤球厂的工人，母亲没有固定工作，偶尔给人打打零工。九口人就靠着父亲微薄的工资，日子的艰难程度可想而知。洪赤建排行第六，下面还有一个隔得很远的妹妹。兄弟姐妹七个，除了七妹，都是自己挣学杂费，夏天卖冰糕，冬天擦皮鞋。每个孩子都有一个存钱的小陶罐，藏在只有自己知道的地方，不时拿出来数数，知足得不行。因为一生下来面对的就是贫穷，洪赤建认定生活就是这个样子，过得平静而愉快。在洪赤建上中学时，这种与生俱来的好心情被彻底扰乱了，少年洪赤建陷入了极端的痛苦与自卑之中。

那是一个叫池毓瑞的女同学，初一下学期时来的插班生。班主任卓老师把她和洪赤建安排为同桌，洪赤建第一次就把她喊成了"池每端"，卓老师嘲笑道："怎么不叫'池流喘'？"全班哄堂大笑，洪赤建猛地低下头，半天抬不起来。他恨死了这个打扮得妖里妖气的班主任。令他奇怪的是，身边的女同学对此静悄悄的没有反映，他鼓起勇气瞥了旁边一眼，脑袋嗡地大了，从此洪赤建从懵懵懂懂的少年飞跃为青年。池毓瑞那么白，那么细致干净，脸颊上还有细细的血丝，隐隐约约看得见，嫩得仿佛一吹就破。她穿了件红灯芯绒衣服，洪赤建第一次发现衣领可以做成圆形的，像个十分得体的盘子倒扣在肩上，不但可以镶边，还可以绣上精致的小黄花小绿点。这之前，洪赤建的世界里只有小罐里的零散票子、树丫上的鸟窝和小河沟里的螃蟹，现在它们都消失得无影无踪，只剩下身边这个玉瓷般精美的小姑娘。池毓瑞大大方方看着洪赤建："上课了，你的书呢？"

天啊，她的眼睛像颗水葡萄，水汪汪的，透着灵气。洪赤建慌慌张张地从抽屉里掏书，"哗啦啦"一阵响，书、本子、笔盒全掉到了地上。

63

洪赤建变了，不再淘气，不再没规矩，喜欢穿干净衣服，洗脸洗手时很认真很仔细，不需要妈妈的提醒，还按时完成作业，上课时坐得端端正正。班主任尽管不喜欢这个黑不溜秋、留小平头的男孩子，但还是表扬他遵守纪律，书写工整。洪赤建对班主任渐渐有了好感，并发展到言听计从。每次做清洁，他就趁别人不注意时把池毓瑞抽屉的每个角落都擦得一尘不染。当然，池毓瑞并不知道。池毓瑞对他也很好，总是慷慨地把自己的橡皮啦尺子啦无条件地借给他。好多课桌上都有一条"三八"线，他们这桌从来没有，池毓瑞经常写着写着就趴过来了，洪赤建就挤到了拐角上，两个手肘悬在空中。

那真是段春风荡漾的日子，洪赤建每天都有饱满生动的感觉。

第二学期，班主任把洪赤建的座位调后两排，和池毓瑞分开了。洪赤建的成绩直线下降，得到的批评乃至训斥渐渐多了起来，他心里充满了对班主任的仇恨。后来学校兴起了"一帮一"的活动，就是一个好学生帮助一个坏学生，班主任分配池毓瑞对洪赤建。洪赤建受宠若惊，真不知对班主任到底是恨好还是不恨好。

然而，洪赤建哪里想得到，这次"一帮一"没有给他带来一丝好处。

那是一个星期天，下着雨，池毓瑞撑着把小红伞来到洪赤建家，准备一起做作业。

洪赤建已经和妈妈一起把家里收拾了一遍，在他看来家里从来没有这样整齐清爽过。两人在房间正中的大饭桌上摆开课本文具，桌上还有几个装着剩菜的碗碟。池毓瑞说："你家没有书桌吗？"洪赤建很奇怪，桌子就是桌子，还分什么类，有那个必要吗？池毓瑞很认真地说："书桌应该摆在窗户边，光线要从左边来，才不坏眼睛。"洪赤建的妈妈说话了："将就，将就，我们哪里讲究得起。"后面有了笑声。洪赤建刚才的心思全在池毓瑞身上，没有注意到他的兄弟姐妹在床边坐了一排，脸上都有一番意味深长的笑，双腿在床沿边上一甩一甩的，仿佛今天全家的主题就是观看这一对少男少女如何"一帮一"。

洪赤建第一次对这个家产生了厌恶感。

洪赤建五岁的小妹好奇地走来走去，拉池毓瑞的衣角，抓她的花笔盒，把她的小红伞撑得反了向。池毓瑞一声不吭，只抬眼看看，表现出很好的教养。洪赤建简直无地自容，哪里还能专心。

池毓瑞提议到她家去，洪赤建低着头答应了。妈妈长长地出了一口气，意思是早该这样，后面传过来一阵"嗤嗤嗤"的笑。

池毓瑞的家隔着好几条街，走了近半个小时才到。洪赤建的帆布胶鞋灌满了水，叽叽呱呱地叫，池毓瑞笑，他也跟着笑，快活极了。池毓瑞的家在大学里，父亲是教授，母亲是校医，还有一个念高中的姐姐。她的家真宽敞，真干净，进门得换鞋，洪赤建的家从来就是随意踩进踩出。换过一双布鞋剪成的拖鞋，软软地踩在光亮的水泥地上，洪赤建感觉又新鲜又受用。池毓瑞的妈妈拿过一张厚厚的大毛巾慈爱地擦女儿头上的水珠，还给洪赤建抹了两下，洪赤建感觉到她有一双柔软温暖的手。池毓瑞的爸爸从另一间房里踱出来看一眼，又缩回去了。池毓瑞的姐姐靠在门边，拿眼瞟着洪赤建，说："他的脚上还有沙子。"池毓瑞就带洪赤建去厕所洗脚。厕所就在家里，真是方便，还没有臭味儿。洪赤建的姐妹几个和妈妈共用一只土陶尿罐，男孩子们和父亲就上街口的厕所，早上还得排队，夜里就在后墙根下的瓦盆里小便，大便就得忍着。洪赤建猛然清楚地意识到他和池毓瑞从一生下来就不一样，是生活在两个世界的孩子，不公平和屈辱一点一点爬上心头。

64

洗了脚，池毓瑞把他带到自己和姐姐同住的房间。姐妹两人一人一张书桌，都靠窗，光线从左边来，还有褚红色的书架，上面有书，有相片夹。铺着蓝白格子床单的小床上，被子叠得方方正正。这里有洪赤建陌生的规矩讲究，他感到了窘迫、紧张，就努力把注意力转移到习题上去。池毓瑞的姐姐把书本摔打得噼噼啪啪响，池毓瑞就不满地皱起眉头叫她不要这样，她姐姐也不搭话，依然我行我素。

很快到了中午，池毓瑞的妈妈和和气气地来叫大家都去吃饭，洪赤建慌慌张张地把书本塞进书包，急急忙忙套上湿透的帆布胶鞋，鞋和脚一摩擦又发出"叽叽呱呱"的声音，他肯定在场的人都听见了。他觉得丢脸，转身就跑，后面传来池毓瑞姐姐的声音："妈也是，还留他吃饭！"泪水蒙上洪赤建的眼睛。

洪赤建从此一直躲着池毓瑞。升上高中，池毓瑞转了校。洪赤建不知道她怎样想，但他心里有她的影子，挥之不去。高中毕业，洪赤建没考上大学，顶替父亲进了煤厂，然后，停薪留职去了沿海。

一晃，十几年。

洪赤建独闯商海，几起几落，贫穷的童年生活给了他吃苦耐劳的秉性和屡战屡败又屡败屡战的坚韧，终于撑起一片自己的天地，有工厂，有商店，有别墅，有轿车。只是婚姻生活不如人意，他两次结婚，两次离婚，两任老婆都漂亮年轻。然而，他还是好说好散，给了她们大笔的钱，希望她们找个好老公，两个女人都依依不舍地挥泪告别。

单身的有钱男人最容易招蜂引蝶，频繁地辞旧迎新，新和旧已没有了区别，洪赤建很快就厌倦了这种没有分量失去根基的生活。

朋友俞生叫他回重庆来发展，他几乎没加考虑就答应了。回家，回家，这个念头在他心里那么急迫催人。

那天晚上，他和俞生在江边散步，眼前的江水不舍昼夜，一去不返，沉默中蕴涵着无尽的思想。洪赤建蓦地感到生命渺小，人生短促，感慨万端，就对俞生讲了那段少年往事。俞生听完，眯着眼想了好一阵，说："你应该去看她，该了结的得了结。"洪赤建承认想去，但是，有些怕。俞生的眼睛在黑夜里闪闪发亮："那你准备在心里搁多久？"洪赤建也觉得奇怪，这些年多大的风雨没有经历过？怎么就放不下一些说不清道不明的人和事？不过有了俞生的理解，他也就拿定了主意。

一个清朗的星期天的早晨，洪赤建一起床就为去找池毓瑞做准备。他穿上一套深色西装，显出中年人的沉稳和分寸感，在打领带的问题上，犹豫半天，打上，又解下，又打上，又解下，最后还是把里面的衬衣换成了T恤衫，皮带和皮鞋也特意斟酌了一番。这身行头晃眼一看，随和谐调，可识货的人一眼便知这不是工薪族所能问鼎的。在买礼物时，他又犹豫了，鲜花还是礼品盒？鲜花显得突兀，礼品盒又太正经，最后他买了几斤上等荔枝，用一个普通塑料袋装上，方才觉得一切妥帖。

这一路的变化实在太大，但洪赤建还是顺利地找到了那幢灰白色的三层楼房。池毓瑞家在二楼，还是那扇门，朱红色的油漆陆离斑驳。

开门的是池毓瑞的妈妈，老多了，透过稀疏的白发看得见整个头顶，一双干涩的手，皱起层层纹路，洪赤建记得那曾是一双温暖柔软的手。她已不记得洪赤建。洪赤建介绍自己是池毓瑞的中学同学，曾在学习上得到过她的很多帮助。老太太把他拉到厨房，昏花老眼贮满悲伤："小瑞死了，半年前，淋巴癌。"

死了？池毓瑞死了？那么好的一个人死了？把他的心牵扯了十几年的人居然不存在了？洪赤建的脑子嗡嗡叫，木头一般随老太太走到正屋。

65

进了屋，洪赤建看见池毓瑞的父亲坐在一把藤圈椅里，他得了严重的老年痴呆症，时清醒时糊涂，女儿的死至今还瞒着他。房间正中摆了一地的玩具，一个五六岁的小女孩坐在一只草蒲团上玩。老太太说这是池毓瑞的女儿。小女孩听见说她，就仰起脸来，望望外婆和客人，哦，水葡萄般的眼睛和记忆中的一模一样，只是缩小了轮廓。小女孩一字一句地对眼前的陌生人说："我的妈妈出远门了，等我长大了，她才回来。"说完，又去摆弄她的玩具。

长久的沉默。

洪赤建环顾四周，老式家具多处露出木质本色，灰蒙蒙的，幽幽地透出时过境迁的衰败气息。这个家曾是洪赤建向往的楷模家庭，曾让少年洪赤建第一次产生自卑情结。那种刻骨的自卑跟了他好多年，仿佛成了碾压他灵魂的一种东西，或者说后来的奋斗、挣扎，竭力要出人头地，这个家曾是原始动力。而今，他光鲜体面地站到了它的面前，它却招呼都不打一个，自顾自地往家破人亡的方向走去了。冥冥中他像一直在等待重逢的一天，却没有料到会是如此地令人黯然神伤。

洪赤建来到街上，招手叫了辆出租车，坐进去，对司机说："随便到哪里，开快些，越快越好。"司机扭头看看他那一身着装，愉快地松了手刹："那我们上高速公路！"

人为什么要活？活着的意义在哪里？人这一辈子到底留得下什么？深刻的人生本质问题扎在洪赤建脑子里，弄得神经痛。他想问俞生，俞生上北京了，月底才回来。

古小琴误解了洪赤建的意思，以为他需要一个解闷说话的人，就拉来了赵小润。

洪赤建从来不去伤害女人，况且古小琴、赵小润都是好心肠的女人。洪赤建就和赵小润有一搭没一搭地聊着。赵小润说着说着就说到了她的工厂，说到了里面的下岗女工，说她们四处找工作，因为文化水平低，加之在工厂里关纯了，就四处碰壁，说那些上有老下有小的女工怎样一个钱掰成两半花，说生了重病的女工如何硬撑，因为厂里报不了医药费……洪赤建听得异常专心，烟也忘了抽，酒也忘了喝，锅里的水加了一道又一道。分手时，洪赤建递给赵小润50元小费。小润不敢接，说太多了。古小琴就笑眯眯地抽过那张票子塞进小润手心里。

洪赤建走进苍茫暮色，决定把那些纷乱的人生难题挪后一步思考，现在，他只想做一两件实实在在的事，而且立即就动手。

一个月后，洪赤建租下朝天门刚刚竣工的君福祥大厦的二楼营业厅，经营百货，商品一律是大路货，面向平民百姓，面向工薪阶层。60名营业员一律是下岗女工，年龄从25岁到50岁。赵小润做衬衣组组长，干得很努力，很出色。洪赤建给她们350元至400元月薪，50元交通费，加外一顿工作餐。大家都十分珍惜这来之不易的工作，并为之竭尽全力。

俞生问洪赤建这样经营有多大利润，洪赤建回答："赚钱的路数多的是，我根本没想在这上面捞钱。"俞生拍拍他的肩，什么也没说。

有一副柔软心肠的古小琴问洪赤建想不想成个家，重庆姑娘漂亮得很，选择余地要多大有多大。

洪赤建双手一摊，说："我以后要沿海内地两头跑，哪有成家的命？"

真不想？不，洪赤建知道这样的事可遇而不可求，不过他相信能碰上一个好女人，他有预感，他的预感一向很准，他会娶她，爱护她，关心她，做个好丈夫，踏踏实实地过日子，过一辈子，还要和她生个孩子，不管是男孩还是女孩，他都要疼爱他（她），做个好父亲，给他（她）一个富裕温暖而又稳定的家。

1996

第贰棒

空中丝绸之路

王 雨

66

进入十月的纽约，气温又有升高。一连几天，都是晴天。位于曼哈顿东侧的联合国总部大厦，沐浴在日光下，熠熠发亮。薛米丽来美国后，到这儿来观光。她很快乐，下车后，一步两梯登上大街边的石阶，朝执勤的联合国总部保安人员粲然一笑。这位高瘦严肃的黑肤色的执勤人员抽动了一下面肌，也回她一笑。

联合国总部大楼前，是一块很大的平地，有几尊雕塑。薛米丽首先去看了那把巨大的手枪雕塑。很绝妙的一把枪，而枪管却被无形的强力扭弯变形，耷拉下来。预示着全人类要放下枪杆，举世和平。薛米丽双手合十，朝那枪管眨眼，口中念念有词，愿永无战火，世界一片安宁。

"这是美术家的真诚希望，而有人却与这希望背道而驰。"喜欢业余绘画背了画具的野狼立在薛米丽身后说。

薛米丽盯着他幽默地一笑："野狼，快给我照相。"

野狼为她拍了枪管下的女人像。薛米丽又跑过去要与那执勤人员合影，保安人员和气地应允，她就抚抚长发，靠着那一身戎装的执勤人叫野狼照相。"咔嚓"，野狼又拍下了一张。二人朝联合国大厦内走去。参观了会议大厅后，薛米丽去购了邮票、信封，她要给俞生寄去，她知道俞生一直在冷一阵热一阵地集邮。

　　野狼很遗憾自己出国前没有和俞生辞行，更没有与薛米丽告别。那年，他离开俞生后，在长江边的一条趸船上开了个"花江渔锅"，生意火爆了一阵后又不行了，但他的调味手艺仍被同行和食客称道。去年，一个在美国做生意的重庆人让他来纽约唐人街新开张的重庆火锅城当调味师，临行前，他想，一定要去看看俞生。这天，他走到俞生的家门前，正欲敲门，听见屋内有女人的说笑声，声音很熟悉，就走到窗前，凭了他的电线杆子般的瘦高个头，踮脚朝里看，是薛米丽与俞生两人。心胸并不太窄的他竟然陡生一股怒气，哼，天下女人多的是，就不信没有一个比她强的。想到这儿，不知怎么就想到了请他出国去的女老板来，哼，这女人哪点儿也不比你薛米丽差。

　　到了美国后，他把山城火锅手艺带到了纽约的唐人街，调出的火锅色香味俱全，麻辣烫鲜嫩脆令人叫绝。野狼不像《北京人在纽约》里的那位男主角那样，在美国吃了那么多的苦受了那么多的罪，他的女老板是位颇有些姿色颇有些钱财的年轻寡妇。女老板佩服他的手艺也爱上了他。善良义气又狡诈好色的野狼没有拒绝她的邀请，但他没有与她结婚，野狼的心始终在薛米丽那儿。终于，他还是给俞生打了越洋电话，一番别情问候之后，直接问了薛米丽的电话。就选了纽约的中午12点的时候给她打过去，这时候正是国内的深夜时分。听见她那悦耳的声音后，他的心怦怦乱跳。薛米丽异常高兴，话音格外甜柔。"哇，真的？！就是《北京人在纽约》里的那个曼哈顿岛？""呃，就是！你也该来看看！"……就这样，野狼终于在电话里把薛米丽"钓"来了美国。

67

　　薛米丽到纽约后，野狼像换了个人似的，精神倍增，成天都是一副笑脸，调出的火锅味更鲜更美，顾客、回头客大增。那女老板为生意的火爆而高兴，也被他的情绪感染，心绪也格外好。野狼只对女老板说薛米丽是他的堂姐。这两天，女老板开恩，给了野狼几天假，让他好好陪他"堂姐"玩玩纽约。野狼就背了画板、画具，俨然一副艺术家模样，还说些有模有样的话，诸如"钱么，只是一个虚华的外壳，而艺术才是人类至高无上的灵魂"等等。

薛米丽就嘲笑他说："你是赶上了改革开放的好时机，现在衣食俱足，若叫你挨饿三天受冻一日，你就知道钱是最善良最疼人之物，不信你就试一试"。野狼留了不长不短的头发，穿着"破"了膝头的牛仔裤，听薛米丽说后，哑然一笑，又对着远处描绘起来。说实在的，他的画还真画得不错。

出了联合国大厦大门，日光更丽，蓝色的天空中有几团凝冻的云，远处的长椅上坐着位伛偻的美国老人。薛米丽拉了野狼走过去。她走到老人跟前，朝老人友好一笑，老人也朝她慈祥一笑。薛米丽坐到了老人身边。野狼激动了。他不拍照，取下背上的画板急速勾勒这幅宁静、和谐的素描画。在曼哈顿的中央公园的草坪地上，野狼还为薛米丽画了一幅人与自然的油画。薛米丽曲肘支头，侧卧在草坪地上，日光的七彩将她和草坪烘托得妙不可言。野狼用画笔将这妙不可言涂抹成美妙无比的画面。

"这公园挺大的。"野狼边走边说。"啊，这中央公园有很大？！"薛米丽笑道："我们就这么走下去。""要看全这漂亮的大自然就要费些力气。"野狼说。

暮色投林。二人在林间道走着。薛米丽看见了丛林内有两个搂抱着的身影，别过脸去，捂嘴笑："这就是你要我看全的漂亮的大自然。"野狼也看见了，嘟囔道："大自然的污染……"野狼走着走着就往薛米丽身边靠，想把憋在心里的话吐出来。薛米丽说天晚了，该回去了。野狼就听从了，心想，心急吃不了热豆腐。二人走到大街上。一辆公共汽车正在上人，薛米丽突然看见一个人，啊，这不是俞生吗？！他坐在公共车内，身边还有一位中国女人。她挣脱野狼的手奔去。汽车却关上门，开走了。她心里喊着俞生，觉得要是错过了，可真是遗憾死了。

那女人蛮漂亮，他俩肩挨着肩谈笑风生。薛米丽突然觉得心里很不是味儿。俞生，他怎么来了呢？也像自己一样，来玩？不会，一定是来做生意的。又胡乱想了什么，又否定了。自己熟悉的俞生，不会随便玩女人的。想到这，薛米丽心里有种烦乱。她不得不承认，自己心里总有俞生。

野狼拦住了一辆的士，二人回到住处。饭毕，薛米丽说累了，想睡觉了，野狼劝她一定要去看看纽约的夜景，她同意了。二人转到华灯如瀑的华尔街时，面对面地碰见了俞生。

　　俞生同那女人走着，那女人的手还挽住他的胳膊。这时候，野狼的手也正把在薛米丽的柔肩上。异国他乡老乡相见，自然激动、感叹、兴奋。俞生、薛米丽、野狼这三位"太空火锅城"的创建者情不自禁地搂抱、拍打，又笑又叫。"哈，俞生，你也闯美国来了！""我说嘛，是你，我不会看错的！""你两人，原来在这里！"……

68

　　"嗯，等等，我把拖鞋给你。"俞生从鞋柜里取出自己用的拖鞋。

　　薛米丽脱了皮鞋，趿上拖鞋，进了卫生间。卫生间内灯光柔和，水很热。她躺到浴池里，面颊发烫，全身发热，心扑扑跳。她洗得很舒心，很舒坦。来美国这些天，住在野狼让给她的小阁楼里，洗漱还不如在国内自己的家里方便舒坦。这会儿，来到俞生住的星级宾馆，她就提出想好好洗个澡。洗完，她趿了拖鞋进屋，见疲惫的俞生斜靠在沙发上打瞌睡。

　　薛米丽坐到他身边，没有惊动他。她捋着湿发，侧目看他，心里有股莫名的酸涩、惆怅。俞生在约她来这宾馆的路上，已经对她说了，他这次来美国是为了一笔大生意。刚才那女人就是他的合伙人，做生意嘛，总是得要有合伙人的，倘若是个男合伙人，她薛米丽就又是另一番心境了。

　　俞生惊醒过来，笑道："洗完了，要不要喝点什么？"

　　"不要。"薛米丽摇头笑笑，又说，"还是喝点咖啡吧。"她此刻很想与他长谈。

　　"你……来美国，怎么也不告诉我一声？"俞生为她和自己各冲了一杯咖啡。

　　"你来美国也没有告诉我呀。"薛米丽喝着咖啡，说。

　　"我找不到你呀。"

　　薛米丽就笑了，她下决心接受野狼的邀请来美国后，从办护照到登机，前前后后几个月时间，她几次要对俞生说的，却又没有说。她的内心很复杂——年纪不小了，接受一位自己并不讨厌的，还有几分欣赏的过去的男同事的邀请，漂洋过海去国外，谁知道结果会怎么样呢。

1996

第
贰
棒

239

"你要在这里长期待下去吧？"俞生问，话里有些许酸味。刚才，来宾馆的路上，薛米丽已对他说了野狼邀请她来的事情。这个野狼，过去就老爱缠薛米丽。那会儿一定是薛米丽看不上他，现在时过境迁，野狼又在美国站住了脚，想必也挣了些钱，在这异国他乡，她那心也完全可以变的啊。他就想到了刚才在街上看见野狼手把着薛米丽肩头的情景。

"也许吧，在这儿待下去也还蛮不错的。我看你也说不定不想回去了呢。"薛米丽说。

两人就这样东一句西一句、热一句酸一句地说着，说到了深夜。

俞生看了看表，说："太晚了，要不，我送你回野狼那儿去。"

"撵我走呀，我可不走了。"薛米丽盯着他，双目一亮一灼，"我还有话要对你说。"

俞生心里就"扑扑"乱跳，他发现浴后的薛米丽很动人："什么话？"声音有些颤抖。

薛米丽的面颊也烫了，就在俞生说要送她走的话时，她的心一阵猛缩，血往上涌。而此时，她盯着俞生那饱经风霜更为成熟的脸，想在这夜深人静时对他倾吐心声……这时候，门铃响了。

俞生去开了门。野狼笑着走进来。薛米丽心情复杂地叹了一声。这叹息声很低，只有她自己听得见。

野狼这时候来敲门并非偶然，他已在门外守候一阵了。他并不能全听清楚屋内的说话声，但感觉出只有一男一女两个人。他是凭直觉当机立断举手叩门的。在街上，当薛米丽提出要他先回去，她要去俞生的住处看看时，他就想跟去，但看见薛米丽用眼瞪了他，就没有说什么。心里也想，俞生身边有个女人呢。野狼回到屋里，那女老板问他堂姐怎么没有回来，他说她碰见老朋友了。女老板想要同他亲热，他说太累，把她支走了。躺到床上野狼怎么也睡不着，心里总觉得不安，就来了这宾馆。

69

俞生乘中国民航班机回国，登机之后，他便有一种亲切之感，出国半个多月了，又感受到了祖国的气息。"欢迎您乘坐中国民航的国际班机！"

空中小姐那标准的普通话那可掬的笑容很令他激动。

坐定之后，他那心潮更不平静了，闭目遐思。昨天晚上，薛米丽要对自己说什么呢？要不是被野狼打断就好了。想到这不由就想起"太空火锅城"开张不久的那天傍晚，他独自在屋顶吹小号，薛米丽上来了，他直问了她："米丽，你只回答我'是'还是'不是'。你是不是讨厌我？""不是。""那么，你爱我？""……"也是这要紧的时刻，他看见夜色里多了两点绿焰，野狼走了上来，把也许那时候就定下来了的好事儿给除脱了。又想到薛米丽说的有意在美国长待下去，心里虽怅然若失但反倒想得开了。嗨，野狼这个人呐，其实也不赖的，而他俞生是要回国去的。虽这样想，他的心仍隐隐有些疼痛。

俞生这般想着时，感觉手肘被旁边的人拐了一下，他把手往回收了收，接着，又被重重地拐了一下，他有些恼怒了，干脆把手收回到自己胸前。

"嘻嘻！"身边的女人笑了，"你真好德性。"边说边取下墨镜来。

俞生才发现，原来是薛米丽："啊，你？！你也上了这架班机？也回国去？"

薛米丽告诉俞生，没有来美国时她很想来看看。可来了这些日子之后，就又想回家了，在这里，去野狼那火锅城洗锅刷碗吧，又放不下自己那面子。野狼提议她开美容店，答应给她些本钱，她左思右想，觉得自己并非此料，但最主要的还是思乡。来美国时她确实想过，这辈子就跟了野狼吧，不想，俞生来了，次日就要回国去。昨晚，她看了他的机票，就想，回去吧，明天就跟他一起飞走吧，又觉得会对不起野狼。折腾到半夜，还是下了回国的决心，就立马给机场打了购票的电话，又给野狼留了一张字条，今天一早就奔机场来了。

"米丽，你昨晚不是要对我说什么吗？"俞生终于问。

薛米丽张了张嘴，却说了："呃，我问你，你老实告诉我，你的那个女合伙人究竟是你的什么人？"

俞生他这次来美国才知道他的前妻已嫁给了一个美国人，他盯她笑笑，坦然说："她是我的前妻，很短暂的一次婚姻。你大概听说过的，我们的离婚可真是动地惊天，她的二弟还朝我动过刀子。可就是她的这个二弟来找了我，说是要我摒弃前嫌，共谋做大生意。她也从美国给我打来了电话，说，古代的商人们在陆地上开拓了丝绸之路，我们再来开拓一条空中的丝绸之路吧！我是有些怨她，可时间已把这怨气抹平了，共同的事业、利益又把我们撮合到一起了。就说这次的家用电器、厨具生意吧，我们就狠狠地赚了美国人一把。你知道吗，现在美国人家里的录音电话、卷发器、钢质厨具等等，不少是中国产的。这类产品有的已占了美国进口量的47%……"

薛米丽听后，把要说的话吞到了肚里。

这一日清晨，从朝天门太空实业总公司面向大江的办公室的落地窗口，传出了悠远亢昂的小号声。这号声飘向太空漫向雄浑的两江的合口处……

当俞生吹奏完最后一个尾音时，身后响起了掌声，他回头看见是薛米丽和野狼。"啊，野狼，你也回来了！"俞生高兴地喊。三人搂抱、拍打在一起。野狼此时说了句不浅不深像模像样的话："合合分分，分分合合，归去来兮。"

魂系两江

曾宪国

70

门长跟一伙来历不明的人打起来了。上午9点刚过，电话打到了俞生的床头上。昨晚跟一位台湾商人谈一笔生意，以为凭自己的酒量，在觥筹交错之间就能将事情敲定，哪知那个被阿里山山风吹皱了脸的台湾人没醉，自己却被放倒了。至于是怎样被手下弄回屋的，已是半点不晓得了。顽强的电话铃声终于把他闹醒，好不容易睁开眼，接电话，听出是素芳的声音。事情很急，素芳要他赶快去火锅城。

俞生放下电话，感到头昏脑涨，口干舌燥，才想起昨夜的事，骂道："这个龟儿子！"看来这生意也黄了。

门长不过是火锅城的保安，区区一个员工与人打架，何必惊动总经理？但这门长确非等闲之辈，是个有来头的人物。

俞生起床洗漱完毕，从冰箱里取出盒纯牛奶，"咕咕咕"地仰头喝了一气，临出门时，仍觉头像要炸裂似的，便又找出两包头痛粉一口吞了。他驾着"凌志400"到了火锅城，刚停好车，素芳就为他打开了车门，一脸惊惶，急于要向他讲述。俞生钻出车，见火锅城门前站着古小琴、三妹和另几个员工，神情都很慌乱。

俞生摆手制止了要开口的素芳，说："好大的事，火锅城要垮了么？"

有话到办公室说，不要惊惊诧诧的。"

这正是一天营业前最忙的时候，尽管出了这意料不到的事，但店堂里依然秩序井然，对紧跟在身后的总经理助理素芳和火锅城经理古小琴的工作，俞生从心底是感到满意的。火锅城的经理室在二楼，俞生踏上楼梯，扶着栏杆，转身问："这件事的整个过程，素芳你晓得？"

素芳说："大概晓得。"

俞生又问："门长呢？"

古小琴说："我们把他接回来了，在里面屋里生闷气。"

俞生沉思了一阵，说："素芳跟我来。"

站在古小琴身后的三妹向俞生投去焦急的一瞥，欲说又止，俞生没有留意，见古小琴等人还站着，就说："该干啥子各人干啥子。"转身上楼去了。

在办公室里，素芳向俞生谈了经过。

早上，员工们正在各忙各的活路，三妹在做大堂的清洁，忽然店堂外有人叫三妹，是几个衣着像城里人，神态是乡下人的叫的。后来，三妹被那几个带到对面巷子口交谈。门长注意上了那伙人，他朝巷子口望去，似乎看到三其中有人在摸三妹的荷包，三妹往一边躲闪。门长就大声喊三妹，三妹才得以走脱。门长问三妹怎么回事，三妹含混着说没啥子，是熟人。过了一阵，门长见那伙人还在不住地往店堂里张望，忍不住就上前去，跟那伙人交涉了几句，不晓得为啥子就吵吵闹闹随那伙人去了。架，是在对面巷子里打的，还是棒棒头董得起忙天慌地跑来告诉素芳的。素芳闻讯带人赶去，驱散了那伙人。其实，架也没真正厉害打，那边凭人多推搡了几下门长，毕竟门长穿着警服，还有几分威慑力。

俞生听完，说："叫门长来。"

门长怒气未消，板着脸来了，进门见了俞生，脸上堆起生硬的笑，问："俞总，你叫我？"

俞生平日里是很敬重门长的，太空火锅城的生意做得顺畅，其中没少门长的功劳。虽说门长脾气不大好，但也是60出头的人了，又当过民警，没想到他还会打架，这点让俞生不高兴。他随手丢了支香烟给门长，门长又给他丢回去，说："我戒了。"

俞生接过烟，自己点上，说："老程，听说你跟人打架？"

门长说："几个无赖，想坏太空的生意。"

俞生问："是哪儿来的人？"

门长说："朝天门地面上从没见过，怕是'宇宙火锅城'眼红我们的生意，从外地雇来闹事的。"

<h1 style="text-align:center">71</h1>

俞生听了门长的话说："如果是这样，老程你就要为太空多担当点，你自己也要多注意。听说你跟人家打起来了，很为你担心。挨打了？"

门长笑了，说："就那几个猴猴儿，打我？刚才怕是我打了他几个哟！"

俞生放心了，说："这就好，就怕你吃亏！没事了，你去吧。"

门长出了经理室，在过道上出了口长气，定定神。他对俞生说了假话，虽然他与那伙人对了面没问出个名堂，但他隐约觉得他们是冲着三妹来的，这些，他没对俞生讲。肩窝处有灼痛感，那几个没亮凶器，可能是推搡中有个戴戒指的剐伤了他，他想脱了衣裳看，从出事到现在都没有机会。

还在楼梯上，门长就感到三妹那对忧虑的目光在注视他。他下了楼，三妹却埋下头忙着做自己的事，想过去问个究竟，觉得这不是时候，站了会儿，就上岗去了。

半下午时，派出所的李户籍来找门长，告诉他，家里出了事，赶快回去。门长一听，惊了。他把工作拜托给别人，给古小琴打了声招呼，说家里有点急事要回去一趟。中午的生意快收堂了，只有两三个酒玄玄还在划拳，古小琴同意了。

离开的时候，门长又感到背后那双忧虑的目光，心里沉了下，想三妹肯定有啥子心事。这个来自山区的农村妹儿长得俏丽，特别是那双灵气的眼睛，简直能跟人说话。一家火锅城犹如个大社会，食客中哪样的人没有！乖妹儿难免不遭欺侮。三妹生性善良，温顺听话，火锅城的每个员工都尽心关照她，门长就更是待她如自己的女儿，三妹待门长也敬如自己的长辈。今天的事有些蹊跷，回头是要问个明白，念头闪过，门长忙着回家，就走了。

门长的家在千厮门横街，是一栋穿斗篾笆墙的老式平房。房子是结婚

1996
第贰棒

时老婆带来的陪嫁，就是这栋破房一直影响门长提干分房，早说将它卖掉，老婆一听就哭，娘屋人都死了，就剩这点寄托，说，若嫌她碍前途，打脱离也不卖房。闹过几次后，门长就死了那些想法，心安理得跟老婆在这房里过日子，心里一平衡，这不起眼的房子竟住出味道来了。

老婆姓杨，曾在一所小学教过书，虽退休多年在家，人们仍习惯喊她杨老师。她此刻哭丧着脸，坐在屋门口等门长回来。见了自己男人，她鼻子一酸，带哭声说："你在外头得罪人，我代你受过！"

门长说："天又没垮，好大的事？"

老婆让他进了屋，说："垮，垮了还好些。这个样子，你来收拾！"

屋里一片狼藉，窗玻璃、房瓦，满地碎片，臭烘烘的还有几泡屎溅开。这是有人存心作对，门长心里倒有几分明白，但他对老婆不能说，于是也怒骂道："哪个王八蛋，老子查出来，非打死他不可！"

老婆说："你在明处，别个在暗处，你查，说不定哪天你那条老命还要垫进去。"

门长说："我不相信，邪把正压倒了！"他开始用扫把打扫起来。

老婆抢过扫把，说："干户籍那些年就得罪不少人，现在又去干啥子保安嘛！明天就跟我去辞了，待在屋里哪里都不准去。"

门长没回应，问："你去找的小李？"

老婆说："还有哪个？是该去报案噻！"

门长想说没说出，就进里屋看伤口，对镜子一照，是戒指划的，有两寸长的血道。在推搡中是不可能划伤的，看来是有意的，可见那伙人心狠手辣，是群打架斗殴、惹是生非的老手了。

从里屋出来，见门外有个脑壳一晃又缩回去了，门长敏捷地奔去门外，是董得起拿着挂有绳子的楠竹棒棒畏缩缩地站在那里。

门长问："是你！找我有事？"

董得起说："不，莫得么子事，做了趟生意，过路来瞅下你。"说着，还往屋里瞄了眼。

门长也往屋里望了眼，老婆正在骂骂咧咧地扫地，扫得玻璃碴、瓦片哗哗响，便说："嘿，在收拾屋，也不好请你进屋坐了。"话语轻松，神色也随和。

72

董得起嗫嚅了半天，终于说："门长，你是个好人，有些事就睁只眼闭只眼，不关你的事莫去管。"

门长笑了，说："你硬还是个'懂得起'吧！问你，今天的事莫非你晓得？跟我说实话！"

董得起显出痛苦状，说："我晓得么子哟，门长莫抬举我。"又苦笑两下，抬眼看着被砸烂的玻璃窗和房顶上砸的洞，垂下了肿泡泡的眼皮。

门长又问："三妹跟那些人是熟人？"

董得起说："不大清楚。她说是熟人？"

门长不耐烦了，说："问你，你还问我！你要没得事就各人走，我还忙。"

董得起提起棒棒慢吞吞地走了，走了两步又停下，说："听劝，门长！看你是好人，我才多说句。"说罢，他向朝天门码头走去。

门长目送着他，陷入了难言的沉思中。

第二天一早上班，店堂里没有别的人，三妹怯生生地叫住了门长。

门长问："找我有啥子事？"

三妹咬了阵嘴唇，说："我想离开这里，换个地方。"说着，眼圈红了。

门长说："不是干得好好的么，哪个亏待了你，欺侮了你？"

三妹说："这里的人待我都好。"

门长问："那为的啥子？"

这话一问，三妹的眼泪就吧嗒吧嗒掉了下来。门长赶快端过凳子，要她坐下，说："三妹，有啥子事，只要你信得过我程老头，跟我说，帮得到忙，我一定帮。"

三妹竟放声哭了。

门长说："是为昨天的事？那些人找你啥子，跟我说，不要光是哭，这解决不了问题。"

三妹哭着说："程老师，这个忙不好帮，我走远些算了。"

门长顿时火气冲顶，说："在这朝天门，就不信有我程老头帮不了的忙！说，三妹，相信我。"

三妹抬起泪眼，感激地望着门长，说："就是昨天那伙人，要收保护费。"

门长一怔，急问：“啥子？保护费！”

三妹说：“在这一带做活路的丘二，都要收。”

门长问：“收多少钱？”

三妹说：“每人每月30块。”

门长骂道：“无法无天！你交了？”

三妹说：“每个月，我都交了的。这个月妈生病，吃药要钱，还有弟弟缴学费，说欠到下个月交，他们不干，说交不出钱就要……”

门长已恨得咬牙了，问：“就要啥子？”

三妹咕哝着说：“要我去当‘三陪’。”

门长一拳捶在桌子上，说：“那几个叫啥子名字，住在哪里？”

三妹担忧了，最后不很情愿地说：“这事，本不想跟你说，你这好人脾气大，那伙人都是亡命徒，敢捅刀子的。我走远些，躲他们。程老师，跟你说是感谢你平日对我的关心。”说着又哭出声来。

这时，古小琴来了，见状，问为什么，门长就彻彻底底将此事说给了她听。

古小琴秀目圆睁，说：“想不到现在还有这样的事！三妹，你跟我哪里都不要去，就在我‘太空火锅城’，就不相信，恁大个火锅城敢开，你个妹儿保护不下来！门长，要是再见到那几个来找三妹，你就通知派出所，你是老公安了，晓得事情该怎样处理。”

门长说：“古经理，放心，这件事交由我办！”

古小琴安慰了三妹几句，就上办公室去了。

门长说：“三妹，看古经理都这样对你，莫非还不信这里的人？跟我说，我会处理好的。”

三妹三思后，吞吞吐吐说：“那几个人的名字不晓得，头头，大家喊他亮哥，他们每天都在人市，找活路，都要通过他。”

员工们陆陆续续来了，门长不便再多问，对三妹说：“安心在这里做，你想躲那些人是躲不脱的，听我话，平时少出去乱走，啊！”

中午收堂，门长趁空，换了便衣就出去了。

人市，在储奇门码头的那条街上，原设在河边，滨江路修好后，这人市就像长了脚似的自动移至这街上。每天这里人潮涌动，摩肩接踵，禁鸣的车辆驶到这里还嫌喇叭不响。门长赶来这里，正是一天中最热闹的时刻。他抬眼看去，无数来自农村的青年男女，三五成群，这里一团，那里一堆，交换着各种信息，探讨着对付老板的手段。

73

门长径直走到一群人跟前打听"亮哥"，见他是个精瘦的老头儿，以为是要雇"丘二"的。于是，有人说刚才还见亮哥在这里转，又有人说不可能，这阵儿亮哥跟妹儿应该烫火锅划拳去了。但门长始终不甘心离开，就干脆在附近的茶馆里喝茶等。约莫过了三开茶的时间，一个被打听过的人进了茶馆，对门长说，你不是要找亮哥么，跟我来。门长不由一惊，看来，自己倒被别人盯上了。他给了茶钱，跟那人去了。

大半个下午，三妹是在焦急中挨过的。门长换装出门，她看在了眼里，来火锅城好些日子了，对门长的性子她已摸得十拿九稳，有些后悔不该跟他说太多。又等了一阵，还不见门长回来，她再也按捺不住了，就给派出所挂了电话，那边问情况，三妹对这事一时又说不清楚，只感到门长此去凶多吉少。那边就说，干脆来"太空火锅城"当面谈。搁了电话，三妹又有点埋怨自己莽撞，一会儿公安来了谈啥子？

公安来了，是户籍小李，一见面，大家认识。因为小李刚去派出所时是门长在带他，现在也时时来看门长。

小李问："老程到底出了啥子事？"

三妹说："我也不晓得。"

小李说："不晓得！为啥又打电话来说他要出事？"

三妹说："我觉得要出事。"

小李有些恼火，语气重了些说："怎么疑神疑鬼的哟，硬是把我们当耍把玩么？"

三妹心中一股难言的苦水往上涌，但的确又说不出个所以然来，委屈得流下了泪。

小李慌了，说："噫，你倒先哭了！好好好，算我的话过头了，跟你赔不是。"多来了火锅城几回，他有些喜欢这个温情脉脉的乡下妹儿了。

三妹这才揩了泪水，说："相信你们嘛，才给你们打电话噻！"

小李连声是是是。

正说着，门长脸色铁青地回来了。见小李在，有些纳闷，问："有事？"

小李看了眼三妹，说："没事，过路来看看你。"

见门长回来，三妹放心了，说："你们谈，我做事去了。"

小李这才拉着门长去无人处，问："你跑到哪去了？"

门长说："怎么，查户口查到这里来了？"

小李说："说正经的，三妹都为你着急，说你要出事，电话打到派出所来了，不然我怎么会来。"

门长满含感情地朝正在做事的三妹望了眼，于是将这事的起因过程向小李说了。

小李说："难怪那天杨老师来找我，说是房子遭人砸了！你去了人市场又怎样唉？"

门长说："那叫亮哥的嘴硬得很，要我少管闲事，否则刀子不认人。"

小李目光定在了门长的衣领处，门长不自觉地用手理了理，一看就知道那是跟人抓扯时扯掉了两颗扣子，还有道口子。小李说："老程，说句不怕你多心的话，你现在已经退了，有些事就告诉我一声，组织出面好办得多。再说你也比不得当年了，万一有个三长两短怎么办？"

门长说："这些事，你们怎么管，又抓不到他的现行！那些遭勒索的人又不举报。"

小李沉吟了，说："你个人，有好大的力量？还是相信组织，我回去也向上级汇报，不要再单独行动了，不为别人也为杨老师着想。"

其实，门长只拣了轻松地对小李说，刚才在河边亮哥一伙人对他的举动要是换个人，早晚会吓出屎尿来。全靠他在公安部门干了几十年，熟知这种人的心理，凭着丰富的经验和勇敢沉着的神态才摆脱了纠缠，但他明白，他已跟这伙人结下解不开的疙瘩了。

今天生意清淡，晚上收堂比往常早，店堂打扫好后，古小琴当众宣布了一件事，说经她再三挽留的三妹还是要走，明天三妹的工作就由别的人替代。

话音刚落，门长就说："要不得哟，古经理，这是把她往虎口里送呵！"

古小琴说："我嘴都说干了，她硬是要走哇。"

门长说："古经理，我去跟她说，兴许会听。"

突然，董得起跌跌撞撞地进来，声音发颤地说："三妹遭抢起跑了！"

74

听了三妹失踪的消息，大家惊慌起来。有人说刚才还见她端渣滓出去倒；有人骂董得起开骇人玩笑，要撵他出去。

门长扬手叫大家静下来，问明了经过。原来刚才三妹去倒渣滓时，被从黑暗里窜出的几个人架起走了，正碰上董得起远远看见，而且还见有人手里的刀子闪了下光。

门长问："往哪个方向去了？"

董得起说："江边。"

门长对古小琴说："赶快跟派出所联系，我跟老董先去救三妹。你们顺着江边来找。"说完，拉起董得起出了火锅城。

在路上，董得起说："门长，我做了一件对不起你的事，那天你家房子……"

门长打断他的话："老董，从你给火锅城做事以来，你的为人，未必我还不清楚么，哪个也说不得一辈子不做错事！"

董得起说："今年发大水，屋头遭淹，修房子等钱用，昨天亮哥来找三妹，被你支开后，他们就找我，答应免这月的保护费，要我说出你的家在哪里……"

门长转过头来盯了他一眼。

董得起说："我这人胆子小，人又穷……"

门长停下来，抚着他的肩头说："要记住，人穷志不穷，做人要有骨气。"

江边黢黑一片，只有江水映着两岸的灯光在哗哗流淌。门长仔细观察了一番，静静听了一阵，这里没有异常情况发生。

门长问："亮哥住哪里，你晓得不？"

董得起说："上个月跟他搬东西，去过他住的地方，在东水门河街。"

门长说："走，快带路。"

两人赶到东水门河街，董得起指着一栋老式民房，说："就在二楼。门长，是不是我就……"

　　门长说："没叫你跟我上去。你在这街边守着，如果我上去三分钟没出来就说明他们在屋，我想他们胆子再大也不敢在屋里把我怎样，你就赶快去找古小琴他们，带他们来。记住！"

　　门长进去了。董得起一点不敢眨眼睛，一会儿看表，一会儿望着那栋房子，三分钟一到。他拔腿就往回跑。在半路，就碰到古小琴等人带着小李等一群公安来了，他气喘喘说明了情况，人们就向东水门河街奔去。

　　到了河街，领头的公安布置了一番，就带领小李几个冲上楼去。一会儿，他们又急忙冲下来，听领头的说："快，去江边！"一群人，风一样向江边跑去。

　　还未到河滩，隐约听见三妹变调的喊声："杀人啦！"接着像被什么捂住，发不出声了。

　　领头的公安高声喊："不准动，我们是警察！"

　　几道手电筒光像利剑一样刺向黑森森的河滩，隐约可见几个人影向四处逃散。正是洪水季节，这里江流湍急，哗哗水响又将一切声音淹没了。

　　人们跑拢，见三妹已被击昏在地，凶手已逃得无影无踪。

　　小李用手电筒四下照射，并大声喊："老程，老程！"喊声在空旷的江边打着旋，撞在岩壁上弹回来，然后被激荡的江水吞没。

　　古小琴和另几个服务员赶忙扶起三妹，一阵杂乱的呼唤，三妹苏醒转来。她睁开眼，环视四周，突然似乎明白了什么，猛地从古小琴的怀抱中挣扎着站起来，在手电光下四处打量，然后发出声撕裂人心的喊叫："程老师！"疯狂地奔向江边，要扑进浑浊湍急的江水中。

　　小李眼疾手快，一把拦腰抱住了她，她蹬踢着，手在夜空里抓着，张开喉咙喊着，"程老师"三个字，一串接一串地飞向空中，飞进不息奔流的江水中。

　　就在三妹阵阵悲痛欲绝的哭喊中，人们明白意料不到的事和不愿发生的事发生了，没想到凶手竟如此凶残，杀害了门长，还将其抛入江中。

　　小李对着呜咽般的江水哭诉："老程，我们来晚啦，对不起你哇！"

　　领头的公安立即组织人员分头行动，一些人追缉凶手，一些人想法打捞门长的遗体。

缉拿凶犯的天罗地网，迅速在这块嵯峨的土地上布下，还未到天大亮，亮哥等几个嫌疑犯分别在菜园坝火车站、江北观音桥汽车站被抓获。在提审中，亮哥等人在人证、物证面前，承认了杀害门长的罪行。

75

俞生在出事的第二天一早就得知了消息，他通知素芳送三妹去医院治疗，要让她尽快恢复健康。只是三妹受刺激太深，两天来见人就说："他是为我哇，他是为我哇……"。

该怎样向门长的老伴交代，这难倒了俞生。他去到门长原工作的派出所，与所领导进行了联系，所长说，门长的事惊动了有关领导，有关领导指示，对门长见义勇为的英雄事迹要大张旗鼓地宣传。叫人恼火的是，门长的遗体还没打捞到，从东水门至唐家沱一带，江面上十几只船一天24小时打捞、监视，毫无结果。将罪犯亮哥三次带到江边指认抛尸地点，并找专业"水猫子"将水底都疏了几遍，仍没有着落。气得公安局的领导捶桌子，说："就是把长江水抽干，也要给我把英雄的遗体找到！"于是，所长要俞生先不要去通知门长老伴，这些事由局里出面去解决，需要'太空'出力的时候再出力不晚。

整整七天过去了，遗体还未找到，在唐家沱几乎是拉开了一道监控的网，人们都说："七天了，门长，你也该现身了，你再在水里泡着，大家心里不好过呀！"

说来也怪，就在人们在唐家沱念诵的时候，朝天门至弹子石的一艘渡船靠拢朝天门码头，靠猛了，"砰"地一碰，据趸船上拿棕垫的水手说，就这一下，猛地从船头处冒出了门长的遗体。

几分钟后，这消息就传到了公安局领导的耳里，当汇报到遗体在那里未冲走时，局领导的眼睛湿润了，说："生是朝天门人，死是朝天门鬼，真英雄啊！"

后来，弄清楚了，原来这里修建滨江路，打水泥桩时废弃了一根，涨水被淹，遗体冲来，恰好被伸出的钢筋挂住。想不到天下事竟有这样的巧事！

朝天门码头上，搭起了一座巨大的庄严的灵堂。这座灵堂是凭借码头那壁高大坚固的石堡坎设立的。门长一身警装的遗像挂在当中，相片中的他还是那样精瘦，但一双眼睛却活灵灵地注视着两江汇合处。无数花圈摆满江边，一幅幅白色挽联瀑布似的从石堡坎上倾泻下来。其中有两幅特别引人注目，一幅是"警察退协"的，挽联上绘制着庄严的警徽，写着：

头顶警徽吮吸两江水生当好警察
心装人民魂系山城土死亦称鬼雄

另一幅是本市舞文弄墨的作家、诗人所在的团体——作协送的，写着：
朝天门门朝天门前狂歌大江东去千古风流人物
巴渝州州巴渝州里大书英雄史诗开创太平盛世

悼念这天，天上飘着飞飞雨，沉重的哀乐声震撼人心，停在码头上的几只轮船同时拉响了汽笛。这里人山人海，气氛庄严肃穆，人们放轻脚步来到门长的遗像前，默默地来默默地去，生怕扰醒了门长的酣睡。

不过当三妹紧紧拉着门长老伴的手，扶着她来到遗像前时，却最先控制不住自己，发出了沉痛的悲声。她扑通跪在遗像下，悲恸着说："程老师啊，你生是我的亲人，死是我的恩人，我三妹一辈子记住你……"

门长的老伴经不住这种气氛的折腾，已经在素芳、古小琴等人的臂弯里昏过去两次了。这次被大家唤醒后，口里仍不停地念叨："你就走啦？不是说好，不管哪个时候，要走一起走么！你就狠心丢下我……"

三妹移拢她身旁，一把抱住，颤抖着喊："妈，你就是我亲生的妈，我这辈子都会尽心服侍你……"

两人紧紧地拥抱在一起，终于支持不住，双双昏倒过去。

哀乐伴着一片哭声在朝天门上空回荡。

出殡这天，歌颂门长英雄事迹的长篇通讯《魂系两江》见报了，俞生叫素芳去买了一万份，太空实业总公司的全体员工陪着出殡的队伍将报纸一路散发。

哀乐声声入重霄，为英雄送行的队伍越来越长，越来越长。

第叁棒

沉寂了三年的重庆街头，恢复了往日的喧哗。

解放碑、十八梯、洪崖洞、古朴中透着时尚吸引了众多网红前来打卡。

"太空火锅城"上演了一幕幕新的……

再缘起

陈泰湧

仿佛是一夜之间发生的奇迹：重庆成了 8D 网红城市，重庆火锅全产业链年产值超 4000 亿元。

在机场候客的出租车有序地往前，端端正正停在了最前面，三十多年过去了，俞生还是那样的彬彬有礼，拉开"黄色法拉利"的右后车门，手虚挡着车门顶部，让薛米丽先上车。放好行李后他才又从左侧上了车。

出租车司机操着"渝普"问，"先生，请问你们要去哪儿？"

"到'太空火锅城'！"薛米丽说，她用的是地地道道的重庆话。司机不由得多看了她两眼，如果他没扭过头来，只听她的声音，就和那些成天跳坝坝舞的重庆嬢嬢没得两样得，但眼睛里看到的却是气质优雅的都市丽人形象，看上去也就四十多岁。司机心里不由得纠结起来，是该喊嬢嬢，还是喊大姐，或者是喊女士呢？犹豫了几秒钟，他用了一个最稳妥的称谓："老师，有好几个'太空火锅城'，你是要去哪一家呢？"

薛米丽和俞生面面相觑。当年多番折腾，他们两人最终走到了一起，想换个生活环境，商量了很久，最终决定移民到阿根廷。那是一个地在重庆人的脚底板下面的地方，穿过地球中心，到达地球的另一面，要过一种和重庆不一样的生活。

但是对于"太空火锅城"，这是俞生和薛米丽爱情的见证，舍不得关，也舍不得卖，但再经营下去也不现实。虽然卫鸣、古小琴等老员工早就各奔前程，但薛米丽一组局，他们也都还是聚拢过来，也都还是挺舍不得"太空火锅城"这块牌子。最终，"太空火锅城"被爱骑摩托的调味师野狼、白白胖胖的大堂经理卫鸣、雅座领班冷美人古小琴和乡下来城里打工的大堂领班素芳等一干员工东拼西凑，完成了一次破天荒的管理层收购，人人都当上了老板。当然，从价格上来说相当于是半卖半送，毕竟都是一起打拼的老兄弟伙嘛。

俞生和薛米丽在异国他乡定居，置业，做生意，日子过得还是比较滋润。俞生特别喜欢足球，更是乐不思蜀。两口子最高兴的是生了三个儿子一个女儿，其乐融融。要说美中不足的就是没有火锅店，重庆人的嘴离了火锅怎么得了，只有自力更生在家整私房火锅。

小女儿俞尾最受父母的宠爱，虽生在阿根廷长在阿根廷，但她会说地地道道的重庆话，爱吃麻和辣。大学毕业后也没跟家里商量就说想回中国来发展，而且选择的是父母的故乡重庆。幺女儿一回国，俞生和薛米丽也就动了回故乡的念头。他们本以为俞尾会从事国际贸易方面的工作，没想到这个幺妹儿古灵精怪，在电话里说，她找了一家火锅店当服务员，再一细问，竟然是太空火锅城——俞幺妹儿早就从父母那里听过很多太空火锅城的故事——这一来俞生夫妇也就动了心，而且是叶落归根的心。

本以为少小离家老大回，要找太空火锅城是再简单不过的事了，没想到出租车驾驶员这一问，俞生和薛米丽一下就暴露出了"外宾"身份。再一问，朝天门的太空火锅城原址早就变成了"扬帆远航"的来福士，而现在"太空火锅城"也已经成了重庆著名的火锅品牌，在中心城区就有二十多家店面。

知女莫若母，薛米丽不假思索："去总店！"女儿会从万里之外回到中国，回到重庆，绝对不会只是想体验一下服务员的生活，她肯定有什么计划。到总店去找女儿，即便预测失误，对他们夫妇而言，也是心里最急迫的，很想看看现在的"太空火锅城"究竟是什么样的，又是谁在经营。

出租车停下来，俞生从车内打不开车门，也没了绅士风度，急慌慌地催薛米丽赶快下车。车外就是太空火锅城的总店，这家店在南山之上，重檐叠瓦地倚山而建，香樟林里，枇杷树下，都是火锅桌，整个山就是一座火锅城，大门外还有几个星球状的雕塑，像大麻子的火星，像一顶草帽的土星，蓝茨茨的那一定就是地球……旁边照片上是硕大的几个字——太空火锅城。

"欢迎光临……啊，老爸，老妈，你们啷个来了耶？"迎宾小姐前面几个字还念得娇滴滴的，转瞬就大声武气地吼了起来，此人正是俞生和薛米丽的小女儿俞尾。见到女儿，薛米丽还来不及激动，远远地就看到一个熟悉的面孔摇了过来，两人对视了片刻，然后就都往前冲了几步，紧紧地拥抱在了一起。

"素芳，没想到我们回国后见到的第一个老伙计会是你，你看，还是那么漂亮……"

素芳也把薛米丽仔仔细细地打量了一番："薛经理，你才是一点都没变，白头发都没有一根……"话说了一半，她这才看到相隔几步的俞生，俞生听到素芳在夸薛米丽的头发，下意识地也去按了按自己的头顶，他的头发已经掉得差不多了，现在戴着的是一顶茂密的假发。素芳好像突然回到了三十多年前，怯怯地喊了一声"俞老板"，又看了看薛米丽，这一下就穿越了时空，扑哧一笑，对着薛米丽打趣地喊了一声"老板娘"。

薛米丽三十年前就是干着公关经理的活儿，多会察言观色，立刻就认定素芳现在一定是太空火锅城的"狠角色"，但究竟是个什么样的高管，她也一下吃不准，微微地向女儿丢了一个眼色，俞尾马上上去介绍到，"这是我们太空火锅城的董事长。"

"哎呀，这个拿着沪照的'外宾'找到我，说是回国来寻找写作素材，想在太空火锅城体验一下生活，我一直觉得这个妹妹有点眼熟，哪里想到她是你们两个的女儿哟，把你们两个的优点全都捡到起了，漂亮，聪明！"素芳一边说一边就将俞生和薛米丽往太空火锅城里面请。

在董事长办公室，薛米丽迫不及待地想知道以前的那些同事，这一下子就把素芳惹得红了眼眶。三十多年，时间说长不长说短不短，"古小琴三年前突发心梗，没等到救护车，就这么走了，可惜了；卫鸣聪明反被聪明误，十年前看到太空火锅城已经做得很大了，不满足继续当合股的总经理，有我们几个股东在，他觉得束手束脚，把股份卖掉套了一大笔钱另立门户，自己单独去开了一家连锁火锅城，结果贪心不足蛇吞象，生意做垮了，自己也被送进监狱里去了，唉，还有两年就该出来了，出来也是一个老头子了，看他还折不折腾；野狼，这个挨千刀的，越老越混账，六十多岁的人了，还要骑个摩托到处跑，现在又去和一帮年轻崽儿跑独库公路去了。"

"现在这个世界是他们年轻人的了，新时代，新征程，是他们的舞台，我也想退休了，你们回来了多好哇，我们可以多聚聚，摆摆龙门阵。古小琴的儿子叫袁闻，重庆大学研究生毕业，又读了MBA，现在在咱太空火锅城当总经理。我那个儿子原野和他老汉儿一样，读书不得行，也喜欢骑个摩托到处跑，像一匹小野狼，但他炒料比他老汉儿还要行势些，还拿了'巴渝工匠'调味师比赛的第一名。嘿嘿，他媳妇儿生了一对双胞胎，他不敢到处乱跑了，对了，我那个儿媳妇就是卫鸣的女儿，我们两家打了亲家，看着她长大的，两个小的也是青梅竹马，卫思莉和她老汉儿不一样，人很灵醒，做事又踏实，是我们太空火锅城的战略拓展部部长，负责市场宣传、网络发展和连锁管理。"

一阵轻风撩开了窗帘，一股带着麻辣味的醇厚香气扑进屋来，俞生和薛米丽贪婪地翕动着鼻翼，又一锅火锅熬出香味来了。

网红时代

吴　越

1

直到今天早上蹬腿起床的时候，俞生才晓得后悔。

他昨天实在太失态了，自己的旧友、老婆、小女儿都在面前，有啥子过不去的事情非得麻起一张脸？一想到素芳那歉意的赔笑，直顾往袁闻、卫思莉身上递眼色，连俞尾也在边边尴尬得不行，哎呀！俞生恨不得钻到地缝头去，自己在小辈子面前都留下了个啥子形象？自己一辈子维护的绅士风度形象被打倒了！

其实，人年纪大了，心眼就变小了，看新东西横竖不顺眼，仿佛不贬损两句，别人不记得他当年有好行事，这其实是对老去的一种抵抗，是正常的，是可以理解的。

但是，让俞生理解不到的是——没得"老山城"啤酒他忍了，毕竟时代在变迁，至少还有"山城国宾"；没得"九宫格"他也忍了，就当吃串串嘛！可等到那一锅火锅端上来，望着还没烧开的锅里，海椒、花椒、八角、茴香、牛油……诱人的底料颗颗分明地浮在汤面上，犹如80年代江边"放滩"的崽儿们，一个两个新鲜得很，俞生再也绷不住了：

"没得老油，还吃啥子火锅？"

他这句话，一竿子打了好多人，是小狼原野炒料没学到家，是野狼手艺没传得精，也是素芳这个老板关没把得好，他分明从众人眼里看到了失落，也晓得发错了脾气，只好端起啤酒干了，尽管后来气氛也起来了，但那阔别多年的第一顿火锅，始终让俞生觉得少了点什么。

俞生越想越郁闷，索性把铺盖往头上一蒙，又躺下了。

薛米丽又好气又好笑，看着突然比自己还小的老公，风轻云淡地喊了一声："我今天不管你了哈！"就自顾自地打扮好，出门去了，她昨晚就和俞尾约好了，今天要一起去逛来福士。

"啪！"薛米丽前脚刚关上门，俞生后脚就爬起来了，他几下穿好衣服，也出了门。这次回来没想好究竟要住多久，至于是短住半年租套公寓，还是长居买房置业，今后再说吧，总要先找个可以落脚睡觉的地方，最撒脱的还是住酒店，他们订的酒店在联合国际大厦顶上，47层，俞生本来嫌高，薛米丽硬说高点没有蚊子，昨天回来酒过三巡醉眼迷离，两口子看电梯开了就往里面冲，47楼按了七八遍都没有反应，心想这么多年过去，出租车不挑客了，电梯倒开始拒载了？结果是这种超高大楼的电梯是分段的，这一梯刚好不到高层。

俞生根本就想不到，因为阿根廷可没有这么高的房子。想到旅居多年回来，自己却又成了"土火"，俞生不禁哑然失笑。

这一次看清楚了楼层，俞生终于顺利地下到了一楼，很有成就感地喜笑颜开，"咳咳！"他又突然正经起来，觉得对不起自己"海归"的身份。

俞生一招手，停在路边的出租车就过来了。俞生打开门坐了进去："到'太空火锅城'！"

"老师，重庆城里到处都是太空火锅城，你要去哪一家嘛？"司机扭过头来说，那是个三十多岁的准中年人，额头上皱纹刚长出来，发际线值得俞生羡慕，浓眉大眼，一看就是土生土长的重庆人。

俞生点点头："你晓得哪一家的味道最好？远点都没关系，你可以多赚车费！"说起来，俞生也是搞了多年餐饮的人，知道现在的餐饮商业模式，都是标准化的，从底料配比到火候，都是一样的，哪有好坏之分，可是这样说出口了之后，他就是觉得心里舒坦，就像那没得办法跟老朋友和小辈子发泄的怨气，终于别扭地散发了出来。

"嘿嘿，老师，连锁店，都是一样的嘛！"那司机小哥想了一下又说：

"但是要说环境，还是来福士那家最好，大落地窗，可以看两江交汇……"司机小哥很耿直，按说他完全可以把俞生拉到北碚，或者江津，或者潼南，狠赚一笔。他说的来福士离联合国际也就一个起步价。

"不行！"俞生脱口而出，自己老婆女儿都在那里，自己明明说了补觉不去，碰到老脸怕是又搁不下。"老重庆人，两江交汇有啥子好看的？"他发急智找了个理由，还不忘跟了句埋汰，"看起就跟鸳鸯锅一样！"

"那是的嘛！"司机小哥笑起来。

"你随便拉我去一家嘛！"俞生半躺进后排沙发，摆了摆手，又补了一句："也不去那个南山上的总店哈！没得特色！"

"没得特色呀……"司机小哥挠了挠头，一副为难的样子，让俞生都有点不忍，但没等俞生下矮桩，小哥就往自己的板寸上轻快地一拍，神采飞扬道："哥子，我晓得了，我们走！"

2

出租车载着俞生在"两岸三地"飞驰。

这个"两岸三地"是重庆城的特色，一座重庆城被长江和嘉陵江分割开形成了三个城市组团。过去，从南岸到渝中再到江北可不容易，嘉陵江上、长江上分别都只有唯一的一座大桥，别无分号，要么老实绕路排这过江大桥的独一份，要么去渡口赶轮渡船，还有就是过江索道。想到这里，俞生突然心头一热，他想起小时候，管到解放碑叫进城，管坐索道叫坐飞机，每一次坐着索道飞越大江，都让他小小的心"怦怦"跳，激动得像走钢丝的空中王子，好几次坐到江对岸舍不得下，就蹲在角落里可怜巴巴地赖着，售票员一看是小朋友也睁一只眼闭一只眼，就这样坐上好几个来回……

"索道现在还开不开呢？"他小心翼翼地问，生怕得到残酷的答案。

"关了，嘉陵江索道关了。"司机小哥望着前面的路，一边点点头。

"唉——"俞生一声叹息。

"但是长江索道还开着的，就在你住的那栋楼旁边！"司机小哥又接着说，俞生熄灭的眼神瞬间又亮了起来，他抬起头，从后视镜里看到小哥那抖动的浓眉，分明是故意分开说的，俞生差点气笑了。

"不过现在是网红景点咯，要排几个小时的队！"

俞生点点头，没事，只要还开着、还在就好，就好像自己是没有拔出来的豆芽，根还在。

"我说哥子，你应该是外面回来的老乡吧！"司机小哥又接着说。

俞生又点点头："是的，从阿根廷回来。"

小哥一下开心起来："真的呀！我最喜欢足球了！"

俞生一看是个球迷，一下子距离更近了。

小哥跟他说起了这三十多年来重庆的变化，听得俞生瞠目结舌：修了十几座桥，挖了十几条城市轨道，打造了七条步行街，重庆大礼堂对面建了三峡博物馆，观音桥比小龙坎还堵车，小面价钱涨了十倍，有上千家的店挂着"小面100强"的牌牌。

俞生往窗外望去，此时他们正在往鹅岭上面爬，经过悬崖那一段，刚好眺望长江，俞生认出来了珊瑚坝，坝上是长江大桥，不远处另外一座就不知道了，两座桥遥遥相望，像一双搭在江面上的筷子，再看江岸边上的房子，一座两座全都高头大棒、雄踞江头，随着岸边的地势又错落有致，确实立体，确实魔幻，自己小时候这么魔幻的东西，还只有电厂的高烟囱，和重钢的大火炬。

没等俞生感叹完，车已经经过了石桥铺，爬上了蜀道山。俞生眼前一热，双手搭在车窗上，就像个第一趟进城的小娃儿一样。

这里的老街老巷，挑挑上的小菜，讨价还价的大爷，吹夸夸的大妈，背大书包的学生，牌子歪了一半的"糖酒公司"……老重庆的感觉又回来了。

"哥子，可以啥？"司机小哥的语气无不得意，"这里面那家'太空火锅城'，开了要来三十年了！"言下之意，这可是老重庆才能带得来的好地方。

俞生自然是知道的，他和薛米丽出国没几年，就接到卫鸣的信，说他自己搞的火锅店搞熄火了，还是想开一家太空火锅城的分店，股东会意见不统一，想请俞薛二位帮忙说和说和，投个同情票，大家应该会给这个面子的。当时就好像说是想开在蜀道山上，也不晓得是不是这一家，毕竟几十年过去了，卫鸣也进了"鸡圈"，物是人非呀。

车停了，俞生下来甩了甩胳膊，他仰着头，满意地看着老式灯管装出来的霓虹牌子，牌子上有厚厚的灰，"太"字中间那一点也不晓得掉去哪里，"太空火锅城"成了"大空火锅城"，俞生情不自禁朝自己点点头，确实，只有自己这种告老还乡、得了大空的闲人才会跑到这样的老街来吃火锅，合适，确实合适！

俞生刚准备迈步进到店里，他突然想起了什么，转过身来按住了准备发动的出租车。

"老弟，到中午了，要不吃顿火锅再走嘛！"俞生发出邀请。

"要得嘛！哥子！"也许是确实聊得投缘，司机小哥也欣然应允，也换了称呼，他把车往人行道上黄葛树中间划了白线的车位一摆，和俞生一起走进这久违的火锅城去。

3

走进大堂，俞生的眼眶又是一热。

这家店里的一砖一瓦，都是按照当年他们在一起时的老店装潢搞的——包裹着进口柚木的厅堂，四根明晃晃的钢柱，席间点缀着错落有致的花卉盆景，西侧的假山，二楼雷打不动的"金木水火土"五个雅座间，都让俞生好生熟悉，他无摸着有些年头的桌子椅子，激动得说不出话来。

只是，和当年金碧辉煌的气质不同，三十年的时光让柚木变得古朴，亮闪闪的"太空风"柱子也颇有 20 世纪的年代感，席间的花卉因为难得打理换成了塑料，假山上的泉水也不开了，那绝无仅有的三五桌食客也不在意，有说有笑烫自己的毛肚，大概都是老主顾了。

那时候高档次有概念的潮店，终于还是敌不过时间的冲刷，成为一种复古情怀的气质。俞生不觉轻叹一声，有了些凭吊的意味。

"两位，这边坐嘛！"服务员的招呼打断了俞生的思绪，俞生望着朝自己走过来的服务员领班，她年纪不大，迎宾的姿势还有些拘谨，眼神却很亮，给人一种青涩却自信的感觉，让俞生想起了当年的素芳。

服务员把俞生二人引到一张桌前坐下，俞生麻利地点好菜单，一抬头，想问问司机小哥喜欢吃啥子，这才想起自己什么还不知道人家姓名。

"我叫俞长亮！"小哥说，俞生大喜，没想到还是家门。但是和俞生祖上起码可以追溯到湖广填四川不同，俞长亮是第三代重庆人，20 世纪 60 年代，俞长亮的爷爷跟着工厂从上海内迁，这才举家到了重庆安家落户。

"那个时候重庆都是厂，满城都是工人，哪晓得现在成了'网红'！"俞长亮笑着说，他往俞生的杯子里倒茶，"大哥，我还跑车，酒就不陪你喝了哈！"

俞生连连点头，自己也是宿醉刚醒，没想喝酒。

"大哥，你也是回来得好，前几天国庆长假，那是连树上都挤满了人，路桥管制了好几条，你要是那个时候来，我们怕是只有堵在路上打'猪羊弟'了！"俞长亮戳开了餐具的塑料纸，递给俞生。

俞生忍不住笑了，这个小俞兄弟，说起话来硬是跟李白清的言子似的。

"那你觉得现在这个'网红'重庆好不好嘛？"俞生问。

俞长亮撇了撇嘴："怎么说呢？生活好了，生意也好了，不过有些东西也变味了。"

"哦？怎么说呢？"俞生也好奇地把俞长亮的话重复了一遍。

俞长亮把双手抱在胸前，他望着桌子上的餐具，像是做了一番思考："这么说嘛，我从前写了一首歪诗。"

"兄弟还会写诗？"俞生脱口而出，随后马上觉得自己失言了，赶紧说道："说来听听！"

"是改的木心那首《从前慢》：从前慢 / 油碟都是麻油拌大蒜 / 几盘豆芽烫一天 / 啤酒不准喝一半；丘二跑得慢 / 纸巾、咸菜、蛋炒饭 / 反正不要钱的 / 上得都挺慢。"

"哈哈哈哈哈！"俞生完全放弃了形象管理，肆无忌惮地笑了，舒坦至极。

"兄弟确实有才！"俞生忍不住想摸酒杯，只好端起茶盅，和俞长亮干了一杯。

"形不形象嘛！像不像以前的火锅馆？"

"像，确实像！"俞生连连点头。

俞长亮却摇了摇头："但是哥哥，现在米饭纸巾都要钱了哟！"他说着抠开了面前那盒精致的餐巾纸。

扑哧一声，硬纸盒裂开来，露出一道狡黠的笑脸，俞生倒不是心疼那两块钱，只是觉得好像心底有个角落被跟着撕开了。

确实，自己那几年开"太空火锅城"的时候，想的就是要和国际接轨，要高端、大气、上档次，但真的到了那一天，好像又有些地方和自己的设想完全不一样了。每个人，无论是大老板还是小丘二，的哥还是诗人，都不过是时代里的一粒沙。谁都不是命运的主人。

谈笑间，火锅端上来了，俞生和俞长亮一边拱手，一边往对方的格子里下鸭肠。

都说重庆人耿直，成了网红之后，个打个的精灵。俞长亮甩着脑壳，火锅还好，你去吃烧烤，那个苞谷籽籽是一颗颗串起卖的，能给你气死！

俞长亮表情里全是义愤，好像是多年的不吐不快也终于找到了倾诉对象，他还想说，一看俞生的表情有点发愣，晓得是自己有点上头了。

"不说那些不高兴的了，来，大哥吃鸭肠！"

俞长亮刚把嘟长的鸭肠拉起来，只听街上传来"轰隆隆"的声音，跟炸雷似的，差点把鸭肠吓回锅里。"哪个天棒又在炸街？"俞长亮嘟囔了一句。俞生的心头却咯噔一跳，莫不是？

果然不多时，店门口闯进来瘦精精一个骑手，他把头盔一取，"哎呀！"长长舒了一口气。

4

"渴死老子了！"

进来的骑手用倒拐子抹了下脸上的汗，抓起门口柜台上茶壶猛灌，清屋服务员也不招呼，似乎不是外人。

俞生的心头却在呐喊，他站起身来，眼睛里似乎要冒出火："野狼！"

听到喊声，那个叫野狼的男人疑惑地抬起眼皮，他的眼窝很深，脸颊上有两道深深的槽，但精神饱满，甚至亢奋。野狼只犹豫了半秒钟，然后朝着俞生抬起手臂，伸出一根手指，边晃边指："俞老板！"

等俞长亮反应过来，眼前的两人已经拥抱在一起，用力地敲打着彼此的后背。

"你还晓得回来！"

三十年都在谈笑间，再没有比时间更灵验的猛药，让俞生和野狼间没有了老板和雇工间的隔阂，剩下的只有老友重逢的唏嘘与戏谑。

野狼拉开椅子，一屁股坐下来。他望了望锅里头，突然眼睛一瞪："领班！你给俞总上的啥子锅底？"

话说间，野狼飞快地把大拇指伸进了滚烫的锅里，蘸了一指辣油放进嘴巴里咂摸，把俞长亮都看呆了。

"去，取我的宝贝过来！"他吩咐着屁颠屁颠跑过来的服务员。不多时，一块油纸包裹得四四方方的包袱被拿了过来，在俞生和俞长亮面前解开了一层又一层，每脱一层皮，就有更浓郁的一份香气散发出来，直到剥出来一坨黄桑桑、红彤彤的油块儿。油块融化在锅里，俞生觉得，这次的味道对头了。

"老油！这个东西几年前遭了批斗，我们店还遭罚了几万块钱，现在只能内部分享下这个好东西了！"野狼的表情里看不到罚了款的心疼，反而全是得意，仿佛那是一份另类的认可，是男人胸膛上的伤疤。

"这位兄弟是俞长亮。"俞生介绍说。

"俞老板的兄弟就是我的兄弟！"野狼满口说着，巴掌往胸口上拍得啪啪响，俞生和俞长亮都笑了，终于是回到老重庆的感觉。

"薛老板呢，她没跟你一路？"野狼问。

"嗨，她们两娘母逛来福士去了！"俞生老实地回答。

"嘿，你不跟她们去整尖货，倒跑我这自留地来了！"野狼笑道。俞生这才知道，卫鸣总是眼高手低，搞了一年搞不走，就卖给野狼了，野狼平时招待自己耍摩托那些兄弟伙就在这里，这也是这家分店保留了这么多原汁原味的原因。

"听素芳说，你跑新疆去了的嘛，说你还是一天不落屋？"俞生调侃道。

"那不是，只要我在家里头，他们天天嫌弃我，说我家务不做当太老爷。店头的事也不准我插手，说我的老配方卫生标准不达标，说评啥子4A级不容易，喊我不要帮倒忙。看嘛，连'太空火锅城'的牌子都不准我用，说要标准化，嘿嘿，老子故意把那一点弄熄，成了'大空火锅城'。不去惹他们，他们也莫来惹我，骑摩托轧马路，我一辈子的爱好，戒不脱，他们也管不着——重庆男人耳朵再耙也是有点脆骨的，对不？"野狼边说边笑。

"一把年纪的人了，跑起不累吗？"俞生忍不住问。

"累，肯定累！去年走额济纳旗，跑了三天2100公里，皮都脱了一层！"野狼点点头，虽然抱怨，眼神里却神采飞扬："但我要是久了不跑，有人要催！"

"哪个催你？"俞生好奇地问。

野狼把眉毛一抬，表情得意极了："粉丝！"他掏出手机，点开抖音递到俞生和俞长亮面前。

"哟！"俞生眼睛一亮——"渝中一匹狼"，粉丝居然有5万多！那头像照片上的野狼一身黑色皮衣，带着大大的蛤蟆镜，歪着脑壳，确实是一匹不羁放纵爱自由的野狼，谁也不会想到，他也曾是全重庆火锅界首屈一指的掌勺。

"你看，哥子现在也是个'网红'了！"野狼提劲惨了。

"是呀，'网红'！"俞生喃喃道，语气里有感叹，也有叹息："还是你活得通透！"

野狼嘿嘿地笑着："我只是不像你们想得那么多，我跟我家那个也不一样——素芳她说起要放手，到头来自己还把董事长占到，要我说，放心交给娃儿去做，时代变了，开店的逻辑也变了，不需要我们这些老人家指手画脚！你忘了吗？当年我们搞新概念火锅城，好多火锅老人跑过来说我们坏规矩，说我们卖得贵，说我们环境比味道好，天天说我们要黄，结果呢？"

俞生方才恍然大悟，时代在往前走，时代没有对错，只是我们老去了，固执地留在原地而已。就像这间三十年的老店一样，是时候接受变化了。

"这不是最好的时代，也不是最坏的时代……"俞生在心里默默改了狄更斯那句名言。这只是一个普普通通的时代，千千万万个时代中的一个。

"啷个回事，酒呢？"野狼打断了俞生的胡思乱想，"难得高兴，长亮兄弟，下午车摆一摆，陪哥哥们喝两杯！"

"好！"俞长亮也癸快地回应。

野狼于是大手一挥："领班，两箱国宾，要一箱冰的，一箱更冰的！"

二十年前的老照片

晏　菁

5

南山街道的灯已经一盏盏亮起，仿佛是流动着的群星，夜晚的重庆仿佛拥有第二人生，焕发出不一样的活力。

"太空火锅城"五个大字就亮在山间，太空火锅城足足覆盖了这半片山，一张张的火锅桌就在山坡，火锅料的香气萦绕着枇杷树、桂花树，灯火通明，热热闹闹。

此时，大门口那几个星球雕塑发出明亮的光，山都被点亮了。火锅城的老调味师野狼已经退居二线，不仅摩托照样骑，还拿起了照相机，和那些带着各种长焦炮筒的"老法师"一起去给纱巾嬢嬢们拍照，搞得素芳心里鬼火冒，这次看到薛米丽，虽然也有了皱纹，但那个气质还在，她突然就心动了，坐到野狼的摩托后座，要去重庆的所有网红景点"旅拍"，说是纱巾嬢嬢都拍得，为什么我拍不得？钱嘛，纸个嘛，留啷个多做啥子嘛，照片攒多了就在罗中立美术馆去搞个摄影展，来参观的人都送太空火锅城的代金券。

迎宾小姐俞尾站在大堂门口，微笑着迎接客人，她身着新中式的白色上衣，下着一条大红色的马面裙，笑容温婉，很是不俗。

一个六十来岁的老人情绪激动地闯了进来，吵嚷着要见老板。他身着一件七成新的蓝色唐装，脚上蹬着一双全新皮鞋，皮肤黝黑，头发全白，脸上沟沟壑壑。俞尾虽然汉语说得溜，重庆方言也听得懂，但老人浓重的区县口音还是难住了她，只模模糊糊听清了少数词语，什么"二十年前"啦，什么"鸳鸯锅"啦，什么"照片"啦。

总经理袁闻正要外出，俞尾把他截住，把难题交给了老板。

老人又喃喃地说了一遍，好像是说二十年前，他在"太空火锅城"吃了顿饭。

一顿饭又有什么奇怪的？为什么老人现在还念念不忘？袁闻总觉得老人有些不对劲，说起话来总是反复那几句，问他家住哪里他又说不清楚，他心想，这可能是阿尔茨海默综合征的患者。

袁闻叮嘱俞尾安顿好老人，拿出手机拨打了110。这时正是饭点，客人源源不断地进来，要人引座安排，俞尾刚才还看着老人在那儿站着念叨着"照片、照片"，一转眼人就不见了。要是人跑丢了，或者更严重点，跑到坡坎边上人摔伤了，太空火锅城是脱不到责任的，俞尾额头上直冒冷汗。正在这时，发展部部长卫思莉出现在她面前，一身西装套装，头发高高扎起马尾，显得很是干练。俞尾赶紧跑上去："部长，有麻烦了！"

人来人往，摩肩接踵，再加上香樟树掩映，枇杷树笼盖，老人到处乱跑，要找多久才能找到？

卫思莉心很细，马上让领班通过步话机给各位服务员打了招呼，如果看见有一位穿蓝色唐装的老人就立刻联系她。

刚刚吩咐出去，耳麦里传来了服务员的呼叫声："看到了，看到了，这里有一个穿唐装的老头儿，正在'朝天门'包间门口打望！"

太空火锅城的包房区在第一个坡坎那里，一共有三层，共有十八个包房，包房名为"朝天门""上清寺""黄花园""小什字""大礼堂""白象街"……全是重庆的地名，"朝天门"正好在包房区的一楼。

说起来，这里的装修还是很费了一番心思，包房区的走廊里，都挂着一些老照片，而这些老照片不是简简单单的老重庆风景，还有各种各样的老照片里的人像。有在街头补鞋的老鞋匠，有在路边上的剃头匠，还有在茶馆外面晒太阳的老人……

卫思莉赶到的时候，老人正指着一张照片在那里喃喃自语。虽然他口音很重，卫思莉毕竟是个老重庆，听得懂，他正在不停地说："好心人，好心人……"

6

那张照片里有朝天门改造前的梯坎，来福士广场还没有修起来，一位四十来岁的棒棒，肩膀上拱着一个像小山一样的包裹，用红蓝编织袋裹紧了，棒棒左手扶着那包裹，右手提着一根老扁担。还有一个七八岁的小男孩，睁着惶恐的眼睛，看着镜头，紧紧握着那根老扁担。

这个棒棒，一肩挑起了生计，一肩挑起了一个家，照片里的他满头大汗，却带着一份自信的笑。

卫思莉看了眼那照片，然后又看了眼老人，她忍不住惊叫起来："你是照片里的这个棒棒嘛！"

老人看着照片，还是不停地喊："老板儿！老板儿！"

卫思莉今天刚刚谈成了"太空火锅城"网上外卖的事，突然又动了心思，她赶紧打电话把刚开车出门的袁闻喊了回来。

袁闻一走进包间，卫思莉就朗声介绍道："你看，这就是我们的老板。"

"不对头……"老人眼睛一亮，但一看到袁闻，眼睛里的光就又变暗了，他不停地摇着头。

袁闻哭笑不得，现在外面忙得跳脚，还要忙到解决这个老爷子的事情，"警察一来就把这个老爷子接走，你们现在好好照管他尽到责任就行。我先走了哈。"

"等到，你想想，现在太空火锅城生意想要做得更大，就要讲好火锅城的故事，我们有好多故事讲？"卫思莉说。

"那多了去了，我们老一辈创业的故事，以前的公关经理薛米丽、总经理俞生，我妈妈古小琴，还有我们现在的董事长素芳，还有野狼，还有卫……他们的故事不都是我们的财富吗？"

"你说得对，也说得不对，我们新一辈要有新一辈的故事，这些故事是伴着重庆这座城一起生长的。我看这个老人家就很有故事，他很可能就是照片上二十多年前那个棒棒。那他为啥子就是记得我们火锅城，不是别家火锅城？如果只是简单的迷路，我们还是可以在网上做一波宣传，让别个都晓得我们'太空火锅城'有爱心，有温度……"

袁闻觉得卫思莉说得有道理，她负责火锅城对外发展宣传，了解网络，包括野狼在大门口摆的摄影展，也是她的主意，她还动员野狼把他的"渝中一匹狼"账号拿来宣传火锅城，野狼最初犟起不肯，最终还是被儿媳妇说服了，机车轰鸣和火锅城的灯火亮堂，莫名竟激起了几十万的点赞关注，狠狠赚了一波流量。

袁闻把目光投向老人，想了想，俯下身来："老人家，你是不是在找老板？你说老板长啥子样子？"

"个子这么高……"老人比画了一下，比袁闻略矮一些。

"穿西装……说话和气，很斯文……"

卫思莉凑到袁闻耳边轻声说："这些年我们'太空火锅城'都是女老板当家，他说的，会不会是以前的俞老板喔？"

"老人家，你找穿西装的老板干啥子？"卫思莉问。

袁闻一击掌，"管他是不是，反正俞老板他们正好回重庆了，你赶紧喊俞尾把她妈老汉儿请过来！"

"会不会太冲动了？万一不是呢？"卫思莉说。

"不是你说的嘛，我们太空火锅城要发展，就要讲好我们的故事！这是今天晚上我们最大的机会！"

俞尾给她爸爸俞生打了电话，刚好他和薛米丽在空荡荡的别墅里闲得无聊，正想找借口去太空火锅城看看女儿工作的俏模样，接到电话会心一笑，立刻叫了一辆网约车。

俞尾刚刚打完电话，警察的摩托车就闪着灯开进门了。来的是个年轻帅气的警察，正好是管这南山一带的小张，俞尾经常看到他骑着摩托在门前来来往往，想象了很多的故事，但当他真的走到自己面前时，她不由得红了脸。带着小张去包房的途中，心也跳得特别快。小张看了看老人："刚才我们接到报警，说是父亲走失了，有可能就是这个老人家，我先拍照发到派出所，如果确认是他，我就喊家属来把他接走，如果不是我们就先接回派出所。"

"我不走！我要找人！我不走！我不搬！"老人忽然情绪激动起来，

脸涨红了，他端起面前的果盘就要砸，卫思莉赶紧走过去，轻言细语地说："好，不走不走，你要找的老板马上就来了。"

民警小张一看也没有办法："那好，我们就多等一会儿，等老人家平静了来。"

"要得，我们都在这儿陪到老人家。"卫思莉一边说，一边拿起手机拍了几张照，对着袁闻眨了眨眼，这些可都是网络宣传用得着的素材。

7

太空火锅城的灯光是南山的地标，沿着盘旋山路，俞生和薛米丽一路欣赏着山路上看到的重庆夜色。拐过一道弯，豁然开朗，远处渝中区的灯光通明，一幢幢高楼大厦拔地而起，而在大楼楼体上，闪现出一道道流光溢彩的字幕"我爱重庆""勒是雾都"。

"还是家乡好啊！"俞生感叹道。

"你说话好像老年人一样。"薛米丽"扑哧"一笑，眉目如画。

"不光是家乡好，家乡的人也好，我身边的人也好。我不应该有啥子不知足的了。"俞生轻声说，握住了薛米丽的手。

老夫老妻，一起看过了天南地北的风景，一起经历了人生的风浪，但薛米丽知道，此刻俞生心底埋藏着失落，这是不能对外人说起的。想当年，他们也在太空火锅城叱咤风云，可是时代在往前走，他们被落在了身后，野狼和素芳还好，他们在跟着太空火锅城往前走，而且还找到了新乐子——拍照、旅游……

可他呢？当年的辉煌离他越来越远，他现在感觉自己似乎不被需要了。尤其是上次和野狼一起喝酒之后，俞生心中的失落感更强烈了。

又转过一道弯，面前亮起了几个巨大的星球模型，像月球，像土星，"太空火锅城"几个大字迎面而来，俞生长叹一声，这就是时代的演变吧，大家在往前，可自己已经落后了。

女儿俞尾在大门口迎接他们，好几天没有看到女儿了，他们图方便，很快就买了一套二手别墅，也想让俞尾和他们一起住，可女儿不愿意，说是自己有自己的生活，宁愿继续住员工宿舍，这样一来，俞生觉得自己更不被需要了。他和薛米丽还不太一样，薛米丽天天约着老姐妹喝茶拍抖音，生活精彩得很。

"你们说哪个在找我？"他问女儿。

"你去了或许能问出来，是一个六十多岁的老人家。"女儿在前面踩着高跟鞋引路，她的青春是那么自然而然地流露着，而她的父亲母亲都已经老喽。

俞生和薛米丽来到"朝天门"包房，看见房间里站着一位年轻警察，坐着一位气呼呼的老人，袁闻和卫思莉一见他俩进来，马上迎了上去，这可是太空火锅城的"原始天尊"呀！

"伯伯孃孃，你们这么快就来啦？辛苦你们两位了哟！"

老人上上下下看着面前的俞生，把头摇得跟拨浪鼓一样，"不是不是，老了老了……"

这话说中了俞生的心事，让他心里气得直冒烟，但他面上还是一脸的沉着。

"我看你很年轻。"薛米丽牵着老公的手，柔声说，俞生心里这才略好过了一点。俞尾摇了摇头："哎呀，妈老汉儿，我就是看不惯你俩天天撒狗粮，所以不愿意和你们住在一起！"

卫思莉心下一想，走了过来，问道："叔叔，你有没有二三十年前自己的老照片？"

卫思莉真是一个小机灵，猜得准，俞生的手机里还真有，他不光把多年前自己意气风发的照片存在手机里，有时候还会发个朋友圈，感叹一下时光不留情。

他打开自己的手机，调出来一张老照片——照片里的他身着黑色西服，气宇轩昂，关键是——黑发浓密，从中间分开，做了个当时流行的"郭富城头"，现在说起来年轻人可能不懂，这发型没有发胶和大发量打底是绝对做不出来的。

现在……俞生摸摸自己的假发，叹了口气，寸草不生喽。

没想到那老人一看到这手机里的照片，马上瞪大了眼睛，激动地说："是他，是他！好心老板儿！"

"我说，大哥，你是哪个？"俞生有些迷糊。

"俞伯伯，你也帮忙想一想，看认不认识这位老人家，不要着急，慢慢想……"卫思莉的话虽温柔，但对俞生来说感觉自己像是失智老人般被对待，他郁闷得很。

说起来，他在太空火锅城那么多年，遇到无数的人，哪里记得那么多面孔？再说，二三十年的时光，回头不过一眨眼，重庆变了，他们也老了。

"伯伯孃孃，你们来看这个！"卫思莉急中生智，把包房门口的那张棒棒的老照片取了下来，放在他们面前。

"哎呀！我想起来啰！"俞生一拍自己的脑袋，差点儿把假发拍落，那顶头发有些歪了，薛米丽不动声色地小心为他理好鬓角。

所有人都期待着听俞生讲多年前的故事，这个时候民警小张的电话响了，他接听电话后说道："家属已经直接到你们'太空火锅城'来了。"

8

"老汉儿，你在哪里？"一个青年男子的声音从门外传来，这声音焦急不安，连连呼唤了好多声。

俞尾走出包房招呼引路。

一位三十来岁的青年走了进来，个子不高，身着黑白法兰格子绒衬衫，西装裤，戴着一副银边眼镜。他一看到老人，抓住他的手："老汉儿，你急死我了！"再一转身，看到捧着老照片的俞生，他愣住了，然后犹豫着喊道："你就是……俞老板儿？"

"我早就退休了，你认识我？"

"我一直记得你，小时候，你请我们吃了一顿火锅……"

果然是他们，俞生的记忆被拉回到二十多年前。

那还是太空火锅城老店，有一天他在门口看到有一个棒棒牵着个娃娃探头探脑，棒棒穿着一件洗得发白的旧汗衫，手上拿着一根老扁担，那个小娃儿不停地吵着："爸爸，我要吃火锅！班上就只有我一个没有吃过火锅！"

"你好！请问你们需要用餐吗？"俞生按捺住好奇心，礼貌地问道。

棒棒吞吞吐吐的，他说他只有十块钱，不晓得这个地方能不能点火锅吃？哪怕就吃一碗粉一份白菜都可以。

俞生犹豫了一下，这点钱连餐位费都不够，十块钱，莫说在"太空火锅城"吃火锅，就是在街边摊吃份毛血旺都不能选高档次的。

"我晓得不可以，娃儿跟着我进城上学，班上同学都吃过火锅，就他没有。我说在家煮给他吃，他说想要尝最正宗的重庆火锅。算了嘛，老板儿，不让你为难了……"

棒棒牵起男娃娃的手正要出门，男娃娃哭了起来："我要吃火锅！他们都吃过！他们笑我是乡巴佬！他们说没吃过火锅的就不是重庆人！"

俞生心中一动，他喊了一声："慢！大哥，你先不要走！"

他蹲下身，牵着男娃娃的手："小朋友，你听我说，乡下的人，只要努力肯干，就能在城里立足，以后说不定还是城里人羡慕乡下人嘞！你爸爸辛辛苦苦，就为了在城里给你一个家，到哪里都带着你，你好幸福喔！爸爸堂堂正正劳动，我们来了重庆，就是重庆人！"

他拉住那位棒棒："来，我们'太空火锅城'欢迎你们！"俞生叫来了雅座领班古小琴，给父子俩领到最好的火星雅座间。

棒棒左右看着房间，天花板上悬挂着一个巨型顶灯，一闪一闪，好像无数星星缀成的星空，地板也一闪一闪，与头顶的星空辉映。

服务员开始上菜，毛肚、鸭肠、麻辣牛肉、老肉片……一道道菜上来，摆了一桌。

这时俞生走了进来，笑着招呼棒棒两爷子。

"两位不要客气，这些都是我们店里的招牌菜！两位吃得开心，吃得尽心，就是我们的荣幸！"

"不，不，不！我晓得我的钱不够……"棒棒摇着头。

"大哥，请不要客气！"俞生转身对男娃娃说，"没有你爸爸，没有你爸爸这样的同行，我们太空火锅城的货要怎么卸？爬坡上坎我是提不动的，棒棒这个行业，是重庆血脉中的动力，今天吃了饭，我还要请你爸爸帮我个忙！"

"老板……你人太好了，什么忙，你尽管说……"

"我想给你们拍张照。好，你们先吃嘛，记到我说的话，小朋友，你爸爸最了不起。"

"他们都笑我爸爸，说我们根本买不起重庆的房子……说我们在做梦……"那个男娃娃低声说。

"梦是人做的，人也能将梦变成真的。"俞生微笑着说道，摸了摸小朋友的头，然后退了出去，带上了雅间的门。

男娃娃眼中闪动着亮闪闪的光，看着俞生，又看着他的爸爸。

俞生叫野狼带上店里的相机，给父子俩拍下了那张最独特的照片。野狼骑上他的摩托车，车一冒烟，载上两父子就去了朝天门。棒棒一手牵着儿子的手，一手扛起了巨大的包裹，那张照片里的朝天门，后来修成了来福士广场，当年朝天门小商品批发市场的繁荣，也在电商冲击下，不复当年荣光，但照片记录着这座城市的历史，也记录着每个人的历史。

俞生感叹着，给包间里的人们讲述了昨日的故事，往昔的岁月浮上心头，这一晃，二十多年了！当年自己正是年富力强，意气风发的时候，现在，已经成小老头啰！

"伯伯！"面前青年的一声呼唤让他从回忆中醒过来，"您知道吗？那时我刚刚进城，又自卑又胆怯，你那天和我说的话，我一直记得，你说来了重庆城，就是重庆人，你还说我爸爸很了不起……你知道吗？那之后，每次遇到困难，我就会想到我爸爸一手牵我，一手扛起一个家……也会想起你说的，梦是人做的，人也能将梦变成真的……现在，我已经成了一名小学老师，我也会把你教的那些话，都教给我那些学生。"青年的声音有些微微颤抖。

"那，你们后来在重庆买了房没有？"俞生关切地问。

"2016年，我爸爸在重庆解放碑贷款买了一套60多平方米的二手房，那时候要40多万元，我爸爸不吃不喝，也至少要背4万包货……我爸爸不光靠一条棒棒在重庆城买了房，还靠一条棒棒送我上了大学……我现在也是我们学校的业务骨干了……刚刚可以回报我家人，我爸爸又生了病……"青年慢慢说道。

"我没得病，哪个有病？来了重庆城，就是重庆人，我是重庆人……"那位身着唐装的老人，二十多年前的棒棒固执地说道。

"今天，我们带他来南山聚餐，没想到他看到'太空火锅城'几个字，又看到门口的照片，自己就跑过来了……爸爸，你还认得不？这就是你常常念的俞老板儿！"青年蹲下身，扶起他爸爸的手，"你看嘛，你又回'太空火锅城'了！"

老人的目光，慢慢由混沌又变得清醒，他看着面前的俞生，一把抓住了他的手："好人啊！"

俞生的眼角湿润了，多年前年富力强的棒棒，此刻和他一样，他们都老了，他们将青春献给了这座城市，这座城市也包容地拥抱了他们，接纳了他们，他还记得自己离开重庆去往阿根廷时，一直以为自己会在异国漂泊，可没想到，还是有种强烈的吸引力，让他和薛米丽又回到了这里。这里，是他们奋斗过拼搏过的家啊！

老人站了起来，一把抱住了俞生，"好人啊，好心人啊！"

"大哥，不要客气！这里就是我们的家！就算我们现在慢慢老了，病了，但我们真真切切地改变了这座城市，也改变了自己的命运，大哥，你了不起啊！"俞生说道，一行热泪从他的眼中滚落，他的心事此刻也伴着这泪水放下了。

"了不起啊，我们了不起啊！"老人也跟着他说道，眼中也滑出了眼泪。

薛米丽看到俞生如此感触，这实在少见，是啊，老了吗？那又怎么样，那些经历的风风雨雨坡坡坎坎，那些做过的热血的激情的事业，这座城市的飞速发展，都是他们这些老人经历见证过的！那么，他们又怎么会老？他们的心血与青春已经与这城市融为了一体！

"俞生，你不老，在我心中，你永远年轻。"

"爸爸，你好了不起哟！你看你的一个善举，给一个家庭带来好大的力量！"俞尾赞叹地说道，挽着她爸爸的手。

女儿和妻子的欣赏与赞美，让俞生感觉到心中的块垒真的放下了，他有些羞涩地说："哎呀，没得啥子，举手之劳。"

警察小张看到这一切也很动容，他想了想，说道："来，我的工作任务也圆满完成了，我来给你们拍张照片吧，说不定，再过二十年，又是一个新的故事了！"

大家纷纷赞同。

于是，就在这个美好的夜晚，"太空火锅城"有老的一代，还有新的一代，还有老人和青年，那曾经的棒棒和他的孩子，他们站在太空火锅城门外巨大的星球建筑旁合影。

"来，听我喊，一，二，三——重庆！"民警小张举着手机喊道。

　　"重——庆！"所有人一起喊着，青年紧紧抱着他父亲的肩膀，正如多年前他的父亲保护着他一般，而俞生一家也紧紧靠在一起，还有袁闻、卫思莉和她刚刚收工休息的调料师老公原野，他们的欢呼声在南山上空回响。

寻找陈世伟

舒　舒

9

虽然董事长素芳是卫思莉的婆婆，但在关于太空火锅城的某些决策上，好似对总经理袁闻更信任。卫思莉多次在家庭聚会上想提一嘴关于太空火锅城的拓展宣传方案，都被董事长淡淡的一句"吃菜"给转移了话题。想再开口，就难了。董事长似乎知道她的心思，声音不大不小，足够所有人能听清："有什么事和袁闻商量着办嘛。"

袁闻，又是袁闻。

卫思莉心里怄着一团火，不敢当着婆婆的面发，只有对着丈夫发泄。正陪着双胞胎孩子看《花园宝宝》的丈夫完全不接招。卫思莉发泄了一通，无人回应，只有愣愣地坐着发呆。

卫思莉想不通，就休了个产假回去，怎么现在遇什么事情都要找袁闻商量，芝麻大点的事情也找袁闻，袁闻又不是她亲儿子，袁闻是古小琴的儿子，古小琴已经死了，就算是念旧情，这个照顾也过分了一点吧？就算是她不把儿媳妇当亲人，自己的父亲好歹也是创始员工，虽然不争气，现在在监狱里，但他从来没有亏过太空火锅城，这点情面也应该照顾照顾吧。

这也不怪卫思莉思想发岔，多想，她原来就是火锅城最年轻最有能力的拓展部长。只是休完产假再上班，境遇就大不如前。这前后的感觉发生了变化，这心里的想法自然就多起来。再加上横空出现的"海龟"俞尾——这些变化让卫思莉感到不安。她急需要一个好方案来证明她的回归。

因此，太空火锅城的拓展宣传方案写好后，卫思莉捏在手里都快捏成油渣了，也没下定决心交到袁闻的手中。卫思莉想先从董事长这打开一个缺口，在会上为她说几句话，就算袁闻对她有成见，也会看在董事长的面上考量一二。可董事长根本不接招，让她自己找袁闻。卫思莉回来上班后，虽然还挂着太空火锅城拓展部长的职位，但实权实际上归总经理袁闻统筹。当然，这也是上面董事会的决定。无论是她的拓展计划，还是宣传方案，交上去，最后等来的，都是董事长的一句"开会讨论"。会上，卫思莉讲得舌灿莲花，但在表决时，大家的眼睛都盯着袁闻。

袁总怎么看？

袁总有什么高见？

袁闻呢，总爱用两根手指支撑着下巴，皱着眉头思考。每次，袁闻总根据她的方案说出一堆不可行或需要完善的理由。一说有待完善，或者再议，这事也就搁置了。董事会的那帮家伙，都是看碟下菜的主，无论袁闻说什么，一帮人都频频点头，加之董事长的偏袒——董事长不排除有对袁闻偏袒的嫌疑。这种偏袒除了一部分来自古小琴几十年对火锅城的付出，另一部分也来自对袁闻本人能力的肯定。

袁闻是前一任拓展部长，"太空火锅城"曾经面临"巴渝火锅城"与"火辣辣火锅城"的左右夹击，在激烈的市场竞争中，袁闻拳打脚踢，奇招迭出，稳住了太空火锅城在渝城火锅界杠把子的地位。在公司决策上，袁闻拥有一票否决权，所有方案都需要经过他的签字才能实施。

可是，这份方案，是卫思莉花了一个多月挖空心思写出来的，而且还当着小荷和旻静的面拍胸脯。要她放弃，实在心有不甘。目前的火锅城生意虽开遍了各区各县，甚至全国布点，但利润反而没有之前可观。更何况现在的火锅市场风起云涌、瞬息万变，"太空火锅城"虽独树一帜，但若不求新求变，不顺应潮流突破自我，迟早有一天会被其他火锅店反超。

让卫思莉感到压力的，除了火锅城未来的发展方向，还有来自袁闻的压制和"海龟"俞尾的威胁。俞尾这姑娘一口流利的西班牙语和英语，普通话和重庆话也都能无缝切换，笑容灿烂，对人热情。听说她就是冲着太空火锅城的名头来的，鬼知道她抱着什么目的。

俞尾的到来，对刚从女孩蜕变成妈妈的卫思莉产生了危机感，无论是语速还是反应都比小姑娘足足慢了半拍，思想上也略显滞后。小姑娘还常常给火锅城提一些稀奇古怪的建议。而这些建议，好几个都被袁闻给采纳了。

我一定要把主动权给抢回来。这是卫思莉现阶段无时无刻不在想的一件事。

想归想，可怎么抢？

必须得有一个好的可行的拓展宣传方案，而且比原来的方案有着质的飞跃。

10

说巧不巧，上月，闺蜜小荷带着朋友来吃火锅。中途，把卫思莉叫去。大多认识，只一个年龄在三十多岁的女人是初次见面。那女人穿着朴素，长相平凡，但举止很优雅，说话缓慢柔和，条理清晰。交谈中才知道她是刚获大奖的新锐女作家旻静。小荷谈到旻静写的一篇名为《寻找陈世伟》的文章时，豪气地说："放心，这件事交给我，我一定会帮你寻找的。"又拍着卫思莉的肩膀说："姐妹，你也会帮忙的，对吧？"

卫思莉了解到，旻静年轻时曾在重庆生活过，还交了一个在重庆上学的男朋友。男友毕业时，特意将旻静请到朝天门的太空火锅城总店吃火锅，吃到一半，男友却告诉她，要去南方发展，要与她分手。两人在包厢里大吵一架，男友走后，旻静伤伤心心哭了一场，走时还被拦着付餐费。旻静身上没那么多钱。在这尴尬时刻，一个年轻人走过来说，我帮她付。那年轻人不仅帮旻静付了钱，还安慰她："别伤心，你值得更好的人，更好的人生。"旻静问到哪里还他钱。他说不用还。旻静又问对方的姓名。年轻人想了想后说："陈世伟。"这虽然是一件小事，可旻静却一直牢记在心，特别是这篇《寻找陈世伟》的小说获得大奖后，她想找到"陈世伟"并感谢他的愿望更加强烈。

然后呢？你们想怎么做？卫思莉听得入了神。

小荷说："有旻静姐这么一篇佳作，再配上我这个网红小姐姐，再借抖音里的网友们造一造势，不仅可以帮旻静姐找到陈世伟，我的账号还能吸引一波流量。"小荷向她眨了一下眼睛，"只是……"

"只是什么？"

小荷指着灯光璀璨的火锅城："因这个故事是在你们'太空火锅城'发生的，我直播间必须设在你们这里才有意义，我直播间有好几万的人流量，也算是变相地给你们做了一回广告宣传。"

卫思莉眼睛亮了："你要我怎么配合？"

"简单，帮忙布置一个直播间，我们一边吃火锅一边直播，同时抽奖，你们赞助两千份粉丝消费券和一顿火锅。"

完全没问题。卫思莉是个头脑灵活的人，虽然在带孩子的这两年与社会有点脱节，但没少在抖音直播间买婴儿用品。

此前，也并非没有想过走线上产品路线。但这一提议与袁闻"将火锅城开到只要有中国人"的理念相违背，所以，她一直没敢提出来。但现在不同，有小荷这个网红牵头，最主要是，这个方案是由外部向火锅城发起的，火锅城只要稍加配合即可。

但袁闻……或许是被他驳回的次数多了，居然有点心怯。

伸头一刀，缩头也是一刀，死就死吧！卫思莉抱着文件夹往袁闻办公室走，心里给自己打气。刚转过走廊，却见袁闻拎着公文包急步往外走。"袁总，您出去么？"卫思莉小跑两步。

"思莉，有事？"

"我这里有一个方案……"

"急不急？不急就放桌子上，我马上赶一个会。"

等了一周都没回音。她鼓起勇气又去找袁闻，他又是提着公文包匆匆往外走，见到她，笑笑说："那个方案我看了，很有想法，"继而抬腕看看时间，"只是太过理想化了，等我从深圳出差回来，再开会讨论。"

听到那句"太理想化了"，卫思莉的心蓦然一紧，勉强浮起一个笑容，答："好的。"

回到办公室的卫思莉一屁股坐在椅子上，办公桌上散乱的文件极不顺眼，随手狠狠一扫，将整张脸埋在臂弯里。

刚走到门口的俞尾看到这一幕，停下脚步，走进门，弯腰将地上散落的文件拾起，眼睛却盯在文字上。

这人未免也太大胆了吧，居然敢当着面看自己的方案。卫思莉猛抬头，一脸怒意，刚想训斥，俞尾已将文件放在了她旁边的桌子上，说："卫部长，你加班加点就是为了这份方案吧？"

卫思莉又瞪她一眼："你来找我有事？"

俞尾看着她笑："我是来帮你的。"

"你帮我？帮我什么？"

俞尾指了指方案："如果我告诉你，这个方案我之前向袁总提过，但没有通过你信吗？"

"你提过？"

"早在小荷找你之前。"俞尾一脸真诚地看着她："这件事……不如我们联手吧！"

卫思莉轻咳嗽了两声，定了定神："你连小荷和我说什么也知道，你在盯梢我吗？"

俞尾哈哈笑："我确实在盯梢你，因为我对比我优秀的人都很好奇，这有错吗？"

卫思莉看着她张扬的一张脸，明明很讨厌的，可是那张脸上流露出来的真诚和坦然，却又让她有瞬间迷离。这丫头马屁都拍得不同寻常。

卫思莉看着她，俞尾的眼睛好似像幽潭那么深，又好似像溪流那么清澈。

11

袁闻从深圳回来那天，带着他的大学同学乔深。

乔深在深圳混得很不错，离开重庆多年，做梦都想吃一顿重庆地道的火锅。他虽然在重庆读过书，但离开重庆后就一直没有回来过。这次两人在深圳商业交流会上重逢，聊起火锅，居然一拍即合。

袁闻在学校时一直不喜欢乔深，但多年未见面，对乔深的那些偏见早已荡然无存。乔深这些年在深圳的摸爬滚打，早已练得圆滑老到，大方得体，原来小气抠门的习气，或许因为经济条件的宽裕，也有所改变。袁闻在深圳的那几天的衣食住行，他几乎全都包了。两人还谈成了火锅城的合作意向——乔深打算在深圳开一家"太空火锅城"连锁店。于是，袁闻就将他一并带回来考察。

袁闻带着乔深到城里的几个店巡视了一番，回到南山总店已是晚上七点过。乔深被店门外的灯光和气势所震慑，也被店门口汹涌的人潮惊得瞪大双眼，一个劲地啧啧道："我的个乖乖，这是火锅城还是菜市场啊？这火锅城当年可没这规模，这灯光一晚上要多少电费啊！这排队的人，今晚上能吃到火锅吗？"

袁闻笑："别太夸张了哈。"乔深哈哈大笑："哪有哪有，我是真的被震撼了，想不到'太空火锅城'在你的带领下，这变化如此巨大，难怪现在的重庆如此火，整个网络上都是关于旅游和火锅的话题，搞得我都后悔去深圳了。"袁闻睨了他一眼："口是心非的家伙，你不去深圳，你现在会过得这么好？"乔深想了想，敛了脸上的笑容："你这嘴啊，像刀，连让人遐想都不容。"

二人从人潮喧嚣的大堂进了办公室，坐下后，乔深对店里人流仍啧啧称赞。

袁闻放水泡茶，没水，他按了呼叫器："小任，送桶水进来。"

小任没有出现，倒是俞尾提了一桶水进来，招呼道："袁总，您回来了。"

"嗯，小任呢？"

"小任调去大堂帮我'站岗'了？"

"你不是在大堂的么？"

"哦，最近因为要做直播活动，人手不够，人事部将我调到山河居协助直播，您最近长期出差，这里的事也不多，就让我多搭一双眼睛，以后您需要什么就叫我吧。"

袁闻虽然有点意外，但这么小的事情，人事部这边确实也没必要向他汇报。

乔深却歪着头问俞尾："你们这是在搞直播活动么？直播吃火锅？"

俞尾听问，忙介绍："山河居包房现在被我们改成了直播间，有网红小姐姐和女作家在抖音直播间找人，不到半个小时，直播间居然就涌进了五万多人——你们快打开抖音进入'小荷尖尖'的直播间看看吧，简直太热闹了，下面全是上火锅链接的霸屏。"

袁闻和乔深平时都不喜刷抖音，两人在俞尾的催促下打开抖音，搜索"小荷尖尖"，直播间里坐着两个装扮精致的女人，边吃火锅边聊天。袁闻认得左边是卫思莉的朋友小荷，而右边的那个女人，有点面熟，似在哪里见过。

小荷对着屏幕说："……今晚上那么幸运，有这么多热心的朋友，帮着旻静老师寻找当年帮助她的恩人陈世伟先生，虽然不知道能不能找到陈先生，也不知道找到了他会不会来直播间，但旻静老师的这份心意，却透过网络的无限大，相信定能传递到陈世伟先生的耳朵里，这份感恩隔着久远的时空，让我们感受到了人世间的温暖……"

这女人……袁闻脑中一闪，立即想起来了，望向乔深，这才发现乔深脸上的表情很复杂，很怪异。袁闻停住话，转向旁边的俞尾："旻静要找的这个人是谁？"

俞尾说："听说旻静老师当年被男朋友叫到'太空火锅城'吃火锅，却被男朋友分手，走时，男朋友居然连账都没付。旻静老师当时没钱付账，又伤心又尴尬，幸好有一个叫陈世伟的先生帮她把账付了，还安慰她，鼓励她好好生活……"

乔深突然发出一声蚊子似的呻吟，伸手捂住了嘴。

袁闻向俞尾抬了抬手："好了，你先去忙吧！"

俞尾出去后，袁闻缓缓坐下，抬眼看向乔深："简直不可思议，居然是旻静啊！"

乔深低着头看直播间，一声不吭，眼睛里有什么东西在闪动着。

12

袁闻想了想，拨通了卫思莉的电话，声音一字一顿："卫思莉，关于那份线上推广的方案，你不需要说明一下么？"

不一会儿，卫思莉急匆匆赶到，站在袁闻面前，一副无辜的表情：

"袁总，请问有什么指示？"

袁闻把文件夹"啪"扔到卫思莉面前："这个方案什么时候批的？我什么时候答应走线上的？"

卫思莉拿起文件夹看了一眼，不慌不忙地说："袁总，这方案……你没签字啊。"

"我没签字，那活动怎么在做了？"

"袁总，你误会了，这活动不是我们做的。"

"不是我们做的，谁做的？"袁闻声音明显带了怒气。

"这是小荷和旻静老师做的活动，她们包了我们的山河居，仅仅只是让我们帮忙布置一下直播间，这事是山河居领班俞尾负责的，因你人不在重庆，是俞尾直接找董事长申报的，没想到吸引了这么多人……"

袁闻眉头越皱越紧，目光看向卫思莉，卫思莉住了口，但眼睛并不避他，反而坦然地迎着他的目光。

袁闻如何会不明白卫思莉那避重就轻的话，居然将董事长都请出来了。很好，卫思莉就是卫思莉，还是曾经那个不服输的卫思莉。董事长叫自己帮忙压一压她的骄气和傲气，让她学会和更多的人合作，前段时间自己还真怕把她压垮了，看来，她已经懂得合作和借力了。

卫思莉看着袁闻，心里想的又不一样，她心里万马奔腾：偏偏这时候回来，而且也不在乎有没有外人在，张口就是一长串责问，问得差点站不住脚。幸好，有俞尾，把所有事情推在俞尾的身上，与我有什么干系？有问题你直接找董事长去。

沉默了一会儿，袁闻突然问："今晚的直播活动，如果开通线上售卖，你预计能卖多少？"

啊！卫思莉满腹的防备，却换来这样一个问题，顿时失措，"这个，这个……也许一万多份吧！"

"如果今晚上的直播间没有找到那位叫陈世伟的先生呢，会如何收场？"

卫思莉想了想，说："网络上永远不知道下一秒会发生什么，对于未知，观众保持着好奇心，只需要过程，没有找到，或许是更好的结局。"

"如果找到了呢？"

"如果找到了，而他又愿意来直播间，那人流量可能会突破十万。"卫思莉伸出两根手指，比了一个"十"字，内心的笑有点掩饰不住，唇角往上翘。

袁闻点头："好，你去告诉旻静和小荷，预播下一场，太空火锅城全力帮忙找陈世伟。"

卫思莉瞬间瞪大了眼睛："这……这，网友虽都好奇，但可不是傻子。"

袁闻语声微不悦："思莉，你已经成功吸引了网络流量，难道一场直播就停下了脚步？你要靠什么继续吸引流量？你之前的方案上可不是这样写的。"

卫思莉想了想，瞬间明白了，兴奋叫："袁总，谢谢你，我马上去转达。"说完一溜烟跑出去了。

袁闻笑笑，一孕傻三年，看来，卫思莉还不是太傻。目光转到乔深的脸上，乔深边看直播边用力抹眼睛，声音嗡嗡地："好报应，都不知道当时是怎么想的，简直是罪过。"

袁闻盯着他："愧疚吗？"

"这不废话吗？"

"你需要当面去道歉吗？"

乔深想了想，苦笑："如果道歉有用的话——你真的会帮她寻找那个叫陈世伟的人吗？"

袁闻用力点了一下头："会的。"

乔深哈哈地笑了起来："确实，这事得趁热打铁，太空火锅城吸引线上流量，无疑就开启了财富密码，从此，数钱数到手抽筋，只是，这么好的方案，此前你为什么没有同意？"

袁闻："此前没有同意并非真的不同意，而是没有一个好的契机，但现在，契机已经摆在面前干嘛不用？更何况，大环境下，太空火锅城确实需要转型，注入新鲜血液——但帮忙寻找陈世伟并不是仅为了赚钱。"

"还为了什么？"

袁闻将身子往前挪了挪："为了旻静后半生没有执念。"

"执念？"乔深目光闪动，不解："你为什么要帮她？"

"因为，我就是她要找的陈世伟。"

"什么？你是陈世伟？"乔深敛了笑容，脸上的肌肉微微收缩，两人的目光碰撞在一起，然后，指着袁闻笑起来，"怎么可能？你这家伙，也太会打蛇随杆上了，居然连这种炒作的机会也不放过，也不怕旻静在直播间揭穿你。"

"是啊，我明知道她会揭穿我，我还敢站她面前，你说我胆大不？"

某个瞬间，乔深的笑声戛然而止。

门外的风中，一阵浓郁的火锅香味飘了进来……

相敬如宾

谭岷江

13

这天晚上，俞仝夫妻俩正在家里看电视、刷抖音，俞生的手机突然响了起来。按下接听键一听，里面出现一个泼辣的女声，一说下去就说个不停："老同学，现在我在'太空火锅城'洪崖洞分店吃饭，听说你从国外回来了，哪天约个时间，我们聚一下哈。"

俞生还没接话，薛米丽却生气了，抢过电话："老同学？你是哪个哟？"那边的女人听了，更加故弄玄虚："哎哟，薛米丽，你是贵人多忘事，把我这个老同学忘了吗？我可一直记得你的哟，你是当年枇杷山上一朵花！"

薛米丽蒙了，她盯了俞生一下，她和俞生从来就没同过学，哪个会有共同的同学呢？俞生赶紧把电话接了过去，按了免提："哎呀，原来是竺长臣竺麻神啊！要得，那就明晚六点吧，把你老公也喊起，我们一起到'太空火锅城'总店去吃火锅，反正重庆人不怕辣，顿顿火锅都可以涮。"对方那沙哑的嗓子马上呵呵笑了起来："从小到大，我一直就佩服班长的智商。那就明晚六点总店见，不见不散。"

薛米丽还是没把电话中的人和记忆对上号，问："哪个竺麻神哟？"俞生笑了起来："你确定你真不记得美女竺麻神？我们要出国那一年，你麻将打起了瘾，一天到晚就在枇杷山长城麻将馆打通宵，她和你是'108号文件'学习班同学。"薛米丽恍然大悟："你说的是竺老板啊。她算是哪门子美女啊，最多只能说是长得不丑。"俞生说："现在只要长得不丑，都被称为美女，这是称谓学上的一种社交高情商。"他又补充一句，"她和我是幼儿园的同学。"

就像钱塘江的潮水，薛米丽的醋劲涨得快退得也快："老公，你说的那个竺麻神，她老汉儿给她取名字也有点好要哈，这个'筑长城'还真的适合她。咦？她为什么不给我打电话，偏偏要打给你？"俞生笑了起来："你也不动脑筋想一想，世界上必定有一种30年不变的通讯录，是叫做同学通讯录，哪里有30年仍在使用的麻友通讯录？何况当年都用的是座机、BP机，哪有现在的微信、QQ和手机？看朋友圈也就晓得我回来了噻！"

薛米丽愿赌服输："好好好，你俞眼镜俞大脑壳聪明绝顶，哼，不跟你说了，时间不早了，你赶紧把袜子脱了，我把洗脚水端过来，你自己洗。"

俞生觉得很委屈："就是你一直用夸奖的方式图谋不轨，咒我聪明绝顶，现在好了，我真的头上绝顶了，你可满意？"薛米丽不再接话，直接将洗脚盆放在俞生脚下，然后走到沙发的另一角拾起手机，又玩了起来。等俞生洗完脚，进洗手间倒了洗脚水出来，她居然一脸幸福地挨了上来："老公，你叫她明晚请老公过来？据说她因为打麻将，已经离了三次婚，现在这个老公也恨她痴迷麻将，也和她分居了。天啊，一个人如此热爱麻将，真不愧是开麻将馆的女老板。"

俞生说："你刚才玩手机，就是和同学去聊别人的八卦去了？"

薛米丽一脸灿烂："我可是好不容易才找到另外的麻友问到她的这些情况，这叫'知己知彼，百战不失败'。"

俞生无奈地笑了笑："你们女人的侦察能力当真是天下无敌。明晚就可以见分晓，看你这些八卦到底是真，还是假？"

第二天一早，俞生起床后，马上给俞尾打了一个电话，让她在总店订了一个雅间，大约四五个人。俞尾爽快地答应了："爸，那我给你一个六人桌的小雅间。你不愧是山城重庆土著，也不愧是太空火锅城的最早创始人。我发觉你回到重庆后，几乎天天都要吃一顿火锅，似乎要把这三十多年来在国外没吃到的火锅都补回来。"

眼看到了五点，俞生给竺长臣打了电话："竺麻神，六点准时哟！"

"要得，我再带美女一起过来，她们和你一样，都是成功人士。"

薛米丽心里又开始泛酸水了，唉，人虽然到了更年期，吃起醋来比青春期时的酸度还要高，年轻时是有资本，这个年龄一上五十，就只有警惕性了。薛米丽虽然心里不爽，但还是顾大局："俞帅哥，俞成功，搞快点，莫让你的女神们等久了！"

14

到了太空火锅城总店，俞尾将爸妈带到雅间包房。薛米丽抬头一看包房铭牌，又瞪了俞生一眼，俞生赶紧声明："薛米丽，这可是你的宝贝女儿订的，我是一概不知情哟。"

俞尾扯着她妈妈的手撒娇："妈，你们都五十多岁的人了，你可别事事批评我爸，特别是在外面，要给他留点面子嘛。这个房间虽然小，但是还有麻将桌，又可看江景，会友聊天最好不过了。"

素芳知道俞生今晚订了包房，算着时间也走了过来："俞老板，米丽姐，今晚就让我做个东，请你们试试我们新推出的系列火锅菜。"俞生和薛米丽赶紧道谢。

俞生夫妻俩坐了下来，俞尾和素芳各自去忙。不一会儿，俞生手机响了起来，正是竺麻神的声音："老同学，哪个房间哟？"俞生刚说完"枇杷山"，房外便传来了竺麻神的笑声："耶，还是老同学面子大，还订得到这个包房，这个包房有麻将，安逸，哎呀，你早点不说，要是说早一点，我们中午吃完饭就该过来边打麻将边等你们喽。"

薛米丽只见门外陆续进来四个人，三女一男。眼看俞生站起来去迎客，她却坐着不想动，只是逐一认真打量这三个女人，一看不禁哑然失笑："我真是多虑了，只不过是三个老太婆，年龄跟我都差不多的，竺麻神也是自信有趣且情商高，还说这两位是什么美女成功人士。"

竺长臣一行进了包房，俞生和竺长臣互相打量了一下，随后互相恭维起来。

竺长臣："老同学，你真是一点没变哟，即使长胖了，也是长宽比例没怎么变哟。"俞生也说："你也是一点也没变哈，虽说岁月的沧桑爬上了眼角，但脸却是比当年更白净了。"竺长臣笑了起来："老同学真是会说话，不愧是出过国见过大世面的，这几十年我一直用的法兰西朴次茅斯增白护脸霜，花了这么多钱，还是有效果哈？"说罢，她拉过同来的那个男人的手，介绍道："老公，这就是太空火锅城的创始人俞生俞老板，我的幼儿班同学，刚从美国南部回来，真正的海归。"俞生说："不是美国南部，是南部美洲，具体来说，就是阿根廷，再具体地说，就是中部门多萨省的圣马丁城。"竺长臣有点尴尬："原谅我只是小学毕业哈，文化水平不高。"又对俞生说："这就是我的老公，姓蔡，大学教授。"说到这里颇为得意，她继续介绍："这两位美女，都是知名成功人士，这位叫杭姗霞，是女企业家，她的先生是小学校长；这一位叫杞佳悦，重庆鼎鼎有名的眼科名医，博士，就是你们喊的'捣咳特儿'，她的先生也是知名企业家。"

俞生双手作揖，把薛米丽拉了起来："这是我家太太，叫薛米丽。"竺长臣惊抓抓地向她的同伴介绍："她是我枇杷山茶馆的铁杆麻友。"薛米丽只得尴尬地与竺长臣握了握手，并向来宾们挤出一点笑容。

看到竺长臣正要挨着俞生坐下，薛米丽赶紧说："蔡教授，你就挨着我家先生坐吧，你们两个男的，坐在一起好喝两杯。"

菜上齐了，除了薛米丽点了饮料，其余的人都选择喝白酒。吃了几筷子菜，喝了三五杯酒，氛围立刻变得融洽起来。

竺长臣举着酒杯，站了起来："俞总老同学，薛总老麻友，感谢你们两口子刚回重庆就百忙之中抽空与我们相聚。在座的都是过半百的人了，都快退休，要从挣钱吃饭变成吃饭挣钱的人了，也该活得通透些了。今天这第一杯酒，我想敬一下我亲爱的老公蔡教授。"蔡教授赶紧拉她坐下，说："长臣，你这就不懂礼节了。我们是一家人，你应该先敬几十年不曾见面的老同学，再敬你的两个闺蜜美女，然后才是我们两口子互敬。"竺长臣却偏不坐下，说："老公，我首先敬你，是有目的的，感谢结婚三年来你对我的包容与疼爱！所以，这第一杯酒，我必须敬你。"杭姗霞和杞佳悦一起表示赞成："蔡教授，长臣姐经常在我们面前提起你对她的好，说她文化不高，长得也不白，却承蒙您这个大知识分子喜欢她，恩情比海深，爱情比山高。她也为你戒了麻将瘾，虽说嘴上爱说打麻将，其实打得很少，至少不是天天打、每晚都熬夜了。"

蔡教授也站了起来："长臣，其实我也有做得不对的地方。爱一个人就是要包容与理解，就像我总喜欢喝两杯，喝醉了就只知道躺着看书，你的唯一爱好就是打麻将，现在你能做到少打麻将不熬夜，我就非常感动了。来，我也敬你一杯，感谢你不嫌弃我大你十岁，感谢你把家里的阿猫阿狗照顾得那么好，感谢你对我们两边的子女一视同仁……"

"哎呀，长臣姐，我也没想到。"薛米丽一直静静地听着，突然深有感慨地说，"你和蔡教授真是相敬如宾、相亲相爱，你们两口子的言谈举止，真的是让我太感动了。"

竺长臣说："米丽，也不怕你和老同学笑话，其实我当年也是一个好强自私小气的女人，所以离了三次婚。幸好我这个只会打麻将、开茶馆的人，竟遇到了杭姗霞和杞佳悦两位好妹子，是她们用自己的亲身经历让我觉得原来离婚是自己做得不对，夫妻俩只要相爱，就应该相敬如宾、互相体谅！"

15

"太空火锅城"枇杷山包房的闲聊氛围极好，俞生等六个人不禁连续又干了三杯。

听了竺长臣的表扬，杭姗霞和杞佳悦两个人的脸一起红了："我们当年也像长臣姐一样，差点也离了婚，只是后来经高人指点，我们才明白了夫妻之间不应有人太强势，太振振有词，要包容理解，要有真诚表达爱的方式。"

竺长臣说："姗霞、佳悦妹妹，俞生和米丽都不是外人。你们就讲讲你们的心得和经验吧。"

杭姗霞欠了欠身，说："我年龄最小，那我先来说。我先生不是校长，只是副校长。"蔡教授插嘴说："把他称为校长没啥子不对头的，只不过是正副之分，没必要这么较真。实话实说，我五十多岁了，只是一名资深讲师，连副教授都不是，你家竺姐姐还不是尊称我教授，以至于你们都认为我是教授哈。"

杭姗霞点了点头，说："蔡教授指点得对。那我接着说哈，他们学校的校长为人自私自利，长着一双只对上不对下的马王眼，头发没几根，脾气倒不小。我先生虽说是副校长，其实就是校长的出气筒。我忙于做生意，生意做完又热衷于打麻将，美其名曰说是谈业务，其实就是偷懒想耍，不想回来做家务，我认为我在外面挣钱多，回家就应该多享受。我一直嫌我家先生没人生追求，挣钱少，是书呆子，连评个职称都不敢凭实力跟校长的亲信争，唉，他在外受校长和别人的气，回家还要受我的气。反正有那么几年，我生意忙，经常到俄罗斯出差，十天半月才回家一次，但只要出差一回家，他不但不来机场接我，到家还找不到他人影，直到三更半夜才酒醉麻鼓地回来，还大声吆喝我给他端开水醒酒。我一气就将他一推，他就趁势睡到沙发上。后来，我开始怀疑他有外遇，因为他长得帅，又是个才华横溢的文艺青年。"

"如果不是他又帅又有才华，以我的家境，当年我哪个会去主动追他嘛。"杭姗霞停了一下，脸上浮出一酡红，把两侧的酒窝紧紧拥住。她赶紧喝了一口酒，说："我怀疑他有外遇，便让我小舅子雇了三个私人侦探调查他，反正我小舅子继承了我老汉儿的全部财产，钱多得不得了。调查结果反正我是不信的，他们说我出差的时候先生竟然一直都在家，但只要我一打电话说了回国的时间，他就在外喝酒，喝酒后还会去打麻将，麻将打完又会喝酒，喝酒和打麻将都是一群男人，一个女的都没有。我一想不对啊，他不是一直对我打麻将义愤填膺吗？再一想，私人侦探不可能说假话啊，我小舅子付的佣金，几乎是我先生年收入的七八倍，这些私家侦探也不可能被我先生私下收买啊？难道他的外遇也是一个富婆，肯拿钱帮他搞定整个侦探公司？有一次我去巴黎谈生意，特地给他打电话，说是后天才回来，其实提前一天就回来了，深夜我到家悄悄开门一看，他居然在沙发上睡得很香，拖地的帚子搁在一边，袜子也没脱。我心里便有些明白了，给他盖上被子，到厨房烧了开水。他醒了，问我怎么提前回来了。我说，'老公，我给你脱袜子洗脚哈。'说来也是有愧，结婚这么多年来，我一直没给你洗过一次脚。他立刻跳了起来，警惕地看着我，说，'杭姗霞，你到底要做啥子？'我撒了一个谎，说，'老公，这次到巴黎，我听了一堂夫妻恩爱课，听得我热泪盈眶，我太不关心你了，不了解你的苦衷，还经常指责你，所以听了课后，我决定不管什么生意了，我要提前两天回来，跟你说说话，道个歉'。"

薛米丽有点感慨，说："你们真的是都各忙各的，互相交流太少了点。"杭姗霞说："是的，米丽姐。你们可能都没想到，我先生听了我的话，当时是个什么表现？他居然一下子抱着我，四十七八岁的人了，还像个孩子一样，大声哭了起来。那天晚上，我们像第一次谈恋爱那样，一起聊了整整一个通宵，我也知道了他的苦衷，原来他真的没有外遇，只是怕我，刻意躲着我。"

俞生和薛米丽听完，互相望了一眼。

这时，突然响起了敲门声，几秒钟后，素芳和俞尾一起端着酒杯走了进来："感谢光临'太空火锅城'照顾我们的生意，我们来给你们敬一杯酒。"

16

素芳和俞尾敬完酒就出去了。包房内一片沉静。

半晌，竺长臣才说："佳悦妹妹，现在该你说了。"

杞佳悦点了点头，说："我也说说我家的事吧。我先生跟姗霞妹妹一样，也是一个企业家。他来自山区，家里穷，但很聪明，考上了重庆大学，大学期间就勤工俭学，毕业后就开始创业，白手起家，生意越做越大。有一次他到我们医院来看眼睛，我刚博士毕业，到这家医院工作。一来二往，不知道是谁追的谁，反正先是医患关系，再是朋友关系，接着就是男女朋友关系，然后结了婚。我是在上海人，在城里长大，父母也是医生，受父母的影响，从小便讲究卫生，甚至有一些洁癖。"

俞生说："好像医生都有洁癖哈？"薛米丽白了他一眼："人家在讲，你就别插嘴，有点礼貌好不好？"

杞佳悦笑了笑，接着说："结婚前我带着他去见父母，我爸妈悄悄对我说，'佳悦啊，这小伙子好是好，只有一个缺点，他是乡下的啊。'我立刻便火了，冲他们吼道，'侬是严重的地域歧视，乡下的又怎么啦？'我姆妈说，'侬爸也是乡下的，阿拉倒没歧视啊，阿拉只是觉得，人的习惯是从小养成的，乡下出来的孩子受条件的限制，可能不太会讲个人清洁卫生哟。侬可要搞明白！'姆妈说得对，果然是这样，大多数时间他倒是讲究卫生，刷牙、漱口、洗澡、洗脚，但有时太忙了，回家太累，他就不愿意洗漱，还很体谅地说怕影响我，他今晚就睡沙发。"

听到这里，蔡教授笑了起来："看来，沙发对于一个男人来说，才是最必需的家具啊。"

杞佳悦继续往下讲："这倒没什么。有一段时间，他经常应酬到深夜才回来。我就很生气，那时总听见医院里的女同事说，某某的老公又出外遇了，某某的老公表面上爱老婆，在外面却有四五个情人，说是什么'外面小旗，屋里帅旗'。渐渐地，我就很生疑，每次他十点以后回来，我就要他老实交代说当晚和哪些人在做什么，打麻将还是在洗脚、泡澡？刚开始他还老实交代，到后来他就一言不发，只顾睡觉。我性子倔，你不说，我就不让你睡觉，我扯他的耳朵，拧他的脸蛋。他就睁开眼睛，盯着我不说话，打死也不发一言。当然，也不是没有例外，有次他也幽幽地叹息了一声，他这个属马的，终究是与马不同，挺羡慕马的。我问他为什么羡慕马，他居然又不再说话。就这样，我们差点就闹离婚了。"

"不是最终看在孩子份上，没有离婚吗？"竺长臣说。

杞佳悦说："看在孩子份上，只是托词，或一点点理由吧。真正的原因，是我遇到了姗霞妹妹。她给我讲了她和她先生的故事。我也东施效颦西施，用一盆午夜的洗脚水和难得一见的温情，和他聊了一晚上的天。你别说，男人表面风光，其实内心比我们女人还要脆弱，我老公虽说管理七八百人的大公司，外面周吴郑王，跟我说他读小学时被人欺负，生生掰断了他右手的中指，他也始终没哭没求饶。那次我用姗霞妹妹的法子，他居然哭了。通过那次开诚布公的交流，我这才知道，其实他同样对我是深有成见。比如，我到他老家过年，嫌弃他家洗不到澡，他堂弟半夜开车送我到县城住酒店。他还说，他不像别的老板，有一定的家族人脉，他一个农村出来的，只能拼命地在饭局上喝酒、在麻将桌上输钱、在KTV里赔笑鼓掌，一天很累，可回到家里又要接受审问盘查，始终得不到休息，于是只好应酬结束后先在宾馆开个房，打个盹才回家，回家的时间便越来越晚。"

除了薛米丽没有饮酒，众人皆醉，素芳赶紧安排叫车将他们各自送回家。

回到家里，薛米丽赶紧进了卫生间。不一会儿，她端出一盆洗脸水，又拿出一张洗脸帕，说："老公，我照顾你洗脸，你等会还是去拿洗脚盆，再照顾我洗脚哈。我想，我们这样做，应该也叫相敬如宾。"

俞生笑着说："我喝醉了，不想动了。"

薛米丽看看装死猪的俞生，冷哼一声："哑，我们夫妻几十年，你的酒量我还不晓得吗？就算是真的醉了，也是酒醉心明白，老实坦白，今天是不是你和女儿一起设的局，特地专门找到竺长臣和她的两个妹妹来演了一场'鸿门宴'？"

俞生一下就从沙发上弹跳起来，哈哈大笑："你不是说我们结婚这么久了，已经找不到爱情的感觉了，甚至怀疑我们的婚姻会不会变形。这下重新找到感觉了嘛？好好好，我现在就去给你端洗脚水！"

别时容易见时难

王 雨

17

黄昏时分。

秋阳坚持不往山后隐去，抛洒来七彩的光焰。"太空火锅城"总店的屋顶响起悠扬、缠绵、怀旧、梦呓般的小号声，号声在重庆人称之为大河的长江、小河的嘉陵江上跌宕起伏。"渝山嵯峨，襟环二水，长河千帆竞，群山万古雄。"花甲之年的俞生鼓腮帮吹奏，吹奏出他对故土的念想。

三十一年了，他从阿根廷回到了故土，号声带他回到当年创办这火锅城的青春年华，回到当年那叫苦连天的万般艰辛。陪伴他回国的夫人薛米丽伴在他身边，当年他苦苦追求的这位火锅城的公关经理美女夫人也上了年纪，但还是风韵犹存。"太空火锅城"总店挺立在南山腰的高处，俯视侧视依山而建的密布的各色各样的大小火锅店，悠悠号声在其间飘荡。俞生觉得，这号声会飘荡去众多的高楼大厦、纵横的立交桥、网红打卡地洪崖洞和十八梯的。

岁月把人变老，岁月把城变新。

"俞生，回国后，你还是头一次又吹小号呢，底气也还将就。"薛米丽说。

"不是还将就，是还可以。呃，米丽，你说，他们能听见不？"俞生问。

"听见了，听见了！"一位古稀老者走来，"俞老板，薛经理，你们还认得我不？"

俞生看他，认不出来。

薛米丽眼尖，拍手喊叫："哇！医院外科主任冯斌教授啊，给我们火锅城的人看过病开过刀的！"

俞生哈哈笑，拍打搂抱冯斌："冯大教授好，教授的头发全都白了！"

冯斌点头："俞老板，你可是一头黑发。"

俞生取下假发："岁月是把杀猪刀，我的头发也全白了！"戴上假发，"冯教授是来吃火锅？"

冯斌点头："我女儿喊我来的，听见小号声，就上屋顶来看看，不想是多年不见的你们，呵呵！"

俞生高兴："是有好多年没有见了，啊，你女儿，是你跟方梅的女儿吧？"

冯斌说："是的，当年我跟方梅到你们开张不久的'太空火锅城'吃火锅，我女儿那时候才十岁，方梅没有带她来。"

薛米丽遗憾："你跟方梅也是，女儿都有了，还离婚，不吵不闹轻丝雅静就离了。我晓得，你那个女研究生乔丹暗恋你，可人家还是分别给你和方梅打了电话，喊你两个来吃火锅，是想让你们重归于好。"

俞生说："结果呢，你们火锅吃了，我给你们的大补酒喝了，依旧还是各奔东西了。"

冯斌摇首："往事不提了，我那时候年轻气盛，也是对不起方梅了……"

往事历历在目，冯斌跟方梅在当年那"太空火锅城"一别之后，至今没有再见面。四十出头的女儿冯静昨天又来找他，说她和妈妈回国后。妈妈就去了彭水老家看望外公外婆，一住半年多，说妈妈回重庆来了。世事难料，修旧还旧的十八梯开街后，好热闹，不想，方梅母女住的是十八梯开发商所建楼房的第三栋，他住的是第二栋。女儿跟他说，妈妈带她去了新加坡她二爸那里，二爸的公司开得大，妈妈去帮忙管账，二爸供她上大学、读研究生。商场如战场，二爸的公司被竞争对手打垮了，二爸就开了家"重庆小面馆"，妈妈跑堂，日子勉强过。她只好勤工俭学，吃尽人间苦，终于获得了经济学硕士，报名竞争去了打垮她二爸的那家公司工作，倒不是去报仇，人家也是正常竞争获胜的。他听得眼热："女儿，都是爸爸不好，不该跟你妈妈离婚。"女儿宽慰："爸爸，没得事的，妈妈说了，婚姻的事情说不清楚的，气一上来就离了，天下没有后悔药。""你妈咋不来？""爸，是你该去看妈妈。""嗯，倒还是。"他立即跟女儿去找方梅，方梅不在家，女儿打电话问，妈妈说，一帮邻居相约去荣昌万灵古镇耍去了。女儿就约了今晚到"太空火锅城总店"吃火锅，他明白，女儿是让他和方梅故地重逢。

"女儿认你就好，只遗憾一别三十多年，好难得的重逢！"薛米丽说。

"骨肉亲嘛。"俞生说，"冯教授退休了吧？"

"退了，医院返聘。"冯斌说。

"一把刀嘛，就该返聘。"薛米丽说，"我们冯教授可是无价宝！"

冯斌笑："将就，将就。啊，我来这总店时，看见门口停有奔驰、宝马和特斯拉电动汽车，还有辆好漂亮的摩托车，打问那个叫俞尾靓妹服务员，她说是火锅城老板们的车。"

薛米丽笑："冯教授，俞尾是我们的幺女儿，在阿根廷生的，大学毕业后非要回国，还跑到这火锅城来当服务员。"

"有个性，自力更生。"冯斌说，"当年的'太空火锅城'只有一辆摩托车，是调味师野狼骑的'野狼-125型'摩托车，虎视眈眈立在门口。"

"野狼现今是这里的老板之一了。"俞生说，"那个白胖的大堂经理卫鸣、雅座领班冷美人古小琴和乡下来城里打工的大堂领班素芳，他们搞革新，一干员工完成了一次破天荒的管理层收购，可以说，人人都是老板，素芳当了董事长。"

"啊，好，股份制，要得。"冯斌点头，想到当年他的女研究生乔丹打电话喊他到'太空火锅城'吃火锅，说是务必按时到，他到时，看见野狼正亲吻大堂领班素芳，他没有惊动他们，后来，还为野狼切除了他那根快穿孔了的塞满火锅残食的阑尾。

说曹操曹操到，富态的野狼抬步走来，见到冯教授好高兴，说是一定要请冯教授一家人喝茅台酒。

18

"太空火锅城"总店的"两江"包房气派，原老板俞生、薛米丽，现老板野狼陪吃。野狼拿了两瓶茅台酒来，董事长素芳亲自上菜，都说是难得相聚。冯静要爸爸坐首席，妈妈坐他左边，她坐他右边。俞生说，冯静乖巧，安排得周到，说这餐酒席他和老婆薛米丽请客。冯静就变脸变色，不行，你们这些老朋友都是客人，酒席钱我出。俞生欲言，薛米丽乜他，别个家人重逢，你莫要添乱。俞生就不说话了。

冯斌左边的席位空着，方梅还没到。

方梅早已到了，在总店的小花园里踯躅，她在十八梯的人流里看见冯斌牵了个小男孩游玩。三十多年了，她还是认出了他，他头发白了，那高鼻梁、眯缝眼、厚嘴唇，还是把她带入了同眠共枕的当年，他牵的那小男孩是他的孙娃或是外孙娃了。那年那日，冯斌的女研究生乔丹约她到"太空火锅城"吃火锅，其实是希望他跟冯斌重归于好，自己是误解乔丹了？咳，覆水难收，她二弟来信要她母女去新加坡，机票都订好了，吃顿火锅，就算是夫妻一场的分别。她看出冯斌想跟她和好，就大口喝酒，一醉方休，痛痛快快离别。到了新加坡，开先还好，二弟的公司垮了后，她只好到二弟开的"重庆小面馆"跑堂，得要把女儿供养成才，跟面馆的厨师结了婚，生了两个儿子，女儿冯静不错，学业、事业有成，算是不顺意之顺意了。后来二婚的男人染病走了，她悲痛欲绝，留下两个儿子在她二弟的面馆里跑堂，自己跟了一心要回国创业的女儿回来。女儿说，如今国内的旅游业兴盛，以她的名字开了"方梅旅游公司"，生意可以。女儿孝顺，也是学非所用。女儿说，如今学非所用的人多。女儿说去看了爸爸，说爸爸的老伴已病故，爸爸的两个女儿都工作了，一个在公共汽车上卖票，一个在菜市场卖菜，都成家了，有两个外孙儿。她从万灵镇游玩回家，夜里，女儿挤到她床上睡：

"妈，你和爸爸都单身了，重归于好吧，我就不是单亲了。"

她掐女儿："疯女子，说傻话，妈都啥年岁了！"

"啥年岁，按照现今的说法，六十至八十岁算是中年，你跟爸爸都是中年人……"

她心潮起伏，覆水能收么？看女儿期盼的双眼，也是难为女儿了，这么多年，她一直单身，不惑之年的人了，说是一个人过安逸。女儿表面乐呵，却是心有创伤的。女儿十岁时，她就跟冯斌分手了，女儿一直没有爸爸，那个厨师爸爸是后爸爸，也走了。她回国后想过去找冯斌，他是大教授，是可以帮助女儿安排工作的，又没有，毕竟是自己赌气一走了之的。女儿去找了她爸爸，女儿开旅游公司她爸爸出了钱，还帮忙拉了关系。

小花园里的桂花、菊花、木槿花、百合花开了，好香。她跟女儿逛过花市，卖花人说，你们买盆栽花还是束花？女儿说，不买栽盆花。卖花人说，你们如是看望病人就别买盆栽花，以免病人误会为久病成根。她笑，你还会说。卖花人说，看望病人宜送兰花、水仙、马蹄莲，有利于病人怡情养性；拜访德高望重的老者宜送兰花，兰花品质高洁，是"花中君子"；新店开张公司开业宜送月季、红黄菊，花期长花朵繁茂，寓意"兴旺发达，财源茂盛"。她和女儿认真听。卖花人说，祝贺新婚宜用郁金香、香雪兰、非洲菊、天堂鸟，如是给新娘子的捧花可以加几枝满天星，显得华丽脱俗。看望亲朋宜送吉祥草，象征"幸福吉祥"。朋友远行宜送剑兰、红掌，寓意一路顺风，前程似锦。恋爱中的男女一般送百合，雅洁、芳香、瑰丽，是爱情的象征。她就想摘一朵百合花，没摘，是人家火锅城的花呢。

19

等方梅时，野狼快步出了"两江"包房，六十岁的人了还风风火火，他走到总店门口，发动了他心爱的"嘉爵CNR800"摩托车。

素芳跟来："野狼，你个挨千刀的，越老越狂，又要去和那帮年轻崽儿飙车，把儿子也带坏了，跟你一样爱飙车！"

野狼熄了摩托车的火，扬动手里的"华为Mate6"手机："夫人，你错怪我了，刚接到儿子的电话，说又有家火锅店要加盟我们火锅城。"

"真的？"

"真的。我们儿子勤快，骑摩托车四处为我们火锅城找合作伙伴。"

"我晓得，就是担心儿子的安全。"

"放心，有我。"

野狼晓得，老婆素芳担任这火锅城的董事长也难，现今的竞争激烈，不能坐吃老本，得要求新求异求发展。现在的素芳可不是当年的大堂领班了，眼界、心胸都宽阔。她说，竞争并非不好，说解放碑商圈那八一路吧，早先就一两家餐馆，每天爆满也不过几十个百把个食客，后来吧，餐馆越来越多，遍布一条街了，食客上千上万，带来众多的游客，所以得名"好吃街"。大家都发财，客观上促进了主城餐饮业、旅游业的发展。她还做过调研，重庆现今有两万两千多家火锅店，全国第一，终端消费六百亿。野狼绝对佩服老婆素芳。

"你，就你我不放心！"素芳给儿子打电话，如此这般指点，关了手机，"我跟儿子说好了，他晓得咹个做，你不用去了。"

"我还是能办事情的。"

"你现在的事情是陪冯教授吃饭，人家帮你切过阑尾。"

"倒是。嗯，你说方梅会不会来？"

"应该会来，她女儿喊的噻，刚才，她女儿冯静悄悄跟我说，她爸妈现今都是单身，她希望爸妈重归于好。"

"啊，这可是好事情，大好的事情！我们帮忙撮合。"

"你个戳锅漏，少说不挨边的话，多敬酒，酒添热闹，也许能成。"

"要得，遵命……"

一位五十来岁的高雅女士走来，看穿工作服的素芳："打扰一下，请问，'两江'包房在几楼？"

素芳客气说："在三楼，我领你去。"

野狼看这女士："啊，你是乔丹，当年冯斌教授的研究生！"他对漂亮女人总是关注。

"是，我是乔丹。"乔丹看野狼，"您是……"

"我是野狼啊，当年的调味师，她是我老婆素芳，当年的大堂领班。"

乔丹看他俩："啊，认出来了，老熟人呢！"

乔丹硕士毕业后，去了法国留学，攻读了博士，在国外很难当上临床医师，她做的基础研究。她去年回国后，在重庆万州的三峡医药高等专科学校基础部任教。出国也是艰辛，她父母都是农民，四处借钱供她出国。

去法国后，她一边学习法语、做课题，一边勤工俭学，去餐馆端盘子、洗餐具，为华人子女教中文，还当过保姆。她是陪同来访的法国导师旅游时见到"方梅旅游公司"的老板、导师冯斌的女儿冯静的，两人好高兴，以姐妹相称。今天上午，她接到冯静电话，乔丹姐，今晚来"太空火锅成总店"吃火锅，我爸妈都要来！高速公路，来重庆快，她就乘客车来了。导师冯斌来过她工作的学校讲学，她陪同导师转游万州，请导师吃万州的美食"程氏怪味鸭"、"鸽子沟臭豆腐"、"忘了名字的麻辣烫"。"'忘了名字的麻辣烫'？"导师不解。她嘻嘻笑："确实是忘了名字，一大锅串，自选加汤，吃的就是小时候的味道……"

素芳、野狼领了乔丹往三楼走，周围的视野是开阔的，在这南山腰上，"太空火锅城总店"不过是林林总总五颜六色的火锅店、火锅馆中的一朵花，一朵奇葩。

"火锅城，火锅山呢！"乔丹边走边说。

"山城特色。"素芳说。

"山城一绝！"野狼说。

"咋会有恁么多人来这里吃火锅？"乔丹说，看赶场一般来往的人们。

"这里的火锅味道好！"野狼说。

"味道好是其一，在这里吃火锅可以观江景，尤其夜景美妙，大江活像彩虹，山城活像一艘灯火辉煌的海上游轮！"素芳说，"坐在露天吃呢，可以四看观景，坐在包房里呢，大开窗的落地玻璃，又是一番景致，色香味足以……"

20

素芳、野狼领乔丹走进"两江"包房，屋里又添热闹，大家相互招呼、寒暄。素芳自然要向导师冯斌问好，冯静安排乔丹挨她坐，姐姐长姐姐短说不完的话。

乔丹来了，冯斌也是高兴，自己的这个学生还是有出息的，也有不安，方梅见了会咋想？咳，当年乔丹为他跟方梅和好，分别打电话请他们吃火锅撮合的，方梅应该不会有啥想法，都这么多年了。方梅咋还不来，不会是不来吧？不会，女儿说了，妈妈要来的。可别又有啥朋友叫了她去别处？即便有，她也会婉拒的，毕竟是女儿安排吃火锅。他这么想时，方梅进来了，分别跟大家招呼，点头微笑。她一头黑发，女儿叫她染发的，每月染一次，说妈妈要永葆青春。岁月是不留情的，她脸上跟自己一样，皱纹多多。女儿安排妈妈坐他左边，他微微起身，朝方梅点首笑："你，你来了。"方梅回他一笑。

"一笑泯恩仇。"俞生笑说，"冯静，今天是你请客，举杯啊，汤锅都开翻了，酒也都斟好了！"

冯静起身举杯："今天是个好日子，我妈妈、爸爸来了，叔叔、娘娘们来了，乔丹姐也来了，冯静我敬大家一杯。"仰头干杯。

大家都喝酒。

"烫毛肚、黄喉、鸭肠，吃，整起！"野狼喊叫，"喝酒，喝酒，喝茅台美酒！"

坐在他身边的素芳低声说："莫说不挨边的话哈。"

野狼点头。

方梅抿口酒，盯女儿身边的乔丹，心想她咋来了？是冯斌喊她来的？女儿捞了血旺给她："妈，你最喜欢吃的。"看她笑，"妈，乔丹姐是我喊来的。"女儿说的话方梅信，她盯女儿，"乔丹姐，乔丹姐，喊得好亲切。""是亲切耶，就是乔丹姐嘛，人家还帮我们公司揽过旅游生意的。"

乔丹过来向方梅敬酒："师母，您还是显得那么年轻。"

这话方梅爱听，人老了，时常怀念青春，希望青春常在，她举喝酒："乔丹，你有小孩了吧？"

"有了，在肚子里，刚怀上。"

"第二胎？"

"第一胎。"

"你这是高龄怀孕啊。"

"是，我结婚晚。"

"你爱人呢，咋没一起来？"

"他是来福士一个部门的经理，有接待任务，来不了。"

"啊，下次带来见见。"

"好的，一定，师母。"

冯静向乔丹敬酒："乔丹姐，知道你海量，来，喝酒……"

野狼给方梅敬酒："方梅老师，刚才听见你跟乔丹说到朝天门的来福士，那可是我们'太空火锅城'的原址所在地。"

方梅喝酒："嗯，我记得。"

俞生端酒杯过来："现在是'扬帆远航'的来福士了，阔气。"向方梅敬酒。

方梅喝酒。

薛米丽也来给方梅敬酒："方梅老师，我们现在的'太空火锅城'也阔气，是重庆著名的火锅品牌，光主城区就有二十多家分店。"

方梅啧啧连声："不得了，这么多啊！"

见方梅高兴，冯斌向方梅举杯："方梅，喝一口。"

方梅跟他碰杯："喝一杯。"干杯。

冯斌酒量不行，勉强干杯。

方梅面露酒色："冯斌，我们都老了。"起身朝门外走。

冯斌不知所措，她还是转不过弯？是，老了，都老了。

冯静拉他起身："爸，跟妈妈去呀！"拉他出门。

方梅在小花园看夜景。

冯静推爸爸到妈妈身边："爸，妈，你们就没有话说？我教你们，说些早先的事情！"捂嘴笑，转身回包房去。

早先的事情，说啥？冯斌蹙眉想，看江，看城："方梅，还记得我俩当年登涂山不？"

"'百折来峰顶，三巴此地尊，层城如在水，裂石即为门。涧以高逾疾，松因怪得存，瑞阶金翠色，人世已黄昏。'"方梅面江吟诗。

冯斌笑："你记性好，得明代诗人曹学佺《登涂山绝顶》的诗。'三巴'，是古时候的巴郡、巴东、巴西，现今的川东一片，诗人当时想到的是'三巴'，现在的重庆人，早已经走出'三巴'了。"

"冲出峡江方成龙噻……"

胭脂弄

出智周

21

念了那么久的家乡，突然就回来了。都说人与人之间有羁绊，想不到人与环境之间也有深深的羁绊。重庆就像一个奇怪的磁场，羁绊着薛米丽与俞生。从阿根廷回来以后，薛米丽和俞生顿时明白了之前为什么总是隐隐约约觉得不踏实，原来故乡的明月是要比他乡圆又亮啊！

回来的大半个月，他们连续吃火锅，先是吃"太空火锅城"的，然后又去小巷子里去找几张桌子的家庭火锅。长时间的麻辣轰炸，让他们吃惯了汉堡鸡腿西餐的肚子开始受不了家乡的这份厚爱，贪味的口舌也不得不和脆弱的肠胃做妥协了。

素芳又打电话来，说今天有一位神秘来客想拜会俞总和薛经理，请你们二位务必赏脸，这是一位非常重要的人。

薛米丽一听就起了兴趣，不知道素芳又要安排他们见哪位熟人？

见到素芳，几番催问，她都笑而不语，这时大厅领班前来报告说董事长订的包房已准备就绪。

薛米丽顿时叫了起来："素芳姐，你可饶了我们吧，才说不吃火锅，这大中午的咋又安排上了！"

俞生也连喊吃不消。素芳嘿嘿一笑，把他们迎进了朝天门包房，只见包房内已恭候着一位青年，看到他们过来，立马伸了手来和他们握手，一边热情地叫着俞伯伯，薛孃孃，脸上露出腼腆的笑容。

几人围炉坐下，细心的薛米丽偷偷观察坐在她身旁的年轻人。俞生则被眼前的一口金锅吸引住了，只见那口金锅做工精致，锅两头各雕着一只龙头，中间又是一条飞龙，龙嘴里不断冒出一阵阵诱人的香气。锅里则咕噜咕噜地发出声音，让人忍不住去看，去听，去闻，去猜。

薛米丽盯着年轻人，越看越觉得他像一个人，脸上流露出疑惑的表情。

素芳把关子卖了个够，这才哈哈大笑道："俞总，薛经理，你们念了卫经理那么久，怎么，现在他幺儿站在你们面前都认不出来了哇？"

啊！薛米丽和俞生都吃了一惊，再看那个年轻人，眉目之间，可不就是卫鸣年轻时的样子！

素芳说："你们之前只知卫鸣有个女儿叫卫思莉，嫁给了我儿子，却不知道他还有一个小儿子卫思庄。他是我那两个双胞胎孙子的亲舅舅。"

薛米丽也哈哈大笑起来，我说怎么这么眼熟呢。她和俞生都搂着卫思庄前看后看起来，看着看着，又想起以前和卫鸣、素芳他们筚路蓝缕，一起创业的日子，又想起如今卫鸣这半辈子都在折腾，现在年过半百的人了，还把自己折腾进了监狱。

"创业未半而中道崩殂……"薛米丽不由得想起诸葛亮《出师表》中的这一句来，顿时一阵伤感涌上心头，薛米丽竟然抹起眼泪来了。

卫思庄赶紧安慰她，薛孃孃，你莫伤心啦，我老汉儿的个性你们又不是不晓得，进监狱磨一磨未必是坏事。

薛米丽听他这么一说，莫名觉得有点搞笑，又笑了起来。

这时，那金锅上的飞龙昂天长啸，引得另外两端飞龙亦长鸣不已。卫思庄站起来道："可以开锅啦，伯伯孃孃看好啦！"只见他一双大手伸过去，将那锅盖揭开来，滚滚香雾过后，只见那锅中的宝贝像金珠玉贝宝石一般在金汤中上翻下滚。

卫思庄赶紧介绍道："这一锅宝贝可全来自我们老家开州山河之中，分别是陈家的土鸡、满月的天麻，渠口的河鲜，紫水的松茸……"

他招呼了一声，服务员有条不紊地把各色菜品摆上桌来，只见敦好的龙珠茶香味扑鼻，临江的冰薄月饼晶莹剔透，汉丰湖的翘壳肉质肥美，山货河鲜摆得桌子满满当当，令人目不暇接。

素芳得意地笑道："怎么样，俞总，这是我们太空火锅城准备新推出的帅乡山锅系列，从今以后，太空火锅城可不只有火锅啦。卫思莉、卫思庄两姐弟现在可是咱们火锅集团两大干将，卫思莉负责网络营销体系，打造网红火锅品牌，卫思庄则把渝东北山货土货引入火锅城，成为咱们火锅城第二产品系列，有望获得新的口碑和新的销量增长点呢！"

"而且啊，"素芳笑道，"咱们太空火锅城正在拓展营销网络，打算走新的'火锅＋'发展道路，整合各地特色农产品，探索新的单店可复制模式，准备由卫思庄在开州做一家示范店，在渝东北形成示范效应呢。今后把咱们的火锅品牌做成一个覆盖全国、全世界的火锅品牌，可不得了哇！"

卫思庄为俞生与薛米丽都打了一碗浓汤，薛米丽和俞生细细一品，顿时觉得开州千百种滋味，帅乡千万种风情纷纷在舌尖上炸开，说不出来的美妙与动人。他们，伸出了大拇指。

22

沪蓉高速公路在巴渝大地上连绵展开，卫思庄握着方向盘，专注地盯着前方。他的身后坐着俞生和薛米丽，他们偏头望着车窗外郁郁葱葱的山岭。它们势如长蛇，蜿蜒万里。山岭之上，丽日晴空，丝丝缕缕的云彩儿在风中兜兜转转，悠悠俯视着大地。

卫思庄一边开车一边回答着俞生和薛米丽提出的问题。他热情，聊到火锅更是滔滔不绝，俞生怀疑他把所有的热情都给了锅碗瓢盆。他对于火锅的那种发自内心的热爱是骗不了人的，只要一提及美食，他就精神焕发，变了一个人似的，眉飞色舞，口若悬河，滔滔不绝，仿佛连唾沫星子里都带着花椒胡椒火锅底料的香味。可一提及他父亲卫鸣的时候，他就变得沉默了。

卫思庄毕业于西南大学食品专业，这是一所211大学，是由原来的西南师范大学和西南农业大学合并而成，食品专业是他们的优势学科。毕业以后，他就在"太空火锅城"研究产品体系改革，也和厨师一道，反复地研制新菜品。他对每一粒花椒似乎都有说不完的话，对它们的来历和作用、烹饪手法了如指掌。他对每一道菜品都似乎有暧昧又深沉的感情，好像和它们之间有着不可告人的秘密。他对八大菜系和重庆菜的细分品类都有深入的研究，宴席菜、江湖菜、家常菜、民间小吃、药膳、民族菜和火锅，说起来头头是道，令俞生和薛米丽暗暗称奇。

俞生难免又从他身上看到卫鸣的影子，想起了卫鸣的一些事情。这两爷子似乎格外相似，脑子活络，又对自己热衷的事物情有独钟。三十多年前，是卫鸣一手促成了太空火锅城的成立，虽然是由俞生任董事长，但其实背后的操盘手却是卫鸣。卫鸣实在是公关和管理不可多得的人才，从店铺选址、店面装修到人员招聘、培训和管理，设备选购和安装，食材配送和保鲜，他都有一套自己的管理理念和方法，把一应事务弄得井井有条。只是，卫鸣这人优点和缺点都同样突出，他管理上有一套自创的卫式管理法，但却心气野，不踏实，新想法一个接一个，导致自己和整个火锅城一直在忙于应对和转型。甚至他有些瞧不起俞生这个老板，岂不知俞生能当他的老板，必然有过人之处，不仅仅是资本的积累，就是在管理上他知人善用，能把卫鸣、素芳、古小琴、野狼等团在一起，就是他卫鸣一辈子都没学到的本事。更何况急流勇退，把太空火锅城让给大家，这是卫鸣下辈子都学不会的。

卫鸣有本事，但他的心高于了自己的本事，不断地折腾，不断地倒灶。

现在面对着卫思庄，俞生有心想要问问卫鸣后来发生了什么，怎奈卫思庄一提及父亲就陷入了沉默。他似乎对父亲有着很大的意见，心里也暗暗地憋着一股劲，好像在和父亲斗气。只是他不肯自己说，俞生当然也不好问其中的缘由了。

"关在哪个监狱？"俞生终于忍不住问他。

"三峡监狱。"卫思庄犹豫了半天，还是作了回答。

三峡监狱？俞生吃了一惊。万州有两座监狱，其中一座在周家坝，关押的是职务犯罪罪犯和轻刑犯。而另外一座就是三峡监狱，设在万州一座大山之上，关押的基本都是重刑犯，其中不乏被判死刑等待执行的人。卫鸣犯的什么罪？至于要被关在这里？

在俞生的一再追问之下，卫思庄苦笑道："俞伯伯不用担心，我老汉儿判得倒不重，枪毙也不至于。至于为什么把他关押在三峡监狱，我也不清楚，可能是因为三峡监狱还有空位吧！"

知道自驾将要经过万州，俞生和薛米丽一商量，决定到三峡监狱去探视他们多年未见的老朋友，这位身陷囹圄的创业伙伴——卫鸣。

卫思庄虽然很不情愿，不过到了万州高速路出口，他还是把方向盘扛了一下，车子飞速地驶出匝口，向着万州城区方向驶去。

23

一条沥青路弯弯曲曲通往山顶，低处的万州城区被玉带一般的长江贯穿而过，城市之间车水马龙，热闹非凡。山顶之上却是一片拔地而起的楼房，灰色的高墙阻隔着内外两个世界。在一番烦琐的手续之后，俞生他们又在会见区开始了漫长的等待。卫思庄却不在他们之中，他独自留在了停车区，不愿意去面对他成为阶下囚的父亲。

会见室里，俞生频频张望，他怎么也想不到自己竟然会以这种方式和自己的创业伙伴重逢。薛米丽此时也是百感交集，明眸中盛满了神思。过了一会儿，他们听到有链子的声音微微响起来，感觉到会见室的房间光线受到了惊扰，被两个庞大的身影挤得无处闪躲。俞生和薛米丽抬起头，看到肥胖又高大的卫鸣和狱警从门外走了进来，狱警交代了几句走了出去，会见室里就只剩了他们三人。

可能很少有人来看望他，卫鸣一进来就在用眼睛搜索着。三十多年未见，他似乎淡忘了那段创业的历史和自己曾经一起战斗过的合伙人。他肥胖的身躯砌在椅子上，眯眼望着俞生和薛米丽，然后脸色慢慢地起了变化。他猛然记起了什么，把头越埋越低，曾经那么骄傲的人，如今竟然变得这般卑微。俞生忍不住也心疼起来，他轻轻地呼唤他："卫经理。"

"卫经理。"薛米丽也这样叫他。

卫鸣抬起头，眼睛像一汪小水池，蓄满亮晶晶的水光。他在那么一瞬间，想起了那段光辉的岁月，想起了那场不堪的二次创业、三次创业……他肥胖的脸如今少了光芒，他的嘴巴瘪了，低声道："俞总，薛经理……"

俞生一直追问他走上歧路的原因。卫鸣沉默了半天，终于鼓起勇气，开口道："三十年前，我们一起经营太空火锅城，做得风生水起，风风火

2023
第叁棒

313

火。可是我太自负了，总是觉得那是我的功劳。那时候年轻气盛，总想着干一番轰轰烈烈的大事业，做家财万贯的大老板。我不听大家伙的劝告，把我在太空火锅城的股份退了出来，然后到处物色新门店。我凭着满腔热血就开搞，钱不够，我怕你们笑话我，看不起我，不敢让你们知道，到处找亲朋好友借，并且许诺给予高额回报。可是火锅店一开业，我顿时傻了眼，前两天还有客人来占打折的便宜，尝个新鲜，没过几天就变得冷冷清清，一天三两桌，和我想象中的一张桌子要翻几次台的情况差了十万八千里。和'太空火锅城'一样的模式，咋就做不起来呢？我急得团团转，一直找不出来生意差的原因。后来有顾客告诉我，你看看嘛，这桌子高不高矮不矮，人一坐上去，两只手臂搁在桌子上，活像小娃儿在上课。这锅嘛，锅底太浅，烫点菜溅得一身都是，捞点菜，喷得满手臂受伤，捞点菜都得做个动员才能鼓起勇气。菜品没几样，还有一股水臭味，结个账能把你钱包都给你掏个底朝天。说起来呢，哪哪都有问题。这时候我才知道，原来'太空火锅城'能做起来是有多不容易，靠的是大家各显神通。可开弓没有回头箭，我没办法，素芳他们倒是劝过我好几次，喊我回去，我是男人得嘛，我得要面子得嘛，反正这辈子就这样折腾过来折腾过去，老本儿都折腾得差不多了，婚也离了，娃儿都判给媳妇儿了，说来我也是真不要脸，娃儿的抚养费我都没有给过。唉，前几年好不容易盘了一个小火锅店，几张桌子，本来想东山再起，没想到那段时间才真是倒霉，我真是倒霉透了，干啥都点背儿。去钓鱼钓了一条怪鱼，嘴巴像涂了胭脂，我给它丢桶里，结果被执法人员查获给放回长江里了，幸好只是鱼儿嘴巴勾破了皮，不然当时就得去坐牢，最终我被罚了几百元。回来呢，心里愤愤不平，到了小区门口，捡到了一根崭新的拐杖，我高兴得很，高兴的是我捡到了外财，可能要转运了，要发财了。也就只高兴了两三秒钟，突然就来了一阵风，我们小区'朝天·江山城'那几个大字中间的那个点本就摇摇欲坠，风一来，那个圆点突然哐当一声落到了我面前。鬼晓得远远看上去那么不起眼的一个点点，落下来就是那么大一坨，掉下来把我脚给砸到了，痛得我眼泪水汪汪，这拐杖可不就用上了。拄起拐杖好不容易能走几步，回到店里，生意还是那么差，保个本都难。也是活该我倒霉，我正在发愁时，店里一个老伙计因为没生意，正在月光底下剔牙。他跑过来龇牙咧嘴地偷偷对我说，老板儿，你这生意不对头，我给你支个招，你肯听，保你赚个盆满钵满，睡瞌睡都要笑醒。他凑在我耳边，给我悄悄说了一番话，我半信半疑。一周过后呢，我就和他一起到了城郊去，在南岸的一个荒地里，我看到了一大片废弃工地遗留的围墙，里面种着一种奇怪的花朵。这个花朵像女孩子胭脂的颜色，粉嘟嘟还挺好看，有些正在结果。那个老伙计拿刀片一割，上面就流出乳白色的液体，老伙计用手指把它一卷卷到嘴里去，脸上露出了格外满足的表情。我问他这是什么花。他笑了，米壳花，晓得不？回来以后，他给了我一些碎片，我们把它加入火锅底料，炒菜也放一点。鬼知道怎个神奇，这火锅和菜的味儿就变了，让人上瘾了。我觉得奇怪，追问他原因，老伙计说，人家火锅店生意好，秘籍就在这里。于是，我也心安理得地用起那种调料，生意也一天比一天地好起来。刚赚了一点钱，我正在想着怎么去找前妻谈复婚的事，外面突然走进来一群大檐帽，我心里高兴，想着这下连警察都到我店里来搞团建聚餐，大业务哟。哪晓得他们冲进了厨房，翻出了一大麻袋黑色的胭脂花果实碎片，'啪啪啪'给我和那个麻袋合了个影，然后'咔嚓'一声给我戴上了一副银光闪闪的手铐。我在路上忍不住问他们，警察同志，我是守法奉公的好公民，你们是不是抓错人了哟？警察鼻子朝天，错不了，你那一大麻袋罂粟壳壳，够你在大牢里蹲几年了！罂粟？我一下子蒙了，那是什么？什么，警察鼻子出气说，如果我说鸦片，是不是你容易懂一些？我听到这句话，身体像被电击了一样，瘫倒在了地上……"

卫鸣抬起头，懊恼地望着窗外，阳光正落在高墙之上第三块砖处。快三点了，我该回去了，他说。

俞生低头一看，时间还差一分钟到三点。

在监狱里待了多久啦？

卫鸣竖起手指：这是第六个年头。

俞生沉重地握了捏他的手，却给了他奇异的力量，卫鸣又抬起了头。

24

夜晚时分，汉丰湖畔灯火初上，微风打乱了波光，将一片片碎金烂银送往彼岸。一片片高楼昂首挺胸地屹立在汉丰湖两岸，在汉丰湖的波涛之下，静静地沉睡着昔日的开县老城。

站在城市对面的盛山半坡之上，俞生和薛米丽望着对面的湖光夜色，目光随着流光溢彩的游轮缓缓移动。巨大的"太空火锅城"的招牌就在他们的不远处闪闪发光，即将开业的火锅城正在激起市民对于美食的联想和憧憬。一千二百年前，唐朝诗人韦处厚从王畿长安而来，任开州刺史，治理开州之外，他以诗书为骨，以山水为师，锤炼了自己的诗文和品性。而在开州三年期间，他最喜欢在繁忙的公务之外，来到俞生此时所在的盛山之上，流连于盛山流杯渠、宿云亭等十二景，并留下了著名的盛山十二诗。就是这十二诗，三年之后，在长安文坛引发了一场地震，引得韩愈作序，元稹、白居易等纷纷唱和，开州名动天下。如今，太空火锅城相中了这块宝地，把火锅餐饮和开州历史文化、地域文化融合在了一起，与政府合作推出了盛山十二诗主题火锅城，进一步修缮和复原了盛山十二景，使食客在品尝美味的同时又可以游玩盛山十二景，欣赏汉丰湖夜景，真是一大美事。

俞生听到卫思庄的声音，回过头看到卫思庄正在流觞曲水处和工程人员商量景点布置问题，旁边还有重庆大学建筑城规学院的风景园林专家在提供指导。忙完手里的事，卫思庄快步朝俞生和薛米丽走了过来，一起临风眺望夜景。

等流觞曲水建好了，有雅兴的游客就可以在这里吟诗唱和，再现唐朝开州盛景了。卫思庄骄傲道，为自己这个大手笔感到开心。

俞生也赞赏他的这种格局和创意，他的心中始终有一个疑问，终于忍不住问道："你觉得你父亲错在哪里？"

卫思庄思考了很久，回过头望着俞生，说："我父亲自诩有几分能力，总是想要走捷径。"

俞生点点头道："思庄，你觉得火锅真的有捷径吗？"

卫思庄想了想，摇摇头道："火锅最大的王牌在于消费者的口碑，而组成口碑这张牌的绝对不止一个方面，而是一副牌，其中有的牌是食材，有的牌是味道，有的牌是环境，有的牌是服务，单独想要通过一张牌来拯救全局的，那只能是痴心妄想。而如果铤而走险去获得这张牌，最终的结果只能是落得我父亲那样的下场。不过……"他又思考了片刻，"火锅虽然没有王牌，经营管理却有王牌。"

"哦，那是什么？"俞生被勾起了兴趣。

卫思庄指了指自己的脑袋，又指了指自己的心，笑着说："脑中的创意，心里的诚意！没有创意、没有诚意的所谓火锅城，注定了只能是一盘死局。"

俞生和薛米丽都愣了一下，为他的境界所感动，跟着微笑了起来。

汉丰湖畔，一座以食客为本的巨大火锅城正在缓缓升起，点亮开州城。

约法三章

楠木丐

25

秋雁在后厨吩咐何叶：把厨房地面用洗涤剂拖干净，休息 5 分钟后就和其他两个姐妹把美团订单上的火锅食材准备好，不要遗漏，量要足，每单的要求不一样，要细心点，然后打好包，等外卖小哥来取。

忙活了两个小时，何叶这才坐下来，看着厨房各式物件摆放整齐，地面也没了油腻，干净得很。半年前作为进城陪读，能够每周给儿子煮两天饭的母亲，需要一个够自己和儿子落脚的窝，条件、环境，没有选择的余地，便宜就好。墙壁斑驳点没关系，天花板上糊的旧报纸脱落一些也没关系。

进城陪读之前，何叶在老家卖菜，每天晚上把自家菜园子里种的菜择好、洗好、捆好，凌晨 2 点半起床，大概 80 分钟后就到了约定俗成的城乡结合部卖菜地点，等着菜贩子来挑三拣四后还往死里砍价，然后揣着手机里增加不多的数字，心安理得地回家，回家大概是 5 点左右。夏天的 5 点，天已麻麻亮；冬天的 5 点，寒风刺骨。何叶已经习惯了这样的生活，除了多少能赚几个辛苦钱，还能给在外打工的老公减轻一点负担。

现在进了城，离开了土地，再也无法种菜。没有任何谋生技术的何叶，不能整天无所事事，懒惰不是她的习惯，勤劳才是，只要一天不做点事心里就不踏实，所以必须找适当的事情做！想想儿子因为玩游戏耽搁了学习，初三一年成绩下滑太厉害，差点连主城区的一般高中都没考上。而孩子又是一家人的希望，自己这才迫不得已来陪读，不然她宁愿继续那早已习惯了的种菜卖菜的生活，无非是辛苦点，但是应着季节走，不愁生活费。想到丈夫在工地上挣下力钱，晒得像牛肉的皮肤，心里就一阵酸……辗转反侧一整夜，一点方向没有，何叶急得偷偷地哭鼻子。

进城的第二天一大早，何叶第一次去菜市场买菜，从熟悉而惊讶的菜贩子手里接过一块钱一斤的白菜，何叶就有了方向、定了主意、做了决策，提着菜哼着小曲回到出租房，何叶心里踏实了。你要问她为何如此高兴，我就悄悄告诉你：前一天才7角一斤卖给菜贩子的白菜，一转手竟然有3角的差价！3角哟！

从此，每天凌晨3点起床，依然到她一直去了很多年的地方，只是从自己的菜被人挑选变成了挑选别人的菜，和那些同样熟悉而惊讶的曾经的同伴砍价，从一个菜农变成一个菜贩子，然后零售给城里的人，每天能赚30多块钱，足够何叶母子俩的生活，惬意而满足。

秋雁检查完厨房里刚买回来的菜，模样都很新鲜，再看看几个大冰柜里各个批发商送来的食材，仔细按照单子点了一遍，一样不缺。作为后厨组长，必须严格管理员工，虽然手下只有三个洗菜洗碗的洗工、两个负责厨房清洁卫生的清洁工、两个杂工和最近新增的三个外卖包装工，也是十来号人，这些淘洗的事看似低级、粗陋，但没有哪一样可以马虎，这事关太空火锅城的荣誉和食品卫生，大意不得。尤其是外卖包装工的工作要严格检查，前不久就因为把顾客单子上的"微辣"误配成"特辣"，被顾客投诉，这也成为太空火锅城员工培训的反面教材，太丢人了！

秋雁有点焦虑，外卖订单越来越多，三个人包装好像轮不过来了，她很害怕再出纰漏。

两年前，外卖包装的事被划给秋雁所在的后厨组，秋雁曾竭力反对过，但是总经理袁闻在会上说了，要线上线下一起抓，不能只管堂食而放弃线上战场。何况年轻人就喜欢有效利用互联网而足不出户，年轻人又会成为消费的主流，把将来的主流顾客拒之门外，那不等于自掘坟墓？他说秋雁工作认真负责，外卖包装重点就在于心细，有责任心，她一定能够帮助公司管好这个摊子，担好这个担子。秋雁也就答应了下来，可"请神容易送神难”，这一划进来就再也划不出去了，虽然秋雁多次请求甚至诉苦，也都无济于事。

秋雁看见后厨把上午的事都准备妥当了，就等为数不多中午就餐的食客了。

26

说起和秋雁的认识，何叶觉得就是命中注定。记得半年前自己领着儿子来城里租房陪读，空余时间就充当一个菜贩子，每天也能够赚几十块钱，生活过得稳稳当当。过了差不多一个学期，旁边搬来一对母子俩，一问，和自家情况差不多，"物以类聚，人以群分"。何叶眼前的这个黄秋雁，一搭白就是一脸笑，30来岁，头发自然卷曲，特别是前额刘海弯曲的幅度恰到好处，让弯弯的眉毛若隐若现，不时让白皙饱满的前额肌肤似露非露。秋雁告诉何叶，自己是长寿人，进城好几年了，儿子在沙坪坝一普通中学读高二，老公在深圳一个模具厂打工，自己在太空火锅城打工。何叶听说秋雁的儿子和自己儿子在同一个学校读书，只是一个高一一个高二，心里就觉得近了些。

秋雁见眼前这个女人，略带羞涩，两眼不敢正视秋雁，中等身材，皮肤因日晒而泛着健康黑，"国泰民安"的脸掩藏不住这个美人的特质，说话声音清越，温温柔柔的让人觉得很舒服。

两个女人很快就熟络起来，当秋雁听说何叶在做菜贩子每天赚30多块钱的时候，就告诉何叶："我们'太空火锅城'在招后厨清洁工，你想不想去试一下？"

"火锅城啊，我一个农村妇女，从来没做过，怕是别个不要哟。"

"我一看你就是一个勤快的人，人又长得好看，去试试嘛。再说我也愿意给他们推荐一下你，你应聘上了，我们上下班就有伴了。"

"招个后厨清洁工还要长得好看呀？老实说，后厨是哪样意思我都不晓得，他们会用我吗？"

"当然不取决于好看不好看，关键是要勤快能干。长得好看，应聘成功的几率大些嘛，你说哪个不喜欢长得好看的？后厨就是厨房后面的事，洗洗淘淘，你还做不来吗？"

两个少妇看着对方笑了，气氛更加柔美了些。

何叶继续说："我去太空火锅城上班了，儿子星期五回来没人给他煮饭啊，要星期天下午才进学校，咋个办？"

秋雁说："其实我们'太空火锅城'呢，拿素芳董事长的话说就是非常人性化。考虑到每个中年人的难处，尤其是我们这些陪读妈妈，就规定凡是真正有难处的就告诉她，在顾客不多的时间可以请一个小时的假，一周最多三次，算全勤满工，但是每天饭点不允许请假。"

"这样的啊，那还可以。"

秋雁继续说："所以，每周星期五、星期六、星期天早上我就去农贸市场买好菜，中午就请假回来一个小时，给儿子煮饭炒好菜，这里距离太空火锅城很近，一点不耽搁。如果你应聘上了，我们就轮流请假，一个人回来给两个娃煮饭，让他们一起吃，也好有个伴，也给店长一个好印象，不让他为难。"

何叶听秋雁这一说，动了心，但还是没有信心。

"你没试怎么就知道应聘不上？应聘不上也不丢人。我们素芳董事长以前也是在这个火锅后打工的，后来他们几个伙计合伙收购了这个火锅店，自己当起了老板，所以她知道打工人的难处。只要你把店里的事当成你自己家里的事去做就完全没有问题，我们的工作是确保不拖厨房的后腿，确保食材和厨房清洁、卫生，其他的事情想帮忙也轮不到我们。"秋雁停了停继续说，"你不晓得，我们太空火锅城以前的大老板，也是创始人俞生和公关经理薛米丽日久生情，结了婚，火锅后给素芳他们之后就移民阿根廷，现在他们的幺妹儿从阿根廷回来了，也在我们太空火锅城当服务员。"

耶，何叶最初还有点担心，怕老板脾气大，自己受不来那些气，现在听起来这个太空火锅城还比较平等，心里有毛毛虫在爬了。她还是怯怯地问："你们一个月有多少工资呀？"

秋雁说："一个月保底工资 3000 元，管吃。如果生意好，每个月有奖金，我就拿过 500 块，一般在 200 到 300 的样子。店里还要交社保，很规范，等以后老了，我们这些农民每个月一样的都能领退休工资，不靠儿女养老，硬气得很。"

何叶听了，越加羡慕起来，决定去应聘试试，但心里还是没底。

27

秋雁领着何叶去人事部，简单介绍了一下就回岗位了。人事经理也问了她几个不痛不痒的问题，主要是目测一下外观、顺便看看是否机灵，后厨的清洁工除了吃苦耐劳讲卫生，并不需要有特别的能耐。秋雁带来的这个人，长得又标致，身体健康，还有些羞答答的模样，人事经理很快就通过了何叶的面试，告诉何叶去定点医院做个用工前的健康体检，明天拿着合格的体检表来就可以上班了。体检费店里还会给予报销。

何叶听人事经理这样一说，一块石头就落了地，心里暗自高兴起来。想到初中毕业的自己，老老实实地当了20年的农民，除了相夫教子和种蔬菜卖给菜贩子，就没奢望过要做什么，也有人动员自己去广州打工，但是想到自己的儿子需要陪伴、需要母爱，老人需要照顾，就彻底打消了外出的念头。到了城里这半年，也是由菜农变成了菜贩子，但还是没有离开过"菜"，如今就要成为"太空火锅城"的员工，每个月有3000块钱的工资，还有奖金，还要发服装，还包吃，老了还可以领社保工资，嘴角就自然地往上翘了些，眼睛眨巴着，想哼哼歌，又怕人笑话了去，便忍着，向秋雁打了招呼告诉了应聘的情况，轻轻盈盈地迈着脚步去办健康证，不自觉地哼出一些歌来。

何叶上班第一天，秋雁就把她喊到跟前来，发了前后都印有"太空火锅城"字样的服装，黑底红边；还发了帽子、手套、口罩、清洁工具等等，然后召集其他几个员工，一一作了介绍，特别强调要团结协作，工作不能分得太清楚，人人要把后厨的事当成家里的事对待。大家散去各自忙碌，何叶走在最后，秋雁叫住她做了工作上的细致要求，何叶都一一答应了。

何叶看着厨房，锅洗得锃亮，各式不同的碗都在几个一尘不染的消毒柜里，不锈钢的瓢盆桶和洗菜槽、操作台，都摆放整齐，干干净净，闪闪发光，就连地上随便一个角落，也没有垃圾没有油污，还一点不滑，几个大冰柜里摆放着商贩才送来的毛肚、鸭肠、黄喉、牙梗、珺花、耗儿鱼……泥鳅、黄鳝在两个桶里拥挤着探出头来，平菇、金针菇、姜葱蒜、黄瓜、豆皮、藕、生菜、白菜、豆芽、海白菜等等在另一个冰柜里挤得满满当当；冬瓜、南瓜、土豆，一袋一袋得像列队一样齐整。

何叶深知自己的巨力不小，一想到不错的工资，尤其是老了还可以领社保，再摸摸自己身上和其他员工一样的服装，心里就感到满足和幸福；最后想到秋雁的叮嘱，就感觉自己是这个大家庭的一分子，心里不免宽敞起来亮堂起来美起来了。

何叶发现暂时没有清洁卫生的事可做，就去帮着洗菜，两个小时下来，手指泡得白翻翻的，连手掌那本是圆滑细腻的肌肉都像褶皱一样，更别说10个指腹。旁边一起洗菜的阿莲没头没脑地告诉何叶：之前把碗筷盘碟包给了洗碗公司，后来顾客反映洗得不干净，就收回来自己员工手洗了。听说要买洗碗机，今后只洗煮火锅的锅和菜，就轻松多了，听说机器马上就要来了呢。何叶听懂了意思，心里又有了一点惶恐，如果机器买回来了，那哪里又还有活儿给自己干呢，没活干老板还会要自己吗？阿莲倒还坦然，二三十年前我老汉儿进城打工也是担心这担心那，说买车的人越来越多，今后出租车司机会不会失业，他们当棒棒的还有没有活路？结果你看咧，现在几乎家家都有车了，路上堵得不得了，出租车的生意不是一样的好？又还多了好多网约车！棒棒虽然没得几个了，但大街上到处都是送外卖和送快递的，还不是做一样的活路呀。

何叶心不慌了，洗完了菜，又赶忙过去照着别人的样子帮着装盘，黄瓜条都一样粗一样长；海白菜和海带都整整齐齐地摆放在盘子里，堆了高高一叠；洋芋切了两公分左右厚的片，和藕片一样，都淹没在两个不锈钢大盆里，听阿莲说是为了避免氧化而变色。

装完了盘，何叶又去旁边帮忙装美团订单上的外卖，才上班第一天，只能当下手：装盒、捆扎、把清单小票放在指定位置，然后按照订单编号顺序摆放整齐，有时也帮着递给外卖小哥。

秋雁也来到后厨，麻利地帮忙做这做那，等一切准备就绪，暂无他事，就叫上何叶去大厅拿东西。何叶第一次来到大厅，眼前20张桌凳摆得整整齐齐，每张桌子上都有一盘鲜艳的花，在卷起的窗帘透射过来的阳光照射下，大厅显得宽敞、亮堂；墙上的字画与周围环境融为一体，点缀得恰到好处；酒红色的吧台齐腰高，旁边整整齐齐地堆放着啤酒饮料，吧台里面靠墙的酒柜里，除了陈列各式酒水，还有多种香烟，吧台正面右手墙边，是调料、小吃自助台，旁边两个消毒柜里，有序地摆满了碗、筷和调羹。正当何叶看得入迷时，秋雁告诉她，这是太空火锅城在沙坪坝的第19家分店，仅沙坪坝，太空火锅城就有40多家店，而太空火锅城在南山的总店装修得更有档次，她还谈起了太空火锅城的那些老板们，董事长素芳，总经理袁闻、战略拓展部部长卫思莉，当然还有老一辈的传奇人物，比如俞生，比如薛米丽，比如卫鸣，还有神龙见首不见尾的野狼。这一说，又把何叶的心说动了，她在想，什么时候自己也可以去总店看一看咧，这是一群多么有趣的人啊。

28

今天星期五，轮到何叶回家煮饭。"太空火锅城"里有空调，为了菜品新鲜，后厨总是开一整天，凉爽得很。何叶穿着前后都印有"太空火锅城"字样的工作服准备步行回家，不到15分钟的路，何叶受得了。虽然外面的太阳实在太大，毒毒的晒人，地面温度更高，热浪一涌一涌地往身上冒，像要把鞋底晒化。

突然一辆"哈雷"摩托停在何叶面前，头盔把人的脸遮了大半，分不清是谁，只见他一身骑行紧身运动服包裹着精瘦的身子，连双手都藏在皮手套里，没露半寸肌肤。何叶心里有些打鼓，莫不是遇到坏人了？身子不由得发起抖来。

骑手发现把眼前的何叶吓到了，急忙摘下头盔，露出原形：约莫50岁左右的脸，只在头顶留一撮发，还捆扎成一根辫子到后脑勺，精神焕发，神采飞扬。他嘿嘿一笑，然后自我介绍道："我也是'太空火锅城'的，看到你穿着我们的工作服，就知道你也是'太空火锅城'的员工，所以停了下来。你为什么不上班呢？你要去哪儿？远吗？我顺便带你过去。"何叶听他这样一说，再一细看，他的摩托车和骑手服上竟然也都有"太空火锅城"的LOGO，看来他没有说假话，但这个人看起来也不像外卖小哥。何叶也不再多想，悬着的心也不再突突地跳。

何叶把情况告诉了骑手，谢过了，坚持自己走回家。骑手也犟得很，非要送何叶回家不可。两人在路边僵持起来，何叶实在拗不过骑手的好意，也不再推脱，坐在摩托车后座。骑手像变戏法一般，不知从哪里又拿出一顶头盔，何叶戴上头盔，心里又打鼓了，这个人还准备了两顶头盔，看来是早有准备。他这个摩托一定是经常搭人，莫非是别有所图？

正在胡思乱想的时候，一辆电瓶车没有鸣笛就从小路杀将出来，防不胜防，摩托骑手只好一个急刹，何叶惯性地往前倾，柔软的胸脯一下就贴在了骑手的后背，何叶的双手还条件反射地紧紧搂抱住了骑手的腰。她回过神来觉得自己失了态，慌忙收回双手，顺势把屁股往后移了移，嘴里还不停地说"对不起，对不起"。骑手也稍稍调整了一下坐姿，嘴里一连串脏话骂着已经离得十几米远的电瓶车。脏话还没骂够，骑手一捏手刹，已经停在了何叶的家门口。

一边煮饭一边在记忆里搜索，秋雁吹龙门阵的时候好像提到过"野狼"，这一下子她突然间就将这个名字和刚才的那个摩托车骑手对上号了，如果不是"野狼"，还有哪个人会在自己的车上和骑手服上弄几个太空火锅城的 LOGO 嘛？哎呀，现在一想到自己刚刚突然就贴到了野狼的后背，心里就觉得羞死人了。

话说野狼送了何叶后，就径直到了城乡结合部外面刚修好没通车的新马路边，从一个常人不知道的刚好可以过一辆摩托的小口进去。野狼照例把车速提到 150 迈，然后高高地提起前轮，摩托车与地面差不多 60°，只后轮着地向前，人车合一，惊险又刺激，动作老帅老帅了，此时的野狼绝对是这条路上最靓的仔。

等玩过几把后停了下来稍事休息，不免想起刚才搭乘的何叶，那周正的脸蛋、不胖不瘦的身材明摆着，尤其是刚才急刹那一刻，那一贴一搂……突然，野狼后背突然就惊出了一身冷汗！

哎呀，不得了，素芳早就给自己"约法三章"：要玩摩托可以，骑摩托不要搭人；要搭人可以，不能搭女人；搭女人可以，不能搭太空火锅城的女员工。

野狼很是不解，素芳板起张脸，也不作解释。还是儿媳妇懂事，趁婆子妈不在的时候悄悄帮着解了谜："骑摩托是'肉包铁'，总是有危险的，您自己骑车还晓得把控，后面搭个人就麻烦了，很容易出事。但妈也晓得您挡不住那些一起耍的兄弟伙些，也就放宽了限制，要搭人就搭嘛，您还是要多准备一个头盔。"

"要搭人莫搭女人，您也莫多想，不是妈不放心您，是这个世道变了，您现在经常跟着那些纱巾嬢嬢耍，那些人撒泼打滚个顶个的高手，沾不得，现在不是流行'米兔'运动吗？纱巾嬢嬢搭您的车，那还不得搂您的腰，前胸贴您的后背？说不定哪天某位纱巾嬢嬢就会告您性骚扰。"

野狼有些无语："老子现在行得端坐得正，还怕她们这个'兔'那个'兔'吗？"

"是，我们都相信您，妈也说过，你年轻时是干过一些荒唐事，该道歉道歉，该赔钱赔钱，该坐牢坐牢，浪子回头金不换，但现在不一样，她把'太空火锅城'这块招牌看得比命还重，一万个小心，生怕出一些乱七八糟的传言，所以您得悠着点。"

野狼越想越觉得惊悚："妈耶，算了，城里套路深，不如回农村，干脆我骑起摩托去漠河耍一圈算了。"

童　话

杨小霜

29

　　吴霞跟卫思莉是高中同学，高中毕业，卫思莉考上了重庆工商大学，学市场营销；吴霞考上了重庆医科大学，学的是护理。两所大学相距不远，两人还是经常聚在一起，碰头的地点不是解放碑就是观音桥。在这些商业步行街逛累了，最后一个项目肯定就是吃火锅，而且只去"太空火锅城"。卫思莉说"太空火锅城"的管理很有一套，不仅食品安全、店堂卫生，而且味道好，他们的员工也很热情，今后毕业了自己就想去那里上班。

　　卫思莉学市场营销，去这种大型服务型企业那就是专业对口，如果能找到这种好的平台，那就等于是事业成功了一半。吴霞说，就等着看她大展宏图，成为中国的巴菲特。卫思莉也祝吴霞能早日成为中国的南丁格尔。

　　毕业后，卫思莉果然进了"太空火锅城"，事业上干得风生水起，而且还在太空火锅城里找到了如意郎君，生了一对双胞胎。吴霞印象中这个时间过得太快了，感觉自己刚刚才当了伴娘，怎么就又当上了干妈哟。

　　相比之下，吴霞就没有卫思莉那么幸运了，她没能留在中心城区，而是考到了离中心城区一百公里以外的白河镇。白河镇是一个小古镇，医院的规模也十分小，医护人员也少，但由于白河镇的兴华路往上有一个工业园区，吴霞的工作还是非常繁重。两个闺蜜虽然经常通过微信聊天，但见面的机会不多，加上大家的工作越来越忙，渐渐聊天也少了，彼此都是通过看朋友圈来了解对方的近况。

吴霞非常忙，她还有另外一重身份，白河镇作家协会会员。虽然她还没有出版过一本书，但在全国很多报纸副刊都发表过"豆腐块"。在许多人眼中，吴霞就是一名作家，医院宣传科也把她调了去，让她如鱼得水。她喜欢读书写作，不放过任何学习的机会。也正是因为文学，一个偶然的机会，吴霞被借调到中心城区某单位。

吴霞进城安顿好后，便上了一辆"黄色法拉利"："师傅，走'太空火锅城'总店。"吴霞一边关车门一边说。

一进"太空火锅城"的大厅，吴霞就看到穿着职业套装的卫思莉。她背对着吴霞，正对着在前厅"站岗"的俞尾边说边比画。吴霞轻轻地拍了一下卫思莉的左肩后，却把自己的脸朝着卫思莉的右脸对过去："嗨，老同学，别来无恙啊！"

"你怎么不打声招呼就来了！"卫思莉有些埋怨地拉着吴霞的手。

"我也是突然得了一个来主城区学习的机会，便连夜搬家过来了！"

"我就说嘛，那么大一个才女，在一个小镇上当护士，不是埋没人才了嘛！啧啧，人才埋没了也不可惜，大不了中国少了一个南丁格尔，中国人多，不在乎你一个。最可惜的是这么一个大美女竟然嫁不出去，优秀基因没法遗传下去，这才真是可惜呀！"卫思莉说这话的时候异常认真。

打闹了一阵，卫思莉将工作给俞尾作了一番交代，就拉着吴霞朝楼上走去："我带你去楼上包房，正好到饭点了，你又来到我的地盘，肯定要烫火锅嚅！我们两个好久都没一起烫火锅了哟！"

热气腾腾的火锅给了这个城市里的冬天增添了几分温度，此时的吴霞也跟卫思莉相互取暖。

"唉，你莫看我在这里当战略拓展部部长，总经理好像专门针对我，打压我，那个董事长在家里说话都是笑嘻嘻的，一到单位上班开会，就对我马起个脸……"

"啊，这事儿你怎么没有告诉我啊，这么好的火锅城，哪个会这么对待你呢？"

"哼，再这样对我，真把我惹毛了，我就把工作辞了，把婚离了……"

在吴霞心里，卫思莉虽大大咧咧，但做起事情来毫不含糊，怎么会有这么大的心火呢？也只有闺蜜之间的聊天才能这么敞开心扉。只不过吴霞没去细想，工作不顺心就辞职，这个好理解，怎么还提出离婚来了呢？难道家里夫妻关系也出了问题？唉，家家都有一本难念的经啊！吴霞想开口安慰却不知道从何说起。对于辞职，吴霞不是没有想过，虽平时写作，但写作得来的稿费始终解决不了生活问题。外加上吴霞是一个胆小又自卑的人，若是真的辞职了，一时间还真不知道能干点儿什么。本还想见到闺蜜吐吐自己心里的苦水，这一下子，吴霞只得将已经到了嘴里的苦水合着毛肚鸭肠咽回肚子里了。

30

吴霞在主城区上班，跟卫思莉在一起的时间就多了起来，隔三岔五地，自然是免不了要去"太空火锅城"烫一顿火锅的。

"你这经常喊我吃火锅，还不收我钱，我倒觉得不好意思！"

"你要真觉得不好意思，你给我们的火锅城写一篇文章，给我发在报纸上去！让大家都来吃我们太空火锅城的火锅！"

"我就说嘛，无事献殷勤，原来是在这里等着我呢！"

"这事儿，放眼我们班的同学，只有你能做成，再说你又是作家，还经常在刊物上发表文章！"

"哎哟，得亏才吃你两三顿火锅，要再多吃几顿，怕是要求我给你们太空火锅城写传记了！"

"我觉得这个主意不错！哈哈哈"卫思莉露出了十分狡黠的笑容。

在主城区的一年中，卫思莉跟吴霞彼此鼓励着，两人的日子倒也过得不错。卫思莉也终于搞明白婆子妈素芳和总经理袁闻的良苦用心，一切都是为了磨炼她。

"合理的当作锻炼，不合理的就当作磨炼！"这是卫思莉的肺腑之言。

"不能和你比，你是锅二代嘛，你就使劲嘚瑟吧！我要回白河镇上班了，是福不是祸，是祸躲不过！"

"乌鸦嘴，呸呸呸！祝你回到白河镇如鱼得水，顺顺利利，早点嫁出去！"

离开白河镇也才不过一年的时间，但这里的一切对吴霞来说，都无比的陌生，她甚至害怕走进医院的大门，她觉得这扇门会生出一种令人窒息的感觉。

吴霞躺在床上辗转反侧，似睡非睡。吴霞摸黑走出房间，来到厨房，从冰箱里拿出了一瓶水，咕咚咕咚地喝了下去，随后再返回卧室，坐在床沿边上久久不能释怀，她一遍又一遍地分析着自己的梦境：一条充满泥泞的路，不止一次出现在吴霞的梦里，而梦中的吴霞还光着脚丫，她的心底对这样一条路充满着排斥，她不愿意走这条泥泞路，但是没有办法，她不得不走。

没想到和闺蜜撒娇开玩笑的话竟然一语成谶，回来的这些天，吴霞被折磨得苦不堪言，对于许多人来说，一觉睡到天亮是一件自然而然的事情，可黑夜对吴霞来说，却是一个折磨的开始。

天还未明，吴霞便开始洗漱，洗漱后又悄悄地躺在床上。窗户外边的雨滴像精灵一样，叮叮咚咚地跳了进来。吴霞静静地听着雨声，时大时小，雨声里还夹带着风声，天明后，却又见不到这些跳动的雨滴。吴霞拖着疲惫的身躯，换好衣物便出了门，走到楼下时才发觉原来雨要比想象中大，吴霞也不想再次折返，冒着雨就出了门。

走进雍院长办公室，吴霞已经没有了一年前的那种紧张和忐忑，但雍院长的脸色十分难看。

"雍院长，我学习回来了！"

"嗯，吴霞学成归来了啊，不错不错！你还是暂时在宣传科上班，刚好这段时间宣传科的事情特别多！"雍才院长一边签着文件，一边说着。

吴霞准备从天楼绕近道回宣传科时，却被雍院长叫住了："先等等，我给尤科长打一个电话！"

"吴霞回来上班了，尤科长，你记得安排下！特殊人才，要好好安排下！"

原来的宣传科长已经退休，尤德是新提起来的科长，卫思莉甚至怀疑把吴霞借调到中心城区其实就是为了给尤德的提拔扫清障碍。

门虽然开着，但办公室里没有人，吴霞曾经坐过的电脑桌前已经堆满了杂物。于是吴霞便坐在了待客区的茶几前，从包里拿出了一本《庄子》。

哒哒哒，一阵急促的高跟鞋声音从走廊里传了出来，随着声音越来响亮，尤科长走了进来："雍院长刚才打电话说你回来了，真心欢迎，我们科室又多了一根笔杆子。"

"还请尤科长多多赐教！"

尤科长并没有回复，而是从办公室进进出出搞了好几趟，吴霞则一直坐在会客区的茶几前，直到下班，尤科长也没有给吴霞安排任何事情。

"喂，李主任，麻烦尔来宣传科核对资料""喂，张主任，你们科室展板下来了，请您来核对资料"……接到尤科长指令的主任们纷纷朝着宣传科赶来，她们十分惊讶，问吴霞的第一句话都是："呀，吴霞你回来啦？"……

接到雍院长的电话，吴霞小跑着来到院长办公室门口，挤出来了一个笑脸走了进去。

"吴霞，听说你不服从尤科长的安排啊，说是这也不干，那也不干！"

"我……"吴霞先是一惊，随后便知道是怎么回事了，便将这半个月在科室干了些什么事情说了出来。

"我每天都坐在宣传科的会客区里，尤科长也没有给我安排任何事情……"

"嗯，我知道了，你先回去吧！我们院领导到时候商量下，看看哪个科室适合你！"

吴霞出了办公室，她的心里开始翻江倒海，她最不想发生的事情终究是要发生了。

"喂，听说了吗？那个宣传科的吴霞回来了，在她们宣传科的办公室坐了半个多月了。"

"就是啊，好尴尬，换作是我，在那里一天都待不下去。"

"也是啊，她一个外地人，就不该轻易往上级单位借调。还不是癞蛤蟆想吃天鹅肉。"

"估计接下来有好戏看了……"

31

"我在你们总店，想吃你们家的火锅了！"吴霞在电话中对卫思莉说。

"你还是那样，来的时候也不打声招呼！等我二十分钟，我今天在巡店，正在回来的路上。"

在大厅"站岗"的俞尾向吴霞笑了笑，便把她直接带上了楼。推开窗后一股寒气就朝着吴霞袭来，吴霞虽然手指冰凉，但并没有想关掉窗户，她坐在木质的板凳上，望着这灰暗的天空，情不自禁地抹着了眼泪。俞尾悄悄地帮她掩上了门，退了出去。

"美女，你是要吃微辣的还是麻辣的？"

吴霞一转身就看着端着锅底的卫思莉："连你也来打趣我了！"

"哪里是打趣你的嘛，我是来陪大作家吃火锅的，只不过，今天这顿火锅至少得配一箱啤酒！"

火锅开始滋滋滋地冒着热气，吴霞也觉得没有那么冷了。"我想辞职！"吴霞微笑着说。

卫思莉惊讶地看着她："有啥大不了的事情，非要辞职啊！受委屈了？南丁格尔不晓得受了多少委屈，也没听说她辞过职呀！"

"我回去上班被收拾了……"

卫思莉不停地朝着吴霞的酒杯里倒着酒，认真地听着吴霞的遭遇。

"嗨，多大点儿事非要辞职啊，这年头辞工作容易找工作难呀，何况你还是体制内的，有编制，这是现在很多年轻人找对象的首要条件……要不你还是把自己嫁出去了再辞嘛？"

"我辞职了，就远离了那些人的挤压和迫害！"

卫思莉猛喝了一口酒，她帮着闺蜜生气，不过她还是保留了一点理性："又没老公养你，难不成你现在写点豆腐块文章就能养活你自己？"

吴霞抬起头，眼泪就从眼眶里滚了下来，她愣了几秒钟："也是，不在医院里我还能干啥，一个月能发表一篇小文章就不错了，等稿费到的时候，恐怕自己都饿死了！"

"那就别辞职，其实你那个处境，换一个岗位也是挺不错的！"

两个闺蜜醉了一场。

第三周，卫思莉的手机里收到一条短信，是吴霞发过来的："我想明白了，决定服从医院安排！我现在是一名导诊，欢迎来白河镇玩，我给你当导游！"

吴霞现在的工作比较简单，主要是为病人指引、分诊、陪诊，虽说工作压力不大，但吴霞的内心始终有一个疙瘩。这个疙瘩整夜整夜地折磨着她，她想不通为什么尤科长会这般容不下自己，难不成就是因为自己有一个作协会员的身份？

　　天越发冷了，越冷吴霞就越发想念卫思莉和她的太空火锅城。休息日，吴霞又坐着车去到太空火锅城，这次去吴霞并没有告诉卫思莉，她想吃一顿需要自己付钱的火锅。

　　毛肚、鸭肠、肥牛、鹌鹑、脑花……吴霞一口气点了一大桌火锅，服务员提醒："美女，你一个人点这么多怕是吃不完哦！"

　　"没事儿，阿姨，你先把钱算了，我去结账，等下还有人会来！"吴霞要来两副碗筷，一副放在对面，一副放在自己的面前。

　　她望向窗外，没多久就见到卫思莉出现在了楼下，忙忙碌碌地，她扎着头发，头上戴着一个蝴蝶样的发网，她的头发不多不少，全部被挽进了发网中，她化着淡雅的妆容，一身职业套装让她显得干练和精致。

　　"服务员，给我重新打一壶热茶过来！另外，你能帮我把卫部长请进来吗？"看到卫思莉忙碌了一阵之后已经闲了下来，吴霞唤来服务员交代了几句。

　　"吴霞，你怎么突然过来了！"卫思莉进门，有些吃惊。

　　"你今天这个妆真的太漂亮了！"透过热气腾腾的火锅，吴霞夸道。

　　见面就夸，这不是闺蜜的做派，太反常了！"你辞职了？"卫思莉问，"难不成你想来我们太空火锅城给我打工？"

　　"呸！我现在可不想辞职了，可别妄想我给你做长工！哈哈哈……"

　　"也是，你当导诊本来就比搞宣传要轻松些，虽然听上去不太好听，但实际上自己清闲了，你又喜欢写点儿文章，以后时间不更多些？"卫思莉大口吃着刚烫好的毛肚，一边用手扇着嘴唇。

　　"条条蛇都咬人，你以为我们不受气呀？以前袁闻给我气受，我就有些受不了，现在我对外接触得更多，才晓得我们袁总受的气更多……"说着说着，卫思莉竟也流下了眼泪。这是吴霞第一次见卫思莉流眼泪，在这孤独的人世间，每个人都有着自己的心事和难处，没有任何一个人是万能的。

　　"其实人一忙起来，就会忘了让你生气的事了。"卫思莉有了醉意，但还是"咕嘟咕嘟"喝下了一大杯。

"就是，忙起来挺好的，人最怕的就是闲！"吴霞说这话的时候感同身受。

与卫思莉分别后，吴霞便回了白河镇。

32

阳光从山顶上升起，照耀在白河镇上，河里的水被风一吹，就灵动了起来。

吴霞跟往常一样站在大厅上班，但许多人都朝着大会议室走去，拿出手机一看，才知道是召开紧急会议。以前这会子吴霞该忙上忙下了，但如今的她则悠闲地在大厅里转悠着。

"医院换领导班子了，你知道吗？"路过的同事故弄玄虚地说着。

"哦！原来的领导高升了吗？"吴霞平静地问道。

同事摇了摇头，用手放在嘴唇边上做了一个"嘘"的动作后便走了。

在导诊上了一段时间的吴霞慢慢开始释然，开始去追寻一些自己认为值得的事情，看书、写童话、散步，哪怕是坐在窗户边看月亮，也会觉得十分有意思。很长一段时间，吴霞都不再去中心城区找卫思莉，让她没有想到的是，卫思莉竟然来到了白河镇。

白河镇本身就像一个童话，要穿过许多座山，才能抵达。这条从镇上穿过的河像一只长颈鹿，吴霞带着卫思莉从古街上穿过。"你知道我是什么时候，发现白河镇像一个童话吗？"

"难道是你从黑暗中穿过来的时候？"

"你猜，哈哈哈！"

白河镇十分的宁静，尤其是在冬天，整个河面都被一层白白的雾气笼罩着。卫思莉叹了一口气："唉！其实谁也不知道这雾的后边是什么！"

"我知道啊，这雾的后边是童话！"

……

吴霞再次去主城区的时候，是去领奖，她的《白河镇是一个童话》获了奖。一到主城区，卫思莉便是她不由自主会想起的人，吴霞再次拦下一辆出租车："师傅，去'太空火锅城'！"

"今天一定要喝两杯！我们要好好庆祝一下！"

酒杯和酒杯碰撞在一起的声音，就像是曾经那颗破碎的心灵，在时间的黏合剂中不断地修复。吴霞平静地说："我开始给自己构建一个童话世界，在我的笔下，万事万物都是精灵！"

"你能想通就好了，其实我还特别羡慕你，当一名护士也是需要有一定的毅力的！"

"其实我也羡慕你，年纪轻轻就小有成就，还有幸福的家庭！"

"快别说我了，说实话，我特别羡慕你，至少你比大多数人都活得通透，你有你的追求和想法！"

"这个时代不就是需要有理想和有想法的年轻人吗？刚好，我们都是！"

在卫思莉的火锅店里，许多声音逐渐被淹没了。而吴霞已经彻底地脱胎换骨，她找到了人生的意义。在后来的日子里，吴霞利用休息时间不断地看书、创作，她从键盘上敲出来的字逐渐变成带有墨香的铅字，不到一年的时间，吴霞便发表了《调皮的安安鼠》《跳跳很淘气》《月亮不见了》等一系列作品。

吴霞和卫思莉总会在固定的时间视频，视频中的吴霞也开始化着精致的妆容，显现出她对生活的热爱。就像她说的："纵然这条路再不愿意走，它摆在你的面前了，不管多难，你还是要走下去！"

"你好，我们是冰心文学奖组委会的，您所写的《被风吹落的礼物》获……"

接到这个突如其来的喜讯，吴霞再次拨通了卫思莉的电话："准备一桌火锅，这顿我请……"

太空火锅城的味道依旧浓郁，像这个世间的所有辛酸和快乐一样。

太阳穿透了大厅里的玻璃，照耀着大厅里的每一个角落，一个陌生电话让吴霞深深地吸了一口气。

"喂，吴霞吗？我是乐书记，明天你能来我办公室一趟吗？"

吴霞有几分忐忑，她对这位新来的乐书记并不了解，她到底是怎么样的一个人？

吴霞走出大厅的时候，感受到了阳光里前所未有的温暖。

2023
第叁棒

335

隐形的翅膀

谭雪梅

33

"老师，看房子吗？"

"老师，看房子没有？"

"老师，万州首个四代住房，抽时间来看一下。"

高铁站出口，路人行色匆匆，根本无暇驻足。李叶站在出站口旁边，不停地问，今天出站的有一千人了吧，应该问了一千句了，没有一句回应，也没有人伸手接过宣传单。

第一千零一个客人正在出站，李叶毫不犹豫冲上前将宣传单递到跟前："老师，看房子吗？"

这是一位俊俏的青年，他叫柳鹏飞，是重庆足球队的运动员，刚从广东转会来重庆，当然，此时李叶还并不认识他，他只是大海里有可能被捞上来的那根针而已，任何一根针都值得李叶奉上笑脸。

柳鹏飞礼貌地避开，李叶见状转身跟上步伐，完全就是一个漂亮的停球转身盘带过人动作："老师，这是我的名片，后面想了解的话可以给我打电话。"

"不用，谢谢。"柳鹏飞嘴上说着不用，却又接过了名片。

"万一哪天需要呢？"李叶见状心生欢喜。

"我不是重庆人。"

柳鹏飞经过垃圾桶时准备扔掉名片，伸出了手又收了回来，将名片揣进裤兜里。他的这个动作全落在了李叶的眼里。

"李总，想啥子这么出神？"守另一个出站通道的赵刚凑过来问。

李叶漫不经心地看了赵刚一眼："不要叫我李总，我们就是一线销售，张口闭口就是总啊总的，你不尴尬我尴尬。怎么样，你搞到客户没？"

"话都没有搞到一句！你呢？"

"客户没有，帅哥倒是看到一个。"

"加微信没？"

"加到微信我会这样没精打采的吗？"

"还有李总不能拿下的男人？"

李叶狠狠瞪了赵刚一眼："别让我再看到他，走，下班。"

"有帅的，你没拍个照片？。"

"帅哥又不能当饭吃，你以为看着张脸就赏心悦目，全家不饿？你知道那些又矮又丑的男人是怎么娶到娇妻的吗？"

赵刚停下脚步，李叶的话足够他站在那里想半天了。

柳鹏飞坐在出租车里沉默不语，眼睛盯着窗外。

"你是第一次来万州吗？"无话找话是每个出租车司机的基本技能，比踩油门更娴熟。

"听说万州烤鱼很火，来试试，还有就是来看看万州大瀑布。"

"那你来对时间了，今年平湖蓄水 175 米，有滨海城市的感觉，你可以去万洲里感受一下江边风情。"

"抖音有刷到，看着确实挺美。"

"听你口音像广东一带的人？你是来旅游的？"

"来重庆工作。"

"长期留在重庆了吗？重庆挺适合安家的，房价便宜，妹儿又乖，很多外地人都愿意来重庆当上门女婿。"

柳鹏飞只是笑了笑，并不搭话，车窗外灯火阑珊，半山上重重叠叠的独栋有序而列，司机终于踩了一次刹车，车停住了。天生城到了，柳鹏飞订的酒店就在上面。

司机的话匣子还没关上："酒店到了，有点洪崖洞的感觉吧？祝你旅游愉快。"

"谢谢。"

每到晚餐时间，天生城路段就会堵车，李叶把车停好车，拿着一把车挂和少量名片下车，边走边挂，不分贵贱，一辆车不落。

柳鹏飞站在露台欣赏夜景，素闻万州有"小香港"之称，今日一见，也不过如此。柳鹏飞失落地回了房间，房间里有小册子，介绍附近知名餐饮。柳鹏飞照着电话向最近的一家店点了一条烤鱼，点完餐再走过去可能刚刚合适。提供烤鱼的竟然是太空火锅城，太空火锅城在全国都有店，但卖烤鱼的可能也就只有万州的这家店了，入乡随俗嘛。

李叶从石梯上下来，继续给路边的车辆挂车挂。柳鹏飞出门就看见李叶，她怎么在这里？她在做什么？柳鹏飞看了看手表，20点57分。

李叶回头看见柳鹏飞："嘿，这么巧。"

李叶抬头看见酒店又问："住这里吗？环境挺不错的。吃烤鱼了吗？给你推荐蒜蓉味。"

"这么晚了还不下班？"

"有点堵车，与其堵在路上，还不如过来碰碰运气。"

"做销售的人都这么乐观吗？"

"不乐观怎么混？"

李叶的话让柳鹏飞无言以对。

"我应该怎么称呼你呢？"李叶又问。

"柳鹏飞。杨柳的柳，大鹏展翅的鹏，飞翔的飞。"

李叶礼貌地伸出手："你好，我叫李叶，李子树的叶子，很高兴认识你。"

握了握手，柳鹏飞又软又暖，李叶拿出手机："可以加个微信吗？"

话音刚落，柳鹏飞电话响了："不好意思，接个电话。"

李叶失落而去。柳鹏飞接完电话不见李叶也有点自责。

柳鹏飞想起李叶的话"吃烤鱼了吗？给你推荐蒜蓉味。"柳鹏飞急忙问前台："我点的烤鱼做了吗？没做的话给我换成蒜蓉味。"

"抱歉先生，您的订单已经做好，请这边就座用餐。"

柳鹏飞依窗而坐，看着桌上热气腾腾的烤鱼却提不起劲来。恰好服务员从身边路过，柳鹏飞叫住服务员大姐："可以打包吗？"

"可以打包。"

"好的，麻烦打包，谢谢。"

柳鹏飞提着烤鱼回酒店，放下烤鱼拿起西裤摸名片，摸了个空，又摸另一个裤兜还是没有，他慌了，明明揣兜里的，怎么没了？

柳鹏飞顺着地面往卫生间找，在浴室门前找到了李叶的名片，立刻打开微信扫一扫，加了她的微信。

柳鹏飞打了两局游戏，心不在焉，两局皆输。放下手机，又开始做运动，不料还是心神不定，不停地看微信，等待李叶通过自己的好友申请。

34

李叶拖着疲惫的身体进门，往身上喷了喷消毒液，洗手，推开书房，一边翻看作业一边问："儿子，今天在学校有啥子有趣的事儿没有？"

"没有。"

"搞笑的事儿呢？"

"没有。"

"不搞笑的事儿呢？想一下再说。"

"老师说要买本课外书。"

"哪种类型？"

"都可以。"

李叶随手从书架上拿了本《重庆文学》给儿子："这期的，有妈妈的作品。"

李桦勉为其难地接下书："老师给我们推荐了一本《小乾坤》，写重庆火锅的。"

"那妈妈在网上给你买一本。想吃点啥？"

"炒面。"

"你去洗澡，我给你炒面。"

"OK。"

李叶工作的动力有两个：一是保持美丽，不把年龄写在脸上；二是培养儿子成才。秉承这两个原则，所以李叶在护肤、保养方面是舍得下血本的，正所谓"女为悦己者容"。

梳妆台上各式各样的瓶瓶罐罐在灯光的照耀下特别好看，把这么好看的东西涂抹在脸上怎么不吸引人呢？

李叶离婚十年，熟悉的人都知道，不是没人追，而是看不上。面对那么多异性追求的时候，李叶总是能当机立断。"你喜欢的只是我这张脸，我苗条的身材，我身上散发的气质，你知道我为此付出了多少心血吗？当然这与你无关，可是你又能给我什么呢？天马行空的爱？随口说说的喜欢？"至今为止，所有跟李叶表白的人面对李叶的诘问都知难而退。朋友们都说李叶活得太理性，不给爱情留条缝隙，阳光如何照射进来？李叶可不这么认为，钱我自己会挣，他说他喜欢我，我才不上他的当。

李叶撕下面膜，涂上精华、眼霜、晚霜，熄灯，上床前看了一下手机，看见柳鹏飞的好友申请，接受后在微信名后面备注"高铁站拓客，没留电话。"

柳鹏飞听到微信铃声，点开一看，喜笑颜开，等了一分钟也没动静。柳鹏飞点开李叶的朋友圈逐一往前翻，可惜主人设置了一个月可见。

李叶的朋友圈除了房产广告，有少量生活日常，生活日常为花草、风景、美食、阅读分享。自从做销售后李叶很少在朋友圈发儿子的照片，即使有，也是背影。不是刻意隐瞒，而是出于对孩子的保护。自从经历了那几次业主维权事件后，李叶更坚信没在朋友圈暴露儿子的信息是有先见之明的。

数月前，李叶当时所在的房地产公司因资金链断裂导致数千套房延期交付，且交付日期不详，众多业主三番五次到售楼部和工地维权，来势汹汹，售楼部被围得水泄不通。李叶也莫名其妙地成了大众网暴的对象，"李叶说的，保证交房"、"李叶说的，做我的客户我宠你"、"李叶说的，保证不会烂尾"、"李叶说的，现在停工了，交不到房就找李叶"……

忽然之间，李叶从抖音一姐成了过街老鼠，人人喊打。抖音评论里各种冷嘲热讽，各种威胁恐吓谩骂，吓得李叶胆战心惊，魂不守舍，夜不能寐，却又不知如何是好？评论不能回复、不能回怼，说什么都是错，只能一言不发，忍着。更让李叶心寒的是头天才遭受网暴，上了本地热搜，第二天下班前就收到公司辞退的通知，尽管辞退的不是她一个人，而是辞退的整个销售团队，这还是让李叶心寒。因为李叶已经做好了共进退、荣辱与共，而公司却选择放手。李叶因此很迷茫、困惑。离职后半年也没再工作。农村人想进城，进城后才知道城里人的艰辛，除了吃喝，水电气、物业、停车样样都要钱，高额的开支压得李叶喘不过气，还是得先解决温饱，什么理想，怎么创业好像不是我该思考的事。慎急之下就入职了现在的公司，又开始了每天与客户斗智斗勇、睁眼就是业绩、做梦都是谈客户的日子。

35

亚洲第一瀑，万州大瀑布。虽然李叶每次在抖音发万州大瀑布的视频都遭到很多人的质问，"亚洲第一瀑在万州，那黄果树瀑布是什么？"尽管如此，每次李叶在抖音发万州大瀑布的视频仍然人气爆棚，大多数评论都是赞美家乡、思念家乡。李叶深知，我虽是房产销售，业绩是唯一体现我存在的价值，但不能只为了销售而推销自己，我要做个与众不同、有情怀、有情操的销售，这样才能脱颖而出，才能被大众信任。

柳鹏飞到重庆后刷到第一条抖音就是万州大瀑布，作者正是李叶。柳鹏飞到万州第一个搭话的人也叫李叶，通过微信头像确认，她们是同一个人，柳鹏飞觉得这太不可思议，像是冥冥之中的缘分。

柳鹏飞搜索李叶的抖音，点开主页，一条不漏地看了一遍，然后点了关注，欣然睡觉。

缘分二字妙不可言。正如柳鹏飞做梦都没想到会在万州大瀑布第三次遇见李叶。

柳鹏飞七点半起床，用过早餐后坐出租车去万州大瀑布。正值暑假，游客蜂拥，光排队买票就站了半小时。

柳鹏飞手持门票，眼随人群满怀期待步入入口，穿过茂密的竹林，听到"哗哗"地瀑布声，不远处有一座桥，桥上有很多人在拍照留念。柳鹏飞站在桥上观望了一下地势，怅然若失地朝大瀑布走去。

瀑布声清脆悦耳，直击心肺，走出树林，大瀑布映入眼帘，一股寒气汹涌而至，柳鹏飞不禁打了寒战，心想：草率了，没带外套。

李叶心平气和、不急不躁地和客户谈价格，以李叶的经验，八九不离十马上就能签订，然而人算不如天算，千钧一发之际，客户接了个电话，急匆匆地走出了售房部，李叶见状不妙，立刻跟了出去："大哥，怎么了，出什么事了吗？"

"小妹，有点急事，我马上要过去处理。"

"去哪里，我送你。"李叶想都没想，脱口而出。

"你可以送我？不影响你工作吗？我的司机办事去了，没这么快回来。"客户有疑惑也有期待，更多的是焦虑。

"等我，我去开车。"李叶小跑去车库，上车后立刻给领导发微信："姐，客户有急事处理，合同还没签，我送他一路去看看是不是骗我的。"

"大哥，上车。大哥，这么急，去哪里？"

"甘宁镇府。"

李叶一听是甘宁镇府，后悔莫及，开车过去至少要一个多小时，来回三小时，中间还不知道要耽搁多久，事已至此，也只好硬着头皮送他过去。

一路上客户的电话就没停过，从通话可以断定这个客户是有身份的，且不是一般身份，因此李叶窃喜，有实力。

李叶为了突出自己的办事效率，增加客户好感，车开得稍微有点快，大哥紧紧抓住把手，李叶忽然一个紧急刹车，大哥直接从座位蹦了起来。

"大哥，到了。"

"谢谢你，你先回去，我处理好这边的事再跟你联系。"

李叶打量了一下现场的状况，一群人在地坝里争执不休，有人拿锄头有人扛铁锹，更多的是手持钢筋，看来这里的事情没那么简单，业绩固然重要，但不能为了业绩而陷到这个坑里去，"好的大哥，等你电话。"

李叶黯然地驱车回城。

柳鹏飞狼狈不堪地在路边拦车，李叶见状一脚急刹，两人惊讶地对峙，异口同声："怎么是你！"

柳鹏飞的衣裤在滴水，裤子上还沾有泥巴，李叶打趣道："你来甘宁镇府干嘛？下河摸鱼的吗？"

"可以带我回城吗？这里不好打车。"

"200。"

"200？趁火打劫！"柳鹏飞见李叶没有让步的意思："200就200，微信转给你。"

李叶盯着柳鹏飞，示意先转钱。柳鹏飞心不甘情不愿地转了200元给李叶："就你这气度，没看出像销冠。好歹我是客你是主，这就是你的待客之道？"

李叶一副无所谓的架势，让柳鹏飞气急败坏，哑巴吃黄连，只好安静地坐着。

过了好一阵子，柳鹏飞欲言又止，李叶察觉："想问什么直接问。"

"没有。"

柳鹏飞嘴上说没有，实则内心有很多话想说：你为什么做销售？销售那么辛苦，抖音时常有负面评论，你不删也不回，你为什么坚持做房地产销售？是因为卖房子可以挣很多钱吗？还是有什么事情吸引你一直去做？你一个人带着孩子还要工作？你上班这么忙，孩子怎么办？柳鹏飞想问的问题太多了，又怕自己唐突勾起李叶的伤心。

"你心思有点沉重，想什么呢？莫非来一趟大瀑布艳遇了？看你魂不守舍的。"

柳鹏飞看了看李叶，迅速转移目光："没有，我晚上回重庆了，你，你来主城区了给我说一声，请你去'太空火锅城'总店吃火锅。"

"言下之意，我是不是也要请你吃个饭，尽地主之谊？"

"我没这个意思，你还是先照顾好自己和孩子吧。谢谢，再见。"

李叶看着柳鹏飞的背影有些莫名其妙，这小子怎么怪怪的？莫非真有艳遇了？

36

一个月后，李叶去重庆中心城区学习，这是她首次去重庆总公司，有点兴奋的李叶在朋友圈发了九张有代表性的照片。李叶在中心城区没有朋友，所以她没有任何期待。

柳鹏飞最近的日子不好过，球队连续两场比赛都输球，排名又往后落，所有人员都绷紧了弦，每天除了训练就是开会讨论接下来的战术，务必要保证球队出线，否则今年球队所有的付出与努力都成泡沫。

柳鹏飞拖着精疲力尽的身体回到宿舍，躺在床上一动不动，半晌才回魂，打开微信，点开李叶的朋友圈，自从上次一别，每天翻看李叶的朋友圈，看看她的动态是必修课。

柳鹏飞猛然起身，放大照片细看，她来主城了？柳鹏飞想发微信问李叶，纠结来纠结去不知道要不要问，要怎么问，索性放下手机，拿着毛巾洗澡去。

李叶从酒店出来，上了重庆著名的"黄色法拉利"，司机问："老师，去什么地方？"

"太空火锅城。"

"哪家太空火锅城？总店在南山上，现在过去有点堵哟。"

"就随便找一家吧。"话毕，李叶靠在座椅上闭目养神。

这是滨江路上的一家店，李叶倚窗而坐，透过窗户可以看到江对岸的双子塔酒店，在夕阳的余晖下金光灿灿。点了五个菜一瓶啤酒，菜上齐后拍了张照片发朋友圈，"享受美食吧，李叶小姐。"

别人吃火锅都是成双结队，李叶孤单一人略显凄凉。看着邻桌的人吃得热火朝天，李叶有点后悔来吃火锅了，就应该随便点份外卖应付一下，何必来"太空火锅城"找虐。

柳鹏飞一边擦头发一边点开朋友圈，看见李叶发的双子塔的照片，还有火锅，再放大了看，LOGO是"太空火锅城"，他拿起外套就跑了出去。

柳鹏飞急匆匆跑进店里，慌慌张张地寻找，恰巧李叶从卫生间出来，看到柳鹏飞有些诧异："你怎么在这里？"

柳鹏飞听到李叶的声音，回头，瞬间体会到了什么是一眼万年的感受："一个人来吃火锅也不喊我，虽然我没你挣得多，但吃火锅还是请得起。"

"你不会是专门来找我的吧？"李叶问。

柳鹏飞的脸瞬间通红，热得发烫。

"你来找我干嘛？"李叶故意打破砂锅问到底，想让柳鹏飞知难而退。

"上次说了请你吃火锅，当然是过来买单。"

"直接转账给我就行，何必跑一趟。"李叶一副得势不饶人的样子。看你继续装，姐走过的路和吃过的盐都比你多，就你这点道行，分分钟破功。然而令李叶没想到的是，柳鹏飞比她之前遇到的所有追求者都实诚。

柳鹏飞铆足劲把李叶拉到安静的角落，一鼓作气把积在心里的话都说了："我知道你是单亲妈妈，有个儿子，也知道你比我年龄大很多，其实我有很多问题想问你，为什么没问，是我害怕，我害怕我给不了你想要的安全感，我害怕以我目前的能力给不了你安定的生活，我害怕你儿子不喜欢我，我更害怕你父母不接纳我，我最最害怕的是你不喜欢比你小的。"

李叶看着柳鹏飞哭笑不得，心想这不会是傻子吧，偶遇了三次，加起来不超过两个小时，他喜欢我？李叶难以相信眼前的柳鹏飞会是她在高铁站遇到的同一个柳鹏飞。

"谢谢，我们不合适。"李叶无动于衷地走了，柳鹏飞杵在原地好几秒才反应过来。"我是认真的，我没开玩笑。我知道你很坚强、很勇敢、很优秀，就像这一栋栋拔地而起的高楼一样，有一双隐形的翅膀，不管遇到什么困难都不退缩。我不知道我……我不知道我喜欢你什么？是你的样子，还是你展示出来对生活的态度，总之就是，我喜欢你。"

"所以呢？"李叶淡然地一句话让柳鹏飞不知如何是好。"喜欢我的人可多了，每天留言约我吃饭、约我见面的人两只手都数不过来，我可没闲工夫陪他们消遣。"

"你不相信我。"

"相信你什么？和他们不一样吗？"

"我到重庆刷到的第一条抖音是你，我到万州认识的第一个人是你，难道我们的相遇不是缘分？你为什么不给自己一个机会。"

"是谁规定相遇的人就要相爱的？你还小，不懂，我有翅膀，我自己会飞翔。"

2023
第叁棒

345

跟踪者

傅小渝

37

褪衣换装，俞尾深呼吸一口，面朝长江先舒展了一下四肢，拉伸，原地跳，旋转踝关节，大腿表面的肌肤感觉一阵凉风掠过。热身毕，她沿着步道匀速往前，脚掌的每一次着地，都能激发她肾上腺素的愉快分泌。

不经意中，她发现有人跟踪。

跟踪不是跟跑。跟跑是陌生跑者之间形成的步频默契，但身后那个男人骑一辆带变速的公路自行车，时快时慢，始终保持二十来米的一段距离，完全没有要超过她的打算。

早上七点多钟，太阳刚刚从城市天际线后升起，鸟儿啾啾，树影摇曳，林子间有流浪猫窜过……前后左右，除了那个穿了件带头套卫衣的骑车男，看不到其他人影。

前天，昨天，今天，连续三天了，骑车孤男总是掐着点儿出现，你快他也快，你慢他也慢。

这儿说是公园，其实就是长滨路上一个面积较大的绿化空间。渝中区楼多地挤，难得有这么一个敞气儿的绿带，一条健身步道沿长江蜿蜒，步道的终点，就是朝天门。现在全国人民都知道来福士，那八栋朝天杨帆造型的超高塔楼已成重庆新地标，但记得老地名朝天门的，反而越变越少了。

太空火锅城

346

所幸，晓得"太空火锅城"的人比以前只多不少。

老一辈食客不离不弃，江湖上说，去"太空"，哪怕只烫三片毛肚，两根鸭肠，也能烫出30年前的麻辣情怀；而新一代食客来朝天门这家去而复归的"太空"店，在很大程度上，是冲着俞尾来的。

来福士开建之前，火锅城总店已经搬到了南山，"重檐叠瓦看江景，枇杷树下吃火锅"已成总店不胫而走的广告语。俞尾从阿根廷回渝后，在太空火锅城当了一段时间的服务员，就有了杀回朝天门的想法。

素芳也支持她的想法，"太空火锅城"老店，就这么归去来兮，进驻了来福士新址。

海归，高颜值，大龄剩女，原"太空火锅城"老板俞生的千金，在抖音和微信视频号上有百万粉丝，这些符号加在一起，玩转一个火锅品牌，用俞尾的话来说：小菜一碟。

从家里出发，坐轨道交通到较场口、下凯旋路电梯，再步行到滨江公园，把脱下的外套塞进双肩包，一转眼就完成换装：紧身体恤，运动短裤，白色耐克跑鞋……这个火锅企业的女掌门，立马变身在短视频上惹得粉丝大叫"呀，女神"的路跑达人。

一个小时的路跑，从滨江公园到朝天门太空火锅城老店，这条沿江步道，中途的弯弯拐拐，道旁的一棵树、一张椅、一只垃圾箱、一个文创小景，每天给她点赞的粉丝，可能比她还熟。

她在抖音和微信视频号上的网名，叫"渝彩莲"。

渝，重庆；彩莲，彩色的荷莲。有粉丝打趣：你妈老汉是农转非嗦？她的回答比有趣还要有趣："全重庆城里人往上数三代，哪个不是乡坝头来的农豁皮？姐儿我就是长在重庆乡坝头、坡坎脚、水凼里的一朵莲花，拽不拽！"一口地地道道标标准准的重庆话，仔细听，好像还带着点巴南区东温泉的口音。

俞尾的双肩包里，今天多放了一支"防狼喷雾"，昨晚跟老爸说起有人跟踪的事儿，俞生眼前一亮："帅不帅？"这当爹的，对女儿单身的焦虑，竟然超过了对她安全的担忧。俞尾凶他一眼："哪个晓得？我又没回头盯着看。再说这几天有雾，我跑步没戴隐形眼镜，盯也白盯。她嚓嘴叹一口气，这家伙又没做个啥，还不能报警——真到该报警的时候，可能已晚了。"

薛米丽接话："这简单"，她找出一支"防狼喷雾"递给俞尾，说这个管用，"喷出来的水比火锅汤底还猛，带上，以防万一。"她摇摇头说，"视频上每天那么多粉丝看你健跑，指不定真的搞疯一个追求者。"

今天，俞尾特意戴上了隐形眼镜，五四三二一，她在心里默数着，突然来了个急停转身，顺手从双肩包中摸出"防狼喷雾"，直勾勾盯着迎面冲来的那辆自行车——不，是自行车上那个头套滑脱、满脸尴尬的帅哥，真的是帅哥啊！

"防狼喷雾"在手，加上对方是个帅哥，眼见得这小子差点摔个狗啃泥，她角色反转大吼一声："来者何人？跟踪我三天了，劫财还是劫色？晓得我是谁不！"

帅哥扶稳那辆看上去档次不低的公路自行车，嘴皮发抖说，"俞，俞彩莲，太空火锅城老店少掌柜，健跑达人……你是网红了，哪个不晓得嘛。劫色？咋敢哟！天啦——我就是想搭个讪，看有没有机会，今天运气好。"他指着俞彩莲手上的"防狼喷雾"，忍俊不禁。

俞彩莲觉得还是矜持一点好，女神嘛。她面若桃花，飞快从运动短裤侧兜摸出手机，给帅哥拍了个照，说："搭讪成功，你可以走了。"

38

"太空火锅城"老店财务独立，在经营风格上，就带上了俞尾的印记——店堂装修敞亮时尚，菜品中增加了海鲜，锅底麻辣度做了减法，服务上则借鉴了海底捞模式。

上午九点，阳光斜着照进大堂，是一天中最安静的时分。总经理办公室在大堂尽头，带洗手间。俞尾梳洗后换上套装，走出来就喊，"卫思庄在不？过来一下！"

卫思庄是卫鸣的幺儿，卫思莉的亲弟弟。在"太空火锅城"的"锅二代"中，他和俞尾年龄相仿，比较投缘，自愿跟着俞尾到她麾下做大堂经理。俞尾点开手机，给他看早上抓拍的那个跟踪者："怎么样？"卫思庄说，"哇塞，是俞姐的新男友吗？"俞尾也不辩白，脸一热就要收起手机。

没想到卫思庄扭头就飙了一嗓："野叔！野叔来看——"

野叔就是野狼，俞尾把他从一帮玩儿哈雷的老年摩托发烧友中召回，封了一个品控师兼新菜品研发部主任的头衔。老爷子自称社会上阅人无数，对看面相颇有心得。卫思庄喊他过来，纯属好玩——要给俞尾手机上那个帅哥看看面相。

野狼的品控室墙上挂着当年太空火锅城创业时"六个开山鼻祖"的合影，三男三女皆衣着寒酸，瓜兮兮的样子，但气焰嚣张，一副"天下者我们之天下"的嘚瑟劲儿。

野狼正在更衣，戴高烟囱帽子，就听卫思庄在喊他，赶忙跑过来："惊抓抓的，吼啥子？"

卫思庄做个鬼脸。俞尾干脆大大方方点开手机上的照片，凑近野狼："看个相。"

野狼虚起眼睛，瞄了瞄手机上那人："这不是小南瓜吗？"

俞尾莫名其妙："啥子南瓜西瓜的？"

野狼挠挠头说，"早些年你跟你妈老汉儿在阿根廷，没见过这娃儿。小南瓜，就是南瓜的儿。"

俞尾：这都啥乱七八糟的呀？

野狼："具体说吧，小南瓜就是你古姨，古小琴和她前男友南瓜两人的爱情结晶，既是亲儿子，也是'非婚产品'。南瓜人间蒸发后，古小琴在妇幼保健院生下这娃儿，又当爹又当妈，直到有一天，南瓜他父母来认亲，才把小南瓜接走。这娃儿打小就在后厨跑来跑去，顽皮得很。"野狼再端详一下手机上那个五官清秀的帅哥，"不过，也有可能认错哈。"

这出跟踪把戏，居然越来越好玩了！俞尾又把照片转发给俞生，半句不提野狼那番话，留言说，"这就是连着三天在滨江公园骑车尾随我那个家伙。"

十分钟后，手机响起，却是薛米丽打来的。她除了复述野狼讲过的古小琴与南瓜的爱情物语外，还扯出更多细节。

薛米丽主述，俞生时不时补充几句。在两人不断的声音切换中，俞尾大体上捋清楚了小南瓜大南瓜的"故事前传"。

南瓜，其实叫南光。南瓜是古小琴叫出来的。当年两人之间，有过一场无疾而终的浪漫史。南光说一口潮汕腔普通话，一头长发，满脸阳光。他到朝天门码头写生，中午背个画板走进太空火锅城，一抬头就跟美人坯子古小琴对上了眼。买单时，小伙子扯一张纸递给古小琴，是他给她画的一幅速写。

南光在南岸黄桷垭有个工作室，古小琴开始三天两头上黄桷垭。当时还没有朝天门大桥，要先坐轮渡到弹子石，再搭中巴上黄桷垭。南光从不讲他的家事，他就像一个书剑飘零的古代书生，时空错乱地误入太空火锅城，搅乱了美人芳心。

一天半夜，南光背着行囊，汗流浃背地敲开古小琴在火锅城员工宿舍的门，说他明天就要离开重庆了，在朝天门码头坐船。他上午就从黄桷垭步行下山，到弹子石搭轮渡，再到解放碑……把两人一起走过的路、逛过的街、进过的店，都"踩"了一遍，这叫"收脚印"。

那晚上，古小琴抱着南光，两人一夜未眠，听长江上夜航客轮一声声拉响汽笛，心知这就是长别了。

后面情节，跟野狼讲的一一对上了号。

挂断手机前，薛米丽像是自语，又像是在问俞生："你说，那娃儿骑个自行车，一晃就到了俞尾跟前，他要真是古小琴和南光的孩子……他什么意思呀？"

这句问，把俞尾的好奇心也吊起来了。

凌晨，重庆下起了秋雨。一早，俞尾直接开上她那辆领航者 SUV 去了火锅城。

刚到办公室，她放在大班桌上的三部手机之一便响了起来：

"我叫南远远，就是在滨江公园跟你搭讪的那个陌生人。"

俞尾有些紧张，又莫名有点兴奋："有事吗？"

"我看见你那辆领航者了，我就在火锅城门外……"

39

南远远扛了一只半人高的编织袋，套头卫衣没套头，一脸灿烂地走进火锅城。淅沥的秋雨突然停了，阳光穿射过来，在他身上勾出一道金边。

俞尾想，三十年前，那个叫南光的年轻人走进火锅城，冲古小琴扬脸一笑时，会不会也带来这样一道金边？

南远远吐吐舌头，"你的手机号和车牌，是昨晚野叔告诉我的。野叔的联系方式，是我妈以前手机上存的。"他卸下肩上的编织袋说，"这个'太空火锅城'，跟我小时候记忆中的那个，完全不一样了。"

这家伙真是自来熟，俞尾觉得自己还是绷着一点好。她扯嗓便喊，"野主任、卫思庄，过来一下。"

半小时后，接到野狼电话的俞生和薛米丽，齐齐冲进俞尾办公室。野狼在电话里说，"古小琴那个娃儿来了，有点像，又有点不像，我也吃不准。扛来一个大编织袋，说要跟俞尾谈合作，衣衫不整，口气不小。"

俞尾叫卫思庄端来茶水，五个人——俞尾，野狼，卫思庄，俞生和薛米丽，把那个自称南远远的帅哥围在一把椅子上，五双眼睛，像探照灯一样在他脸上扫来扫去，气氛突然变得尴尬。南远远伸长胳膊去够那只编织袋，俞生双手往下一按，说，"别别，先不忙谈合作……"

南远远有点发毛，说，"哦，懂了。你们信不过我妈姓古名小琴是不是？"

几人面面相觑。卫思庄说，"这年头，江湖上把戏多，防不胜防啊。"

俞尾想笑，说，"主要是我爸妈怕我遇人不淑，或者说，怕本姑娘错失良缘。"

南远远没听出俞尾话里的话，说"要不这样，我妈在店里也跟野叔学过炒料，不如让我露一手，去后厨炒一锅底料，野叔亲自鉴定，看我到底是不是当年那个在你们眼皮下跑来跑去的细娃儿？"

野狼搓搓手，说"这个要得，我研究出来那个底料配方，全重庆独一份，古小琴偷艺，看都看熟了。你娃娃要会这一手，绝对假不了。"他瞄俞尾一眼。俞尾懂他的意思：她在这边"老店"实验"新派重庆火锅"，早把他视作独家秘籍的炒料配方，改造得面目全非，老爷子心有不甘。

俞尾突然兴致高涨，在阿根廷长大的她，还真没见过野狼的正宗野兽派配方炒料，拍手说，"不须去后厨。野主任的品控室啥都有，像个中药铺，咱们现在就炒。"

这一下，连俞生和薛米丽的兴趣都来了，"要得，离开重庆这么久，我们也来鉴赏鉴赏古小琴替野狼传下来的这个独一份非物质文化遗产。"

一群人呼啦啦就涌进野狼的"品控室"。

果不其然，品控室里啥都不缺，糍粑海椒、郫县豆瓣、花椒、老姜、牛油、醪糟、豆豉、蒜瓣、熟菜油……还有些叫不出名来的香料。

一口大铁锅洗净放在燃气灶上，南远远挽起衣袖略作准备，锅碗瓢盆一一到位。野狼说，"看架势，还像那么回事。"

先用熟菜油将糍粑海椒煎香，倒入一只盆；再将一大块牛油倒入铁锅，慢慢化开，看得见一丝青烟了，这才依序倒入郫县豆瓣、姜米、豆豉、花椒、醪糟、蒜瓣……南远远手上操作时，眼中有光，表情虔诚。

自始至终，野狼一言不发，只冷眼旁观南远远炒料的流程。当南远远将那盆先起锅的糍粑海椒重新倒入锅中，满室飘起令人垂涎欲滴的火锅浓香时，野狼两手在胸前交叉一抱，嗓子眼里"哼哼"两声，然后跟南远远来了个四目相对。

南远远笑了："野叔，下面这道工序，才是野叔的野兽派太空火锅底料炒制的独家秘籍……"话音未落，他朝锅中撒下一大捧花椒，再抓起灶台边一瓶白酒，变魔术似的，顺时针方向抖了抖手腕，沸腾的红汤底料锅面上，便窜起两尺高的蓝色火苗。

野狼虚起眼睛，死盯着那道几秒钟就消失了的蓝色火苗，居然眼角有些湿润。

空气中飘荡的底料浓香中，一层一层，可以明显分辨出不同层次的复合香，最后，又添出一股难以形容的椒香。

俞生第一个鼓掌，接着几人都鼓起掌来。南远远问，"野叔，过关没有？"

野狼揉揉眼说，"必须过，是那个小时候老子背过的细娃儿。"

薛米丽说，"我还抱过呢！"

俞尾说，"中午我们就烫这锅。"

南远远笑嘻嘻说，"现在，好像该你们问，这打地底下钻出来的细娃儿，是干啥来了？"

40

一众人重新来到俞尾的总经理办公室，搬了六把椅子围成一圈，竟有点其乐融融的团聚氛围。

都好奇，30年前，南光与古小琴朝天门一别，杳然音信——去了哪儿？时光荏苒，他还记得重庆的太空火锅城吗？还记得他曾为了与一个痴情女子的长别离，在山城的大街小巷、坡坡坎坎上，"收脚印"的往事吗？还有更重要的，"远远啊，自从你婆婆爷爷把你接走后，这么多年过去，你像飞碟一样冒出来……不会无缘无故噻？"野狼已经改口叫小南瓜"远远"了。

南远远："我一样一样讲嘛。先说我爸，不，先说我爷爷，晓得不？我爷爷抗战时来过重庆。"

那是一段烽火硝烟的陈年记忆……

爷爷晚年，常对家人说起重庆南山的梅，长江的雾，朝天门的船，还有黄桷垭街上那些老房子门栅外摇曳的野花。"20世纪90年代初，我爸回国考上中央美院壁画系，大四最后一个暑假，他专程来重庆，在黄桷垭小住写生，就是冲着爷爷的那些回忆来的。"

"就这样，在他的生命中，邂逅了你妈……"俞尾有些恍惚。

南远远说，当时他爷爷风烛残年，家族公司必须有人接班。

"所以才有了后边的故事。"卫思庄听得痴痴地。

"这一次，我从在滨江公园跟踪俞姐，到今天在野叔面前班门弄斧，都是有预谋的。其实，我来重庆已经潜伏几个月了。"

"潜伏？"几人大惊。

"对，这也是为了完成我老爸的一个夙愿吧。老爸说，他想在马来西亚，开一家太空火锅城吉隆坡分店。"小伙子弯下腰，从墙角拖过那只编织袋，拉开，里边是满满一袋掉漆变色的老门牌。

几个人伸长脖颈，满头雾水。

"老爸的意思是，这家吉隆坡分店，要恢复太空火锅城30年前的老样子。我大学读的是建筑设计。这次回国前，我把老爸以前在朝天门画的写生都找出来了，找到好几张火锅城内外多个角度的速写，摹本不缺了。这一个多月，我天天在中兴路旧货市场淘货，淘出来一大堆老门牌，全是朝天门原来的老街巷老房子拆迁留下的。老爸说，吉隆坡分店建成后，要在大堂墙上，把这些门牌一块一块连起来，组合成一张地图。还要在大堂给古小琴——就是我妈妈，供一个灵位、燃一炷长香，这样，万一妈妈投梦回来，才认得到路。"

俞生说，"起先看到你这个编织袋，我把你当成上门推销山货食材的供货商了。"

薛米丽捶他一拳，说，"老俞，你猜得也太离谱了。"

南远远继续说："刚才在品控室，看到野叔墙上镜框里那张放大的老照片，中间有妈妈。我想把它拷贝了，扩到真人大小，做成磨砂效果，也放进在吉隆坡分店的大堂里。"

野狼喜不自禁："能不能再加一个说明：'左起第三人，为太空火锅城首席炒料调味师野狼先生'？"

俞尾说，"开分店涉及商业 IP 的授权，这一点没问题，只需要给素芳董事长知会一下，签一纸协议就 OK。"稍停，她冒出一个想法，"说不定哪天，我们请你回来，反哺重庆，给老店也克隆一家'吉隆坡分店重庆正宗老店'呢！"

众人大笑，都说，"这主意绝了，讲故事得绕一个大圈圈。"

见大家都高兴，俞尾突然问："我听思莉姐说过，我们总经理袁闻才是古孃孃的儿子，这……这是怎么回事呢？"

野狼咳嗽两声："袁闻也是古小琴的儿子，按年龄来说，他还是南远远的哥哥。咳咳，当年南远远被接走后，古小琴想儿子想得大病一场，素芳看了心疼得不得了，就出了一个主意，去福利院领养了袁闻，我们还是一起去的，就看他年龄差不多。这些年古小琴真把袁闻当成亲儿子在养，送他读大学，读研究生，这个娃儿也有孝心，比我家那个小野狼不晓得好多倍，他为了照顾妈妈，毕业后放弃了好几个跨国集团的聘书，就留在重庆，留在太空火锅城，从洗碗工一步一步地干起来的。"

俞尾问南远远："你要在吉隆坡开店，怎么不直接和你哥去谈？他是太空火锅城的总经理哟！"

南远远笑道："你这家太空火锅城老店与其他店不同，肯定是拿到了特殊政策的，我可以'抄作业'，省得我重新去谈构想。而且，我也不想见到哥哥，免得他处在这种关系中公私难分，让他为难。"

中午，素芳赶过来，照俞尾说的，"就烫这一锅"。她上上下下把南远远打量了又打量，半晌才从手袋里摸出一张纸头来，慢慢展开——是30年前南瓜给古小琴画的那张速写。素芳说，"这是我帮小琴收拾遗物的时候发现的，收捡起来，现在，它有机会物归原作者了。"

南远远没有选择重庆到吉隆坡的直飞航班，他订了重庆到宜昌的三峡游轮。他说，"主要是想听听夜航轮船的汽笛声。"

俞尾和袁闻去码头送他。起风了，江涛的哗哗声像电影音效。游轮起锚，她在码头上使劲挥手，想起30年前，有一个重庆姑娘和一个画家，两人因火锅而结缘、而给世人留下一个"情定太空"的传说，觉得真是太浪漫，太有意思了。

执迷不悟

范圣卿

41

夜已深，各式各样的霓虹灯，将这座城市映衬得亮如白昼。

大斜坡两边的商业楼、居民楼，一扇窗里亮着一盏灯。斜坡尽头，鳞次栉比的房屋沿山而建，亮光一层一层。站在斜坡之下仰望，仿佛这段路是通往某个神秘世界的大门。

宁夏捋了捋被冷风吹散的头发，迟疑了片刻，还是朝着斜坡之上走去。很快，她娇小的身影，便隐没在了灯火辉煌中。

越往上走，喧嚣声越大，斜坡上下仿佛是两个世界。

宁夏停在"太空火锅城"门口，只见她做贼一般环顾四周，随后又走到火锅店窗口往里张望，望了好一会儿，才放心大胆往里面走。

火锅店里装修简约大气，店中央有个舞台，上面偶尔有乐队驻唱，偶尔有川剧演员表演变脸、喷火。舞台四周，桌子整齐排列，每张桌子旁都围坐着客人。他们一边吃火锅一边大声闲谈，一边喝酒一边划拳。

看来，不管装修怎么变，吃火锅时的豪气和烟火气不会改变。

宁夏不自在地在火锅店里走了几步，她那副做贼心虚的模样，不知道还以为她是来偷火锅底料配方的。

这时，一个穿着正式职业装，围着黑色围裙的男服务员走了过来。

"你好，几位？"

宁夏吓了一跳，随即又镇定下来，回道："一位。"

男服务员扫视了一下周围，只见角落靠窗位置的客人正准备离去，于是便带着宁夏过去。谁知两人刚走到窗边，另一个服务员也领着一个客人走了过来。

两个服务员对视了一下，显得有些尴尬，不知道该把座位留给谁。思虑片刻，其中一个服务员提议道："要不你俩拼个桌，一个人吃火锅怪冷清，两个人吃才热闹！"

宁夏始终处于神经紧绷的状态，她还没来得及反应发生了什么事，另一位客人便回道："我可以拼桌，但还是要这位美女同意。"

听他如此说，宁夏这才抬眸朝那位客人望去，只见他身穿黑色外套，牛仔裤，脚上穿着黑色马丁靴。这一身行头，不知道的还以为他穿着去奔丧。好在他声音柔和，语气中满含着绅士风度，宁夏这才点了点头。

两人坐定后，服务员问："两位要红锅还是鸳鸯锅？"

"红锅。"他刚说完，忽然又想到还有个美女和自己一桌，于是立刻又柔声问道："你想吃什么锅？"

"那必须吃红锅，吃鸳鸯锅简直就是对火锅的不尊重！"

他一听，笑了，立刻从这句话里识别出了对方是重庆女孩的身份。只见他那双大眼睛，因为微笑而变得闪闪发光。宁夏这才仔细看了看他，他长着浓眉大眼，眼睫毛格外长，忽闪忽闪的，使得整双眼睛透露出一股清澈的愚蠢感。

他叫彦松，他除了点菜，还点了一瓶啤酒。宁夏素来不会喝酒，更不会轻易和陌生人喝酒，但此刻，她就是想喝酒。于是两人便默默拼起酒来，一杯酒，一口毛肚，再一杯酒，再一口沾满辣椒面的菌花。

火锅的味道，不仅能唤醒味蕾，还能唤醒往事。

"你怎么一个人来这里吃火锅？"彦松首先打破沉默。

"心情不好，跟父母吵架了。"宁夏含糊回道。

"吵架？不会是因为催婚吧？"他打趣地问道。

宁夏一愣，没想到这个陌生人，竟能一语道破天机。彦松见她不说话，又笑了起来。

"看来被我说中了，来，喝一杯，同是天涯沦落人啊！"

原来，这也是一个被父母催婚的倒霉蛋。也是，同龄人中，有几个不被催婚的，据说催婚潮都已经蔓延到 00 后这代人了，已经一把年纪的 80、90 后，又怎能幸免。

不过，他只说对了一半，宁夏来这里，其实另有原因。她没有道破，彦松却因着这句话又多喝了几杯酒。宁夏也不示弱，跟着喝了几杯后，语气带着朦胧的醉意问他道："你长得虽然不帅，但也不算歪瓜裂枣，为什么还不找个女朋友结婚？"

彦松愣了一下，脸上的表情也渐渐凝固。

"我以前是有一个女朋友的，我很爱她。"

"你在撒谎吧，真那么爱，怎么不结婚？"宁夏打断了他，自顾自说道："现在的人，都喜欢高估自己爱一个人的决心。"

42

彦松没有反驳，他开始一边喝酒一边讲述往事。

他说他的前女友是个看上去拒人于千里之外，相处起来有距离感的人。他们相识于机场，那天她穿着黑色毛衣罩衫，拖着黑色行李箱，披散着头发，坐在微弱的灯光下，苍白的小脸上，眉头微皱。

怎么会那么漂亮？彦松的心好像被什么东西击打了一下，他想，一定是她的忧郁和神秘击中了他。

"你这一定是情人眼里出西施，形容得太夸张了吧，这样的女生，你能追到？"宁夏喝了酒以后，说话就又直又硬，毫无顾忌。

彦松也不生气，因为宁夏发出的疑问，之前很多人也曾向他发出过。是啊，自己长相一般，家境一般，工作一般，何德何能能追到她。但缘分就是这么神奇，凭着自己的死缠烂打，他真的追到了。

他们确定关系在一起的那天，彦松暗暗发誓，自己一定要一辈子对她好。

结果发誓时有多真挚，打脸时就有多疼。不到一年半，他们就分手了。

"你一定以为是她甩了我，不，错了，是我甩了她！"彦松迷蒙的双眼忽然红了，他说后来，自己发现她其实并不冷漠，她只是外冷内热。她也不再神秘，变得又黏人又情绪化。最重要的是，她还长胖了，最初见她时那种弱不禁风，我见犹怜的感觉，瞬间荡然无存。

"她对我太好了，为我收敛脾气，为我学会沟通，为我做了很多她平时根本不屑于做的事。而这些，竟成了她失去魅力的理由。"

男人真是可笑的动物。

但可笑的，又何止男人？

听了彦松的讲述，宁夏想到了自己，也开始慢慢讲述，她说自己也曾有一个婚房都为她买好了的前男友。她和前男友是高中同学，那时的他，高大帅气，除了成绩不好，其余啥都好。

"我们除了是高中同学，他还是我一个姐妹的男朋友，我横刀夺爱，和他走到了一起。"宁夏笑着说："当时，我姐妹生气地祝福我们。"

显然，这不是祝福，而是诅咒。

两人刚在一起时，非常甜蜜幸福，他几乎能满足宁夏对男朋友的所有幻想——他会在出去旅行时给她带各种纪念品。他会在她受欺负时，挺身而出，把人家揍个半死。他会在别人诋毁她时，坚定地和她站在同一战线。他会在亲人反对他们在一起时，努力说服……

他不嫌弃自己是单亲家庭，不嫌弃自己有个"伏弟魔"，不嫌弃自己家里穷。总之，在他眼里，宁夏不管什么样子，都是他这一生都要守护的人。

大学毕业后，他说服亲人同意他们的婚事，并立刻买了婚房。

但宁夏却不想依附于他，她虽然长得像只小白兔，但内心里却住着大灰狼。

"我觉得他家里的人瞧不起我，于是发誓要在事业上闯出一片天。"就这样，在工作中，她急功近利地想要往上面爬。

在这个过程中，宁夏迷失了心智，她仿佛看到了更广阔的世界和更广阔的未来，甚至觉得那个为他买好婚房的前男友，根本配不上她。于是，她开始通过各种方式折腾他，折磨他。他很痛苦，因为害怕失去她，甚至有好几次像个孩子一样在她面前崩溃大哭。

但宁夏对这一切置若罔闻，很快，新的追求者出现了。那人承诺，能帮助她走向事业的巅峰。涉世未深的宁夏就信了他的邪，没多久便被他骗上了床。

"没想到这件事竟被他知道了，那天，他面如死灰，任凭我怎么挽留，他都没再回头……"

宁夏忽然哭了起来，她说，后来，圈子里有人知道了这件事，到处诋毁她。甚至那个多年没再联系的"好姐妹"，也忽然打来电话骂她，说你抢别人男朋友那么有一套，怎么抢到了还要去搞破鞋。

而她前男友得知这些事情后，立刻就把所有责任都揽到自己身上，说是自己冷落了宁夏，才出现这样的情况。

"他到最后一刻都还在保护我，但这确实也是最后一次了。"

宁夏说，兴许是报应轮回吧，自从和他分手后，就再没有碰到过珍惜自己的男人。她以为，变优秀很重要，变优秀了就有择偶权，殊不知，爱情和优秀根本没有必然联系。

能不能拥有爱情这件事，全凭运气，也许，遇见他便已经花光了宁夏所有的运气。

彦松听完，惨然一笑，自己又何尝不是呢？

没有时想拥有，拥有后不珍惜，失去了又后悔。在感情里，他和宁夏都亏欠了另一半太多。

当时的分手，两人只道是平常，现在蓦然回首，才知这件事后劲儿有多大。快乐、痛苦、遗憾、悔恨、绝望，曾经那段感情里每一丝随风而逝的情绪，都将他们钉死。

"我们好像被困在了牢笼里。"

"也是，千百个不结婚的人背后，就有千百个执迷不悟。"

43

街坊邻居都说，最近"太空火锅城"的老板娘素芳、老板野狼好像变了。之前的素芳，总是一幅好像有千万家产却无人继承的颓丧模样。野狼呢，一把年纪了，还是个浪子，整天在外面瞎混着不着家。

而现在的素芳，整天喜气洋洋、满面春光，忙里忙外。更奇怪的是，野狼竟然也回来了。

"太空火锅城"开了近二十年，几经辗转，店面越扩越大，装修越来越精致，名字却始终未改，味道也始终未变。"太空火锅城"就成了一两代人心中的老字号火锅品牌。现在，仍然有很多以前的老顾客前来光顾，他们来这里，或是宴请，或是怀旧，与素芳、野狼也从泛泛之交，变成了彼此的故人。

因此，见到两人一反常态，大家便纷纷询问发生了什么事。他俩也不藏着掖着，一有人问，他们就扬眉吐气地回道："卫鸣那不开窍的儿子卫思庄，和他那同一天出生的表妹萧北，终于都要结婚了！两个老大难问题全都解决了，双喜临门，双喜临门！"

卫鸣和素芳夫妇渊源颇深，几人在"太空火锅城"刚起步的时候，就在这里一起工作。后来，卫鸣一步踏错，进了监狱。他的女儿卫思莉目前在"太空火锅城"担任战略拓展部部长，已经结婚成家。但他的儿子，却一直漂着，一把年纪了还不结婚。

因着以前的情谊，素芳、野狼将他俩视如己出，也对和卫思庄同一天出生的表妹萧北颇为关注。他俩一个大龄不娶，一个大龄不嫁，让夫妇两人很是恼火。也因着这件事，没少听风言风语，并受了些窝囊气。所以，他们的生意虽越做越红火，但心中始终郁郁寡欢。

说起卫思庄和萧北，他俩同一天出生，命运好像也以某种神秘的方式，千丝万缕的联系着。

"他俩都是恋爱脑！"回首往昔，素芳愤愤不平。

"好像说的谁不是恋爱脑一样，就我说啊，我们这个家族都有点恋爱脑基因。"野狼笑着回道。

为了营造"普天同庆"的盛大场景，素芳、野狼在征求了卫思庄和萧北的意见后，决定让他俩的婚礼在同一天、同一个教堂举行。

婚礼的前一周，卫思庄和萧北不约而同都回了太空火锅城。

那天是周一，傍晚，如火一般热烈的夕阳挂在天边，夕阳洒下的橘红余晖，静静洒在街道上、高楼上，以及行人或喜或悲或麻木的脸上。

"你今天怎么回来了？"萧北看了看表哥。

"我想来吃个火锅，有问题吗？"卫思庄回道，语气里是平缓、幽默，还有一丝不易察觉的惆怅。

也许是日落西山的氛围太容易让人浮想联翩，两人忽然沉默了起来。卫思庄和萧北，一个外热内冷，一个外冷内热，都是不擅于表达心事的人。现在，两人都要各自成家，但回忆起来，他们竟从来没有互诉过衷肠。

"还记得小时候我们吃火锅时，为抢一条耗儿鱼大打出手的场景吗？"卫思庄忽然问道。

"当然记得。"

两人说着说着，便在火锅店里摆了一桌，并按照多年以来的喜好，排了一桌子的菜。卫思庄犹豫了一下，又叫了几瓶酒。这么多年，他还没和表妹正儿八经喝过酒，表妹快嫁人了，自己也找到了真正想守护的人。

所以，这场酒，必须喝。

那些埋藏在尘埃里的事，也可以借此说一说。

"小北，你现在幸福吗？"

萧北正大口吃着鸭肠，表哥忽然毫无铺垫的一问，惊得她差点被鸭肠上附着的火锅红油呛到。

"你这问题问得也太高深莫测了吧，当然幸福了！"

"之前听说，你不是对前男友念念不忘，所以才迟迟不肯结婚吗。现在你不会是为了讨父母开心，准备把自己卖了吧！"卫思庄故作轻松，一脸戏谑地问道。

萧北的脸色很平静，这句话似乎并没有在她内心激起什么波澜。只是，那碎片一般的记忆，还是顷刻间涌了出来，弥漫在火锅滚烫的烟火气中。那个人，她曾深爱、热爱、挚爱，疯魔一般的爱。此刻，他的脸竟有些回忆不起来。只记得他有一双长着长睫毛的大眼睛，忽闪忽闪的，总是透着清澈的愚蠢。

他们相遇在机场，起初，萧北对他可谓毫无感觉。了解以后，又发现彼此在各方面都完全不匹配。但奈何"烈女怕缠郎"，最后，他们还是在一起了。在一起后，纯粹又炽烈的萧北，毅然与其他追求者断绝联系。她不怕付出，她不怕朋友、亲人的反对，为了他倾尽所有，做尽了自己不愿做但对他有利的事……

可换来的结果是，他决绝地提出分手，一点不留余地。

曾经高冷得像神明的她，一遍遍哀求，求他不要离开，但他却没有回头。

他说他累了，他受不了萧北的黏人，甚至到后来，萧北常规地给他打个电话，都会被他误以为是监视，是控制，是束缚。前后极端的落差，让萧北痛苦不堪，甚至因此消耗了太多精力，以致整个人垮掉，不得不辞掉心仪的工作。

44

这应该是当今社会男女恋爱的普遍模式，这种模式仿佛是刻进基因里的一种惩罚。

女人的情感天生呈递增式，对情感需求高，但男人的感情却是递减式，且天生薄情。男人不希望有太多情感的束缚，可偏偏要面对女人的情深义重。一个要的太多，一个害怕太多。他们的对立，融在骨血里，像宿命一般难以挥去，像原罪对世人的惩罚一般，充斥着委屈、恐惧，却又无可奈何，最后只能落得个男女都满是遗憾的下场。

"不过现在想来真的无所谓了，我敢付出，也付出过了，所以等我从分手的阴影里走出来以后，就可以毫无缠累、大踏步地往前走了。"萧北淡淡地笑了笑，她说她心里没有遗憾，更没有执迷不悟。

再次挑选对象时，她谨慎了很多，以至于单身了很多年。现在，她终于找到了一个人，这个人会耐心、温柔地倾听。会试图去懂她、理解她，哪怕是她的一点小情绪。会在两个人出现矛盾时，主动积极地沟通，寻找解决办法……

过往的执迷不悟，造就了现在的美好。

"他其实找我复合过。说自己错了，说自己当时年纪小，不懂珍惜。但我告诉他，我已经倾尽所有，不可能再回头。"萧北喝了一口酒，大笑起来。

"我不会原谅伤害过我的人，所以我希望他念着我的好，永远停在原地，执迷不悟。"

还有什么比这句诅咒更铿锵有力。

卫思庄看了看自己的表妹，咋舌道："你怎么这么狠呢？"

萧北没回话，其实不是她狠，只是自然规律罢了。被真正爱过的人，很难再进入低质量又敷衍的关系。以前，她的每一寸好，每一寸付出，都将是折磨，都将成为他执迷不悟，并停在原地迟迟不肯释怀的源泉。

"你呢，你不是曾经也有一个很爱的人吗？"萧北将话题引到卫思庄身上。

只见他耸耸肩，无所谓地回道："真巧，和你的情况一样，只是我的结局更惨烈一点。"

卫思庄的眼神迷离了一瞬，但很快又变得清晰。前不久，早已失去她消息的卫思庄，忽然听别人提了一句，这些年，她越来越漂亮，越来越优秀了，但感情很不顺利，至今仍是单身。

他又举起一杯酒，对萧北说："算了，过往不再提！只觉得这些年，素芳阿姨都快以死相逼地催婚了，说我再不结婚，她就没法跟我蹲大牢的爸爸交代了，好在，我现在终于交上了一份答卷。"

"哈哈，他们现在估计还被催着呢！"萧北调皮地吃了一块毛肚，笑着说："他们现在是结婚困难户，什么都不做也会给家人添堵，给社会添堵，给国家添堵。"

"你说现在的人为什么都不结婚，都像大家约好了要比赛谁更磨蹭似的，都观望着，迟迟不肯走进婚姻。"卫思庄看着表妹的可爱模样，也跟着笑了起来。

这个问题有些无解，社会学家、经济学家、心理学家都会给出不同的解读，但哪一个才是标准答案？也许，没有标准答案才是人生常态。

作为曾被催婚的一员，也作为感情的亲历者，卫思庄只觉得现在的人在感情里面，实在有些缩手缩脚。不敢付出，不愿多迁就对方一点，自我，又不真诚。也许，他们并不是天生就这个样子，只是在以前的伤害中变得千疮百孔、执迷不悟。

"我觉得吧，在感情里还是可以在保护自己的前提下合理又真诚地付出，这是跨进婚姻的第一步。假如失败了，就像我们的上一段感情一样，那也无所谓，至少我们尽力了，还'升级'了。以后回想的时候，也没什么可后悔，更不会作茧自缚，停在原地，只会坚定步伐往前走，直到找到属于自己的幸福。"萧北长篇大论了一番，只当这段话是说给曾经和现在的自己听。

太空火锅城

"那你以后准备怎么对待自己的婚姻？"卫思庄笑着问。

"当我自认为捡到最漂亮的那块石头后，就不会再去海边。"

既然爱已走到深秋，那就只好静待凛冬。而凛冬以后的春天，卫思庄和萧北终于等到了。

一周后，庄严的教堂上空，盘旋着成群的白鸽。浪漫的轻缓音乐，将整个教堂包围。两对新人，在众人微笑地注视和簇拥下，宣誓、拥抱。他们同一天出生，同一天走进各自的婚姻。

角落里，有一男一女，他们痴痴望着在灯光照耀下闪闪发光的新人，恍惚间，似乎已经不敢确信自己曾经拥有过。他们面无表情，波澜不惊的眼眸下，是一颗执迷不悟的心。

忽然，他们消失了，众人却仍在狂欢。

角落里静悄悄的，像是从来无人光顾。

孤独美食家

周睿智

45

街灯弥漫的黄昏，袁闻正在店内踱步。

作为管理者，他早已习惯这样的方式，每天营业的时候，他会在大堂里走来走去，他不会去做具体的事情，那些有大堂经理和服务员去做，他喜欢看着繁忙而有序运转的场景，喜欢看着那些食客，把那些盘子里的肉放进那口滚烫的锅里去煮，再满脸回味地吃下去；这个过程不会太久，但是足以使人停留，也让人沉醉，就像从自己的人生摘下一部分时间，丢到鲜红火辣的汤里烫熟，等它煮入味的时候，如同一杯久泡的茶，里面的复杂酽香只有吃的人能够品味。

当然，只有发呆的时候，他才会去想这些事情。他观察客人，主要是为了看他们吃火锅时候的表情，尤其是眼神，只要是对火锅口味有所不满，对菜品新鲜程度有些许质疑的神色，都会被袁闻在顷刻间捕捉。他就是有这样的功能。作为一家远近闻名的老字号火锅馆，这样的情形不会太多，绝大多数客人都是带着聚会的欢快或伤感而来，把情绪煮熟吃饱以后才兴尽而回，即便是喝醉了酒闹事的情况也不多。

不过今晚，袁闻发现了一个孤独的食客，他穿着一件灰色的休闲外套，人很清瘦，座位的旁边放着一个褐色的公文包，独自坐在靠窗的一张二人小桌子旁边，一个人涮着火锅。他的桌子上没有素菜，都是荤菜。老肉片、毛肚、鸭肠、黄喉、耙牛肉，这些重庆人必吃的火锅食材都在桌上，这是第一纵队，还有虾滑、午餐肉、小郡肝组成的第二纵队紧随其后，唯一有个半荤不素的，就是那盘大家熟悉的鸭血。

好胃口啊，更是好雅致。袁闻心想。他很佩服那些能够有心情一个人吃火锅的人，尤其是网上都在说，独自吃火锅是仅次于独自生孩子位居孤独的事排行榜第二位。第三位孤独的事情是什么，是独自对着月亮喝酒吗？一千多年前的李白就干过，但那时候还没有火锅吧，袁闻一边想着，一边开了瓶纯生，朝那边走了过去。

"喝一杯吗？"他十分客气地问那个客人，同时把酒杯酒瓶都递过去。

那人倒也不客气，接过杯子，自己倒满，喝了一口。"谢谢，这瓶酒算我买的。"

袁闻看了看他，倒是引起他十分的兴趣，但是从他的语气中听不出这位客人是否有继续聊天的兴致，所以也不好多打扰，准备转身走开。

"如果有空的话，请坐。"那个客人把手一摊，邀请他入座。

这倒是很让袁闻意外，不过他也是个爽快人，不喜欢扭扭捏捏的，听罢便拉开凳子，坐下了。

本来袁闻以为这位客人要跟他谈谈风花雪月或者世态炎凉，没想到他一边自顾自地涮着肉吃，一边摇头。

"怎么，火锅的底料不和你口味吗？还是觉得这个肉的口感不够新鲜？"

"新鲜啊，怎么不新鲜。我就是觉得太新鲜了。"

"此话怎讲？"

那个人不言语，弯下腰，提起公文包，然后从里面拿出一个汉堡递给袁闻，然后又拿出一个，自己咬了一口。他的行为让袁闻感到迷惑又震惊，这个看似正经的公文包里面居然装着两个汉堡，更让他不能忍受的是，他居然在火锅店经理的面前一脸正经地啃起了那个汉堡。这种行为是在挑衅他吗？难道是想通过这个方式表明，你们火锅店的菜，还不如这个速食的汉堡好吃？觉得受到了侮辱的袁闻刚准备开口说话，就被客人打断了。

"你……"

"你看。"他不紧不慢地把汉堡上面地面包揭开，"这个肉就不怎么新鲜，但是它一样很香。"

"你是想说明一个什么问题？"袁闻愈发地不明所以。

但是那人没有直接回答他的问题，反倒问了他一个问题："你有没有发现，你们太空火锅城除了总店以外，其他的分店生意都不如以前了。那些店以前总是人来人往的，有时候门外还要排队，但是现在客人稀落了很多，有些时候到了饭点，却连全部坐满都难。"

"听你这么一说，你对我们店非常熟悉。"袁闻听了这个话，一下子警惕起来，因为他所说的，正是自己如今所焦虑的，现在火锅行业的竞争太大了，又受到网络时代的内卷冲击，连他们这种老字号也很难独善其身。但他尽力保持着冷静与这位客人交谈。

"算不上，以前在你们店里也吃过；现在嘛，做过一些简单的调研而已。"

这样一说，袁闻心里反倒放松了下来，有备而来，肯定是有话要跟他谈。之前做出一副孤独美食家的样子，原来是为了吸引他的注意，肯定早就知道他的习惯。这样想明白以后，他在心理上一下子拿回了优势。

"继续说说你的汉堡吧。"

"你觉得这个汉堡多少钱一个？"

"我很久没吃过，不过按照以前的印象，大概十几块钱吧，有些要卖二十多块钱。"

"嗯，看来你的确很久没有吃过了。现在这个汉堡只卖五块钱，如果是用团购券的话，只要三块八。"

"那这个利润确实很低了。"

"正常来讲，它应该是没有利润的。但是它销量很好，一家小店一天就会卖掉几百个，因为这个东西便宜，味道却并不差。"

"没有利润，卖再多有什么用呢？"

"那他们自有自己的挣钱方法。"

46

袁闻想起自己经营的火锅城。这么些年来，所有的食材价格都在上涨而他店里的菜品价格却不敢上涨太多，因为作为老店，大家太熟悉他们的价格了，他很担心涨价会使一些老食客伤心，可是不涨价又会亏本，于是他就只能涨价，却不敢涨太多，只能在不上不下中徘徊着。

在他短暂思索的这阵子，客人像是看透了他的心思。又从火锅里捞起一块煮到软烂的但依然筋道的牛肉，嗞溜着嘴，尝试从滚烫的肉上咬下一口，唇齿间都流出了汁水。

"真香啊。这个肉就是好吃。工序应该不简单吧。"

"这是我们的特色菜——卤香耙牛肉，都是用每天新鲜宰杀的黄牛肉，用十几种香料和药材卤制的，再放到我们的老字号锅底里一煮，那自然是不同凡响。"

说起自家的菜品，袁闻像是如数家珍。

"我的意思是，要消耗不少的时间和人工吧？"

"这是自然，这个成本很高，所以卖得也贵。我们的菜品都不算便宜，可能这也是影响我们生意的一个原因。"

"那如果我每天给你供应卤好的牛肉，你的问题是不是就解决了。"

"你是做什么的？"袁闻总算知道了他的来意。

"我是做中央厨房的，可以给你供货。"

"但是我店里的东西总体卖得快，有些菜品一天要采购好几次，你每天送货不一定来得及。"

"这个没关系，我可以一个月给你送一次，你只要仓库够大，随便用。"

"那怎么保证新鲜啊？"

"这个肉有保质期啊，保质期内都是新鲜的。"

"我就想让客人吃每天现做的。我不想把很多肉放冰箱里，吃的时候拿出来热一下。那样失了食材本来应有的风味了。"

"那不行，你这样才是对客人一点都不负责任。"

"哪里不负责了？"袁闻费解地问。

"你的东西不经过防腐保鲜、抗氧化处理，哪怕再新鲜，也是很容易坏的，你能确保客人吃进嘴里之前，这些肉上的菌群数量都低于安全值吗？"

这样的强词夺理，让袁闻顿感无趣，他把手里没有吃过的汉堡递给客人，准备起身离开。

"你不打算吃一口尝尝吗？"

"我不想吃。"他直接拒绝道。

"老板，创新就是思维的改变。确切来说，我们中央厨房做的菜，比你自己做的，还要安全。主要是，价格便宜。"

"那你说说一斤多少钱？"

客人夹了一块碗里的红烧肉，然后说："像这样的红烧猪肉，一斤十块钱，你们拿过来，不用加工，直接就可以卖，省去了烧肉的环节，省了人工和时间成本，这就是省钱。一斤肉可以卖三份，每份三十块钱，这样的话，十块钱就变成了九十块钱。"

"十块？十块钱也买不到一斤猪肉啊，更别说做好以后的了，你那用的是什么肉。"

"农村的菜几毛钱一斤，卖到城里就是几块钱，你能说农村的菜比城里的差吗？我有自己的渠道。"

"那牛肉多少钱一斤呢？"

"你是说这种卤好的吗？"

"新鲜的。"

"新鲜的十块钱一斤。"

"怎么跟猪肉一个价格，牛肉那么贵！那卤好的呢？"

"卤好的也是十块钱一斤。"

"你这是什么销售思路？"

"我给你透露一下吧，我们的肉价格都是一样的，做成牛肉的口感就可以啦。"

"那羊肉可以做不？"袁闻接着问他，"我还想开个大排档，另开一家烤羊肉串的店，还有驴肉，我把隔壁店盘下来，打上一个河间驴肉火烧的招牌，再开个驴肉火烧店……"

"老板，你这么膨胀的话，我有点不放心啊。"那客人赶紧打断他。

"你不是说很安全吗？"

"安全是安全，可这里面没肉啊，你要是做得品类太多，我怕你一时大意，包不住。"

"你也知道啊！"袁闻终于忍不住放大声音。"你让我卖假肉给食客，就算你有千般技艺，把口感做得多么逼真，假的就是假的，那就是忽悠人，骗人，把假肉按照肉的价格卖给客人，那我这个店也就离关门不远咯！"

看到袁闻发火，那客人便住了声，不再往下说了。他想必是知道袁闻不可能用他厨房生产的高科技产品，不是一路人，也就不再多言，所以他神情自若地继续涮着自己的锅里的肉。袁闻想，他在这家店里可以很放心地吃肉，而不用担心吃到自己卖的产品，却又试图把产品卖给这家店，这本身就是件滑稽地事情。但是一想到有些店可能已经被他的推销所打动了，就又不觉得滑稽了。

"您慢吃。"袁闻起身说，他还是保持对一个客人应有的尊重，毕竟他也是要买单的。但是他心里还是很不舒服，像是有什么东西堵在那里。尤其是看他在那泰然自若，无事发生的样子，他就感到生气。这年头，什么人都可以装出一副高深莫测的君子模样。

那天打烊以后，他久久陷入沉思，不愿离开。今天和这个客人，应该说是销售员的对谈，让他有了新的思考。

47

夜色笼罩着城市，灯火阑珊。素芳坐在办公室的书桌前，独自一人。桌上摆着未曾动过的文件，她的眼神凝视着远方，似乎在思考着什么。

袁闻悄悄推开办公室的门，看到素芳沉浸在深思中。他走到她身边，轻声问道："董事长，您真的确定吗？关掉那么多分店，这对我们来说是个重大的决定。"

素芳抬头，打量起这个侄子，这个为火锅店尽心竭力的职业经理人。

"怎么，你在电话里跟我讲了这么久，你现在自己退却了？"

"我内心很矛盾，一方面知道断尾求生是我们目前必然的选择，一方面又觉得那些店里的伙计和厨师，一旦关了门，就又要失业了。我心里还是有些舍不得的。"

素芳眼中透着一丝决断："你说的都很对。不过我考虑清楚了，我们不能再继续以过往的方式经营了。太空火锅城需要一场变革。"

"您今天怎么突然这么决绝。"

"其实我心里早有此打算，但是没有最后决定下来，你今晚在电话里和我说的那些事情，让我知道原来你也意识到这一点，这样的话，那我们的认知相同，就可以把这件事情推进下去了。"

袁闻点了点头，他深知素芳决心的缘由："关闭一些客人较少的店面，是为了集中资源提升核心店的质量。我们要做出让顾客刮目相看的改变。"

素芳静静地听着，她知道这不仅仅是关店，更是太空火锅城迈向新时代的一次蜕变。袁闻环顾着办公室，那里挂满了太空火锅城的发展历程，他深吸一口气，似乎在为即将到来的艰难而又充满希望的日子做好准备。

那是太空火锅城成立以来做得最快的一次决策。

在袁闻的坚定领导下，太空火锅城开始了一场全面的经营变革。每一家分店都经历了严格的评估，而那些不能适应新变革的，将被悄然剔除。他亲自走访了一家又一家分店，他身穿厨师服，深入每个角落，与员工亲切交谈，感受着每家店的独特氛围。当他走进一家历史悠久但生意逐渐式微的分店时，店内弥漫着熟悉的火锅香气。袁闻站在门口，注视着熟悉的环境，心中不禁涌上一丝感慨。

一个月后，素芳、袁闻和一群员工站在其中分店门口，灯光昏暗。他们关掉了将近一半的店，这是最后一家即将关闭的分店。员工们面带愁容，感慨万分。素芳挥挥手，示意大家集合。袁闻不想留在这里听那些离别的话。他知道素芳给了他们一笔还算良心的遣散费，但他还是不愿意直接面对那些员工。他总觉得是自己一时的冲动，才导致几百号人都丢了工作，这种愧疚感一直缠绕着他。但事已至此，已经没有回旋的余地，他只能把精力更多地投入到剩下的那些店里去。这些留下来的店，都是经营状况还不错的，是在大浪淘沙的筛洗中生存下来的。

"至少我们守住了底线，也顶住了诱惑，没有卖假肉给客人吃。"袁闻叹了口气，自我安慰着。

对于太空火锅店来说，这也是一次重新启程的机会。太空火锅城的变革如同一场风暴席卷而来。经过一番关停和整顿，店面数量虽减少，但太空火锅城的整体运营却更加有条不紊。袁闻在总经理的位置上发挥着举足轻重的作用。他细致入微地分析每个核心店面的运营情况，从食材采购到服务流程，一切都在他的掌控之中。素芳作为董事长，也全力支持这场变革，她深知，只有变革才能使太空火锅城重新焕发生机。核心店面逐渐焕发出新的面貌，装修更新，服务标准提升，每一份食材都经过严格筛选。太空火锅城不再是过去的老店，而是焕发出现代气息的新锅城。在这个过程中，袁闻也展现出他的领导才能。他与每一位员工沟通交流，倾听他们的意见和建议。他知道，一个企业的成功不仅仅取决于领导者的决断，更需要整个团队的共同努力。

48

"袁总，新的宣传方案已经准备好了。"卫思莉走进办公室，递上一份厚厚的宣传资料。袁闻接过资料，一页页翻阅。他对卫思莉带领的市场团队表示了肯定："不错，很有创意。我们要让更多的人知道，太空火锅城正在焕发新生。"

在他的领导下，整个太空火锅城团队如同一支高效的战队，势如破竹。经过重新打造的店面，也通过开业庆典吸引了众多食客，他们纷纷品味着太空火锅城的新菜品，感受着这场变革带来的全新体验。素芳看着这一切，心中充满了骄傲。太空火锅城并没有因为关店而凋零，反而在这次变革中焕发出勃勃生机。这不仅是一场经营的变革，更是太空火锅城对未来的重新定义。

"袁总，我们的变革引起了不少行业的关注，他们也在纷纷效仿我们的做法。"素芳看着桌上的新闻报道，笑道。

袁闻点点头："竞争是必然的，我们要走在前面，不断创新，才能稳操胜券。太空火锅城不仅仅是一家火锅店，更是一个品牌，一个值得信赖的品牌。"

"我还有一个问题。"素芳说。

"什么问题，董事长直接问我就行了。"

"几个月前，你跟我说，那个卖假肉的贩子给了你很大的启发。"

"对的。"

"这启发不会就是关掉老店这么简单吧？"

"当然不是，那是我思考已久的问题，只是那天他提到了，帮助我下定了决心。那启发是另外的事。"

"什么事？"

"董事长天天操心经营和行政管理上的事，对具体的业务和菜品更新肯定没有具体了解过。走，我带你去厨房看看！"

二人来到厨房，袁闻把主厨叫过来，说："阿明，你给董事长介绍一下我们的新菜。"

阿明端出几盘菜，这些菜的形状非常特别，像是雕花一样，十分好看，但是煮到火锅里，又定型了，也不担心会碎掉。

"这份把猪肉做成牛肉的味道，但是还卖猪肉的价格；这份是把羊肉做成螃蟹肉的味道，还是卖羊肉的价格。再看这份甜品做成了橘子的形状，吃起来也是橘子的清甜味，但是它是莲藕做的。您放心，这里面绝对没有添加任何的科技，全是靠我们厨师一点点的尝试，利用天然的食材，通过特别的加工方法烹饪出来的。"

"还有这种做法？"素芳很惊讶，也很高兴。

"对嘛，还不是为了让客人吃个新奇。以后我们还会推出更多的特色菜。"

"有创意，怪不得现在生意又越来越好了。"

"这个其实就是有些高档米其林饭店里面流行的分子料理，把食物通过加工重组，变成另外的食物滋味，通过这种捉摸不透的方式，给食客新鲜的体验。我的想法是，既然我们缩减了规模，那就把每个店都做得更用心，更有品质。"

素芳欣然地点了点头，她看起来还是那么冷静，但是内心早已是一阵舒心和骄傲。这袁闻还真是个人才，他身上有孤独美食家那股气质，他心理承受能力很强，做事也很用心，喜欢把事情做到极致。正是由于这些努力，太空火锅城在漫长的时间里经历了危机，终又走上正轨了。

大师来了

宋 尾

49

　　谁能想得到呢，在山城延绵了三十年的老牌子"太空火锅城"都要做不下去了。乍看起来，还行啊，连锁店好像到处都有，实际上，内部人都清楚，形势不妙，两个月不到，就撤了两家。但即便中层也不一定知晓，又有五家加盟店正闹着要分手，想扯脱关系，换招牌了。

　　所以这几天，董事长素芳有点上火。

　　其实啊，但凡眼不瞎，都能看得到，她哪是上火呀，简直是急火攻心！鼻头上不知何时冒出来很大一个红疮，难看死了！偏偏她是最在意形象的。专门去重医附二院找老顾客王专家问诊，开了药，就差动个手术，硬是没用！它越来越嚣张，越长越醒目。这种东西吧，若长在别的地方也没问题，最怕长在脸跟屁股上。

　　你看嘛，它就这么无赖地趴在鼻头上，你拿它全无办法。仿佛一只愤怒的眼睛。而她就算在漫长的少女时期都没长过啥子青春痘。可以负责任地说，一颗都没长过。现在要到更年期了，居然长这东西。好在，现在流行戴口罩。不然丢死个人了。口罩是可以遮丑，但这东西很敏感，不能碰，轻轻一下就痛。咋个可能不碰呢？口罩原本就是要贴在脸上的，干脆地说，就靠那个鼻子顶着的。于是，老是时不时蹭一下，冷不丁痛一声——在心里这么惨叫。现在在家，她就自由了，可以尽情呼吸，走动，不需要掩饰。可她还是不舒服。心里不安逸。谁顶着这么大个红疮能好受？再说原本也不单单是疮的事。烦得很，心里。她现在尤其讨厌镜子，但又不能不看。其实吧，她现在看着镜子，烦的甚至不是那个鼻子，而是镜子里那个自己。她对自己产生了怀疑。

野狼只以为她烦的是那个红疮，说："也不是坏事嘛，凡事要往好的方向想。你现在才开始长痘痘，只能说明，你的青春期是往后置了。"

本意当然是奉承，是安慰，是出于关心。素芳哪里会照他想的去想？

她白了他一眼，很敏感地问："啥后置，你是说我挂倒挡呗？"

"不是那意思，"野狼指着她的鼻子，"我是说，你这种情况，就像人民币的错版。错版你总知道噻？"

"那你是说我印错了，还是说我事情做错了？"素芳更气了。

"不是不是，我是说，错版是很稀罕的，是很难的。你知不知道，出来一个错版有多不容易，这是个概率问题……"

"啊哈！你是说我把火锅城这个品牌做砸了是个概率问题。是，是我的问题！难道还能是你的问题不成？"

野狼张口结舌。本还想继续解释，挽救一下。终于，他强忍住说话的欲望，闭嘴了。

他发现吧，男人跟女人，话不能说多，说得越多错得越多。你说秋天的叶子好黄呀，她联想到萧瑟；你说黄昏好美啊，她觉得太阳就要沉没了。你明明在安慰，她觉得你是嘲讽。说啥都不如不说。但你一句不说，那也不行。她会吼，你怎么啥都不说？怎么完全不关心我？好吧，他渐渐也理解了，为什么不管南北中西东，中年男人都有一个共性：话少。他还发现，越是和睦家庭，男人就越是话少。

他当即决心朝这个方向努力，争取少说，少说，少说！

再说他也清楚这段时间她的日子不好过。

但一分钟不到，他又不耐烦了，完完全全忘记了刚下的决心。

"你怎么还在脸上涂涂抹抹的？"

还有半句憋回到肚子里了。"反正你戴个口罩啥都看不到！"

哪晓得，素芳居然没生气。补完妆容，又认真地看了看镜子里的脸，将口罩戴上，只露出一双眼睛。

"懒得跟你废话，"她说，"你忘记啦？今天我要接待大师。"

50

大师是专程从北京来的。

上个月，闺蜜蓝秋秋拉素芳去听了一堂成长课，神神秘秘的。秋秋是餐饮同行，在解放碑摆夜市起的家，眉毛眼睛活，善于分辨顾客，先是结识街道办的副主任，又认识了银行的副行长，还交了一个在渝报做美食记者的朋友。就靠这三个人，她把自己从餐饮的最底层打捞起来了。街道有场地，银行贷资金，记者能借笔发挥，广为宣传。都全了，该有的佐料，一样不缺。她转型做中餐，很顺利，现在也是餐饮界的知名人士。她常灌输给素芳的观点是，人脉这个东西，比你啥子菜品都重要。菜做得不好，你可以换厨子，但没有人脉，你走不远。毕竟这是她的人生经验。所以她现在还有个身份是，女企业家促进会的副秘书长，前年参加《今日城市》杂志社举办的评选，获选为"十大青年女企业家"，露了一脸，当然，刷票也花了些代价，总归是在可承受范围内。当上副秘书长后，她就成天穿梭于各种活动现场，哪个场合都有她。她也从不浪费，朋友圈每天都是与各个不同名人的合影。

大师叫什么名字，素芳其实不晓得。因为人人都叫他大师，就像他生来就是这个名字。

大师是蓝秋秋的导师。蓝秋秋经常撺掇素芳去听，费用不高，一节课才9999元，不到一万。秋秋说，这哪里是友情价，简直骨折价。导师若在其他地方，尤其沿海，一节课是要十万以上的。素芳是听过大师讲课的，勉强算半个学员。上次她去晚了，只听了半节，二十分钟不到。是在温泉酒店，一个很私密的茶舍空间，坐了十几个虔诚的听众，大师在台上坐着，短小，平头，一身绵绸长袍，下颌蓄须，戴一副黑框圆眼镜，表情非常丰富，说话抑扬顿挫，像鸟叫一样。老实说，确实讲得好。谈人生，谈选择，谈企业的发展，谈品牌营销。人人都如痴如醉。不知怎的，素芳听得热血沸腾，很受激励。可惜，那次没有太多私聊的机会，大师被热情的学员们围得水泄不通。她又临时有事不能留下来吃饭。不过她还是强行挤进去，表达了仰慕，加了微信，互相留了电话。她存储电话号码标注的就是：大师。

这一回，大师还是秋秋帮忙牵线请来的。虽然当了二十分钟导师，他却一点记不得这个学生。而且大师很忙，目前不空。但她等不得呀。通过秋秋斡旋，说大师听说了素芳的困境，有些怜悯，暗示素芳主动点——只要你费用到位，大师的时间也不是不可以松动。秋秋建议"全包"，这样大师就愿意来了。"全包"是个大数目。她立刻先转去五万，表达诚意。大师说，你这让我很为难啊！但拗不过她诚心，还是来了。要给素芳的太空火锅城好生诊断，重新策划，整体包装。秋秋说，你看嘛，只要大师出手，保管给你起死回生——再说不还没到那时候嘛，只是点小危机，小危机。

对，蓝秋秋说得对。就是危机。最近这两年，素芳发现了自己心里一直藏着那种危机感。火锅城，这多年，说垮，倒也没那么轻易；她焦虑的是，这些年总是止步不前。也可以说就是在吃老本。这个道理她也是遇到这次真正的危机才明白。她也想学习，但时间不允许了。只有借助于大师，这才是最便捷的，哪怕是多花点钱。

当然，这事野狼是不晓得的，嘴里嘟哝着："啥？你从哪请了个和尚？"

素芳正想给他一锭子，手机响了。

是远在北京读传媒大学研究生的侄女娇娇。

"姑妈，"女儿开口就说，"今天有高人要到你火锅城拜访哦。"

素芳奇怪："嘿，你哪个晓得了？"

娇娇说："远程控制你懂不？哎，你是不是已经见到人了？"

"还没呢，我这会儿在车上。"

这时她看到一辆黑色别克商务车缓缓刹在火锅城门口，心想是不是大师到了。她对娇娇说："没时间给你说了哈，挂了。"

赶紧跑过去，结果不是的。她狼狈地拍了拍胸口。幸好哟，不然客人先到了，多没礼数。

51

素芳在门口，给在门口迎宾的俞尾叮嘱了几句，喊她精神点。说完便上楼去，刚进办公室，还没站稳，卫思莉敲了敲门，说有人在等她。

她慌张地问："谁？大师到啦？"

卫思莉说："不是勒。我也不晓得哈，没具体问。人在休息室，已经等了一阵了。"

她有点生气："你不晓得我今天有重要接待？"

卫思莉说："他点名要找你，说他可以等。"又解释，"他好像说是来采访，说要写书还是拍视频的。"

"嗯？"素芳说，"是不是报社拉广告的哟？你告诉他，我今天不得空！你啊——"

素芳还想批评她两句，忽然，手机铃声叫起来，看到号码，素芳就像被弹簧弹了起来，握着电话小跑出去，只留急促的声音回荡在走廊里。"大师大师，您到了？嗯嗯好，我就在门口，正恭候您呢？"

素芳飞快下楼。一会儿，大师抵达，还带了两个助理。一行人被素芳毕恭毕敬地迎到里面，又领着他们四下参观。她一边陪同，一边给大师介绍火锅城的方方面面，包括历史、沿革，发展和现状。至于困境，没多提。这还需要说吗，大师就是为此而来的。她注意到，大师眉头一直皱着，不曾舒展。

几人来到休闲室，白茶已泡好，落座后，大师微微抬了抬眼，对一旁的贾助理说，你先说。贾助理说："门头不占财位；收银台和接待台有破、泻之局；店堂桌椅摆放很有问题，破气；通道局促，有煞。"大师说："好，易助理也说说。"易助理说："LOGO 太老气了，店堂没有标识语言，装饰陈旧，色调灰暗，不够积极。刚刚我在后厨看了，火锅没有特色性，比较平庸；顾客就餐体验感很不好。要做成网红，可能性较小。"

大师清了清嗓子说："从风水布局，确实需要调理。从品牌性看，这是总店，但标识性匮乏，没有品牌语言，尤其是缺乏当下性的品牌亮点。但，这不是重点。重点是，这个火锅店整体上没有特点。你告诉我，山城有多少火锅馆？"

"起码两万家。"

"那就是了。两万多家火锅店，你说你跟其他火锅有啥不同？"

"炒料不同，材料也不同，我们的材料都是最新鲜……"

"谁在意你的料怎么炒，新鲜不新鲜？你说你味道稳定，这都是误区。你走去看看，哪一家不说自己味道好？"大师打断说，"我给你说的是另外一个层面，你的店，比起另外两万家，有啥区别？怎么一下就能从两万家跳脱出来？"

素芳如梦初醒："大师，我该如何破局？"

大师摆摆手。"你心太急。这也是个弊病。"

素芳连连称是。

"不过，"大师又说，"你的情况不同，快病还需快医。你这个店呀，问题很大，但也不是说全无办法。手段是有的。只是……"

"没问题，没问题。"素芳说，"您给我出药方，我马上奉上顾问咨询费。"

大师面露不悦："怎么，不信任我？我早声明了，我的顾问费都是事先收取。好些品牌企业还主动要给我股份呢。"

素芳马上解释，不是那意思，但望大师赶紧出手施救。只要有效，股份也不是不能商量。毕竟她还有好几家连锁店等着解救呢。

"好吧好吧！我也是看到哪说到哪，"大师神色缓和下来。"你听得进就听，听得进多少也随你。"

素芳立刻拿出笔记本。

大师沉思片刻，便开始面授机宜："首先，火锅店整体品牌形象需重新设计。你知道麦当劳吧，只要你看到那个美国老头儿，你就知道那是吃汉堡包的地方。连锁店需要强烈标志，但你没有；其次，火锅店需重新风水布局，包括装饰、线路、展陈，布置等，不然不聚财；最后，关键是，你自身特色是什么？这个要重新定位。"

素芳知道这个是重点，急问："请大师明示！"

大师建议如下：一是找准噱头。现在大红大紫的网红店无不是精准找到了营销卖点。初步想法是，店堂重新设计后，还需一些话题性。他可出面组织几个俄罗斯乐手，扮成流浪乐队，每晚六点后固定在门店外演出，绝对可以吸足眼球；二是借这个由头，他负责组织一百个自媒体大 V，分次来拍摄小视频。每个大 V 都是百万流量，一百个大 V 你算算是多少流量？三是他还有更大胆的想法，长痛不如短痛，店堂反正要调整，不如彻底洗牌，一步到位。

"实话说，我这个点子至少要值一百万。"大师很亢奋，"你既然是太空火锅城，最好的噱头，其实就是'太空'——你知不知道现在这个时代最潮流的是什么？是科技，是科幻！你知道《流浪星球》吗？你知道马斯克不？你知道火星计划么？我想你也不知道。实话告诉你，你这个店，就该做成真正的太空火锅城，不只是一个名称，而是把整个火锅店装饰成太空的形象，充分运用高科技元素，比如火锅餐桌就是一枚星球。来的顾客就感觉自己在星空里面就餐，这是什么感觉？"

"这是鬼扯淡一般的感觉。"这时，忽然有人插话道。

"谁？"

大师怒发冲冠，站起身。

素芳也跟着看过去，是一个根本不认识的青年人，笑眯眯地看着大师。不知怎的，大师莫名就萎顿下来，收敛眼神。

"老白呀，"他跟大师很熟的样子，"没想到在这碰到您了，哟，您是不是还要再待一会儿呀？"

大师马上抱拳说，不了，本人很忙，告辞。

说完就领着两个跟班走了，留下完全反应不及的素芳，脑子里只剩一堆浆糊。

她看着这个明显是来搅局的年轻人，又气又恼："哎，你是谁呀？"

52

年轻人依旧笑眯眯的，看着素芳。

"您不记得我了？"

卫思莉在旁边说，董事长，一直等你的人，就是他。我拦不住他呀。

素芳瞧了瞧他，约莫二十六七岁，满脸带笑，眼睛弯弯的，挺朴实的小伙——似曾相识，但又印象不深，说不出来。

"我是陈太勇呀。"他接着说："您曾经资助过的，有年暑假还专门派人

2023
第叁棒

381

把我从乡下带来朝天门玩了几天，陪我游两江，吃火锅。您认不出我啦？"

"啊！"素芳激动地站起身，"是你呀，小勇！"她上上下下打量，啧啧道，"你看看你看看，完全变了呀，难怪不认得了！"

小勇笑吟吟的。"谁说不是呢？都十一年了，也该长熟了。"

两人紧紧拥抱了一下。

随后，素芳瘫软坐下来，还是没搞懂。"哎呀小勇，这是怎么一回事呀？"

"事情其实很简单。"小勇哈哈大笑，"您今天见的这个所谓大师，是一个大骗子。"

她瞠目结舌："到底怎么回事啊？"

其实吧，小勇今天，是专为这件事而来的。

他从中国传媒大学毕业后，去了北京电视台，先做栏目记者，后转做编导，几年后看准了城市纪录片这个风口，跟一帮朋友开始做美食系列节目，借网络平台播放，大获成功，在业内也声名鹊起。半个月前，有小校友来公司拜访，没想到来的这批学弟学妹当中，有一位来自山城的小老乡，父母做火锅的。他好奇问了问，结果，你说这世界多小，原来她姑妈就是太空火锅城的素芳！而且要不是素芳资助他六年学业，他也没有今天。两人分外欢喜。娇娇当即说，我得马上告诉姑妈，她不知多开心！小勇说，不急，我下周就要回山城，想当面给她惊喜。

他要准备的惊喜是——专门做一期山城火锅的片子，其中包括老字号，太空火锅城。娇娇拍巴掌说太好了。然后告诉他，现在各种网红火锅后来居上，太空火锅城有点没落了。如果他能去一趟，说不定能给姑妈提供一些新的模式，主要是观念上的更新。当时他还说，餐饮这个东西，最不需要的就是随时更新。

这之后，他带着摄制团队回来，在见素芳之前，他基本已经把山城火锅的底摸了个透。不过，昨天，娇娇急忙告诉他，说素芳最近一直在跟一个所谓大师联络，啥子水声都没得就已经打了几万咨询费过去，担心她遭骗。听说今天素芳要跟大师会面，陈太勇一早就来了。

今天，"大师"刚进来，他一眼就认出了：这是老白，俗称"白手套"，早先他做记者时就曝光过的，老熟人！但是他没声张，一直等到老白唾沫横飞时，忽然杀出来。不过他早有准备，这个骗子跑不远，门口有警察同志候着呢。

素芳抹了把汗，倒在沙发上，差点虚脱了。

"原来是个骗子！"

53

"别发愁了，"小勇笑眯眯地："咱们走。"

素芳说："去哪？"

"娇娇说得对，您呀，在太空火锅城里面待得太久，是该去看看别人怎么做。"

小勇告诉她，最近这段他都泡在火锅江湖里面，见识了各种创意，门派，但真正值得拍摄的还是很少。不过也被他寻到了一些真资格的火锅。他想带着她，去感受、参观，然后，可能会对自己的火锅事业有新的看法和灵感。

素芳有点不信，她做火锅几十年，能有做得好但她完全不知的？

还真有，有许多呢。小勇告诉她，今天他们要拜访的第一个奇人，她就不可能认识，原本就不是江湖中人。此人原是个道士，也曾在企业做过高管，还是个读书人，偶尔也写点字，近年来才开始对餐饮感兴趣，因为在外面吃不到自己想吃的，出于这个目的开了个火锅店。他虽不是科班，但层次和理解能力远高于寻常厨师，花了许多精力收集传统菜谱，很多是失传的。他的火锅馆不是人们以为的那种火锅馆，而是隐于闹市陋巷，在一老小区的底楼民居，无门面，无招牌，无宣传，全靠口口相传，但日日爆满。这个火锅就很有特色——

"特色是什么？"素芳问。

"他的火锅汤是可以舀起来喝的。"

素芳惊了一下。"可以喝的火锅，那还是火锅吗？"

小勇正色道："那我要问您了，咱山城，以前火锅也是现在这样么？"

素芳回忆了下，还真不是。以前根本没这么多油，味和料，也没现在这样重。为什么竟一步步变成现在这般，油，一家比一家重，味，一家比一家麻和辣，仿佛是竞赛一样。搞得不光是外地人，就连本地人也以为火锅就该是这样。

"您其实清楚，"小勇说，"火锅不是这样的，至少，不该全是这样的。只是，大家慢慢地就忘记了，火锅的本质究竟是什么。"

"主要是现在火锅竞争真的太大，生存很难。其实吧，"素芳说，"大师，不，那个白手套，虽然是个骗子，但他的点子也不是没有道理的，给我很多启发。现在要想做出品牌，就要有噱头，形式感要足……"

"当火锅馆装修成太空舱，那还是火锅馆吗？人们来，就已经不是为了火锅来，而是为了那种新奇感。但是，人最容易喜新厌旧。他们还会为不新奇的东西再来一次吗？"小勇说，"我问问您，什么东西吃不腻？"

素芳说："家常菜，还有，其实我们的小面、火锅也是。"

"对，小面，火锅，为什么吃不腻，就因为它们也是家常的。既然是属于家的，是家里人吃的，那么，您做了大半辈子餐饮了，您觉得，火锅的核心，到底，应该是什么呢？"

素芳想了想，忽然，豁然开朗。

"我懂了。"

"您真的懂了？"

"是的，就算不去见那些个火锅奇人，我也知道该怎么整了。"素芳说，"以前吧，我老在想，为啥咱们山城人就喜欢在街边嗦小面？再说火锅，虽然我做的是火锅城，但我个人偏喜欢在露天坝子头吃。好些年了，没接手太空火锅城前，我就有个愿望——我想在那些社区咔咔，开一间露天火锅馆。但这个愿望，你说得对，被我自己慢慢遗忘了。"

小勇笑道："我好像知道您的计划了。"

素芳神情肃穆。

"下一步，我计划把太空火锅馆开到街道里去，开到社区里去，开到人群中去，让它就像我们平民老百姓的一个家，是家里的一个饭点。"

"是饭点而不是饭点，是火锅馆而不是火锅城。"

素芳瞬间联想到了那个热腾腾的烟火场景，展开脸笑了。

"走，掉头，"她对小勇说："咱回家去，今天我下厨。"

董事会上

陈泰湧

54

董事会上，素芳拿起面前的文件夹狠狠地砸在桌面，白瓷茶杯从桌面跳到了地面，粉身碎骨，茶水四溢，会议室里一片狼藉。

素芳是在冲着总经理袁闻发脾气！

太空火锅城在三十多年的发展历程中经历了各种各样的坎坷，也发生了很多次的股权变化，大大小小的董事会开过上百次，但从未像今天这样离谱和失态。

以前的那些董事会也不是没有过分歧和争执，从没有过拍桌子的事发生，一切意见都可以提，可以自由发表意见，但最终都是由董事长素芳拍板。是的，太空火锅城就是一个纯粹的家族企业，素芳就是这个家族企业里的"佘老太君"，无论是"穆桂英"挂帅还是"杨宗保"挂帅，那都是在素芳的授权范围内行事。管理团队都持了股，可这股只是金手铐而已，开股东会的时候可以给你发言的机会，给你参加董事会的机会，可一到决策的时候，素芳有着一票否决的权力，她的股份，老公野狼的股份，儿子原野的股份，儿媳妇卫思莉的股份，加在一起已经超过了70%，你总经理袁闻所持有的股权还不到20%，你有什么资格来和老太婆抗衡？

今天太失态了，素芳抬起手，哆哆嗦嗦，气得话都说不出来，她不晓得究竟应该指向谁，不仅仅是袁闻强烈反对她，更让她生气的是居然还有两个人敢站在袁闻那边，帮他撑腰。真是反了！真是反了！

野狼看到素芳气得直哆嗦，还是有点心疼，赶紧来扶她坐下。

"滚！"素芳终于知道这根手指应该指向谁了，她戳向野狼，然后又戳向自己的儿子原野。"你们父子两个真的是要造反？竟然伙同外人一起来和我作对？我呕心沥血做这些，费劲巴力想把太空火锅城做强做大，为的是哪个？是为我自己吗？难道上市了，多挣一些钱，我素芳死的时候就能多扒两下？火化的时候就能多添一瓢油？"

野狼没少被骂过，晓得这时候最好的应对不是继续坚持自己的观点，更不能顺着老婆的话往下捣，未必真的要说"是，可以多加两瓢油"，那是自己想找死哦，最好的办法就是不说话，等她发泄完了就完了。

小野狼受的打磨还不够，这个时候还要继续顶嘴："这是开董事会，这会儿你是董事长，又不是我妈，莫把一家之主的态度拿到这个会上来嘛！袁闻哥的意见是对的，你是错的，我为什么就不能站到他那一边呢？我这是帮理不帮亲！"

重庆男人没结婚之前最怕的是妈，结了婚就翅膀变硬了，不怕妈了！但他忘了还是有个可以撅断自己翅膀的人，那就是自己娃儿的妈。卫思莉平常斯斯文文的，一身职业套裙穿上身，也只是衬出了她的干练，谁能想到这身套裙下的她还有如此彪悍的一瞬，根本就不用瞄准，腿一抬，高跟鞋鞋尖端端正正踢到了原野的臀大肌上，原野立刻闭上了嘴。婆媳只要齐心，定能斩妖除魔。

按理说董事会都已经闹成这样了，只要素芳一开口，袁闻总经理的职位也就立刻成为了过去时，"即时生效"，文件上写这四个字就可以了。但袁闻到了此时此刻，仍然像一坨嘉陵江边的鹅卵石，硬得很，头都不晓得低一下。你要说他不懂事，智商不够情商不高，好像也不大对，重庆大学，985学校，能考上985的绝对算得上是百里挑一，还是研究生哟，但是他这总经理今天偏偏就不肯低头，气死人了！

你也别说他情商不高，见素芳情绪激动，他立刻就拿出手机拨打了120，这就比原野懂事，原野这时候还在刺激妈妈，袁闻也比其他人更有大局观，知道轻重缓急，公司发展的事可以搁一搁，今后再讨论，再决策，先救人要紧，袁闻目测他敬爱的素芳嬢嬢此时的收缩压可能已经冲上180毫米汞柱了。

其实这个时候最好的药就是袁闻的低头，他只要赞同董事长素芳的决策，素芳嬢嬢的气就顺了，血压也就下来了，大家又可以乐呵呵地坐下来，换到包房里一边烫着火锅一边商量细节。上市，就是多赚少赚的事，在中国的股市里，还没听说过哪家上市企业没有圈到钱的，再垃圾的企业都能搞到钱。很多企业削尖脑袋都想往资本市场里面拱，现在资本找上门来了，你这总经理偏偏要和董事长唱反调，还拉拢了她的儿子和老公，是可忍孰不可忍！

毕竟是夫妻，野狼心里也着急，生怕救护车走错了路，急慌慌地就跑出去，跨上他的哈雷摩托就冲，他要去迎接救护车好给救护车带路。

刚刚冲出，一个转弯，"哐当"一声，过了两分钟就看到俞尾冲进了会议室，惊抓抓地吼："遭了，野狼叔叔遭车撞了！"

55

一辆救护车同时拉了两个病人下山，真是一对苦命鸳鸯啊。

俞生和薛米丽正在南川金佛山走178环山自驾线穿越美景，这条公路全程约178公里，环绕一圈，串联起周边的村镇景区，如同一串璀璨的珍珠项链，将金佛山这颗宝石镶嵌于中心。

秋天金佛山的美景令人陶醉。踏入金佛山，整个山谷都被五彩斑斓的秋叶点缀得如诗如画。枫叶、槐花和松树在微风中翩翩起舞，仿佛它们也为这个季节的到来而欢呼。山涧溪水潺潺流淌，清澈见底，映照着天空中的浮云，如同一幅优美的画卷。

得到消息俞生和薛米丽立刻调转车头，赶紧赶回主城区去医院探望他们的这两位老战友。

他们的车正在进车库等待抬杆放行，对面一辆芭比粉的别克车正在出车库，司机拿出手机扫二维码付费，似乎出了一点技术故障，副驾座上的人就拿出她的手机送给司机扫码。再看俞生他们两口子，薛米丽的眼珠子都进出了火星子。

薛米丽反应快，按中控解锁，解安全带，拉车门，冲下车，行云流水一气呵成。这边不寻常的举动立刻就引起了对面车上两人的注意，副驾座上的正是俞尾，她又惊抓抓的喊到，"快开，快开，那是我妈老汉儿！"

收费杆恰到好处地抬了起来，滋溜滋溜的声音伴随着青烟和焦臭味，芭比粉的别克陡坡起步都这么凶猛，这一套动作进一步证实了俞生和薛米丽的判断，俞尾还和这个小子裹在一起？

这个人叫陶灵，不能称小子了，40多岁，以前在一家大型汽车集团担任别克4S店的总经理，但不晓得怎么折腾来折腾去，店还在，他这个总经理却下岗了，然后各种折腾，最后混成了一个倒腾菜籽油的贩子。他是来太空火锅城推销他的菜籽油和俞尾认识的。芭比粉的别克本来是一家化妆品集团给她们的推销员订制的，可陶灵他们店的销售主管下错了订单，多订了一台，其他购车者哪会去买这种颜色的车嘛，这个最终就砸在了他这个店总经理的头上。40多岁的男人开一辆芭比粉的别克车，没眼看呀。但任何事都要一分为二地看，这个芭比粉恰恰就击中了俞尾，由车及人，喜之，爱之。

俞生和薛米丽也是走过青春的，又在南美洲生活了数十年，对子女的恋爱和婚姻应该是看得开的，不会去作任何干涉。可是，他们毕竟是中国父母，又回到了国内，这片土地里生长着的父母无一例外都会结一种叫催婚或催生的果子。他们也对俞尾的婚姻充满着焦虑。

俞尾的心里想的是爱情至上，我的爱情我做主，很坦然地就将她的爱情告诉了父母。嚯哟，薛米丽吵得河翻水翻的："No，不准，不允许，坚决不行！你选了他就不再是我们的女儿了！"

俞生也被迫要作出选择，"你是支持女儿还是支持我？支持女儿那我们就离婚！你就搬出去，去和你的宝贝女儿以及那个老男人一起过！"俞生只得苦笑求饶，男人最怕的就是做选择题，比如婆婆和媳妇同时掉水里要救谁，还有就是现在摆在他面前的这道题，哎呀，两个姑奶奶他都得罪不起。

"追，快点追！今天你不把他们追上，你就不要进我们家的门！"薛米丽下了死命令。

不要以为俞生很蠢，他能和一个长期开着芭比粉别克在山城大街小巷给各个餐馆送菜籽油的人比车技？他又有何胆子敢违逆薛米丽的命令？他眼一闭，油门轻踩，嘭，前保险杠抵到了墙上。"老婆，老婆，可能要报保险哟！要等保险公司来出现场哟！啷个办呢？"俞生一脸的无辜和可怜，用懊悔的表情来掩盖心里的小得意。

你有张良计我有过墙梯，薛米丽可是当过公关经理的，一眼识破，她冷哼一声："现在对于没有人伤、非双车事故的都是快速理赔，你莫在这里想精想怪的搞一些名堂出来！你女儿已经被一个老男人、破落户拐跑了，你还装起没睡醒嗦？"

薛米丽非常气愤地往椅背上一靠："我不是反对女儿的自由恋爱，但你想过没有，如果我们家俞尾只是一个普普通通的女娃，她就是要嫁给那个老男人也没啥问题，但我们女儿是外籍，拿的是阿根廷的护照，你还给她准备了一千万美元的信托，你不觉得那个男人是别有所图吗？骗财骗色，最终吃亏的还不是你那宝贝女儿！"

俞生背脊上顿时就沁出了一大片冷汗。

薛米丽补刀："哪有正常男人会开芭比粉的车嘛，肯定是安起心来骗小女娃儿的！"

现在俞生脑门子也沁出水来了："那我们快点去追！"

"追啥子哟，你现在还追得到迈？我们守株待兔，把车开到太空火锅城总店去，女儿的宿舍在那里。"

56

果不其然，那辆芭比粉的别克车慢慢悠悠地开进了太空火锅城的停车场，早就蹲在旁边树丛暗影里的俞生和薛米丽互相攥着手，四只手心都是汗水，皮鞋底都快被脚趾抠穿了，就等着车辆熄火，亮灯，开车门，那老男人还绕到副驾座给俞尾开了车门，俞尾笑盈盈地走下车，关车门，遥控钥匙上锁。

冲！

可惜呀，俞生和薛米丽蹲得太久，腿脚发麻，步子还没迈得出去，两个人就互相拉扯着摔到了地上。

打猎人被小鸟啄了眼，尴尬吧？更尴尬的是那两只小鸟不仅没有受惊飞走，反而跑了过来，扶起两位"猎人"。

"既然大家都面对面的了，你们一人拽着一个，我和陶灵谁都跑不了，不如找个包房坐下来好好聊一聊？"俞尾提议道。

聊什么，有什么可聊？只有老实坦白自己的人生经历，这是摆在陶灵面前唯一的路。

说起来陶灵真是一个苦孩子，没有俞尾这种富二代的命，一切都靠自己拼搏。他最早是送车员，就是到汽车厂接新车，然后送到经销商处，业务刚刚做顺，中国的汽车市场发生了一次巨变，交车标准变成"零公里交车"，车辆交付给客户必须用板车运输，大量的送车员就被板车挤掉了岗位，陶灵是其中之一。

以前给别克 4S 店送过车，认识了几个人，陶灵就去别克店学修车，这个时候他命运的齿轮开始了转动，从学徒工，到机电工，到组长，到调度，到车间主管，到技术总监，到服务站站长，到售后经理，到主管维修的副总经理，为什么要有这么多岗位和台阶？9 个岗位，陶灵在 4S 店干了 9 年，刚刚好，一年一个台阶，年年有进步。33 岁，结婚生子，买车买房，命运的齿轮开始加速了。

国内汽车市场又发生了巨变，大鱼吃小鱼，陶灵所在的 4S 店被国内汽车经销商巨头汪吠集团并购了，店面总经理升职为片区副总裁，陶灵当上了这家店的总经理。齿轮飞速旋转。

汪吠集团大肆并购的目的主要就是为了上规模，做报表，上市，融资，至于融资之后干什么，陶灵不知道，他只知道总部和片区层层下压KPI，销售要提高销量，还要提高单车利润，售后要提升进厂台次，还要提高售后毛利率。怎么说呢，就比如卖火锅，昨天店里坐了 10 桌客人，每位客人消费 50 元，今天要求必须坐 15 桌，每位客人消费 80 元，菜的成本还要降低 20%。今天完成了，明天又加指标，要坐 20 桌客人，没桌子了？那要你总经理去想办法。每位客人消费额必须达到 120 元，办不到？那要你总经理去想办法。菜的成本再降 30%，不可能？那要你总经理去想办法。

办到了，你看，总部领导多英明，就是要鞭打慢牛嘛！办不到？那是你总经理无能，换人！换人也是下达给人力部门的一项重要 KPI 指标，总经理陶灵的年薪 50 万，经理陶一的年薪 20 万，主管陶二的年薪 10 万，现在辞掉你陶灵，把隋一提拔起来当总经理，注意看，新的升职政策，在陶一以前岗位的年薪基础上给他增加 30%，陶二升职当经理，也增加 30%，再随便找一个陶三来当主管。如此一来，这三个职位的薪酬从 80 万变成了 49 万，人力成本降低了 40%，这个财务报表肯定会受到资本市场的赞赏！

总经理陶灵突然感觉到自己命运的齿轮被卡住了，压力太大，没日没夜，搞到最后卖车修车都变成了坑蒙拐骗。家庭也不安稳，婚也离了，妻离子散。"我也不怪我上面的那些老板，他们那些职位听上去多有诱惑，这几年也换了好几轮的人了，几任总裁都被董事会扫地出门，我这样的店总经理，整个集团有一千个，注定会成为给资本市场交报表的牺牲品。"

陶灵叹了一口气，"最可怜的还是我们基层的那些员工，以前都是快快乐乐地工作，现在钱没多挣，面对各种指标考核没一个人还会有笑脸……你看你们太空火锅城，每一个服务员都是笑容满面，这种笑是发自内心的。"

至于那辆芭比粉的车，陶灵说，反正我也要买车，就帮店里解决一辆超期库存指标吧，也算是为那家店最后做一次贡献。这种回头率 200% 的颜色也能帮我的生意打广告，我现在是在和潼南的油菜基地合作，做自己的品牌菜籽油。

"我爱现在的生活，我也爱……俞尾。"

57

好在没有什么大碍，素芳和野狼很快就出院了。

出院就马上召集开董事会。

这次董事会还请来翁生和薛米丽列席，还有员工代表俞尾和供应商代表陶灵。

俞尾现在变得越来越黏黏糊糊的，直到素芳清清嗓子，说出"现在我们继续开董事会"，她才把陶灵的手松开，正襟危坐，假模假样地进入到列席会议的状态。

会议一开始，袁闻就提出了辞职，他红着眼圈，"素芳孃孃，您是我的长辈，我冲撞您，作为晚辈是我的不对，从股权而言，我不服从大股东的决定，也是我的不对，我请求辞去总经理一职。"

素芳面色严峻："作为董事长，我同意袁闻的辞职，同时任命卫思莉担任太空火锅城的总经理。不过袁闻你先不要走，继续开会，你还是董事和股东嘛。"

咳咳，俞生清清嗓子，"素芳，能不能让我先讲几句？"

"我来讲讲阿根廷吧，这些年我生活在那里，你们不要以为国外就是天堂，我在那里靠的还是几十年前在中国挣的钱，那是中国改革开放给我们带来的红利，能让我们在整个世界都能挺起脊梁啊！"

"这次我回国，看到我们的发展越来越快，我很高兴，可也困惑，直到那天晚上陶先生给我们讲了他的故事，陶先生，有一颗赤子之心，他要生活，他要赚钱，但他把这些和改变潼南村镇集体经济捆绑在了一起，他说自己想要和农民一样的笑脸，他要和农民们一起笑，有这样一颗赤子之心的人一定不会辜负我家尾丫头的……"

看来俞生真是动了情，竟有些哽咽。看到父亲如此言谈，俞尾的眼睛里冒出了很晶莹的小星星。

素芳接过俞生的话："俞老板，您说的这个我也知道，但是我们这些老太婆也是需要去努力的。"

听到这里，袁闻轻轻摇了摇头，叹了口气，脸上掩饰不住的失落和苦涩。他的这些微表情全被野狼收入了眼中。

野狼左手打着石膏吊在胸前，头上也还贴着纱布，他用右手推了推素芳："我没有带你去看过长白山皑皑的白雪，我没有带你感受过十月田间吹过的微风，我没有带你去看过沉甸甸的弯下腰犹如智者一般的谷穗，我没有带你去见证过这一切，但是亲爱的，我可以让你品尝这样的大米。'嘿嘿，卖米都说得这样煽情，我就在想，如果是喊他来我们太空火锅城卖火锅，他又会怎么说呢？"他用右手挠挠脑袋，很惊讶，"咦，我怎么背下来了呢？"

薛米丽说："你们两口子也莫扯远了，什么白雪，什么微风，都不现实，你们呀好好休养一下，去南川金佛山走一趟嘛，美得很。我们现在要学会享受生活，太空火锅城的事就交给年轻人去干嘛。"

没想到原野竟然撇了撇嘴："我那个妈，她不遭累死不晓得歇！"

卫思莉作势又要踢，被素芳拉住了，在妈的眼里，儿子只能自己动手打，媳妇儿哪有资格打呢？

素芳用犀利的眼神狠狠地剜了她一眼，然后又清清嗓子："我宣布，我现在就退休！"

大家都有些震惊。素芳笑道："我家野狼躺在病床上给我说，他一辈子都没出过事，开再快都没出过事，为什么呢？因为他永远把速度控制在刹车能控制得住的范围。这次出事，就是速度超过了刹车可控的范围，就是心太急了，就是我们老了，判断不了潜在的危险。这个世界是要交给他们年轻人了。"

素芳说："我作一个最后的提议，请袁闻出任新的董事长，他能踩油门，更重要的是他懂得踩刹车！"

什么是幸福？幸福不是彻底的躺平，也不是无休止的追逐，企业发展的意义，人活着的意义，都是欣赏沿途的风景。

或三年，或五年，我们期待再与您在太空火锅城相见，精彩待续……